Caroline Säfstrand
Strandhaus Meeresrauschen

Autorin

Caroline Säfstrand ist Schriftstellerin und Journalistin, wohnhaft im südschwedischen Helsingborg. Mit ihren Romanen will sie ihre Leser*innen ermutigen, wegweisende Entscheidungen für das eigene Leben zu treffen. Denn die Kraft einer Geschichte ist größer, als man denkt.

Weitere Informationen unter:
Instagram: @carolinesafstrand
Facebook: https://www.facebook.com/CS.Skrivarstudio
https://www.facebook.com/carolinesafstrand
Blog: www.carolinesafstrand.se

Von Caroline Säfstrand bereits erschienen
Strandhotel Meeresbrise

Caroline Säfstrand

Strandhaus Meeresrauschen

Ein Schweden-Roman

Deutsch von Stefanie Werner

blanvalet

Die Originalausgabe erschien 2022 unter dem Titel
»Sanningen om ostrondykerskan« bei Bokförlaget Forum, Stockholm.

FSC www.fsc.org MIX Papier | Fördert gute Waldnutzung FSC® C014496

Klimaneutral* Druckprodukt ClimatePartner.com/14044-1912-1001

Penguin Random House Verlagsgruppe FSC® N001967

1. Auflage 2023

Redaktion: Ingola Lammers
Umschlaggestaltung- und motiv: www.buerosued.de
JS · Herstellung: sam
Satz: KCFG – Medienagentur, Neuss
Druck und Bindung: GGP Media GmbH, Pößneck
Printed in Germany
ISBN 978-3-7341-1241-6

www.blanvalet.de

Für meine Schwester Thomazine

»The world is your oyster,
it's up to you to find the pearls.«

Chris Gardner

Die Austernfischerin 1976

Die stille Wasseroberfläche, weich wie Samt und finster wie die Nacht, trug Mathildas Kahn aus dem Hafen hinaus in die Austernbucht. Wo das Mondlicht wie eine funkelnde Kette auf dem Wasser glitzerte, nahm sie die Hand vom Ruder und ließ den Kahn treiben. Solange sie denken konnte, hatte ihr Vater sie »Tochter des Meeres« genannt. Er hatte es geliebt, von den alten Zeiten zu erzählen, als Säugling Mathilda, eingewickelt in die kleine gelbe Babydecke, im Heck seines Fischerbootes gelegen und im Rhythmus der Wellen geatmet hatte. Ihre Mutter war bei einem Autounfall ums Leben gekommen, als Mathilda gerade drei Jahre alt gewesen war, und die Vorstellung vom Meer als Heimat für die Mutterlosen war tröstlich gewesen.

Sie blinzelte kurz und sah sich um. Die kleinen, runden Schäreninseln waren um sie wie zärtliche Arme. Mathilda spürte den Granit der Felsen wie die eigene Haut.

Sie schloss die Augen und sog die Luft ganz tief ein. Wenn sie sich etwas wünschen dürfte, was sie für allezeit behalten durfte, dann war es gewiss dieser Duft, diese Aromen von Salz und Seetang. Er gehörte zu ihr wie das Blut, das durch ihre Adern floss.

Sie fuhr mit der Hand in ihre Jackentasche und holte die Auster heraus. Auf der Innenseite aus Perlmutt hatte sie die wichtigsten Worte eingeritzt, die sie jemals geschrieben hatte.

Sie wiegte die Auster in ihrer Hand. Spürte die Tränen kommen. Kämpfte mit sich, eisern. Hatte sie die falsche Entscheidung getroffen, würde sie sie für immer bereuen, und sollte sie doch lieber kehrtmachen? Sie konnte es nicht. Nicht jetzt. Nicht nach alledem, was geschehen war.

Sie beugte sich über die Reling, fuhr mit den Fingern noch einmal zärtlich durchs Wasser und gab die Auster unter Tränen frei, und da sank sie auf den Grund. Was versank, war ihr Schicksal. Sie kannte es nicht, doch diese Entscheidung war ihr letzter verzweifelter Versuch, darauf Einfluss zu nehmen.

Inez

Vor zwei Wochen hatte Inez den Entschluss gefasst, gründlich Ordnung zu schaffen, bevor sie abtrat. Nicht dass sie sich besonders alt oder gebrechlich fühlte. Die grauen Strähnen in ihrem Haar hatten rein gar nichts mit ihren siebzig Lebensjahren zu tun, die hatte ihr der Stress vor fünfzehn Jahren eingebracht. Wenn sie das anführte, glaubte ihr zwar niemand, aber in einem Artikel in einer Fachzeitschrift für Psychologie konnte man nachlesen, dass so etwas durchaus möglich war. Stress konnte graue Haare verursachen. So wie auch in der Legende, dass Marie Antoinette über Nacht ergraute, Stunden bevor sie auf dem Schafott hingerichtet wurde, ein Fünkchen Wahrheit liegen sollte. Doch diese Aufräumaktion hatte nichts mit einer Krise aufgrund des Alterns zu tun, sondern mit einem plötzlichen Erwachen. Ihre zehn Jahre jüngere Nachbarin Viola war regelmäßig zur Wassergymnastik gegangen, hatte ihre Yogaübungen gemacht, sich beim Spinning ausgepowert und im Chor gesungen. Mit schnellen, energiegeladenen Schritten war sie die Straße entlangmarschiert, mit ihrem blauen Lidschatten und dem rosafarbenen Lippenstift. Das krasse Gegenteil von Inez. Sie hatte vor Gesundheit nur so gestrotzt, als Inez sie an diesem frühen Morgen vor drei Wochen durch einen Spalt in der Jalousie beobachtet hatte, wie sie mit dem Sonnengruß in ihrem Garten in den Tag startete. Am Nachmittag hatte man sie dann auf der Bahre aus ihrem Haus getragen. Plötzliches Herzversagen.

Inez nahm die Armstütze ihres Sessels zu Hilfe und stemmte sich mit dem Treckingstock in der anderen Hand hoch, wobei sie vor Schmerz das Gesicht verzog. Zwei Tage nach Violas plötzlichem Tod waren ihre Söhne und Schwiegertöchter angerückt und hatten im Haus groß reinegemacht. Sie hatten ordentlich geschuftet, und am Nachmittag waren im Garten bereits drei große Haufen aufgetürmt: ein Müllberg, ein Haufen für Dinge, die zu verschenken waren, und einer für Sachen, die man noch verkaufen konnte. Daraufhin hatte Inez eine Runde durch ihr Haus gedreht und die Bücherberge, Papierstapel und all die Unmengen an unnützem Zeug in Augenschein genommen, die ihr Heim bis unters Dach füllten, und sofort gewusst, dass es ihre Tochter Amelia Wochen kosten würde, ihren Hausstand zu sichten. Hinzu kam, dass sie es hassen würde.

Amelia bewohnte mit ihrem Lebensgefährten Aksel, der Architekt war, eine sehr exklusive Wohnung in Kopenhagen. Die Farben in ihrem Zuhause bewegten sich im Spektrum Weiß, Chrom und einem Hauch von Beige. Die Wände zierten Schwarz-Weiß-Fotografien, die Zimmer waren spärlich möbliert, und nach persönlichen Gegenständen konnte man lange suchen. Als Inez zuletzt bei ihnen zu Besuch gewesen war, hatten die kalt weißen Wände das Sonnenlicht derart stark reflektiert, dass ihr die Tränen in die Augen schossen und sie ihre Sonnenbrille aufsetzen musste, woraufhin Amelia – wie immer sehr zugeknöpft – mit einem harten Zug um den Mund sagte, wenn Inez meine, hier in ihrer Wohnung mit der Sonnenbrille auf der Nase hocken zu müssen, dann würde sie beim nächsten Besuch bei ihrer Mutter eine Rolle Müllsäcke dabeihaben. »Dein Haus sieht wie ein eingestaubtes Antiquariat aus, in das man zeit seines Lebens nur Bücher reingestopft, aber keine verkauft hat«, hatte sie gesagt. »Und es riecht muffig. Wer weiß, was da alles hinter diesen Bücherstapeln gammelt? Es ist echt eklig, Mama. Du wohnst auf einer Müllhalde.« Und bei diesen Worten war sie ganz blass um die Nase geworden, als wäre ihr allein von der Vorstellung übel geworden.

Diese zwei Tatsachen, Violas plötzliches Ableben und Amelias Einstellung zum Haushalt ihrer Mutter, waren die Auslöser dafür gewesen, dass Inez kurzerhand beschloss, alles, was sie in ihrem Haus aufbewahrte, auf den Prüfstand zu stellen, zu sortieren und auszumisten. Doch sie hatte kaum mit der Arbeit begonnen, da stürzte sie von einem Hocker, auf den sie gestiegen war, um an die oberen Fächer ihres Bücherregals zu gelangen. Im Krankenhaus hatte der Arzt ihr gesagt, dass sie ziemliches Glück gehabt habe, immerhin hätte sie auf den Kopf fallen können. Stattdessen hatte sie sich am Becken verletzt, wo man eine Fraktur diagnostiziert hatte, die Monate brauchen würde, bis sie ganz verheilt war. Als sie vorsichtig nachgefragt hatte, ob sie mit ihrer Entrümpelungsaktion im Haus fortfahren könne, hatte der Arzt geantwortet, dass ihr Bewegung durchaus guttue, aber nur moderat. »Machen Sie kleine Spaziergänge, aber überlassen Sie die Reinigung Ihres Hauses einem Profi«, hatte er vorgeschlagen und dabei mit einem Auge gezwinkert. Woraufhin sie bei der Firma Sauber & Rein angerufen hatte, die ihr zusagte, täglich vormittags eine Putzkraft vorbeizuschicken, montags bis freitags, drei Wochen lang.

Inez warf einen Blick auf ihre Armbanduhr. In zehn Minuten müsste sie da sein.

Inez seufzte. Richtig gut gefiel ihr diese Idee jetzt nicht mehr. Schließlich holte sie sich nie fremde Menschen ins Haus. Allein die Vorstellung, dass jemand hier durch die Zimmer gehen und in ihren privaten Sachen kramen würde, versetzte ihr kalte Schauer. Amelia zuliebe, sagte sie sich. Du tust das nur deiner Tochter zuliebe, damit sie nicht eines schönen Tages heulend hier stehen muss und eine Mülltüte nach der anderen von der Rolle reißt. Dann stellte sich Inez ans Fenster, kippte die Lamellen der Jalousien ein wenig, sodass sie hinaus-, aber niemand hereinlinsen konnte. Und dann wartete sie.

Meja

»Wäre das okay für dich?«

Ihre Kollegin Angelika trommelte mit ihren langen, kirschroten Fingernägeln gegen die Tischkante. Es war Meja ein Rätsel, wie man als Reinigungskraft mit solchen Nägeln arbeiten konnte.

»Kein Problem«, sagte sie, obwohl sie im Grunde ihres Herzens lieber dankend abgelehnt hätte. Für sie, als Aushilfe mit einem Vertrag über wenige Stunden, waren Änderungen im Einsatzplan selten gute Neuigkeiten. Seit knapp einem Monat arbeitete sie jetzt schon bei Sauber & Rein als Putzkraft und hatte bislang das Glück gehabt, Kunden zu bekommen, die tagsüber bei der Arbeit waren oder ihr wenigstens absichtlich aus dem Weg gingen, während sie ihren Job erledigte. So hatte Meja einfach die Kopfhörer aufsetzen und ganz in Ruhe jeden Zentimeter der Kundenwohnungen putzen können, ohne dies oder das beachten zu müssen. Sie mochte diese Zeit, die sie mit dem Putzen zubrachte, sie empfand es als eine Art Meditation. Und jetzt sollte sie diesen Auftrag hergeben im Tausch gegen eine Kundin, die eigentlich Angelika zugeteilt worden war.

»Es geht um Inez Edmark, eine Schriftstellerin, sie hat früher viel geschrieben, und jetzt braucht sie an jedem Vormittag für drei Stunden eine Putzhilfe. Es hieß, sie will ihre Bücherberge aufräumen und sauber machen«, erklärte Angelika.

Meja nickte nur. Das hatte wohl zu bedeuten, dass es mit ihrer gemütlichen Putzrunde vorbei war.

»Kennst du sie?«

Meja schüttelte den Kopf. Sie war kein Mensch, der Bücher las.

»Sie hat sich schon vor Jahren zurückgezogen, aber ist bestimmt … nett«, sagte Angelika. »Allerdings … eher so der Typ Eigenbrötler … wenn das stimmt, was die Boulevardpresse schreibt.«

Ihre rhetorische Pause zwischen »bestimmt« und »nett« und dazu das Lachen der Kollegin Shima, die neben ihr hockte, sprachen jedoch eine andere Sprache. Ihre Chefin Karin Widell schlug die Mappe zu.

»Also gut. Dann legen wir mal los.«

Zwanzig Minuten später hatte Meja an einem Nadelwäldchen zwischen Domsten und Gråläge geparkt, etwa zehn Kilometer nördlich von Helsingborg. Jetzt warf sie noch mal einen Blick auf die Karten-App. Sie hätte auch einen anderen Weg durch das Viertel nehmen und direkt vors Haus fahren können, doch zum einen fühlte sie sich gestresst, wenn sie durch diese engen Gassen manövrieren und nach einem Parkplatz suchen musste, zum anderen waren es nach Information der App wirklich nur zwei Minuten Fußweg. Und der tat ihr gut.

Vorsichtig öffnete sie die Fahrertür, stieg aus und verriegelte den Wagen. Dann begab sie sich auf einen ausgetretenen kleinen Pfad, an hohen, windgepeitschten Kiefern vorbei und kam schließlich zu einer Wiese. Vor ihr rauschte das Meer, als tanzte es noch ausgelassen im Spätsommer. Inez' Haus sollte linker Hand am Strand zu finden sein. Die Nervosität schlug Meja auf den Magen. Das verlegene Lächeln ihrer Kollegin hatte sie vorgewarnt, diese Kundin würde nicht ganz einfach sein. Eigenbrötler. Was mochte Angelika damit gemeint haben?

Meja lief quer über die Wiese, als eine SMS von ihrer Mutter Susanne auf ihrem Handy aufpoppte.

Denkst du an unser Essen heute Abend? Der Tisch ist schon reserviert.

Meja seufzte und legte das Smartphone zurück, ohne eine Antwort zu schreiben. So war ihr Verhältnis. Und sie wusste jetzt schon, wie der Abend verlaufen würde. Susanne würde Mejas Kleidung und ihre Haltung mit einem Lächeln kommentieren, woran ihre Tischnachbarn nicht ablesen konnten, dass sie ihre Tochter gerade kritisierte, und schließlich hinterherschieben: »Warum kümmerst du dich nicht endlich um eine ordentliche Ausbildung und suchst dir einen richtigen Job? Jetzt bist du siebenunddreißig. Höchste Zeit, dein Leben endlich in den Griff zu kriegen. Man bekommt im Leben nichts geschenkt, das kannst du mir glauben. Und wenn du dein Leben wegwirfst, wirfst du meins gleich hinterher. Wo ich doch so viel für dich aufgegeben habe.«

Meja hatte diese Worte schon so oft zu hören bekommen, dass sie wie eingemeißelt in ihrem Schädel saßen. Aber offenbar waren sie zwecklos. Noch immer saß sie hier, war nur die Aushilfe, hatte keinen Plan. Jetzt stieß sie auf einen Weg, der eine orangene Markierung hatte und der sich zwischen zwei riesigen Heckenrosenbüschen hindurchschlängelte, zu ihrer Rechten erstreckte sich eine Uferwiese, zu ihrer Linken erkannte sie drei Reihenhäuser, die von einer niedrigen Steinmauer eingezäunt waren. Sie sahen wie winzige Puppenhäuschen aus.

Alle waren weiß verputzt, bei den beiden äußeren Häusern waren Fensterrahmen und Haustür blau. An dem Haus in der Mitte waren Rahmen und Eingangstür grün gestrichen. Das erste Haus schien leer zu stehen. Das zweite wirkte verrammelt, denn die Jalousien waren heruntergelassen, und der Vorgarten war mit Steinplatten zugepflastert. Das dritte Haus hingegen schien frisch renoviert zu sein, und der Garten war mit seiner üppigen Farbenpracht das reinste Blumenmeer. Meja stoppte und warf einen Blick auf ihre App. Inez wohnte leider nicht in der blühenden Oase. Sie wohnte im mittleren Haus, hinter den Jalousien.

Inez

Durch einen Spalt in der Jalousie beobachtete Inez, wie die Putzhilfe am Gartentor stand und mit dem Heberiegel kämpfte. »Fester«, sagte Inez zu sich selbst. Doch die Frau sah nicht aus, als sei sie ein Mensch, der anpackt. Inez seufzte. So unselbstständige Weibsen verursachten ihr eine Gänsehaut. Sie griff nach ihrem Treckingstock und ging hinaus. Die Frau sah auf, und Inez bemerkte ein nervöses Lächeln, das auf halbem Wege stecken blieb.

»Hallo, sind Sie Inez Edmark?«, fragte sie.

Inez ging vor zum Gartentor, hob es leicht an und drückte den Riegel fest nach unten, sodass das Tor aufsprang.

»Ja«, sagte sie. »Bin ich.« Sie drehte um und marschierte vor ihr ins Haus. Die Putzhilfe trabte hinterher.

»Ich heiße Meja Skoglund und werde bei Ihnen in den kommenden Wochen putzen.«

Inez beschloss, darauf nichts zu sagen. Ihre Tochter regte sich über so ein Verhalten immer auf. »Hast du jetzt gehört, was ich gesagt habe, oder nicht?«, fragte sie dann, und dabei bildete sich eine Zornesfalte mittig zwischen ihren Augenbrauen. Und Inez erwiderte immer: »Ich höre zu, aber es ist doch völlig überflüssig, auf etwas zu antworten, was offensichtlich ist.« Und das traf auf Mejas Erklärung, dass sie in den nächsten Wochen bei ihr putzen würde, voll und ganz zu. Immerhin hatte Inez sie bestellt. Wäre das nicht der Fall gewesen, hätte sie sie natürlich nicht so mir nichts dir nichts kommentarlos ins Haus gelassen. Sie seufzte. Das würden lange drei Wochen werden.

»Oh«, sagte Meja, als Inez die Verandatür öffnete. »Jetzt bin ich wohl durch die Hintertür gekommen.«

»Ich gehe meistens hier hinein«, sagte Inez und ging zur Küche. »Möchten Sie Kaffee?«

»Sehr freundlich«, sagte Meja, und Inez bemerkte, wie Meja dezent einen Blick aufs Wohnzimmer warf, wo sich haufenweise Bücher, Ordner und lose Papiere nicht nur auf dem Rokokosofa stapelten, sondern auch auf den beiden Sesseln, darüber hinaus auch noch vor den wandhohen Bücherregalen und auf sowie unter dem großen, massiven Eichentisch. Meja verkniff sich eine Bemerkung, zog die Schuhe aus und stellte sie ordentlich an der Tür ab, bevor sie Inez in die Küche folgte.

Inez nahm zwei Becher aus dem Abtropfgitter, schenkte den frisch gebrühten Kaffee ein und reichte Meja einen. Meja trat von einem Bein aufs andere, bis sie schließlich zaghaft fragte: »Haben Sie vielleicht einen Schluck Milch?«

Inez nickte in Richtung Kühlschrank und verließ die Küche. Sie hatte es schon im Gefühl gehabt, dass Meja ihren Kaffee mit Milch trank. Ihr keine anzubieten war ein Test gewesen, sie wollte herausfinden, ob sie nachfragen würde. Inez hatte schon an Mejas Körpersprache erkennen können, dass es sie große Überwindung gekostet hatte, aber sie hatte den Test bestanden. Vielleicht war sie doch nicht ganz so unbeholfen.

Mit dem Treckingstock wies Inez auf einen Sessel im Wohnzimmer, der auch voller Bücher war.

»Sie können ihn einfach freiräumen und Platz nehmen.«

Meja folgte. Inez ließ sich in den Sessel daneben plumpsen, trank einen Schluck Kaffee und stellte ihre Tasse auf einem Bücherstapel, der auf dem kleinen Beistelltisch zwischen ihnen thronte, ab.

»Ich hatte gerade erst beschlossen, hier groß reinezumachen, da bin ich von einem Hocker gefallen und habe mir das Becken gebrochen, davon habe ich jetzt Schmerzen in der Hüfte und bin nicht sehr mobil. Das ist der Grund, warum ich Sie engagiert habe. Ich bin Menschen in meinem Zuhause gar nicht gewöhnt – normalerweise mag ich das auch nicht besonders –, und daher würde ich vorschlagen, wir versuchen, diese Zeit so gut wie möglich über die Bühne zu bringen.« Inez beugte sich zu Meja. »Mein Haus könnte den Anschein erwecken, dass es mir schwerfällt, mich von Dingen zu trennen, aber das ist nicht der Fall. Ich bin im Grunde kein sentimentaler Mensch.«

Meja fingerte an ihrem Kaffeebecher und nickte.

»Ich würde sagen, wir nehmen uns einen Stapel nach dem anderen vor. Sie zeigen mir das Buch, ich sage, was damit geschieht. Ob es weggeworfen, aufgehoben oder verschenkt wird. Nach einer Weile erkennen Sie vermutlich, wie ich vorgehe, und können eine erste Sortierung ohne mich vornehmen.«

Meja nickte wieder, doch schien nicht sonderlich überzeugt.

»Sie müssen im Grunde nur ein Verbot beachten. Diese Unterlagen sind tabu«, sagte Inez und hielt eine blaue

Kunststoffmappe, die auf dem Beistelltisch zwischen ihnen lag, in die Luft. »Darin wird nicht gelesen. Auch kein kleines bisschen. Nicht ein Wort. Verstanden?«

Da nickte Meja eifrig, um ihr zu versichern, dass sie das niemals tun würde.

»Gut«, sagte Inez. »Dann sollten wir uns vielleicht an die Arbeit machen.«

Meja stellte die Tassen auf einem anderen Tisch ab und nahm einen Stapel Bücher auf den Schoß. Ein Buch nach dem anderen hob sie hoch, und Inez gab kurz und bündig Anweisungen, welches sie noch aufheben wollte und welches verschenkt werden sollte. Das einzige Buch, bei dem sie kurz nachdenken musste, war Märta Tikkanens Roman *Ein Traum von Männern, nein, von Wölfen*. Sollte sie das behalten? Sie nahm es Meja aus der Hand und begann zu blättern. Die poetische Sprache überzeugte sie schließlich, der Roman landete auf dem Stapel der Bücher, die im Haus verbleiben sollten.

Die Zeit verging wie im Fluge, und als es elf Uhr war, stand Inez auf, um sich die Beine zu vertreten. Alle Stapel, die auf dem kleinen Tisch gelegen hatten, und auch die daneben hatten sie sortiert. Der Berg mit den Büchern, die verschenkt werden sollten, war bedeutend höher als der mit den Werken, die blieben. Das war gut so. Außerdem hatten sie auch die losen Blätter, die sich zwischen zwei Büchern aufgetan hatten, durchgesehen. Ein Mischmasch aus beglichenen Rechnungen, Briefen von Fans und Reklame. Alles wanderte direkt in den Papierkorb.

»Ich würde sagen, für heute machen wir Schluss«, sagte sie, humpelte zur Verandatür und öffnete sie. Ihrer Hüfte tat so langes Stillsitzen gar nicht gut. Meja erhob sich etwas verunsichert, zog ihre Turnschuhe wieder an und ging hinaus. Inez musste blinzeln, die Sonne stach ihr in die Augen. Der Sommer wartete nun mit den heißesten Julisonnenstrahlen auf. In der Ferne konnte man Urlauber hören, die das Strandleben und das Bad im Meer genossen. Inez beobachtete Meja, wie sie zum Nachbarsgarten hinübersah. Sverker und Filip waren vor drei Jahren nebenan eingezogen und verbrachten im Grunde jede Sekunde ihrer Freizeit in ihrem Gärtchen. Und das war nicht zu übersehen. Inez hingegen war genau das Gegenteil. Ihrem Garten sah man das auch an. Das Unkraut zwischen den Platten störte sie nicht im Geringsten, allerdings konnte sie sich vorstellen, dass es ihre Nachbarn nur so in den Fingern juckte, auf ihrer Seite der Mauer für Ordnung zu sorgen und alles schön zu bepflanzen.

»Jetzt kommen Sie mit meinem Gartentor zurecht?«, fragte sie.

»Kein Problem«, erwiderte Meja und winkte zum Abschied. »Bis morgen dann.«

Wieder so eine Phrase, auf die Inez die Reaktion verweigerte. Sie machte auf dem Absatz kehrt und ging zurück ins Haus, ließ sich in den Sessel fallen und atmete laut pustend aus. Erster Vormittag geschafft. Jetzt noch vierzehn.

Nachdem sie sich einen Moment lang ausgeruht hatte, griff sie zu der blauen Mappe und nahm sich das Manuskript vor, von dem außer ihr niemand wusste. Ihr allerletztes Buch. Das erst posthum erscheinen sollte.

Ihr Ausmisten war auch ein Reinemachen vor dem Tod. Eine Säuberung ihrer innersten Gefilde. Ihr finsteres Bekenntnis zu einer Zeit, einem Vorfall und einer Freundin aus ihrer Vergangenheit, das seit vielen Jahren wie ein Stachel in ihrer Seele steckte. Jetzt war es an der Zeit, ihn zu ziehen. Ihr Blick glitt über den Titel ihrer Erzählung: *Die Wahrheit über die Austernfischerin,* und sie las die letzten Worte, die sie über ihre Freundin Mathilda geschrieben hatte, noch einmal.

1976

Wer Mathilda jemals im Meer stehen gesehen hatte, während sie am frühen Morgen den Bewuchs von den Austern kratzte, der konnte sich vorstellen, wie die Legenden um ihre Person entstanden waren. Spaziergänger und Besucher, die in den Restaurants am Anlegeplatz saßen oder ein Bier in einer der Kneipen des kleinen Dörfchens Kobbholmen tranken, hörten immer wieder die Geschichte von der Seejungfrau, in die sich alle Fischer unglücklich verliebten – sie selbst war nur verliebt ins Meer.

Über die Erzählungen, die kursierten, lachte sie nur. Doch sie wusste, dass ein Fünkchen Wahrheit darin lag. Ihre Beziehung zum Meer und zu den Austern am Meeresboden war eine ganz besondere. Es war ihr Zuhause. Ihre Kindheit, ihr Beruf. Ihr Leben. Sie liebte diese Gegend, und sie liebte ihre Tätigkeit auf eine Art und Weise, für die es keine Worte gab. Nicht einmal das Wort Leidenschaft traf den Kern der Sache. Was sie für die Austernbucht fühlte, war inniger, herzlicher und echter als das. Das war auch der Grund, warum es jedem völlig unbegreiflich war, dass sie diesen Ort eines Tages, ohne ein Wort, verließ. Und mir blutete das Herz, weil ich wusste, dass ich schuld daran war.

Meja

Johan war gerade zur Arbeit gegangen, als Meja nach Hause kam. Er war Spieleentwickler und hatte keine festen Arbeitszeiten. Manchmal arbeite er noch spät am Abend, manchmal sogar die Nächte durch. Wenn man bei einem Projekt endlich im Flow ist, kann man nicht einfach seine Sachen packen und gehen, erklärte er. Und wie sonst auch hatte er ihr im Schlafzimmer ein zerwühltes Bett, auf dem Badezimmerboden nasse Handtücher und eine Küche mit dreckigem Geschirr hinterlassen. Meja nahm die Bratpfanne mit erkaltetem Baconbratenfett in Augenschein und seufzte.

Als sie vor ein paar Monaten in einem Seniorenheim die Nachtschichten übernommen hatte, hatte sie versucht, ihm nahezubringen, dass es wirklich nicht schön war, am frühen Morgen nach Hause zu kommen und solch ein Chaos vorzufinden. Konnte nicht einfach jeder seinen Kram selbst aufräumen? Darauf hatte er mit den Schultern gezuckt und gleichzeitig genickt – ohne den Blick von seinem Spiel auf dem Computerbildschirm abzuwenden. Zwei Tage lang hatte er sich Mühe gegeben. Danach war er wieder im alten Trott.

Meja drehte den Wasserhahn auf und wusch die Bratpfanne ab. Das übrige dreckige Geschirr stellte sie in die Geschirrspülmaschine, dann drehte sie eine Runde durch die Wohnung und räumte auf. An der Kommode blieb sie stehen und nahm das gerahmte Bild in die Hand. Aufmerksam betrachtete sie jedes kleine Detail. Dieses Foto hatte ihre Mutter von Johan und ihr im Schlosspark von Sofiero aufgenommen, als sie Mejas fünfunddreißigsten Geburtstag feierten. Auf den ersten Blick war es eine gelungene Aufnahme von einem hübschen Paar, das vor einem rosa blühenden Rhododendronbusch posierte. Aber wenn man genauer hinsah, stellte man fest, dass Johan in die eine Richtung blickte und Meja in die andere. Ihre Blicke kreuzten sich sozusagen. Sie schienen sich anzusehen, doch der Eindruck täuschte. Meja stellte das Bild wieder hin. Hand aufs Herz, dieses Foto sprach für sich. Genau so sah es auch in ihrer Beziehung aus. Sie liebten sich … aber blickten häufig aneinander vorbei.

Sie atmete tief durch, während sie Johans Socken vom Sofa pflückte und in den Wäschekorb warf. Gleichzeitig musste sie an den Vormittag bei Inez Edmark denken. Fotos waren ihr im Haus der Schriftstellerin nirgendwo begegnet. Zumindest hatte sie keine zwischen den vielen Bücherstößen und Wollmäusen entdeckt. Meja kannte keine Wohnung, die derart mit Krimskrams vollgestopft war. Zwischen so vielen Bücherstapeln und Papierhaufen zu leben konnte nicht gesund sein. Sie erschauerte. Waren deshalb die Jalousien immer unten? Weil Inez Edmark den Anblick ihrer Unordnung bei Tageslicht selbst nicht ertrug? Meja ging zu dem kleinen Käfig, der in einer Ecke des Wohnzimmers stand, und begrüßte Ingrid, die an einer Apfelspalte knabberte, mit der Johan sie gefüttert hatte, bevor er zur Arbeit gegangen war. Das musste man Johan hoch anrechnen: Er hatte ein gutes Herz. Als Meja ihm verkündet hatte, dass sie sich ein Skinny – ein Nacktmeerschweinchen – anschaffen wollte, hatte er sofort protestiert. Ich werde diese komische Kreatur nicht anrühren, hatte er mitgeteilt und den anthrazitfarbenen kleinen Hautklops angewidert angestarrt, der sie in der Tierhandlung neugierig angeschaut hatte. Doch Meja registrierte immer wieder, dass er mit Ingrid sprach, wenn er an ihrem Käfig vorbeikam, und er fütterte sie mit Weißkohl und Mohrrüben, wenn Meja bei der Arbeit war.

Sie nahm das Tierchen, das erfreut grunzte, aus dem Käfig und trug es zum Sofa. Dort legte sie sich hin, setzte sich Ingrid auf den Bauch und schloss die Augen. Nach den wenigen Stunden bei der Schriftstellerin war Meja viel müder als nach der Nachtschicht im Seniorenheim. Irgendetwas am Blick der alten Frau hatte ihr zugesetzt, sodass sie permanent in Habachtstellung gewesen war. Er hatte etwas Eindringliches, irgendwie Schonungsloses. Sich davon nichts anmerken zu lassen und möglichst entspannt und einigermaßen souverän zu wirken hatte sie unglaubliche Kraft gekostet. Meja zog die Decke hoch und deckte sie beide zu. Drei Wochen in diesem finsteren, staubigen, unordentlichen Haus. Wie sollte sie das nur aushalten?

Vier Stunden später öffnete Meja die Eingangstür des Restaurants. Ihre Mutter saß wie gewohnt an der Bar unter dem prächtigen Kronleuchter – exakt in der Mitte, wo sie alle Blicke auf sich zog. Zur Begrüßung erhob sie ihr Martiniglas, gleichzeitig begrüßte sie ihre Tochter mit Luftküsschen rechts und links.

Dann wurden sie zu ihrem Tisch geführt. Der Kellner

fragte Meja, ob sie vorneweg auch einen Aperitif trinken wolle, doch sie entschied sich für Mineralwasser. Susanne sah sie musternd an: »Du solltest das Leben feiern. Sei doch nicht immer so ...« Sie fuchtelte herum, suchte nach dem passenden Wort. »Farblos.«

Meja biss die Zähne zusammen und winkte den Kellner noch einmal zu sich.

»Ich hätte doch gern einen Martini.«

Susanne legte den Kopf schräg und sah zufrieden aus.

»Arbeitest du immer noch in diesem Altersheim?«

»Nein«, antwortete Meja. »Jetzt putze ich. Da sind die Arbeitszeiten besser.« Doch das sagte sie einfach so. Mit den Arbeitszeiten hatte es gar nichts zu tun, sie nahm einfach jede Arbeit an, die sie kriegen konnte. »Im Übrigen sagt man heute nicht mehr Altersheim. Sondern Seniorenheim.«

Sie griff nach dem Martiniglas, das der Kellner ihr inzwischen serviert hatte. Susanne nahm auch einen Schluck und beugte sich mit einem Ausschnitt, der nicht mehr viel der Fantasie überließ, über den Tisch. Meja machte sich innerlich auf das gefasst, was als Nächstes kommen würde. Die Standpauke.

»Warum kümmerst du dich nicht endlich um eine ordentliche Ausbildung und suchst dir einen richtigen Job? Du gehst in Riesenschritten auf die vierzig zu. Höchste Zeit, dein Leben endlich in den Griff zu kriegen.«

Dann hob sie das Glas zum Anstoßen und verpackte ihre scharfen Worte in ein Lächeln: »Du bekommst im Leben nichts geschenkt, das kannst du mir glauben. Und wenn du dein Leben wegwirfst, wirfst du meins gleich hinterher. Wo ich doch so viel für dich getan habe.«

Meja prostete ihr zu und nickte. So wie immer. Dann leerte sie ihr Glas in einem Zug, woraufhin sie sofort ein Schwindelgefühl überkam.

Meja bestellte Schollenfilet und Susanne einen halben Hummer und für beide ein Glas Champagner. Susanne wusste, dass Meja weder Champagner noch Sekt oder Prosecco mochte, doch das hielt sie nicht davon ab, ihn jedes Mal zu bestellen. Immerhin verkniff sie es sich diesmal, Coco Chanel zu zitieren, als der Kellner ihn brachte: *I only drink Champagne on two occasions. When I'm in love and when I'm not.*

»Schau mal«, sagte Susanne und schob ihre Hand mittig auf den Tisch. An ihrem Ringfinger prangte ein funkelnder, fetter Saphir.

»Hat Bengt mir geschenkt.«

»Bengt?«, fragte Meja. Ihre Mutter wechselte die Männer wie sie ihre Jobs.

»Ja, ich hab doch schon von ihm erzählt. Er ist CEO bei einem Konzern.« Sie kniff die Augen zusammen und überlegte. »Ich weiß grad nicht mehr, bei welchem, auf jeden Fall bei so einem Global Player.«

Meja nickte. Sie konnte sich dunkel erinnern, dass ihre Mutter beim letzten Essen vor einem Monat davon gesprochen hatte, dass sie mit ihrem neuen Freund zusammenziehen wolle. Reich, intelligent und lieb, so lautete ihre Beschreibung. Susanne suchte sich immer Kandidaten mit entsprechendem Status. Aber auf der anderen Seite – vielleicht war sie selbst auch nicht besser. Schließlich hatte sie sich für Johan entschieden, um sich geborgen zu fühlen und nicht mehr alleine zu sein.

Das Essen wurde serviert. Susanne erzählte von Bengt.

Von seinem Haus in Marbella und der Wohnung in Norra Hamnen, dem exklusiven Stadthafenviertel von Helsingborg, wo Susanne jetzt eingezogen war. Meja hörte ihr zu und hatte zu tun, ihr Fischfilet und den Champagner hinunterzubringen. Die Kombination war nicht direkt leicht verdaulich. Susanne löste das Hummerfleisch routiniert aus der Schale, während sie erzählte, und hatte bereits fast aufgegessen, als Meja gerade erst begonnen hatte.

»Bengts Sohn ist übrigens in der Internet-Branche tätig, im Sales-Bereich«, sagte sie und tupfte sich mit der Serviette die Lippen ab. »Vielleicht wäre das auch was für dich? Heute shoppt doch jeder im Netz.«

Meja zuckte mit den Schultern, wobei ihr jedoch sofort klar war, dass das überhaupt nicht zu ihr passte. Computer waren nicht ihr Ding. Das Problem war nur, dass sie keine Ahnung hatte, was »ihr Ding« eigentlich war. Computer schieden aus, aber ehrlicherweise gefiel ihr die Arbeit mit Menschen auch nicht besonders.

»Johan und du, ihr solltet mal Urlaub machen«, sagte Susanne ganz plötzlich.

Meja war immer wieder perplex, wie locker Susanne schlagartig das Thema wechseln konnte. Sie wollte gerade erwidern, dass Johan im Moment keinen Urlaub bekomme, da seine Firma mitten in einem großen Projekt stecke, doch Susanne fuhr schon fort:

»Ein Weekend in Berlin, Amsterdam oder Paris. Das würde euch guttun.«

Was sollte sie dazu sagen? Johan und sie in Paris. Das passte irgendwie nicht zusammen. Warum das so war, wusste sie auch nicht.

»Es wird schwierig, tagelang weg zu sein … wir haben

ja noch Ingrid, um die sich jemand kümmern muss.« Doch kaum hatte sie ihren Satz beendet, biss sie sich auf die Lippe. Sie hatte ihrer Mutter eine Steilvorlage serviert.

»Mein liebes Kind, manchmal habe ich den Eindruck, du steckst dein Leben mit Absicht in einen Trockner und drückst auf den Schalter ›extra trocken‹. Es schrumpft sozusagen auf ein Minimum. Dieses komische kleine Haustier kann doch mal von deinen Nachbarn versorgt werden? Warum ist bei dir immer alles so kompliziert?«

Meja spürte, wie ihr das Blut in die Wangen schoss, doch erhielt auch diesmal keine Gelegenheit zu antworten. Susanne sprang auf und winkte einem Mann in einem dunkelblauen Anzug zu, der jetzt am Eingang stand und offenbar auf sie wartete. Sie warf sich ihren hellen Trenchcoat über, verteilte wieder Luftküsschen und rief:

»Ich muss los. War schön, dich zu sehen. Und wenn wir das nächste Mal zusammen essen gehen, hast du hoffentlich einen besseren Job, meine Kleine, meine Süße. Und buch einen Urlaub. Hör einmal im Leben auf deine Mutter.«

Meja sah ihrer Mutter hinterher und bemerkte, dass Bengt mit dem Kellner sprach, auf ihren Tisch zeigte und sein Portemonnaie zückte. Meja grüßte ihn und bedankte sich winkend. Bengt nickte ihr lächelnd zu und hielt Susanne seinen Arm hin, dann waren sie auch schon durch die Tür verschwunden. Zurück blieben Meja, das Schollenfilet und der Champagner.

Jetzt spürte sie, wie sich an ihrem Hals hektische Flecken bemerkbar machten. Allein im Restaurant zu sitzen war ihr hochgradig unangenehm. Sie stach die Gabel in den Fisch. Am liebsten wäre auch sie aufgestanden und gegangen, doch Essen wegzuschmeißen kam nicht infrage. Schon gar nicht bei all den Katastrophenmeldungen über Lebensmittelverschwendung und Klimakrise. Johan schüttelte darüber nur den Kopf und sagte immer: »Was macht es denn für einen Unterschied, wenn du ein paar Essensreste wegwirfst?« Und sie antwortete ihm dann: »Das ist genau das Problem – dass alle glauben, es macht keinen Unterschied, und dann schert es keinen.«

Sie trennte ein Stückchen Schollenfilet ab, schob es sich in den Mund und spülte es mit Champagner hinunter. Sie gehörte bestimmt nicht zu den strebsamsten Menschen auf dieser Erde, aber sie hatte nicht vor, zu deren Untergang mehr als notwendig beizutragen. Sie machte sich Gedanken. Und das war immerhin etwas.

Inez

Durch die Lamellen ihrer Jalousie beobachtete Inez Meja. Diesmal öffnete ihre Putzhilfe das Gartentor genau so, wie Inez es ihr vorgemacht hatte. Sie hob das Tor leicht an und drückte den Riegel fest nach unten. »Prima«, sagte Inez und öffnete die Verandatür. Meja hielt einen Blumenstrauß in der Hand, der mit einer Schnur zusammengebunden war.

»Der hing an Ihrem Zaun«, sagte sie und überreichte ihr die gelben Taglilien. »Wie herrlich.«

Doch Inez brummte nur: *»Merde. Merde.«*

Diesen französischen Fluch hatte sie vor langer Zeit von einer Schriftstellerkollegin aufgegabelt, als sie gerade auf einer Party war und von einer vernichtenden Rezension erfuhr. Hin und wieder kam er zur Anwendung – und die rollenden Rs bewirkten, dass ihr Ärger schnell verflog.

Inez stützte sich auf ihren Treckingstock und begab sich in die Küche, wo sie den Mülleimer öffnete und die trompetenförmigen Blumen kopfüber in den Eimer stopfte. Mit einem Knall schloss sich der Deckel wieder.

»Kaffee?«, fragte sie dann, ohne sich umzudrehen.

Meja räusperte sich. »Gern.«

Inez goss in zwei Becher Kaffee ein und schielte zu der jungen Frau hinüber. Jetzt war es interessant zu sehen, ob sie selbstständig an den Kühlschrank gehen und sich die Milch herausholen würde. Meja nahm ihre Kaffeetasse in beide Hände, hielt die Nase über das duftende Getränk und machte dann so zaghafte Schritte auf den Kühlschrank zu, dass es den Anschein hatte, als schwebte sie über dem Boden. Dann goss sie sich etwas Milch ein. Als Belohnung für diese mutige Tat entschied sich Inez, ihr zu erklären, was es mit diesen Blumensträußen auf sich hatte. Ihr war durchaus klar, dass Meja sich fragte, warum sie die schönen Blumen weggeworfen hatte.

»Diese Blumen stammen von meinen Nachbarn, Sverker und Filip. Sie sind äußerst stur darin, mir regelmäßig diese Sträuße an den Zaun zu hängen, weil sie mich und mein Unkraut bekehren wollen. Die sind wie die Zeugen Jehovas, ihre Religion ist der Garten, ihre Götter sind die Blumen. Meine Güte. Als wäre ich ein Mensch, den man bekehrt.«

Meja nickte verunsichert. Dann tranken sie im Stehen von ihrem Kaffee. Inez humpelte vorneweg ins Wohnzimmer. Heute machte die Hüfte Probleme. Vielleicht weil Inez schon frühmorgens einen Spaziergang auf diesem holprigen Pfad, vorbei an den roten Fischerhäusern, runter zum Anlegesteg am Naturstrand unternommen hatte. Das hatte ihrem Becken mit diesem Haarriss gar nicht gefallen. Aber sie hatte keine Wahl gehabt, sie musste zu diesem Steg gelangen, um das Buch über Mathilda und sie schreiben zu können. Nur an einem Ort, wo das Meer wogte und der Geruch des Seetangs in der Luft lag, war sie ganz im Einklang mit ihrer Geschichte. Mit den Sinnesreizen kamen auch die Erinnerungen zurück.

Sie ließ sich schwerfällig in den Sessel fallen und

knautschte sich das Kissen im Rücken zurecht. Meja setzte sich schüchtern in den Sessel neben ihr. Inez beäugte sie, nahm ihren unsicheren Blick wahr und schlürfte ihren Kaffee. Wenn sie Meja beobachtete, musste sie an die Heldinnen in ihren Büchern denken. Anfangs verunsichert, wer sie waren und wo sie im Leben standen. Aber im Laufe der Erzählung entwickelten sie sich. Meist hatten sie es einer starken, charismatischen Freundin zu verdanken, dass sie ihren Weg fanden. Seltener einem Mann. Das war wohl auch der Grund, warum sie vorrangig von Leserinnen geschätzt wurde. Männliche Rezensenten verrissen sie gern und nannten ihre Bücher – wenn sie sich schon die Mühe machten, überhaupt ein paar Sätze niederzuschreiben – Trivialliteratur.

»Haben Sie eine eigentlich eine gute Freundin?«, fragte Inez.

Meja blickte auf, stellte ihre Tasse auf dem Tisch ab und faltete die Hände. Nach einer Pause sagte sie:

»Mein Lebensgefährte.«

»Aha«, sagte Inez. »Ihr Lebensgefährte ist Ihre beste Freundin?«

»Wie bitte? Nein, nein …« Meja schüttelte den Kopf. »Aber er ist wohl mein bester Freund. Ich habe aber auch Kolleginnen und … so ein paar alte Freunde aus der Schulzeit, die ich manchmal noch treffe. Aber am nächsten ist mir wohl Johan …«

Inez nickte. Diese kleinen Worte, die die Unsicherheit entlarvten. *Wohl.* Entweder war ihr Lebensgefährte ihr bester Freund oder nicht. Meja passte wirklich exakt in die Riege ihrer Protagonisten. Der Vorteil an den Figuren ihrer Fantasie war, dass sie sich verändern ließen. Bei echten Menschen traf das in der Regel nicht zu. Deshalb war Inez wohl auch Schriftstellerin geworden und nicht Psychotherapeutin. »Können wir anfangen?«

Mejas angespannter Schultergürtel senkte sich.

»Nehmen Sie doch mal diesen Stapel.« Inez zeigte auf einen Bücherturm vor dem Regal. Meja hob das erste Buch hoch. »Wird verschenkt«, sagte Inez. Meja nahm das nächste in die Hand. Inez presste die Lippen aufeinander und überlegte kurz. »Bleibt da, vorerst.«

Sie arbeiteten sich durch den ganzen Stapel und machten mit dem daneben weiter. Als sie die Hälfte geschafft hatten, segelte eine Fotografie aus dem Buch zu Boden. Meja hob sie auf und reichte sie Inez. Ein Bild von ihr und Amelia in dem beliebten Hafenviertel Nyhavn in Kopenhagen, eine Aufnahme, die ein paar Jahre alt war. Amelia hatte einen Spaziergänger gebeten, ein Foto mit ihrem Smartphone zu machen, und dann fröhlich mit den typischen roten, blauen und gelben Häuschen im Hintergrund in die Kamera gelächelt. Inez hatte auf dem Foto gerade die Augen geschlossen. Vielleicht war es sogar Absicht gewesen, das hatte sie nicht mehr genau in Erinnerung. Erinnern konnte sie sich aber wohl an ihre Unterhaltung bei einer teuren Flasche Wein und einem Snack in einem Restaurant am Kanal.

Inez hatte die neue Beziehung ihrer Tochter kritisch kommentiert, und Amelia hatte sich über ihre »gallige Grantigkeit« aufgeregt, so hatte sie es genannt. Aber Amelia war bereits jenseits der vierzig, und ihr neuer Freund Aksel war sechsundfünfzig und bereits Vater von erwachsenen Kindern. Inez hatte nur angemerkt, dass ihr Zug langsam aufs letzte Gleis einführe und falls sie noch Kinder wolle, sie sich ins Zeug legen müsse. Inez hatte das weder gallig noch grantig gefunden. Schließlich sprach sie die Tatsachen aus. Daraufhin hatte ihre Tochter sich zu viel Wein in den Rachen gekippt, sich heftig verschluckt und, als sie mit dem Husten fertig gewesen war, erklärt: »Für Aksel ist das Kinderkriegen abgehakt. Er hat sich sterilisieren lassen.«

Inez legte das Foto zur Seite und nickte Meja zu, dass sie mit den Büchern weitermachen könne, doch ihre Gedanken hingen dem Bild noch nach. Was sie wörtlich gesagt hatte, fiel ihr nicht mehr ein, aber was Amelia geantwortet hatte, wusste sie noch sehr genau.

»Ich habe keinen Vater, und meine Mutter hat mehr Zeit mit ihren Romanfiguren verbracht als mit ihrer Tochter. Wie kommst du überhaupt auf die Idee, dass ich Lust auf ein Familienleben haben könnte?«

Das war eines der wenigen Male gewesen, dass sie von Amelia eine Antwort auf eine Frage bekommen hatte, und hinterher war sie leichenblass gewesen.

Der Schmerz in der Hüfte flammte wieder auf, daher erhob Inez sich aus dem Sessel. Sie ging zum Fenster und kippte die Lamellen der Jalousie. Auf der anderen Seite der Mauer stand Sverker im Rosenbeet und knipste verwelkte Blüten ab. Er winkte ihr freudig zu. Inez presste die Kiefer aufeinander und zog an der Schnur, die die Jalousielamellen senkrecht stellte, um das Zimmer wieder zu verdunkeln. Sie seufzte laut und fuhr herum.

»Ich würde sagen, für heute haben wir es geschafft«, erklärte sie.

Meja warf einen Blick auf die Wanduhr und rutschte auf ihrem Stuhl unruhig hin und her.

»Sie müssen Ihre Chefin nicht in Kenntnis setzen, dass Sie früher gehen durften. Ein andermal bleiben Sie dafür länger. Das gleicht sich aus.« Inez nickte zur Verandatür.

Meja schlüpfte in ihre Schuhe und ging. Sverker grüßte sie mit der Gartenschere in der Hand. Durch den Türspalt konnte Inez nicht verstehen, was er sagte, doch als Meja sich umdrehte, steckte Inez den Kopf aus der Tür und formte mit den Lippen lautlos die Worte: ZEUGEN JEHOVAS. Und dann wedelte sie mit der Hand, um Meja zum Weitergehen zu bewegen.

Wie eine Marionette an unsichtbaren Fäden bewegte sie sich auf das Gartentor zu und verschwand. Inez lächelte zufrieden und schloss die Haustür. Ihr Blick wanderte über den Raum. Seit zwei Tagen kam Meja nun zu ihr, doch man konnte nicht behaupten, dass sich etwas wesentlich verändert hätte. Würde sie in ein paar Wochen hier wirklich in einem aufgeräumten Wohnzimmer sitzen? Man würde sehen.

Ein Wirrwarr an Stimmen unterbrach ihren Gedankenfluss. Wieder ging sie zur Verandatür. Die Geräusche kamen nicht aus Sverkers und Filips Garten, sondern vom Grundstück ihrer verstorbenen Nachbarin Viola. Ihr Sohn führte einen Mann in einem Anzug, der hochzeitstauglich war, durch den Garten. Sie unterhielten sich, zeigten auf das eine oder andere und füllten schließlich einen Fragebogen aus. Garantiert war das ein Makler. So weit hatte Inez noch gar nicht gedacht – dass ja jemand Neues in Violas Haus einziehen würde. Da konnte es ja noch schlimmer kommen als mit Sverker und Filip. Womöglich eine Familie mit Kindern.

Inez erschauerte und bewegte sich mithilfe ihres

Treckingstocks auf die Vitrine zu. Sie konnte nur eine Tür öffnen, vor der anderen waren Kartons mit irgendwelchem Kram gestapelt. Sie griff nach einer Flasche weißem Portwein, schenkte sich etwas in ein Kristallglas ein, kippte es hinunter und füllte noch mal nach. Vielleicht würde der Likör mit Aromen von Pflaume, Gewürzen, Nüssen und Pomeranze ihr noch weitere Worte für ihr Buch entlocken, das definitiv das schwierigste war, das sie je in ihrem Leben geschrieben hatte. Sie nahm das Glas in eine Hand, den Treckingstock in die andere und ging hinüber ins Schlafzimmer, wo auf dem antiken Schreibtisch ihr Laptop stand. Völlig unergonomisch, aber eine Augenweide. Sie holte einmal ganz tief Luft und begann, von ihrer ersten Begegnung mit Mathilda zu schreiben.

1969

Als ich neunzehn war, wurde mir eine Festanstellung in einer Buchhandlung angeboten, in der ich von Zeit zu Zeit als Aushilfe gearbeitet hatte. So ergab sich die Möglichkeit, von zu Hause auszuziehen. Ich zog zurück in das Dorf, in dem ich als kleines Kind gewohnt hatte, Kobbholmen, und richtete mich in einer bescheidenen Einzimmerwohnung ein. Meine Mutter verfolgte meine Aktivitäten mit Skepsis und fragte, warum ich gerade dort leben wollte. Darauf hatte ich keine rechte Antwort. Vielleicht hatte es etwas mit meinen Wurzeln zu tun. Bis zum Alter von vier Jahren hatte ich dort gelebt und mich in diesem kleinen Örtchen immer wohlgefühlt, auch wenn die Erinnerungen an diese Zeit spärlich waren. Vielleicht musste ich mein Leben als Erwachsene dort beginnen, wo mein Leben begonnen hatte, um irgendwann die Flügel auszuspannen und in die Ferne zu schweifen.

An besagtem Tage hatte ich gerade den letzten Umzugskarton ausgepackt. Um das ein bisschen zu feiern, besuchte ich das Café am Anlegesteg. Für Anfang September war es ein ungewöhnlich warmer Tag. Ich legte den Kopf in den Nacken und spürte die Sonnenstrahlen wie feine Pikser auf der Haut. In diesem Moment wusste ich, dass ich alles richtig gemacht hatte. Mein Zuhause war jetzt hier. Zumindest für die nächste Zeit.

Vom Sonnenlicht war mein Blick verschwommen, daher nahm ich die Frau, die in Gummistiefeln und orangener Anglerhose vorbeilief, nur schemenhaft wahr. Die roten Pigmente in ihrem Haar funkelten wie Katzengold. In den Händen hielt sie einen Kunststoffkorb voller Austern. Vor dem Café blieb sie stehen und fragte die Gäste, ob jemand probieren wolle. Die meisten runzelten die Stirn und schüttelten den Kopf. Ich hob bescheiden die Hand. Sie blieb stehen und lächelte, nicht nur mit dem Mund, sondern mit ihren Augen und selbst den sommersprossigen Wangen, dann stellte sie den Korb hin, nahm eine Auster heraus und zeigte mir mit einer routinierten Handbewegung mit ihrem Moramesser, wie man sie öffnete. Dann hielt sie sich die Schale vor die Unterlippe, legte den Kopf in den Nacken und ließ die Auster in den Mund gleiten. Noch nie hatte ich so etwas Schönes gesehen, es hatte fast etwas Sinnliches.

Sie hielt mir das Messer hin und gab mir auch eine Auster. Als es mir nicht glücken wollte, die Schale zu öffnen, führte sie meine Hand und zeigte mir den Trick. Dann sah sie mir tief in die Augen und nickte. Vorsichtig führte ich die Schale zum Mund, vernahm den salzigen Meeresduft wie ein Kitzeln in der Nase und ließ die Auster in meinen Mund gleiten. Sie war weich und schleimig, und noch nie hatte ich etwas Vergleichbares gegessen. Sie schmeckte nicht direkt gut, aber Konsistenz und Geschmack hatten etwas Erotisches. Die Fischerin lachte zufrieden, klemmte ihren Korb wieder unter den Arm und ging weiter zum Restaurant. Zurück blieb ich. Völlig berauscht von meiner ersten Auster und meiner ersten Begegnung mit Mathilda.

Meja

Johan schaufelte Spaghetti bolognese in den Mund, während er gleichzeitig auf seinem Handy scrollte. Immer am Handy. Manchmal wünschte Meja, man hätte diese Smartphones nie erfunden. Sie blickte zum Fenster. Ihre Häuser lagen so dicht an dicht, dass man den Nachbarn gegenüber direkt in die Wohnung sehen konnte. Der Vater hatte den Kleinen in den Armen in den Schlaf gewiegt. Jetzt öffnete er eine Flasche Wein, während seine Frau eine Kerze anzündete und auf den Tisch stellte.

Meja schluckte und blickte wieder zu Johan. Auf seinen blonden Pony, der ihm in die Augen fiel.

»Hast du heute einen guten Tag im Büro gehabt?«, fragte sie ihn.

Er brummte wortlos eine Antwort.

»Musst du morgen früh los?«

Johan sah von seinem Handydisplay auf. »Warum?«

Meja druckste herum. »Na ja, wir könnten vielleicht eine Flasche Wein aufmachen?«

Johan zuckte mit den Schultern. »Wir haben Dienstag.«

»Ja, schon ...«

Er verzog das Gesicht und widmete sich wieder seinem Smartphone.

Nach zehnminütigem Schweigen setzte Meja an: »Ich putze jetzt bei einer Schriftstellerin.«

Johan blickte interessiert auf und legte sein Handy beiseite. Er las nämlich hin und wieder mal Bücher. Zwar waren es meist englische Fantasy- und Science-Fiction-Romane, aber auch das war Literatur. »Ach ja? Wie heißt sie denn?«

»Inez Edmark.«

Johan griff wieder zum Handy und googelte. Dann hielt er es Meja unter die Nase. »Ist das die?«

Meja betrachtete das Foto. »Ja, auf dem Bild ist sie wesentlich jünger, aber sie ist gut zu erkennen. Was steht denn da über sie?«

Johan begann vorzulesen.

»Inez Edmark gehört zu den produktivsten Schriftstellerinnen Schwedens. Sie veröffentlichte vierunddreißig Romane, die in fünfzehn Sprachen übersetzt wurden. Der rote Faden in ihrem Werk ist das Thema Frauenfreundschaften. *Die List des Schicksals* aus dem Jahr 2005 war ihr letzter Roman. Seitdem lebt sie zurückgezogen und gibt nur selten Interviews.«

Er blickte auf. »Und wie ist sie so?«

»Eigenartig. Bisschen mürrisch. Und sie hat so einen durchdringenden Blick.« Meja erschauerte. »Ihr Haus ist das reinste Chaos, deshalb helfe ich ihr beim Aufräumen.«

Johan lehnte sich entspannt zurück. »Du könntest bestimmt viel Kohle machen, wenn du ein paar Fotos an die Abendzeitung weitergeben würdest.«

»So was würde ich nie tun, das weißt du.«

»Klar«, sagte er, stand auf, gab ihr einen Kuss auf die Wange und stellte seinen Teller in die Spüle.

Fast hätte sie gesagt, er solle ihn doch gleich in die

Spülmaschine einräumen, doch sie verkniff sich die Bemerkung.

In der Wohnung gegenüber brachte der Mann die Frau zum Lachen. Meja seufzte, griff selbst zum Handy und gab den Suchbegriff Inez Edmark ein. Unzählige Fotos von Inez, auf denen sie bei wichtigen Buch-Events gewagte Hüte und exklusive Kleider trug, mischten sich mit Fotos, auf denen sie versuchte, ihr Gesicht vor der Kamera zu schützen. Worte wie *Bestseller* tauchten ebenso auf wie *wird angeklagt* und *irreführend*. Die letzten Aufnahmen stammten offenbar aus der Zeit um 2006. Irgendetwas musste passiert sein, was nicht nur dazu geführt hatte, dass sie keine Bücher mehr schrieb, sondern auch nicht mehr in der Öffentlichkeit auftrat.

Meja legte das Smartphone mit dem Display nach unten auf den Tisch. Jetzt hatte sie das ungute Gefühl, als würde sie in Inez Edmarks Privatleben herumspionieren, und Meja war kein Mensch, der andere ausspionierte.

Am darauffolgenden Tag parkte Meja wie üblich an dem kleinen Wäldchen. Und wieder hing da ein Blumenstrauß an Inez' Gartentor, als sie ankam. Sie band ihn los, hob das Tor leicht an und drückte den Riegel fest nach unten. Ohne Widerstand öffnete sich das Tor. Sie freute sich. Die Verandatür sprang auf, und heraus trat Inez mit Sonnenhut und Sonnenbrille. Sie fuchtelte mit der Hand, die dieses Mal keinen Stock hielt, und winkte Meja schnell zu sich heran.

»Könnten Sie mich stützen? Solche Stufen sind für meine Hüfte Gift.«

»Was haben Sie vor?«, fragte Meja.

»Nicht ich, wir«, antwortete Inez, ohne wirklich zu antworten.

»Sie haben schon wieder Blumen geschenkt bekommen«, sagte Meja und überreichte ihr den Strauß.

»Nehmen Sie ihn mit«, sagte Inez.

Meja hielt sie am Arm und stützte sie beim Schritt von der Veranda und auf dem Weg zum Gartentor. Sie öffnete es mit dem Trick, den sie nun beherrschte, und führte Inez hinaus. Sie bogen nach links auf den Weg ab, liefen auf dem kleinen, holperigen Wanderpfad weiter, und an der Stelle, wo sie auf die asphaltierte Straße gelangten, zeigte Inez nickend auf ein Haus.

»Dort können Sie die Blumen hinhängen.«

Meja zögerte, folgte aber und platzierte den Strauß behutsam am Gartentor vor dem Haus. Als sie weiterliefen, begann Inez zu glucksen.

»In diesem Haus wohnt ein allerliebstes Paar, das rund um die Uhr berufstätig ist. Vielleicht kann ein bisschen Drama die beiden dazu bringen, sich wieder einander zuzuwenden.«

»Drama?« Meja begriff nicht ganz.

»Ja. Jeder von ihnen wird denken, der andere hat einen Verehrer, oder noch besser, eine Affäre.«

Meja schielte zurück zu den Blumen und biss sich auf die Lippe. Das war kein gutes Gefühl. Doch Inez schien es zu amüsieren. Sie gingen weiter. Auf der Straße konnte Inez ohne Mejas Hilfe gehen, doch sicher im Laufen war sie nicht. Der Treckingstock schien ihr keine große Hilfe zu sein.

»Warum benutzen Sie eigentlich einen Wanderstock und keine Krücken oder einen Gehstock?«, fragte sie.

Inez schnaubte. »Krücken sind was für Verletzte, Gehstöcke für Alte und Treckingstöcke für uns fidele Leute, die nur übergangsweise ein bisschen Unterstützung brauchen.«

Meja fand zwar, dass ein Beckenbruch in die Rubrik Verletzung fiel, hielt aber den Mund.

Als ein paar rote Schuppen und eine auffällige, weiß gestrichene Steinpyramide auftauchten, bogen sie in Richtung Wasser ab. Inez hielt sich an Mejas Arm fest, und so gingen sie langsam durch den weichen Sand, bis sie zu einem Anlegesteg gelangten, wo eine Bank windgeschützt vor einer felsigen Mauer stand. Inez keuchte vor Anstrengung. Meja ging vor auf den Steg, wo ein blau-weiß gestrichenes Geländer nun die Mauer ersetzte. Ganz vorn war eine Badeleiter angebracht, die ins kristallklare Wasser führte, man konnte die Fischschwärme unter der Oberfläche erkennen.

Als sie wieder zur Bank kam, saß Inez mit geschlossenen Augen da. Meja wusste nicht recht: Sollte sie sich neben sie setzen oder ein Stückchen entfernt? Sie entschied sich, neben Inez Platz zu nehmen, und nach einer Weile schloss sie ebenfalls die Augen. Aber ihre Lider zitterten und zuckten, ihr Körper wollte keine Ruhe geben, nicht dasitzen und nichts tun. Wenn sie bei der Arbeit war, wollte sie auch arbeiten. Sie beobachtete einen Mann, der in ein gelbes Kajak stieg und hinauspaddelte, und zählte die Hunde, die mit ihren Besitzern auf dem Spazierweg an ihnen vorbeiliefen. Als sie bei neun war, schlug Inez die Augen wieder auf.

»Das Meer, wie es leicht auf den Strand rollt, um sich dann wieder zurückzuziehen, ist vielleicht das schönste

Geräusch der Welt, aber gleichzeitig auch das traurigste. Wenn man sich vorstellt, so verzweifelt zu kämpfen und sein Ziel doch nie zu erreichen«, sagte sie, stand auf, stützte sich auf Meja und trat den Rückweg an.

Zu Hause angekommen, gingen sie in die Küche und kochten Kaffee. Diesmal zögerte Meja keine Sekunde mehr. Sie ging einfach an den Kühlschrank und nahm die Milch heraus.

Inez setzte sich in ihren Sessel, Meja wie üblich in den daneben.

»Wir können uns jetzt diesen Stapel vornehmen«, sagte Inez und zeigte auf die Bücher, die vor einer Wand gestapelt waren.

Meja stellte ihren Kaffeebecher auf dem kleinen Beistelltisch ab, auf dem ja jetzt Platz war, und holte so viele Bücher, wie sie tragen konnte. Sie nahm das oberste in die Hand, doch Inez sah gar nicht hin. Sie sah Meja an.

»Sie lesen keine Bücher.«

Meja ließ das Buch auf den Schoß sinken. Woher wusste Inez Edmark das? Oder war ihre Feststellung in Wirklichkeit eine Frage?

»Das sehe ich Ihren Augen an«, sagte Inez. »Ihnen fehlt diese Tiefe, die man bekommt, wenn man in tausend Welten und mit tausend Menschen zusammengelebt hat.«

Meja zuckte mit den Schultern und nahm das Buch wieder hoch.

»Wissen Sie, Bücher sind nicht einfach nur Geschichten. Sie sind lehrreich. Sie lehren uns etwas über das Leben. Und über uns selbst«, fuhr Inez fort, warf einen Blick auf das Buch in Mejas Händen und sagte: »Aufheben.«

Eine gute Stunde lang gingen sie Bücherstapel durch. Dann stand Inez auf und reckte und streckte sich. Sie schimpfte über ihre schlimme Hüfte und ging vor zum Fenster. Da kippte sie wieder die Lamellen und seufzte.

»Jetzt hat der Makler ein Schild *Zu verkaufen* aufgestellt.«

Meja hatte keine Ahnung, mit wem sie sprach, dennoch antwortete sie mit einem leisen »Ach ja?«.

Auf Inez' Sessel bemerkte sie die blaue Mappe, die zwischen Sitzpolster und Armlehne eingeklemmt war. Allein der Blick darauf bescherte Meja bereits Schuldgefühle, und als Inez herumfuhr, lief sie rot an.

Sie gingen noch einen Karton mit Unterlagen und weiteren Büchern durch, und als Meja das letzte Buch vom Stapel nahm, sagte Inez:

»Das können Sie haben. Lesen Sie das. Es wird Ihnen einiges über das Verhältnis von Müttern und Töchtern beibringen.«

Meja spürte die Röte im Gesicht wieder aufflammen und betrachtete das Buch. *Die göttlichen Geheimnisse der Ya-Ya-Schwestern.* Inez Edmark konnte doch wohl kaum wissen, dass sie ein angespanntes Verhältnis zu ihrer Mutter hatte? Oder sah sie ihr das etwa auch an den Augen an?

Inez erhob sich und öffnete die Verandatür. »Jetzt ist es gut für heute.«

»Danke sehr«, sagte Meja mit Blick auf das Buch, dann ging sie hinaus.

»Für Dinge, um die man nicht gebeten hat, muss man sich nicht bedanken«, sagte Inez und schloss die Tür.

Meja lief auf den kleinen Pfad zu. Am liebsten wäre sie

noch einmal nach links abgebogen, um den Blumenstrauß wieder mitzunehmen, den sie da ein paar Straßen weiter am Zaun zurückgelassen hatten, doch sie ahnte schon, dass Inez sie beobachtete, daher ging sie auf direktem Wege zu ihrem Wagen.

Inez

Das Telefon klingelte, doch sie kam nicht ran. Inez fluchte, stemmte sich mit dem Treckingstock hoch, doch erreichte den Apparat genau in dem Moment, als es aufhörte zu klingeln. Es gab nicht viele Menschen, die sie anriefen. Amelia, ihr Hausarzt Aron oder ihre Verlegerin Cristy, vielleicht der ein oder andere Verkäufer. Inez hoffte, dass es Cristy gewesen sein mochte, die mit ihren mittlerweile vierundachtzig Jahren noch immer der reinste Wirbelwind war. Cristy hatte alle Bücher von ihr verlegt und auch Kontakt gehalten, nachdem Inez vor fünfzehn Jahren aufgehört hatte zu schreiben. Hin und wieder versuchte sie Inez zu überreden, noch ein Buch zu schreiben, doch in letzter Zeit kam das immer seltener vor. Cristy war nicht nur ihre Verlegerin gewesen, sie hatte auch sonst die Zügel fest in der Hand gehalten. Und zwar nicht nur, was den Beruf anging, sondern auch, was ihr Privatleben betraf. Wenn Inez im Schreibrausch unerreichbar oder auf Lesereise war, war Cristy wie eine Freundin oder Schwester gewesen, und mitunter auch die Ersatzmama für Amelia.

Inez seufzte. Amelia und sie sprachen nur selten über diese Zeit. Das war auch gut so. Denn da gingen ihre Meinungen weit auseinander. Inez führte zu ihrer Entschuldigung das Argument an, dass es andere Zeiten gewesen seien. Damals hatte man nicht solchen Aufwand wie diese Helikoptereltern heute betrieben, die Kinder mussten sich fügen. Was nicht hieß, dass aus ihnen schlechte Menschen geworden wären. Auch aus Amelia war etwas geworden, sie hatte wirklich Talent, Kunstausstellungen zu konzipieren, und als Kuratorin schon eine glänzende Karriere hingelegt.

Amelia jedoch vertrat eine andere Meinung und führte ihre jahrelange psychotherapeutische Begleitung an. Die habe sie aufgrund ihrer verkorksten Kindheit und der ständig abwesenden Mutter gebraucht. Oft war Inez, selbst wenn sie mal daheim gewesen war, in Gedanken ganz weit weg gewesen.

Inez seufzte und griff zum Telefonhörer. Amelia stand auf der Anrufliste. Sie rief die Tochter zurück.

»Hallo, du hast angerufen.«

»Ja, ich wollte fragen, wie es deiner Hüfte geht? Cristy hat erzählt, dass du gestürzt bist und beim Arzt warst.«

Inez hinkte zur Veranda, öffnete die Tür und machte einen Schritt hinaus. Hinter dem kleinen Pfad, der Wiese und dem kieseligen Sandstrand lag das Meer. Sie schloss die Augen und atmete die salzige Luft tief ein, die sie bis hierher riechen konnte. Eine große Ruhe breitete sich in ihr aus.

»Ist alles nicht so schlimm. Nur ein Haarriss im Becken.«

»In Cristys Darstellung klang das anders«, sagte Amelia fast vorwurfsvoll.

»Du kennst Cristy – sie ist und bleibt die Dramaqueen.«

»Genauso viel Dramaqueen, wie du stolz und stur bist.

Du hättest es auch abgetan, wenn du dir beide Beine gebrochen hättest. Wem kann ich denn vertrauen?«

Inez kam nicht zu Wort, bevor Amelia weiterredete.

»Und was hast du auf diesem Hocker gemacht?«

»Ich hab geputzt.«

»Geputzt?«

»Ja, ich miste aus und mache Ordnung. Und putze.«

»Warum das denn?«, fragte Amelia.

»Warum nicht? Ist doch wohl an der Zeit.«

»Nicht zu fassen. Es geschehen noch Zeichen und Wunder.«

Offensichtlich beschwingt von dieser freudigen Nachricht ging Amelia zum nächsten Thema über und berichtete Neuigkeiten von ihrem Job und den kommenden Kunstausstellungen. Inez hörte nur mit einem Ohr zu. Sie schloss die Augen und atmete tief durch.

So viele Erinnerungen, so viele Gefühle, die diese Meeresluft aufwirbelte. Jetzt, da sie wieder begonnen hatte zu schreiben, nahm sie sie wieder wahr. Mit diesem Buch würde sie ihr Herz ausschütten, kein Vergleich zu ihren früheren Werken. Der neue Roman würde authentisch sein. Doch diese Authentizität hatte einen hohen Preis.

Sie schlug die Augen auf.

»Versprich mir, meine Asche im Meer zu verstreuen.«

»Was?« Jetzt überschlug sich Amelias Stimme. »Wovon redest du? Du bist doch hoffentlich nicht krank? Ich denke, es war nur ein Beckenbruch?«

»Es ist ein Beckenbruch. Aber irgendwann werde ich ja auch mal sterben. Dann ist doch gut, wenn du weißt, wie ich es mir vorstelle.«

Sie hatte bildlich vor Augen, wie ihre Tochter jetzt die

Stirn in Falten legte. Vermutlich ging sie in diesem Augenblick in ihre Küche, holte sich einen Putzlappen und begann, eine bereits blitzblanke Glasoberfläche zu putzen, nur um sich wieder ins Gleichgewicht zu bringen. So wie sie es tat, wenn Inez zu Besuch kam und ihre Gesprächsthemen etwas tiefer gingen als der Small Talk über das neueste Restaurant. Warum musste man das Leben komplizierter machen, als es schon war?, sagte Amelia dann immer und drapierte dabei die Sofakissen neu. Wahrscheinlich war diese Einstellung auf ihre jahrelange Therapie zurückzuführen.

»Ich verspreche, Bericht zu erstatten, wenn ich das nächste Mal beim Arzt war«, sagte Inez, um auf ihr ursprüngliches Thema zurückzukommen.

»Brauchst du denn keine Hilfe, soll ich nicht lieber kommen?«

»Lieb von dir, aber das ist nicht nötig. Ich habe mir eine Putzhilfe organisiert.«

»Was? Das hast du gemacht?«, rief Amelia aus. »Wie lange rede ich schon auf dich ein.«

»Am besten kommst du, wenn alles funkelt und blitzt. Dann stoßen wir drauf an.«

Inez konnte hören, wie ein Lächeln über Amelias Gesicht ging. Aufräumen und anstoßen lag ihr mehr als Kranke pflegen und beerdigen.

Sie verabschiedeten sich, und im selben Moment, in dem Inez das Telefon in die Tasche gesteckt hatte, tauchte Sverker auf der anderen Seite der Mauer auf. Er hielt ihr eine kirschrote Pfingstrose vor die Nase.

»Eine Schönheit für eine Schönheit. Sarah Bernhardt – die begehrteste Pfingstrose der Welt. Blumenstauden können auch mit weit mehr als fünfzig Jahren noch immer üppig blühen und uns die herrlichsten Düfte schenken.«

Inez musste wirklich an sich halten, um nicht die Augen zu verdrehen, als sie die Blume in Empfang nahm.

»Was ist passiert?«, fragte er besorgt und nickte zu ihrem Treckingstock.

»Putz-Unfall.«

»Melde dich gern, wenn du Hilfe brauchst. Egal, was. Wir sind da, nur dass du es weißt. Nur einen Meter entfernt.«

Beim Anblick seiner freundlichen Miene biss Inez die Zähne aufeinander. So ein netter Mensch hatte ihre biestigen Kommentare wirklich nicht verdient. Und dennoch waren das die einzigen Bemerkungen, die ihr in den Sinn kamen. Sie drehte um, um wieder ins Haus zu gehen.

»Weißt du was«, sagte er. »Du hast noch immer das Abendessen bei uns gut. Hättest du Lust, spontan heute Abend zu kommen? Bring doch die junge Frau mit, die jetzt tagsüber bei dir ist. Ist sie eine Verwandte?«

»Nein, meine Putzhilfe«, erwiderte Inez kurz angebunden und war schon wieder an der Verandatür.

Sverker und Filip hatten diese Einladung ausgesprochen, seit sie eingezogen waren, bislang ohne Erfolg. Das Erste, was Sverker gesagt hatte, nachdem sie sich namentlich vorgestellt hatten, war, dass er ihre Bücher liebte. Und es war ihm anzusehen, dass das von Herzen kam. Er war ein Fan von ihr. Was Inez dazu veranlasst hatte, in das nachbarschaftliche Band zwischen ihnen einen dicken Knoten zu machen. Und sie hatte nicht das geringste Interesse, ihn aufzudröseln.

»Wir müssen doch jetzt zusammenhalten und dafür

sorgen, dass ein netter Mensch in Violas Haus einzieht«, schob er hinterher.

Inez hielt inne.

»Wir kennen den Makler flüchtig …«, sagte er.

Sie drehte wieder um und blinzelte ihn an. War das jetzt die Wahrheit oder sein letzter Strohhalm? Sie nickte kurz, dann war sie durch die Tür verschwunden.

Die Pfingstrose legte sie zum Abfall, auf den Kaffeesatz.

Es war jedoch nicht so, dass sie Blumen nicht mochte. Nur wollte sie dieser Grantigkeit nicht noch mehr Sauerstoff geben. Nicht so gallig grantig werden, wie Amelia es nannte. Sie meinte, Inez habe eine Tendenz dazu. Mit Blumen verband sie Erfolge und glückliche Zeiten. Und obwohl es ein selbst gewähltes Schicksal war, ihre Karriere zu beenden, hieß das noch lange nicht, dass ihr dieser Entschluss leichtgefallen wäre. Die Wahrheit war: Sie hatte keine Wahl gehabt. Und um mit dieser Entscheidung leben zu können, hatte sie so manches, was an die alten Zeiten erinnerte, aus ihrem Leben verbannen müssen. Und Blumen gehörten eindeutig dazu. Das war auch der Grund, warum nur ein trauriger Kaktus ihr Fensterbrett zierte.

Sie ging ins Wohnzimmer, setzte sich in ihren Sessel, legte die Füße hoch und ließ den Kopf in den Nacken fallen. Zwei lebenswichtige Entscheidungen hatte sie in ihrem Leben gefällt. Beide hatten alles grundlegend verändert. Sie und auch die Menschen um sie herum. Die eine Entscheidung war, mit dem Schreiben aufzuhören. Damit hatte sie viele Menschen enttäuscht. Und dennoch war ihr diese Entscheidung nicht annähernd so schwergefallen wie die, die sie im Alter von sechsundzwanzig

Jahren getroffen hatte. Ihr wohlgehütetes Geheimnis, das sie in ihrem neuen Buch nun enthüllen wollte.

Sie hatte versucht, diese Erinnerung in der hintersten, finstersten Ecke zu vergraben und stur nach vorn zu sehen. Doch wenn man etwas vergrub, bestand immer das Risiko, dass jemand anders es ans Tageslicht brachte. Und Journalisten waren eine Mischung aus Detektiven und Maulwürfen. Deshalb hatte sie das Schreiben damals vor fünfzehn Jahren auch kampflos aufgegeben. Weil sie denjenigen, die angefangen hatten, ihr literarisches Werk genauer unter die Lupe zu nehmen, den Wind aus den Segeln nehmen musste. Sie musste vermeiden, dass sie noch mehr herausfanden und am Ende auf etwas ganz anderes stießen. Ein Ereignis in ihrer Vergangenheit. Eins, das sich nicht zum Vorzeigen eignete. Indem sie sich heimlich, still und leise zurückzog, gelang ihr das hoffentlich. Aber außer ihr wusste das niemand. Denn niemand kannte ihre Geheimnisse.

Sie stand auf, ging hinüber ins Schlafzimmer und setzte sich an den Laptop. Heute war sie nicht unten am Steg gewesen, doch das war kein Problem. Von ihrem gestrigen Besuch sprudelten die Worte noch.

Sie holte einmal tief Luft und schrieb dann an dieser Geschichte weiter, die sie so sorgsam gehütet hatte, die kein anderer entdecken und mit fremden Worten erzählen sollte. Die Geschichte über das Leben mit Mathilda. Sie war froh, dass sie noch am Anfang stand, wo alles noch purer Zauber gewesen war. Denn vor dem Ende graute ihr jetzt schon.

1969

In der Hoffnung, die junge Frau mit den Austern wiederzutreffen, ging ich jeden Tag hinüber zu dem kleinen Café an der Anlegestelle. Und nach einer Woche tauchte sie auf. Wieder in ihren orangenen Anglerhosen und mit einem großen Korb voller Austern. Sie erkannte mich gleich und gab mir ein Zeichen, dass sie die Austern ins Restaurant bringen und dann zu mir zurückkommen würde.

Eine Viertelstunde später stand sie vor mir, der Korb leer, die Anglerhose in einer Tasche. Sie setzte sich zu mir an meinen Tisch, sagte, sie heiße Mathilda, und bestellte sich einen Kaffee. Als ich zu ihr sagte, ich hieße Inez und sei gerade erst hierhergezogen, nickte sie nur.

Ich habe keine Erinnerung mehr daran, worüber wir uns an diesem Tag unterhielten, aber ich weiß, dass ich das Gefühl hatte, wir hätten nie etwas anderes getan. Als sie nach einer Stunde gehen musste, sagte sie mir, an welchem Tag und um welche Uhrzeit sie wieder herkommen würde, und es war keine Frage, dass ich wieder da sein würde.

Dreimal trafen wir uns zum Kaffeetrinken in dem Café am Anlegeplatz, dann fragte Mathilda mich, ob ich sie begleiten wolle. Unzählige Male fuhren wir dann gemeinsam mit dem Boot raus aufs Meer. Zu jeder Jahreszeit, bei jedem Wetter.

Sollte ich Mathilda mit wenigen Worten beschreiben, würde ich sagen, sie war ebenso wild und weich wie die Austern unter ihrer Schale. Und ganz sicher trug sie auch so eine Urgewalt in sich. Ohne sie hätte ihr zarter Körper das Wasser, das Temperaturen um den Nullpunkt hatte, die peitschenden Winde und die körperlichen Strapazen, die diese Arbeit mit sich brachte, nicht ausgehalten. Wenn sie im Winter in voller Montur zur Austernbank tauchte, wog ihre Ausrüstung mehr als ihr Körpergewicht. Mit ihr an solchen Tagen mit dem Boot hinaus aufs Meer zu ihrem Austernrevier zu fahren war ein nahezu religiöses Erlebnis.

Wenn wir aufbrachen, war sie noch ausgelassen und erzählte, hielt das Gesicht in den Wind, überließ ihm das Spiel mit ihren Haaren, doch je näher wir der Austernbank kamen, desto stiller wurde sie.

Vor Ort zog sie oft wortlos ihre Tauchausrüstung an, und in ihrem Schweigen lag eine ganz eigenartige, tiefe Ruhe. Es war bedeutungslos, ob der Wind an unserem Boot zerrte oder ein Stückchen entfernt von uns der Donner grollte. Genau da, genau in diesem Moment war die Stille allumfassend, sie war umgeben von Ehrfurcht und Respekt vor der Natur.

Einmal sagte ich zu ihr, dass es den Anschein habe, als bezähme sie die Natur, wenn sie da im Boot stand, bereit, ins Meer zu tauchen. Da sah sie mich an und antwortete: »Nein, es ist genau das Gegenteil. Ich bezähme sie nicht, ich ordne mich ihr unter.«

Meja

Gerade wollte Meja die Wohnungstür abschließen und zu Inez fahren, da gab ihr Handy einen Signalton von sich.

Die Arbeitszeit ist verlegt auf 17 Uhr. Ziehen Sie was Nettes an.

Das war keine Frage, die Inez stellte. Sie ging einfach davon aus, dass Meja kurzfristig umplanen würde. Konnte ein Kunde das ohne Weiteres tun? Spontan die Arbeitszeiten ändern? Und was meinte sie damit, etwas Nettes anzuziehen? Wie oft hatte sie das schon von ihrer Mutter gehört, aber ihr Kleiderschrank gab irgendwie nichts Nettes her.

Sie seufzte, schloss die Wohnungstür ab und ging hinaus.

Ihr Haus befand sich am Mariatorget in der Innenstadt von Helsingborg, wo auch die gotische Kirche war, inmitten von Restaurants. Einmal war Meja auf dem Weg zu einem ihrer Aushilfsjobs gewesen, welcher das war, wusste sie nicht mehr, da hatte jemand vor der Kirche lange Tische aufgebaut und Knochen und Schädel darauf deponiert. Bei Bauarbeiten am Platz waren Funde von menschlichen Überresten gemacht worden, die nun von Archäologen genauer in Augenschein genommen wurden. Meja hatte es befremdlich gefunden, dass diese Skelette da einfach aufgebahrt waren, gerade mal zwei Meter entfernt von den Bistrotischen der Restaurants, wo die Gäste ihre italienische Pasta und Burger verspeisten. Doch diese schienen die Schädel vielmehr als Gag zu betrachten. Johan auch. Er war extra hinuntergegangen und hatte mit dem Smartphone Fotos davon gemacht. Sie selbst hatte tagelang nichts hinuntergebracht und noch nachts unter Albträumen gelitten.

Sie bahnte sich einen Weg zwischen Kinderwagen und Touristen hindurch. Solche Menschenansammlungen verursachten ihr immer leicht Stress. Im Grunde ihres Herzens war sie gar kein Stadtmensch, aber Johan besaß nun einmal diese Wohnung, und er hatte auch nicht vor umzuziehen.

An der Kullagatan bog sie ab und steuerte das nächste Geschäft mit Damenbekleidung an. Die Schaufensterpuppe hinter der Scheibe trug ein marineblaues Wickelkleid. Meja suchte das Modell in Größe S, ging an die Kasse, bezahlte und trat den Heimweg an.

Allerdings bereute sie den Kauf schon, als sie wieder im Flur ihrer Wohnung stand. Ein Kleid. Sie konnte doch kein Kleid tragen. Warum hatte sie nicht nach einer hellen Hose und einer passenden Bluse gesucht? Sie zog ihre Klamotten aus und schlüpfte in das Wickelkleid. Es war schön, aber sie fühlte sich darin nicht richtig wohl. Ob sie doch lieber Jeans und ein schickeres Shirt dazu anzog? Sollte sie vielleicht Inez Edmark eine SMS schreiben und fragen, was sie eigentlich vorhatte? Es gefiel ihr überhaupt nicht, dass sie nicht darüber informiert worden war. Aber irgendwie ahnte sie, dass Inez sowieso nicht antworten würde.

Sie seufzte und ließ sich auf dem Sofa nieder. Auf dem Couchtisch lag das Buch, das Inez ihr bei ihrem letzten Besuch mitgegeben hatte. Meja googelte den Titel und las, dass der Roman mit Sandra Bullock in der Hauptrolle verfilmt worden war. Sie überlegte hin und her, doch dann lud sie sich den Film herunter und drückte auf Play. Klar, das war gemogelt, und sie würde Inez Edmark natürlich nicht sagen können, dass sie, anstatt das Buch zu lesen, den Film angesehen hatte, aber das versetzte sie immerhin in die Lage, ein paar oberflächliche Antworten in Bezug auf Charaktere und Handlung zu geben.

Zwei Stunden später lag sie auf dem Sofa und starrte die Decke an. Tausend Gedanken schossen ihr durch den Kopf. Die Botschaft des Filmes war eindeutig gewesen. Im Leben waren die Dinge nie nur schwarz oder weiß. Hinter jedem Schwarz war auch etwas zu finden, das dem Schwarzton Nuancen verlieh. Um das zu entdecken, musste man hinter die Kulissen blicken und nicht nur das bewerten, was das Auge wahrnahm. Man musste das gesamte Bild betrachten. Nicht nur den Dorn im Auge, der stach.

Inez hatte gesagt, das Buch werde ihr so manches über das Verhältnis zwischen Müttern und Töchtern beibringen. Erinnerungsfetzen aus ihrer Kindheit kamen hoch. Ihre Mutter hatte so eine Art an sich gehabt, wie sie seufzte und sehnsüchtig aus dem Fenster sah, dass es offensichtlich war, dass sie einfach nur ausreißen wollte. Vielleicht war das der Grund gewesen, warum Meja sich allergrößte Mühe gab, keinen Ärger zu machen oder im Weg zu sein. Meja war schon als Kind allein zurechtgekommen, hatte nie Hilfe bei den Hausaufgaben gebraucht, sich selbst das Frühstück zubereitet und sich um den Proviant für die Schulausflüge gekümmert. Worte wie Energie und Ehrgeiz gehörten zu Susannes Lieblingsvokabular, und Meja hatte versucht, genau diesem Bild zu entsprechen. Doch wie sehr hatte sie es vermisst, von ihrer Mutter einfach mal in den Arm genommen zu werden.

Meja stand auf, ging in die Küche und kochte sich eine Nudelsuppe, die sie an die Spüle gelehnt im Stehen aß. Wenn sie überlegte, war Susanne heute noch so: Sie versuchte, sie für ein Leben voller Energie und Ehrgeiz zu begeistern. Daher all die guten Ratschläge in Sachen Ausbildung und Job, wenn sie zusammen essen gingen. Johan hingegen sagte, dass Susanne es nicht böse meinte und Meja ihre Mutter noch immer mit den Augen des Kindes betrachtete. Sie bekam die Worte ihrer Mutter einfach in den falschen Hals. Wenn Susanne Kommentare über das, was sie für Mejas Unzulänglichkeiten hielt, abgab, lag das doch nur daran, dass sie ihre Tochter gern glücklich sehen wollte! Aber Johan war von Susannes überwältigendem Charme geblendet und hatte außerdem nicht mit diesem spitzen Stachel aufwachsen müssen. Der verbarg sich hinter ihrem netten Lächeln und stach zu, wenn man am wenigsten damit rechnete. Der schlimmste Stich hatte Meja in ihrer Teenie-Zeit getroffen, als Susanne im Streit gesagt hatte, dass mit Mejas erstem Atemzug all ihre Träume geplatzt waren. Welche Träume, wusste sie allerdings nicht. Aber offensichtlich hatte sie das Leben ihrer jungen, alleinstehenden Mutter, die Geld für sie zwei verdienen musste, zerstört. Und so hatte Meja mit den Schuldgefühlen gelebt.

Sie verdrängte diese Gedanken und ließ den Tag gemächlich verstreichen. Sie putzte Ingrids Käfig, schmierte sich ein Brot, duschte und ließ ihre Haare an der Luft trocknen, und als es auf fünf Uhr zuging, zog sie etwas widerwillig das neue Kleid an. Ein kurzer Blick in den Spiegel, und sie musste feststellen, dass sommergebräunte Beine dazu besser ausgesehen hätten. Und wenn schon. Auf jeden Fall erfüllte ihr Outfit die Bedingung »nett«. Sie griff nach Wagenschlüssel und Handtasche und flitzte los.

Wie gewohnt stellte sie ihren Wagen an dem Wäldchen ab und lief den kleinen Waldweg zu Inez' Haus. Als sie am Gartentor angekommen war, atmete sie einmal tief durch. Hoffentlich ging dieser Abend schnell vorbei.

Inez

Eine Flasche weißer Portwein von Graham's würde sich gut als Mitbringsel eignen. Gestern Nachmittag hatte Inez Sverker im Garten abgepasst und seine Einladung nachträglich angenommen. Er hatte sich viel Mühe gegeben, einigermaßen zurückhaltend »Das freut mich« zu erwidern, doch sie hatte hören können, wie seine Stimme vor Aufregung vibrierte.

Sie seufzte. Es war lange her, dass sie eine Einladung zum Abendessen bei jemandem zu Hause erhalten hatte, und sie hatte *nicht* den Eindruck, dass sie solch einen Umgang noch beherrschte. Sie war jetzt schon müde. Und das, obwohl sie früher die Nächte durchfeiern konnte. Aber jetzt hatte sie nicht zugesagt, weil sie Lust auf das Essen hatte, es ging ihr vielmehr darum, Einfluss nehmen zu können, wenn es um die neuen Nachbarn ging, die neben ihr einziehen würden. Wenn Sverker nicht total blauäugig war, dann würde er kapiert haben, dass sie jetzt, nach drei Jahren, nur zugesagt hatte, weil sie mit dem Makler bekannt waren. Und das würde sie auch geradeheraus zugeben. Sie konnten sich diesen Reigen Höflichkeitsformeln sparen und direkt zur Sache kommen, nämlich, wie sie es hinbekamen, dass da die richtige Person einzog.

Sie warf einen Blick auf die Uhr. Gleich würde Meja

kommen. Sie schien ein pünktlicher Mensch zu sein. Die Entscheidung, ihre Putzfrau mitzunehmen, hatte sie vorrangig deshalb getroffen, damit sie auf dem Heimweg Hilfe beim Gehen hatte, falls die Nachbarn eine Flasche Wein öffnen würden. Damit rechnete sie nämlich insgeheim. Sie konnte die zwei oft durch ihr Wohnzimmerfenster beobachten, wenn sie abends in ihrer Pergola bei einem Glas Wein saßen. Inez ging zum Fenster, kippte die Jalousie ein wenig und wartete darauf, dass Meja auf der anderen Seite des Gartentors auftauchte.

Fünf Minuten vor der verabredeten Zeit erschien sie. Inez nahm die Flasche und öffnete die Verandatür.

»Oh«, sagte Meja. Inez vermutete, dass das ihrem Aufzug galt, sie hatte nämlich ihre Haare mit Haarspray in Form gebracht und etwas Rouge aufgelegt.

»Und, was haben Sie vor?«

Inez gab keine Antwort, nahm aber Mejas zaghaftes Lächeln zur Kenntnis, als sie durch ihr Gartentor hinausgingen und dann das ihrer Nachbarn öffneten. Meja hatte mit großer Wahrscheinlichkeit mit etwas Schlimmerem gerechnet, als Sverker und Filip einen Besuch abzustatten.

Schon vom Tor aus konnten sie erkennen, dass die Nachbarn sich eine grüne Oase geschaffen hatten. Aber wie grün sie wirklich war, merkten sie erst, als sie den Fuß in den Garten setzten. Verschiedene Gartenräume gingen ineinander über und strahlten unterschiedliche Formen von Ruhe und Schönheit aus. Ein prunkvoller Rosenbogen führte in einen schlichteren, asiatisch anmutenden Bereich mit einem japanischen roten Fächerahorn in der Mitte, an den sich ein Kräutergarten anschloss.

»Oh«, sagte Meja noch einmal.

Sverker und Filip erschienen auf der Veranda, und Filip hatte schon ein Tablett mit vier gefüllten Sektgläsern vorbereitet.

»Herzlich willkommen«, sagte Sverker, und zur Feier des Tages war er in einem hellen Sakko und mit grauer Fliege erschienen. Filip trug ein etwas weniger festliches kurzärmliges Hemd und schien im mittlerweile kühlen Wind leicht zu frieren. Zum Abend hin hatte es deutlich abgekühlt. Inez überreichte den Portwein, den die beiden freudestrahlend entgegennahmen, dann schnappte sie sich ein Glas Sekt, prostete den anderen dreien zu und nippte daran. Manche Routine saß also doch noch.

»Was für einen wunderschönen Garten Sie haben«, sagte Meja und blickte staunend auf die intensiv blühenden Dahlien, die mit ihrer Farbenpracht die Veranda einsäumten.

Inez nickte, ganz erfreut darüber, dass Meja so viel soziale Kompetenz bewies, ihrem Gastgeberpaar als Erstes Komplimente zu machen. Auf die Art kam sie selbst drum herum.

»Vor ein paar Jahren habe ich einen *klassischen Burnout* gehabt«, erklärte Sverker. »Damals brachte Filip mir die Welt der Pflanzen nahe. Ich hatte nicht die geringste Ahnung von Büschen und Blumen, doch als ich völlig am Boden war, wurden die Pflanzen meine Medizin und über kurz oder lang auch meine Heilung. Heute sind sie meine Luft zum Atmen.« Er sah Filip an, machte mit einem lauten Lachen die andächtige Stimmung zunichte und gab seinem Mann einen kleinen Knuff in die Seite. »Sorry, meine Luft zum Atmen bist natürlich *du*, Filip!«

Dieser musste lachen und schüttelte den Kopf. »Wir

hatten eigentlich vor, draußen zu essen, aber jetzt ist es doch windiger als gedacht. Habt ihr etwas dagegen, wenn wir reingehen?«, fragte er.

Inez schüttelte den Kopf, kippte sich den Sekt hinunter und ging als Letzte hinein, gestützt auf ihren Treckingstock. Was schon auf den Garten zutraf, bestätigte sich beim Betreten der Innenräume: Das Haus ihrer Nachbarn war das krasse Gegenteil ihres Zuhauses. Nicht ein Gegenstand, der zufällig an seinem Platz war. Hier begegnete ihnen ein heimeliges und gemütliches Interieur. Satte Farben, dicke Wolldecken und große Kerzenständer. Nun stieß Meja zum dritten Mal ein »Oh« aus.

Sverker bot Inez seinen Arm an und geleitete sie zu Tisch, wo Filip ihr höflich den Stuhl abrückte. Eine Geste, die von ihr normalerweise einen Dank und ein Lächeln hätte erwarten lassen, doch jetzt fühlte sie sich aufgrund ihres Stocks und der schmerzenden Hüfte wie eine alte Frau. Leider fielen Dankesworte und charmantes Lächeln dieser Feststellung zum Opfer. Filip verschwand in der Küche und tauchte kurz darauf mit Vorspeisentellern wieder auf. Wunderschön in großen Muscheln angerichtet, servierte er Jakobsmuscheln. Der Anblick entlockte Inez nun doch ein Lächeln.

»Jakobsmuscheln mit Erbsen-Wasabi-Mayo«, sagte Filip, als er die Teller platzierte.

Inez fragte sich, ob es möglich war, dass es nur zwei Sorten DNA gab – entweder war man strukturiert oder ein heilloser Chaot. Sie war in ihrem Leben schon vielen Menschen begegnet, und meist gehörte zu einem schönen Garten auch ein schönes Haus und fast immer auch gutes Essen. Sie selbst hockte und arbeitete in einem Haus, das ihre Tochter als Müllhalde bezeichnete, sie hatte einen Garten, der aus algenbegrünten Wegplatten und Unkraut bestand, und brachte so wenig Lust zum Kochen auf, dass sie meist einmal eine Riesenmenge kochte und die ganze Woche lang dasselbe aß. In der darauffolgenden Woche gab es dann ein neues Gericht.

Meja, die den Platz schräg gegenüber von Inez zugewiesen bekommen hatte, linste unter ihrem Pony zu ihr herüber. Inez verstand ihren fragenden Blick sofort. Wie um alles in der Welt aß man so ein Kunstwerk? Sie stach die Gabel direkt in die Jakobsmuschel, führte sie zum Mund und kaute genüsslich. Meja verbarg ihr Lächeln unter der Serviette, dann machte sie es ihr nach. Filip und Sverker teilten die kostbare kleine Muschel in drei kleine Teile und genossen jedes von ihnen feierlich.

»Und Sie kommen derzeit als Putzhilfe zu Inez?«, fragte Filip und wandte sich Meja zu.

Sie schluckte die Muschel mit etwas Wein hinunter und nickte. »Ja, als Aushilfe.«

Dann wischte sie sich den Mund ab und stellte die Gegenfrage. »Was machen Sie beide denn beruflich?«

»Ich bin Gärtnermeister im Schlossgarten von Sofiero. Aber Kochen ist mein Hobby.«

»Und ich arbeite als MTA in einem Labor in Lund«, sagte Sverker. »Und wahrscheinlich haben Sie schon mitbekommen, dass der Beruf meines Mannes mein Hobby geworden ist.«

Meja und Inez nickten gleichzeitig. Sverker erzählte mehr von seiner Arbeit, wie er Moleküle, Mikroorganismen und Zellen untersuchte, bis Filip die Vorspeisenteller abräumte. Sverker stand auf und brachte neue Gläser, in die er nun Rotwein ausschenkte. Filip kam nach einer Weile mit dem Hauptgericht zurück. Wie ein professioneller Kellner balancierte er in jeder Hand einen Teller und platzierte sie mit einer eleganten Verneigung auf dem Tisch.

»Rinderfilet an gehackten Kräutern und gerösteten Pinienkernen, dazu ein Kartoffeltürmchen mit Pfeffersoße.«

Inez genoss den wunderbaren Duft. Jetzt waren die drei Jahre Gedrängel, ihrer Einladung zu folgen, verziehen. Filip nahm Platz und gab nickend das Startzeichen. Nun schwelgten sie in kulinarischen Hochgenüssen.

»Das ist ganz sicher das Leckerste, was ich je gegessen habe«, sagte Meja und schloss verzückt die Augen, als sie sich den nächsten Bissen in den Mund schob.

Filip grinste. »Das freut mich sehr. Kochen und Gärtnern haben einiges gemeinsam. Man sollte Respekt für die Ernte mitbringen, bei der Zubereitung Fingerspitzengefühl zeigen und sich am Ende Zeit lassen, das Ergebnis richtig zu genießen.«

Dann griff er das vorherige Gesprächsthema, seine Arbeit, noch einmal auf. »Wir beide lieben unsere Arbeit wirklich, aber Inez hat sicherlich den besten Beruf von allen gewählt«, sagte er und sah ihr in die Augen. »Andere Menschen in Fantasiewelten zu entführen. Sie zum Lachen und Weinen zu bringen, ihnen Türen zu öffnen, um der Wirklichkeit zu entfliehen und etwas übers Leben zu lernen.«

Inez machte sich über das nächste Stück Fleisch her und zuckte dezent mit den Schultern. Bei diesem Thema wollte sie nicht in die Tiefe gehen. Filip warf den Kopf in den Nacken und grinste Sverker an.

»Er hat all deine Bücher gelesen. Mindestens einmal.«

Sverker wurde rot. »Bücher waren für mich immer eine willkommene Gelegenheit zum Abschalten, und besonders deine gehen mir direkt ins Herz.«

Inez tupfte sich den Mund ab und legte die Serviette behutsam neben ihren Teller. Sie war die Autorin, die er bewunderte, aber sie hatte diese Bewunderungsphase längst abgeschlossen. Nur konnte sie das schlecht sagen, ohne unhöflich zu werden.

»Sogar in der leichten Unterhaltung liegt eine heilsame Kraft«, formulierte sie es schließlich und beschloss, mit dem Taktstock jetzt zu einem anderen Thema überzuleiten. Zu dem Thema, das der Grund für ihre heutige Anwesenheit war.

»Aber ich muss schon sagen, es ist ja furchtbar traurig, dass Viola so plötzlich verstorben ist«, sagte sie.

Filip erschauerte. »Ja, das war ein echter Schock für uns. Am einen Tag macht sie noch ihre Yogaübungen im Garten, am nächsten gibt es sie schon nicht mehr.«

»Du hast erwähnt, dass ihr Kontakt zu dem Makler habt, der mit dem Verkauf des Hauses betraut ist?«, sagte Inez und sah Sverker an, der nickte und wiederum Filip fragend ansah.

»Der Schwager meiner Schwester arbeitet in einem Maklerbüro. Er ist eigentlich für eine andere Region zuständig, aber mit einem guten Essen könnte man sicher ein paar Informationen aus ihm herausquetschen«, meinte Filip.

Jetzt strahlte Inez zum ersten Mal an diesem Abend übers ganze Gesicht.

»Und an so einem Abend könnten möglicherweise

auch ein paar Wünsche der Nachbarn zur Sprache kommen? Schließlich wohnen wir hier so dicht aufeinander.«

Filip lächelte. »Die Entscheidung liegt am Ende ja beim Verkäufer, und der sucht sich meist diejenigen aus, die das höchste Gebot abgeben.«

»Aber im Großen und Ganzen sind alle Menschen beeinflussbar, wenn man nur die richtigen Saiten anschlägt.« Inez nahm noch einen Schluck Wein, hob das Glas als Lob auf Filip und sagte: »Violas Kinder möchten doch bestimmt einen Käufer haben, der dem Haus, das ihre Mutter so geliebt hat, mit Hochachtung und Liebe begegnet? Um ihr Andenken zu bewahren?«

»Mit anderen Worten, keine zügellose Familie mit Kindern«, sagte Filip und zwinkerte ihr zu.

Inez feuerte ein Lächeln ab. »Ich kann den Fußball schon förmlich sehen, der über meinen unbedeutenden Garten fliegt und direkt in euren schönen Schmucklilien landet.«

Filips Augenbrauen rasten hoch in Richtung Stirn, und Sverker, der gerade das Dessert – eine Kugel Zitronenmousse, mit essbaren Veilchen dekoriert – hereintrug, stieß einen Laut des Schreckens aus. Inez schmunzelte, streckte den Rücken durch und kommentierte das Dessert vor ihnen auf dem Tisch. »Das sieht wirklich allerliebst aus.«

Der Auftrag des Abends war erledigt. Jetzt hatte sie sie dort, wo sie sie haben wollte. Nun konnte sie sich zurücklehnen und den Nachtisch genießen. Sie schenkte allen von dem Portwein ein, der auf dem Tisch stand, während Filip und Sverker die Köpfe zusammensteckten und sich berieten.

»Wir sollten den Schwager schnellstmöglich zum Abendessen einladen«, sagte Filip kurz darauf. »Fußbälle in unseren Schmucklilien müssen wir um jeden Preis verhindern.«

»Das kann ich gut verstehen«, sagte Inez und hob das Glas. »Auf ein Neues … der Abend ist schließlich noch jung?«

Meja

Viel hatte Meja an diesem Abend nicht von sich gegeben, doch genossen hatte sie ihn umso mehr. Die Aromen, die Düfte, die Umgebung, die softe Jazzmusik, die im Hintergrund plätscherte, und den mit kleinen Lavendelsträußen herrlich gedeckten Tisch. Für jedes Detail hundert Punkte. Anfangs war sie wirklich nervös geworden, hatte Angst gehabt, etwas Falsches zu tun oder zu sagen. Angst, dass Inez Edmark sich für sie schämen müsste. Doch schon bei der Jakobsmuschel hatte sie gemerkt, dass die Schriftstellerin sich wenig um Etikette scherte, und dann hatte Meja sich nach und nach entspannt.

Sverker rutschte mit seinem Stuhl näher und stieß mit ihr an, dass die Kristallgläser klirrten. Inez war unterdessen mit Filip im Gespräch über Ausflugsziele in der Gegend.

»Es ist fast so, als müsste man sich in den Arm kneifen«, erklärte er im Flüsterton. »Seit drei Jahren versuchen wir, sie zu überreden, unser Gast zu sein. Und mit einem Mal sagt sie zu.«

Meja sah das Funkeln in seinen Augen.

»Na ja, sie ist sicher gekommen, um uns dazu zu bringen, etwas Einfluss auf die Auswahl der neuen Nachbarn zu nehmen, aber dennoch …«

Er lächelte Meja an, die sein Lächeln erwiderte. Dann

legte er den Kopf etwas schräg. »Sie lesen wohl keine Bücher?«

Wie unangenehm. Er drückte sich auf dieselbe Art wie Inez aus, verpackte eine Behauptung in eine Frage. Konnte man es ihr vom Gesicht ablesen, wie Inez behauptet hatte? Sie kam nicht zum Antworten, denn er fuhr schon fort.

»Ihre Bücher über Freundschaft und Entscheidungen, die das Leben verändern, sind wunderbar.« Er rutschte näher an Meja heran. »Erzählt sie manchmal was von ihrer Karriere?«

Meja schüttelte den Kopf. »Nein, nie. Nicht ein Wort.«

»Und ich nehme mal an, dass sie auch aktuell nichts schreibt, oder?«, raunte Sverker und zwinkerte ihr vertrauensvoll zu.

Meja fiel die blaue Mappe ein, die man nicht anrühren durfte, doch sie schüttelte den Kopf. »Nicht, dass ich wüsste.«

Sie griff nach der Karaffe und schenkte sich Wasser nach. Vom Wein, möglicherweise auch von der Anspannung bei all den Gesprächen, hatte sich an ihren Schläfen ein leichter Druckschmerz bemerkbar gemacht. Sie beschloss, klar und deutlich zu antworten, ohne sich in Themen zu verstricken, die sie nichts angingen. Wie die Frage, ob Inez ein neues Buch schrieb.

»Nein, Sie haben recht. Ich lese nicht. Und ich hatte auch wirklich keine Ahnung, wer sie ist, bevor ich die Stelle angenommen habe.«

Sverker nickte verständnisvoll.

»Ich kann mir vorstellen, dass ihr das gefällt. Schließlich hat sie sich ja auch aus irgendeinem Grund aus der

Öffentlichkeit zurückgezogen. Die Zeitungen haben damals nicht gerade freundlich über sie geschrieben. Aber dass das der Grund war, keine Bücher mehr zu schreiben, glaube ich nicht. Im Gegenteil, eigentlich hatten ihre Leser erwartet, dass sie zwischen den Zeilen mit voller Kraft zurückschlagen würde.« Sverker sah Inez wieder bewundernd an. »Filip hat gesagt, ich soll nicht aufdringlich sein, aber mit den Blumen, die ich ihr an den Zaun hänge, versuche ich, ihr Leben hinter den heruntergelassenen Jalousien wenigstens ein bisschen zu verschönern. Ich hoffe, sie freut sich darüber.«

Meja bekam heiße Ohren, als sie an all die wunderbaren Blumen in Inez' Mülleimer denken musste, doch sie nickte kurz. »Sie zieren das Wohnzimmer.«

Sverker brach in Lachen aus. »Wirklich? Das habe ich zu Filip auch gesagt. Er hat gedacht, sie schmeißt sie auf den Müll.« Er schnaubte bei dem Gedanken daran. Meja lachte kurz auf, hoffentlich wirkte sie nicht nervös.

»Eines Tages«, sagte Sverker und beugte sich noch ein bisschen näher zu ihr, »hoffe ich, dass sie diese Blumen dazu bringen, ihre Jalousien hochzuziehen. Und sie wieder heil machen, so wie ihre Bücher mich geheilt haben.«

Meja nickte und bemerkte, dass Inez ihren Stuhl abrückte. »Wisst ihr was, es ist langsam Zeit für mich. Habt herzlichen Dank für einen wundervollen Abend.«

Auch Meja sprang auf, bedankte sich überschwänglich und stützte Inez beim Gehen. Sverker stellte sich neben Filip und lächelte. »Wir haben zu danken. Wenn du wüsstest, wie sehr wir uns auf dich gefreut haben.«

Inez murmelte etwas, das nicht zu verstehen war, und dann sagte sie: »Aber vergesst diesen Makler nicht. Es sieht ganz so aus, als würden sie mit den Besichtigungen bald anfangen.«

Sie nickten und drückten Inez und Meja kurz zum Abschied. Sverker öffnete die Verandatür. Besorgt betrachtete er, wie unsicher Inez davonhumpelte, doch sie winkte nur ab. »Wir kommen wunderbar zurecht.«

Die Solarlampen im Garten leuchteten, und nun war ihnen, als wanderten sie durch ein kleines Paradies.

Meja passte sich an Inez' langsamen Schritt an, als sie durch den Garten und dann auf den Weg zurück zum Haus gingen. Da blieb Inez stehen, nickte hinauf zum Himmel, der mit seinen dunklen Blau- und Rosatönen wie ein Gemälde in Acryl leuchtete.

»Nicht der allerschönste Garten ist damit zu vergleichen.«

Meja nickte und führte Inez durch das Gartentor. Sie konnte ihr ansehen, dass jetzt jeder Schritt ein Kampf war, nachdem sie stundenlang in ein und derselben Haltung zugebracht hatte und ihr Körper müde geworden war. Krampfhaft hielt sich Inez an Mejas Arm fest. Vor der Veranda blieb sie stehen.

»Können Sie sich vorstellen, dass so ein Absatz sich anfühlen kann, als müsste man einen Berg besteigen?«, sagte sie seufzend.

»Wäre es vielleicht besser, durch die Haustür zu gehen?«, fragte Meja.

»Die Stufe ist genauso hoch. Und auch noch aus Stein. Wenn ich da stürze, kann es noch viel schlimmer ausgehen.«

Inez brummelte vor sich hin. Spanisch oder Französisch, es war nicht zu verstehen.

»Wir zählen bis drei. Und dann mit Schwung.«

»Wollen wir nicht lieber Sverker fragen, ob er …«, sagte Meja.

»Meine Liebe, der Erniedrigung sind wirklich Grenzen gesetzt. Jetzt packen Sie an. Eins … zwei … drei.«

Inez stemmte sich mit dem Treckingstock hoch, und Meja zog. Sie kamen beide ins Schwanken, doch es funktionierte. Inez atmete erleichtert auf und ließ sich von Meja die Verandatür öffnen. Im Zimmer war es stockdunkel. Meja führte sie bis zum Sessel und knipste ein paar Tischleuchten an.

»Ich kann Ihnen auch gern ins Bett helfen.«

Inez schüttelte den Kopf. »Wenn Sie mir nur ein Glas Wasser bringen würden, dann komme ich schon zurecht.«

»Mir macht das aber gar nichts aus, ich habe solche Jobs auch schon gehabt«, erklärte Meja.

»Solche Jobs? Alten Leuten ins Bett helfen?«

Meja nickte.

Inez lachte trocken.

»Kriege ich jetzt ein Glas Wasser?«

Meja flitzte in die Küche und kam mit einem Glas Wasser mit Eiswürfeln wieder zurück. Auf dem kleinen Beistelltisch lag die blaue Mappe. Meja wollte sie gerade beiseitelegen, um das Glas abstellen zu können, als Inez schnell ihre Hand darauflegte. Ihre Blicke trafen sich. Meja schluckte. Inez nahm das Glas in ihre Hand.

»Sie können jetzt gehen. Vielen Dank für Ihre Hilfe«, sagte sie.

Widerwillig griff Meja nach ihrer Handtasche. »Schicken Sie mir einfach eine SMS, wenn irgendwas sein sollte. Egal was, egal wann. Versprechen Sie es mir.«

Inez fuchtelte mit den Armen. Jetzt sollte sie gehen. Meja presste die Lippen aufeinander und verließ das Haus. Es war kein gutes Gefühl, Inez in diesem Sessel hocken zu lassen, doch die alte Frau bestand darauf.

Meja konnte jetzt nicht mehr Auto fahren, daher rief sie die App des lokalen Verkehrsbetriebs in Schonen auf und suchte den Fahrplan des Busses heraus. Der nächste fuhr in zehn Minuten.

Mit schnellen Schritten lief sie durch das nun unheimliche, nächtliche Wäldchen, wo jeder Ast wie ein Arm aussah, der nach ihr griff.

Nach einer Weile tauchte der Bus auf, und sie war erleichtert. Als sie vor ein paar Stunden hierhergekommen war, hatte sie gehofft, dass der Abend schnell vorbei sein würde. Doch dann hatte sie richtig viel Spaß gehabt. Auch Inez war, trotz ihrer oft mürrischen Art, gut erträglich gewesen. Als Meja ihr später ins Bett helfen wollte, hatte sie sich auf einmal ganz verletzlich und stolz gezeigt, dabei hatte sie viel milder gewirkt als sonst. Jetzt freute sich Meja fast schon auf ihre Arbeit am nächsten Tag. Auf jeden Fall würde sie sich vergewissern, ob Inez auch gut ins Bett gekommen war.

Inez

Von energischem Klopfen an der Haustür schreckte Inez aus dem Schlaf. Sie stöhnte auf. In ihrem Kopf spürte sie ein unangenehmes Dröhnen, und die trockenen, aufgesprungenen Lippen schmeckten nach Blut, als sie mit der Zunge darüberfuhr. Die Erinnerungen an den vergangenen Abend wurden nach und nach wieder wach. Das Essen und die vergnügliche Unterhaltung bei Sverker und Filip, Mejas Sorge, sie hier allein zu lassen, ihre Entscheidung, einfach im Sessel zu schlafen, als die Müdigkeit, der Schmerz und der Rausch sie hier festnagelten. Das war ein Fehler gewesen. Gequält griff sie nach ihrem Treckingstock, während die Person auf der anderen Seite der Tür erneut zu klopfen begann.

»Ich komme ja! Nur mit der Ruhe!«, rief sie.

Sie nahm den Stock, drückte ihn fest auf den Boden und schob sich ächzend hoch. Langsam schlurfend schleppte sie sich, einen Fuß vor den anderen, durch den Flur und öffnete die Haustür. Vor ihr stand ihre Tochter.

»Amelia?«

»Mein Gott«, rief Amelia und schlug sich die Hand vor den Mund.

»Rufen wir jetzt nicht mehr vorher an, wenn wir Besuche machen?«, fragte Inez und drehte um, so rasch es ihr möglich war. Es wurde eine ungelenke Pirouette, wie in Zeitlupe.

»Ich habe gestern Abend und heute Morgen angerufen, und als du nicht abgenommen hast, habe ich gedacht …«

»Dass die Alte den Löffel abgegeben hat? Ich hab doch gesagt, an einem Beckenbruch stirbt man nicht.«

»Ich hatte Angst, dass du noch mal gestürzt bist«, sagte Amelia betreten und legte ihren Blazer ab. Die Schuhe behielt sie an.

»Na gut. Wenn du schon da bist, könntest du vielleicht Kaffee kochen?«

Amelia ging ins Wohnzimmer und zog die Jalousien hoch, so wie immer, wenn sie zu Besuch kam, dann verschwand sie in der Küche, und Inez ergriff die Gelegenheit und versteckte die blaue Mappe im Bücherregal. Dann begab sie sich ins Badezimmer. Als ihr Blick auf ihr Spiegelbild fiel, musste sie laut lachen. Sie sah wirklich heruntergekommen aus. Kein Wunder, dass Amelia beunruhigt schien. Inez' Haare standen vom Haarspray und der Nacht im Sessel wirklich in alle Richtungen ab. Ihre Augen waren rot gerändert und ihre Lippen aufgesprungen. Sie klatschte sich kaltes Wasser ins Gesicht, fuhr mit Vaseline über die Lippen und bürstete sich das Haar.

»Ich war gestern auf einem Fest«, sagte sie zu Amelia, als sie in die Küche kam. »Falls du dich wunderst, wie ich aussehe.«

»Ein Fest?«

»Ja, bei den Nachbarn.«

Amelias Stirnfalte glättete sich.

»Bei den zwei Männern?«

»Ja, bei Sverker und Filip.«

»Aber du hast doch immer gesagt, dass du keine Lust auf so ein Abendessen hast, zu dem sie dich ständig einladen.«

»Ja, aber jetzt hat sich herausgestellt, dass sie diesen Makler kennen, der Violas Haus verkaufen soll. Ich wollte mich mal für Käufer ohne kleine Kinder ins Zeug legen.«

Amelia holte zwei Tassen und Teller aus dem Schrank. »Ach so, mit anderen Worten, du hast einen Hintergedanken gehabt. Warum nicht einfach nur mal Spaß haben?«

Schon war die Falte zurück am Platz, als Amelia mit zwei gefüllten Kaffeetassen an Inez vorbeilief. Inez folgte ihr gemächlich. Sie schielte zu den Fenstern hinüber. Am liebsten würde sie die Jalousien sofort wieder herunterlassen, aber damit musste sie wohl warten, bis Amelia wieder gegangen war.

»Ich hatte einen Hintergedanken *und* Spaß noch obendrein. Das Leben ist nicht nur schwarz oder weiß. Die Farbpalette dazwischen ist unerschöpflich.«

Amelia schnaubte. So wie sie es zu tun pflegte, wenn ihr eigentlich danach war zu fluchen, doch das konnte sie nicht leiden.

Sie setzten sich an die Seite des Tisches, die nicht mit Krimskrams vollgerümpelt war, wohin Amelia einen Brotkorb und Butter gestellt hatte.

»Wir haben in ihrem hübsch angelegten Garten Sekt getrunken, und dann haben sie uns zu einem unglaublich guten Abendessen eingeladen, dessen Zutaten ebenso perfekt aufeinander abgestimmt waren wie die Einrichtung in ihrem gemütlichen Haus. Warum haben Homosexuelle eigentlich immer so einen außerordentlich guten Geschmack und so ein Händchen für Details?«

Jetzt legte sich Amelias Stirn richtig in Falten.

»Du bist diejenige, die von der Palette zwischen Schwarz und Weiß redet, hast aber erstaunlich viele vorgefertigte Meinungen. Es haben nämlich nicht *alle* Homosexuellen schöne Wohnungen und können gut kochen. Ich kenne einige, die völlig durchschnittlich und eher unordentlich sind, die lieber auswärts essen gehen, als selbst zu kochen, und die für ihren Einrichtungsstil keinen Blumentopf gewinnen würden.«

Inez nahm sich ein Brot und genoss den dicken Belag mit Butter.

»Du vergisst doch hoffentlich nicht zu essen?«, fragte Amelia und musterte sie. »Ich habe den Eindruck, dass du schmal geworden bist.«

»Schmerz verbrennt eben Energie.«

»Wohl kaum, oder?« Amelia blinzelte. »Hast du denn starke Schmerzen? Nimmst du was dagegen ein?«

Inez wollte gerade antworten, da klopfte es wieder. Diesmal an der Verandatür. Und lange nicht so energisch, wie Amelia es getan hatte. Trotz der hochgezogenen Jalousien hatten sie Meja nicht bemerkt, die jetzt dastand und leicht verunsichert von draußen winkte.

»Kommen Sie rein«, rief Inez.

Meja öffnete die Tür und machte einen Schritt ins Wohnzimmer. »Meine Putzhilfe Meja«, erklärte Inez, und Amelia erhob sich, um Guten Tag zu sagen.

»Sie haben hier sicher keinen einfachen Job«, sagte sie und lachte etwas nervös, als sie Meja die Hand schüttelte.

Inez bot ihr einen Stuhl an. »Amelia ist meine Tochter. Sie hat gedacht, ich sei tot, und ist extra aus Kopenhagen hergefahren.«

»Du bist ja nicht ans Telefon gegangen«, entgegnete Amelia.

Inez nahm noch ein Brot und sprach weiter. »Meja war auch mit bei den Nachbarn.«

Amelia blickte auf. »Ach ja? Wie nett.«

»Meine rechte Hand«, sagte Inez und biss herzhaft in ihr Brot.

»Ich habe noch nie so gut gegessen«, sagte Meja und ignorierte geflissentlich die Tatsache, dass Inez von ihr wie einer Privatsekretärin sprach und nicht von einer Putzkraft. Dann wandte sie sich Inez zu: »Haben Sie denn gut geschlafen? Ich hatte ein richtig schlechtes Gewissen, Sie hier im Sessel sitzen zu lassen.«

Inez kaute fertig und stand auf. »Hervorragend, wie eine Prinzessin auf tausend Daunendecken.«

Im Augenwinkel sah sie Amelia, die den Kopf schüttelte und gestikulierte, den Finger auf den Sessel gerichtet.

»Oh«, sagte Meja wieder, wie es ihre Art war.

Wie interessant, dachte Inez, so ein unscheinbares Wort in so vielen verschiedenen Zusammenhängen zu benutzen – Überraschung, Staunen, Wut, Freude, Bedauern. Für Meja war alles »Oh«. Inez machte es sich im Sessel bequem.

Meja kam, setzte sich neben sie und beugte sich vor.

»Ich könnte auch später wiederkommen. Jetzt haben Sie ja Ihre Tochter da.«

»Kommt nicht infrage. Schließlich war sie nicht angemeldet. Und außerdem ist das für sie gerade wie Weihnachten – ihrer Mutter beim Aufräumen zuzusehen.«

Meja rutschte hin und her und warf Amelia einen unsicheren Blick zu. Doch die lächelte nur.

»Ich hab noch einiges zu erledigen, also würde ich sagen, ich verdrücke mich und bin zum Mittagessen zurück. Wie wäre das?«

Inez nickte und zeigte auf einen Bücherstapel. Meja trug ihn her, und dann begannen sie mit dem üblichen Verfahren. Meja nahm das oberste Buch in die Hand, Inez sagte, ob sie es behalten oder verschenken wolle.

Als Amelia durch die Tür verschwunden war, stand Inez sofort auf und ließ die Jalousien herunter. Die Müdigkeit saß ihr wie Blei in den Gliedern. An so einem Tag würde sie sich ganz bestimmt nicht mit Aufräumarbeiten beschäftigen.

»Ich lege mich mal eine Weile aufs Ohr. Das Fest gestern Abend hat mich ziemlich geschafft. Sie können entweder wieder gehen oder, wenn Sie möchten, eine grobe Sortierung allein vornehmen, und ich sehe die Stapel dann hinterher durch.«

Inez gähnte und begab sich in ihr Schlafzimmer, Mejas verunsicherter Blick begleitete sie. Sie ließ sich einfach auf den Bettüberwurf plumpsen, voll bekleidet, und war kurz darauf schon im Tiefschlaf.

Als sie drei Stunden später wieder erwachte, stand ihr der Schweiß auf der Stirn. Sie bekam die Einzelheiten ihrer Träume nicht mehr zu fassen, doch sie wusste noch genau, wohin sie sie geführt hatten. Mit dem Buch über die Austerntaucherin öffnete sie eine Tür in die Vergangenheit. Bislang sickerte die Geschichte wie ein kleines Wässerchen noch leise vor sich hin, doch ihr war klar, dass sie, wenn es an der Zeit war, mit all ihrer Kraft durch den Spalt drängen würde, bis sie wasserfallartig hindurchbrach.

Das Risiko, dass sie Inez mit sich riss, bestand. Ob sie das überleben oder ertrinken würde, würde die Zeit zeigen.

Langsam stand sie vom Bett auf und ging hinüber ins Wohnzimmer. Meja war inzwischen nach Hause gegangen, hatte aber auf dem Tisch einen Zettel hinterlassen.

Ich habe schon einmal vorsortiert. Dabei sind einige Fotos aufgetaucht, die ich zur Seite gelegt habe. Ich wusste nicht, ob ich heute länger bleiben sollte, doch ich wollte Sie nicht wecken. Falls Sie mich heute noch brauchen, rufen Sie einfach an. Ich kann jederzeit da sein / M

Wenn die Gute jederzeit ausrücken kann, kann sie selbst kein Leben haben, dachte Inez, und dann fiel ihr Blick auf die alten Fotos. Sie setzte sich und begann, sie durchzusehen. Es waren Aufnahmen von Leseevents, Signierstunden, Podiumsdiskussionen und Festen. Ein Gefühl, als sehe sie eine andere Person. Sie musste schmunzeln und brach hin und wieder sogar in Lachen aus. Immer schick angezogen, in Seidenblusen und Pumps. Meist mit Champagnerglas in der Hand. Auf manchen Fotos war auch Amelia abgebildet, sie hing entweder am Rockzipfel der Mama, oder Cristy hielt sie an der Hand.

Inez biss sich auf die Unterlippe und legte die Bilder umgedreht auf die Tischplatte. Sie hatte jede Sekunde genossen. Obwohl sie die Schulabschlussfeiern ihrer Tochter verpasst hatte, von Männern verlassen worden war, weil sie angeblich zu viel arbeitete, und heulend in Embryohaltung auf dem Boden gelegen hatte, bis Cristy sie aufgesammelt und mit ein paar tröstenden Worten und einem Glas Whisky ins Bett gebracht hatte. Sie hatte es geliebt, etwas zu fühlen. Den leidenschaftlichen Umgang mit ihren Worten. Mit ihren Geschichten. Mit den ausgedachten Menschenleben. Sie blickte sich um. Ihr Leben, wie es heute aussah, hatte keinerlei Ähnlichkeit mehr mit dem Leben von damals. Aber sie konnte halbe Sachen nicht ausstehen, und mit dem Leben war es nicht anders. Daher hatte sie Karriere und Prominentenstatus gegen das krasse Gegenteil eingetauscht: Stille, Einsamkeit, Abgeschiedenheit.

Beim ersten Geräusch von der Haustür ließ sie die Fotos sofort unter einer Zeitung verschwinden.

»Ich habe etwas zum Mittagessen mitgebracht.« Amelia stand mit drei Schalen Caesar Salad in der Tür. Sie blickte sich um. »Ach, ist deine Putzfrau schon wieder weg?«

»Ja, sie kommt nur vormittags.« Inez nickte auf den Salatberg. »Stell eine Schale einfach in den Kühlschrank.«

Amelia brachte den Salat in die Küche, und als sie wieder im Wohnzimmer stand, begann sie zu erzählen, was sie in der Zwischenzeit unternommen hatte. Von der Ausstellung, die gerade in Dunkers Kulturhaus zu sehen war, dem Parfüm, das sie sich gekauft hatte, und dem Vanille-Latte, den sie im Espresso House am Hafen getrunken hatte. Das hatte sie schon von klein auf gemacht – haarklein alles berichtet, was sie erlebt hatte, wenn Inez fort gewesen war. Als Amelia schon erwachsen war und eine Therapie angefangen hatte, hatte sie Inez einmal angerufen und sich erkundigt, warum sie sie eigentlich nie gefragt hatte, wie ihr Tag gewesen war und was sie unternommen hatte. Inez hatte geantwortet, dass das nie nötig gewesen sei, denn Amelia hatte ja von allein schon wie ein

Wasserfall gesprudelt. Amelia hatte mit dem Hinweis gekontert, dass sie deswegen immer viel erzählt hatte, weil sie ja wusste, dass Inez nicht nachfragte. Dass es sie einfach nicht interessierte. Inez hatte erklärt, dass man sich durchaus für jemanden interessieren könne, ohne haarklein zu wissen, was dieser Mensch am Tag unternommen hatte.

»Das klingt, als hättest du es genossen«, sagte sie nun, um etwas für die gute Stimmung zu tun.

»Und ihr habt gearbeitet?«, fragte Amelia und blickte sich um.

»Ja, wir nehmen uns einen Stapel nach dem anderen vor. Es geht nicht besonders schnell voran, aber es bewegt sich was.«

Amelia nickte, hatte aber offensichtlich das Gefühl, es ginge zu langsam. »Du kannst dir doch leisten, noch ein paar Putzhilfen mehr zu ordern. Dann könnten sie sich jeder einen Raum vornehmen und parallel putzen. Das wäre effektiver, findest du nicht?«

»Dann hätte ich auch gleich einen Container bestellen und einfach alles reinschmeißen können.«

Amelia zuckte mit den Schultern, was vermuten ließ, dass sie dies nicht für die schlechteste Vorgehensweise gehalten hätte. Still aßen sie ihren Salat, dann warf Amelia einen Blick auf die Uhr.

»Ich muss wieder zurückfahren. Bist du sicher, dass du allein zurechtkommst? Wenn du Hilfe brauchst, kannst du auch jederzeit zu mir kommen, das weißt du?«

»Ja, danke«, sagte Inez und fuchtelte abwehrend mit ihrem Treckingstock.

Amelia zog die Jalousien noch einmal hoch, griff nach

ihrer weinroten Lederhandtasche und drückte ihre Mutter kurz, bevor sie ging. »Pass auf dich auf.«

Inez nickte und stand noch da, bis Amelias Wagen ansprang. Dann schloss sie die Tür, ging ins Wohnzimmer und ließ die Jalousien wieder herunter. Als Nächstes holte sie sich die blaue Mappe und setzte sich in ihren Sessel. Zum Ticken der Wanduhr las sie die letzten Seiten noch einmal. Überraschenderweise trat ihr eine Träne ins Auge. Ganz langsam bahnte sie sich einen Weg durch die Faltenlandschaft ihrer Haut. Sie wischte sie mit der Hand weg. Es wäre wesentlich leichter gewesen, den Sack wieder zuzuschnüren und zu behaupten, das Buch sei eine Schnapsidee gewesen, und einfach die Seiten zu löschen, die sie bereits formuliert hatte. Aber jetzt verstand sie, dass sie diese Geschichte gar nicht für sich selbst zu Papier brachte, sondern für Amelia. Sie würde Inez' Erklärung und Entschuldigung in einem sein. Sie würde die Antwort darauf geben, warum sie die wurde, die sie geworden war, und warum das Schreiben für sie immer so blutiger Ernst gewesen war. Die Geschichte würde die Farbpalette zwischen Schwarz und Weiß füllen. Die Antwort auf alle Fragen sein. Denn das war sie ihrer Tochter schuldig.

Sie seufzte, ging ins Schlafzimmer, setzte sich an den Computer und begann darüber zu schreiben, wie Mathilda ihr Leben beeinflusst hatte. Was wäre aus ihr geworden ohne sie? Und wer?

1971

Ebenso sehr, wie ich es liebte, mich in Mathildas Welt aufzuhalten, liebte sie es, mich alles über sie zu lehren. Deshalb gab sie mir Unterricht über all die, wie sie es nannte, wundersamen Wunderbarkeiten unter der Wasseroberfläche, wenn wir mit ihrem Boot rausfuhren aufs Meer. Voller Überzeugung fütterte sie mich mit Wissen über Beifang und Ringelwürmer. Das meiste davon hatte ich bereits wieder vergessen, wenn wir an Land gingen. Doch manches behielt ich ein Leben lang. Zum Beispiel, dass man an der Farbe der Auster erkennen kann, ob sie tief am Meeresgrund gewachsen war oder näher an der Oberfläche. Wenn sie ganz hellgrün war, hatte sie ihr Leben weiter oben im Wasser verbracht. Mathilda mochte die Dunkelgrünen am liebsten, die aus der tiefsten Tiefe kamen, doch ich war mehr für die, die näher an der Oberfläche lebten. Ich nehme an, das sagte schon viel darüber aus, was für Menschen wir waren.

Mathilda war komplex. Transparent und undurchdringlich zugleich. Voller Neugier versuchte ich, sie nach und nach zu entschlüsseln, um auf dieses magische Geheimnis zu stoßen, wie sie als menschliches Wesen so mit der Natur in Einklang sein konnte. Das ihr ihre Berufung gezeigt hatte, ihren Platz im Leben. Jedes Mal, wenn sie die Wasseroberfläche durchstieß und in der Tiefe verschwand, war es, als halte alles rundherum die Luft an, um dann erleichtert wieder aufzuatmen – jetzt war sie dort, wo ihr Zuhause war. Wer diesen Augenblick miterlebt hatte, würde fortan immer nach etwas suchen, was einem dieselbe tiefe Befriedigung schenken konnte.

Wir kamen uns sehr, sehr nah, aber ich habe nie geglaubt, dass ich ihr tiefstes Innerstes wirklich gekannt habe. Aber indem ich versucht habe, sie zu verstehen, lernte ich nach und nach immer mehr über mich selbst. Wenn ich sie beobachtete, wie sie die Grenzen sprengte, wollte auch ich meine Grenzen sprengen. Mit meiner Arbeit in der kleinen Buchhandlung war ich ganz zufrieden, in meiner Wohnung in Kobbholmen fühlte ich mich wohl, und Mathilda in meiner Freizeit zu treffen, gefiel mir sehr, aber damals spürte ich, dass noch etwas anderes auf mich wartete. Im Alter von einundzwanzig ahnte ich, dass meine Lebensaufgabe gar nicht fernlag. Ich hatte nur noch keine Ahnung, was das sein sollte. Jetzt, wenn ich zurückblicke, weiß ich, dass ich meine Berufung in den Kreisen fand, die sich im Wasser bildeten, wenn Mathilda hineintauchte. Denn wenn sie unter Wasser war, saß ich auf einem Felsen und schrieb in meine schwarze Kladde. Da saß ich, wenn die Sonne den Stein aufgeheizt hatte, und da saß ich, wenn der Schnee unter den Sohlen knarzte und die Buchstaben kaum mehr leserlich waren, weil ich den Stift mit so dicken Wollfäustlingen hielt. Ich schrieb über die Natur, über Mathilda, über meine intimsten Gedanken und Träume. Damals wusste ich es noch nicht, aber in all den Stunden, in denen Mathilda ihrem Ruf folgte, wurde der Same für meinen eigenen gesät. Das Schreiben. Was zu meinem größten Glück werden sollte, aber auch zu meiner schrecklichsten Tragödie.

Meja

Ziellos wanderte Meja durch die Straßen. Sie hatte Johan gefragt, ob er Lust hätte, einen Spaziergang mit ihr zu machen. Wie so oft schon. Und seine Antwort war die übliche gewesen. *Ein anderes Mal.* Sie lief durch die belebten Sträßchen, zwischen den Geschäften und Restaurants hindurch, kam an Dunkers Kulturhaus vorbei, das wie eine weiße Baiserhaube im Norra Hamnen lag, und folgte dem Kai. In den Straßencafés saßen viele Menschen, die lachten und sich angeregt unterhielten. Genau deswegen spazierte Meja nur selten durch diese Straßen. Solche Orte erinnerten sie daran, dass die Welt voller gut gelaunter Menschen war. Zu denen sie definitiv nicht gehörte. Dabei hatte sie gar kein Gefühl von Eifersucht, es war eher eine Art Unbehagen. Meja fühlte sich irgendwie fehl am Platz. Vor einem Restaurant blieb sie stehen und sah an der Fassade hinauf bis zum obersten Stockwerk. Hier irgendwo musste Susanne wohnen, bei Bengt. Sie griff nach ihrem Handy und hatte plötzlich die Nummer ihrer Mutter in den Kontakten aufgerufen.

»Susanne«, erklang es nach ein paar Klingeltönen.

»Ich mache gerade einen Spaziergang und stehe vermutlich gerade vor Bengts Wohnung unten auf der Straße. Wollte nur kurz nachfragen, ob ich auf einen Kaffee hochkommen soll und mir mal ansehen, wo du jetzt wohnst?«

Es wurde still in der Leitung, und als Meja wieder nach oben blickte, entdeckte sie ihre Mutter, die sich im Penthouse übers Geländer beugte.

»Ach so«, sagte Susanne. »Kein Problem. Ich mache auf.«

Meja bereute ihre Aktion sofort, als sie die Tür aufstieß. Was war eigentlich in sie gefahren? Susanne und sie trafen sich doch nie spontan. Einmal im Monat gingen sie zusammen essen, trafen sich bei Geburtstagsfesten und an dem ein oder anderen Feiertag. Zu Weihnachten sahen sie sich nie. Da war Susanne immer verreist. Sie behauptete, sie habe eine Weihnachtsmann-Phobie, so wie manche Leute eine Clown-Phobie haben. Aber Meja nahm an, dass es sich wohl eher um eine Familienfest-Phobie handelte.

Langsam stieg sie die Treppe hoch. Meja benutzte nie den Fahrstuhl, auch nicht in einem Haus mit sieben Stockwerken. Was allerdings nicht daran lag, dass sie Angst hatte, der Fahrstuhl könne stecken bleiben oder in den Keller abstürzen, wovor sich manche ihrer Arbeitskollegen fürchteten. Es lag am Spiegel. Das war ihre Phobie. Sie hielt es nicht aus, in einem engen Fahrstuhl zu stehen und sich von ihrem eigenen Spiegelbild beobachtet zu fühlen.

Dreimal stoppte sie und schnappte nach Luft, bevor sie die oberste Etage erreicht hatte. Susanne stand schon in der Tür.

»Bengt ist auf Dienstreise in Stockholm und kommt erst morgen wieder zurück«, sagte sie.

Meja nickte, hängte ihre Jeansjacke im Flur auf, stellte ihre Schuhe ordentlich ins Schuhregal und folgte ihrer Mutter, die ihr Gästezimmer, Schlafzimmer, Küche,

Arbeitszimmer und schließlich das Wohnzimmer der Reihe nach vorführte. Susannes Frisur und Make-up waren perfekt, und sie trug eine lachsfarbene Seidenbluse zu einem engen, anthrazitfarbenen Rock. An den Füßen hatte sie Hausschuhe mit Absatz. Ziehen Sie was Nettes an, hatte Inez es formuliert, als sie kürzlich bei ihrem Nachbarn eingeladen gewesen waren. Das Kleid, das Meja gekauft hatte, war nicht annähernd so schick wie das Outfit, das ihre Mutter an einem gewöhnlichen Wochentag zu Hause trug, obwohl sie ganz allein war. Eigentlich kein Wunder, dachte Meja, schließlich lagen Welten zwischen ihnen.

»Ist die Wohnung nicht schön?«, fragte Susanne und wies auf die riesige Fensterfront zum Öresund hinaus, mit Blick auf die schwedische und die dänische Küste.

»Absolut«, antwortete Meja und trat ans Fenster, um den Ausblick zu bewundern.

»So«, sagte Susanne und ging dann in die Küche, wo sie die Espressomaschine einschaltete. »Können wir jetzt einen neuen Job feiern?«

»Nein, zuerst muss ich diesen Aushilfsjob hinter mir haben, dann kann ich mich auf etwas Neues bewerben.«

Sie gingen zurück ins Wohnzimmer, wo Susanne die winzige Tasse mit Untertasse auf den Glastisch stellte und Meja bat, auf dem weißen Ledersofa Platz zu nehmen. Meja nippte an dem starken Espresso.

»Und was macht Johan?«, fragte Susanne.

Meja zuckte mit den Schultern. »Alles gut. Im Moment macht er wohl ein Computerspiel.«

Susanne zog die Augenbrauen hoch, als sie die Enttäuschung in Mejas Stimme bemerkte. »Er hat sein Hobby zum Beruf gemacht. Du solltest dir auch ein Hobby zulegen, und einen Beruf, der mehr Spaß macht«, schob sie mit einem Zwinkern hinterher.

Meja nahm den nächsten Schluck Espresso. Eigentlich merkwürdig, dass ihre Mutter, die ihr Leben so oft kritisierte, nie einen Kommentar dazu abgab, dass Johan mit seinen bald vierzig Jahren die meiste Freizeit mit Computerspielen verbrachte. Selbst wenn er das beruflich brauchte. Und sie hatte durchaus ein Hobby – Ingrid. Als Kind hatte sie nie das Haustier bekommen, das sie sich gewünscht hatte. Ihr Leben lang sehnte sie sich schon nach einem Hund. Aber das ließ sich mit ihrer Arbeit überhaupt nicht vereinbaren. Und Johan behauptete, er sei gegen Tiere mit Fell allergisch, doch Meja vermutete, dass er in Wirklichkeit nur die Verantwortung scheute. Wenn es nach ihr gegangen wäre, hätte sie längst auch Vögel, Schildkröten, Hamster, Kaninchen und weitere Meerschweinchen im Haus.

»Hast du früher nicht eigentlich gern fotografiert?«, fragte Susanne.

Meja blickte auf. Doch. Das stimmte. Allerdings hatten irgendwann die Handys Welt und Alltag erobert, und die digitale Systemkamera war in irgendeiner Kiste verschwunden.

Aber in der Tat konnte sie Fotos etwas abgewinnen. Als sie das letzte Mal bei Inez zum Putzen gewesen war und den Stapel Fotos zwischen zwei Romanen gefunden hatte, wollte sie sie spontan gar nicht ansehen, doch dann hatte sie den Blick nicht abwenden können. Wenn man eine Fotografie nur lange genug betrachtet, entsteht eine Art Sog, der einen in das Bild hineinzieht. Man kann die

Geräusche hören, die Düfte und Aromen wahrnehmen. Wenn sie Inez auf all den Bildern betrachtete, sah sie einen Menschen, der in diesem Moment glücklich war. Meja hatten die Bilder derart in ihren Bann gezogen, dass sie die Zeit vergaß. Sie musste dann eine schludrige, völlig unsystematische Sortierung der restlichen Bücher vornehmen, um ihr Pensum in ihrer verbleibenden Arbeitszeit zu schaffen.

»Stimmt, ich fotografiere gern«, antwortete sie.

»Das könnte man schon als Hobby bezeichnen«, sagte Susanne und streckte die Hand zu ihrem Handy aus, von dem eine spanische Schnulze als Klingelton ertönte.

»Lizette«, rief sie aus und warf einen Blick auf die Uhr. »Du meine Güte, das hab ich ganz vergessen. Meine Tochter ist kurz vorbeigekommen und brauchte ein bisschen Lebenshilfe. Du kennst das ja.« Susanne lächelte Meja an. »Ich komme gleich runter. Bestell schon mal Champagner – im Eiskübel. Tschüss.«

Susanne sprang auf. »Ich habe total vergessen, dass ich eine Verabredung mit Lizette habe, erinnerst du dich noch an sie? Kents Schwester.«

»Klar«, sagte Meja und stand ebenfalls auf.

Kent und Susanne hatten ein paar stürmische Ehejahre miteinander verbracht. Er selbst hatte keine leiblichen Kinder gehabt, und als der Kettenraucher schließlich an Lungenkrebs verstarb, hatten Susanne und seine Schwester sein Geld geerbt. Seitdem hatte Susanne keinen Tag mehr gearbeitet. Den Kontakt zu Lizette hielt sie weiterhin.

»Ach so, deshalb bist du so ausgehfertig«, sagte Meja, als sie im Flur wieder Schuhe und Jacke anzog.

Susanne brach in Lachen aus. »Ich bin immer ausgehfertig, wie Dolly Parton. Niemand, und ich meine wirklich niemand, wird mich jemals ohne Make-up und frisierte Haare zu Gesicht bekommen. Ich selbst auch nur selten.«

Sie stellte sich vor den Spiegel, legte noch eine Schicht roten Lippenstift auf, presste die Lippen aufeinander und sagte: »Das ist das Einzige, was ich für meine Beisetzung schon verfügt habe, dass mich ein Make-up-Artist schminken und meine Haare in Ordnung bringen soll, damit ich so hübsch wie möglich in den Ofen geschoben werde.«

»Oh, Mama«, sagte Meja. Ihr lief ein kalter Schauer über den Rücken.

Susanne brachte ihr Haar noch einmal in Form, drehte sich zu Meja um und grinste breit.

»Weißt du, warum die Menschen so eine Angst vor dem Tod haben?« Sie ließ keinen Platz für die Antwort, sondern fuhr gleich fort: »Weil sie nie richtig gelebt haben.«

Meja nickte kurz und seufzte innerlich. »Wollen wir jetzt zusammen runtergehen?«

»Nein, geh schon vor. Ich räume hier noch schnell auf, dann mache ich mich auf den Weg.«

Meja verabschiedete sich, verließ die Wohnung und lief die vielen Stufen hinunter und hinaus auf die Straße. Ihr Puls raste, nicht nur wegen der Stufen, sondern auch, weil sie ihrer Mutter einen Besuch abgestattet hatte. Einfach so. Langsam trat sie den Heimweg an. Zu Hause legte sie die Hand auf die Klinke, doch hielt inne. Ihr Blick fiel auf die Treppe, die zum Dachboden führte. Sollte sie da jetzt vielleicht hochgehen und nach der Kamera suchen, die sie früher heiß und innig geliebt hatte? Ein bisschen mehr leben. Wie ihre Mutter ihr geraten hatte.

Inez

Zum ersten Mal seit ihrem Sturz hatte Inez ihre Tabletten so eingenommen, wie der Arzt sie ihr verschrieben hatte. Die richtige Dosis zum richtigen Zeitpunkt, bevor sie schlafen ging. Und siehe da, jetzt war der Schmerz längst nicht mehr so schlimm.

Inez ging in die Küche, schmierte sich ein Vollkornbrot und belegte es mit einer Scheibe Käse. Kochte sich eine Tasse Earl Grey, rührte einen Teelöffel Zucker hinein und ging wieder ins Wohnzimmer. Nachdem sie einen schnellen Blick auf den Stapel der Bücher, die Meja zum Verschenken aussortiert hatte, geworfen hatte, war Inez klar, dass Meja ein sehr distanziertes Verhältnis zu Büchern hatte. Wie ähnlich sie Amelia doch war! Bloß weg mit dem alten Kram.

Inez biss von ihrem Brot ab, ging zur Terrassentür und kippte die Jalousien. Sie hatte nicht die geringste Ahnung, wie spät es war. Die Zeit war ihr inzwischen egal geworden, doch der Morgen war wunderschön. Herrlich verschlafen, leicht zerzaust und so sanft, wie es nur Spätsommermorgen sein konnten.

Sie aß ihr Brot auf, trank die Tasse leer und zog ihre Strickjacke über. Sie hatte gerade die Hand auf die Klinke gelegt, da hielt sie inne. Ihr Blick wanderte über den Couchtisch. Unter dem Wochenblatt lagen noch die

Fotos, die Meja am Vortag gefunden hatte. Sie ging hinüber und packte sie in ihre Tasche. Dann verließ sie das Haus und ging langsam zum Steg.

Ohne die Schmerzen in der Hüfte wagte sie sich bis ganz nach vorn auf den Steg und ließ die Meeresluft tief in ihre Lunge. Hier überkamen sie die Erinnerungen wieder. Sie schloss die Augen, ließ sie kommen und gehen. Dann hob sie die Lider wieder, ging zurück zu der Bank am Steg und setzte sich. Sie griff in ihre Tasche und kramte die Fotos heraus.

Inez hatte ein großartiges Leben gehabt. Was nicht hieß, dass es leicht gewesen war. Sie hatte hart gearbeitet, und ihr war immer klar gewesen, dass sie jeden Moment auskosten musste, sonst wäre der Preis zu hoch gewesen. Sie blickte auf das Bild, das obenauf lag, auf dem sie den Fotografen anlächelte. Er verewigte in diesem Moment eine der unzähligen Signierstunden. Sie wusste nicht mehr, ob das in Schweden, in Deutschland, Holland oder sonst wo aufgenommen worden war. Es war auch gar nicht so wichtig. Was zählte, waren die Begegnungen mit den Frauen, die vor ihrem Tisch Schlange standen. Für jede einzelne Leserin hatte sie ein paar nette, aufmunternde Worte, die Zeit nahm sie sich. Es gefiel ihr, dass sie einen positiven Einfluss auf Menschen hatte. Oft konnte sie mit ganz wenig ganz viel erreichen. Doch diese Zeit war unwiderruflich vorbei. Inzwischen versuchte sie nicht einmal, ihre Stimmung zu heben.

Sie hielt das Foto hoch, und dann warf sie es ins Wasser. Sah zu, wie es eine Weile auf der Wasseroberfläche schaukelte, bevor es von einer Welle überspült wurde und im Meer verschwand. Inez spürte ein Kneifen im Magen.

Das nächste Foto war auf einer Party entstanden. Sie prostete gerade einem Mann zu, neben ihr Cristy. Wenn sie sich recht erinnerte, war es ein Krimiautor. Sie warf das Bild ins Wasser, beobachtete, wie es versank, und griff zum nächsten.

Als sie die letzten fünf Fotos in ihrer Hand hielt, nahm sie im Augenwinkel eine Gestalt wahr. Meja?

Ihre Putzhilfe sah genauso überrascht aus wie sie selbst.

»Ist es denn schon neun?«, fragte Inez und runzelte die Stirn.

»Nein, nein …«, Meja winkte ab. »Ich wollte nur …« Dann hob sie die Kamera hoch, die sie in der Hand hatte. »Dieser Ort ist so schön, außerdem konnte ich nicht mehr schlafen.«

Inez' Stirn lag noch immer in Falten. »Das heißt, Sie sind zum Fotografieren hierhergekommen?«

»Ja, wegen dem Meer …« Meja wurde blass. »Ich meine, nur das Meer, sonst nichts.«

Inez nickte beiläufig, dann wandte sie den Blick ab, richtete ihn wieder aufs Meer und warf auch die letzten Fotos ins Wasser. Einen Moment lang sah Meja aus, als wolle sie hinterherspringen.

»Was tun Sie da?«, fragte sie und starrte die Fotografien an, die nun der Reihe nach ertranken, dann sah sie Inez ins Gesicht.

»Reinemachen«, sagte Inez.

»Aber …«

»Jetzt fotografieren Sie mal Ihr Meer. Das Bild wird jetzt vielleicht ein ganz besonderes Bild.«

Meja stellte Blende und Verschlusszeit ein, kniete sich auf den Steg, nahm die Wasseroberfläche mit ihrem

Zoom ins Visier und schoss ein Foto, gerade als das letzte Bild unterging.

Inez hatte bereits den Heimweg angetreten.

»Bis neun Uhr dann«, rief sie und blickte stur geradeaus.

Kurz vor neun stand Meja vor der Terrassentür. Inez öffnete.

»Die Kamera bleibt draußen«, sagte sie und ging zu den Büchern, die Meja am Vortag sortiert hatte.

Meja legte ihren Fotoapparat vorsichtig auf dem Terrassentisch ab und folgte Inez.

»Sie sind also der Meinung, dass all diese Bücher verschenkt werden sollten?« Inez nickte zu dem Stapel, den Meja am Vortrag allein bearbeitet hatte.

»Na ja, Sie schauen ja sowieso noch einmal drüber, hab ich gedacht. Es fällt mir wirklich nicht leicht. Vielleicht war ich gestern auch ein bisschen zu schnell …«

Inez brummelte vor sich hin und zeigte auf die anderen Bücherberge. »Machen Sie damit mal weiter, ich habe noch ein paar andere Dinge zu erledigen.«

Mathildas Geschichte ließ ihr keine Ruhe, ans Aufräumen war nicht zu denken. Inez ging ins Schlafzimmer, setzte sich an ihren Schreibtisch und ließ die Finger über die Tastatur tanzen.

Ein paar Stunden später war sie mit dem nächsten Kapitel fertig und überflog den Text über die Austernfischerin, bevor sie den Druckbefehl gab. Ihr Drucker befand sich im Wohnzimmer. Als sie hörte, dass er zu arbeiten begann, ging sie hinüber und legte die ausgedruckten Blätter sofort in ihre blaue Mappe. Meja beobachtete sie dabei. Inez platzierte die Mappe so weit oben im Bücherregal, wie ihre Arme reichten, und nahm dann auf dem Sessel neben Meja Platz.

»Aufheben?«, fragte Meja.

Inez nickte, aber sah das Cover nicht einmal richtig an. Sie lehnte sich zurück. »Sie fotografieren also?«

Meja druckste herum. »Na ja, nicht richtig. Das heißt, früher schon, und ich habe gerade meine alte Kamera wiedergefunden und dachte mir, ich probiere es mal wieder. Nur so zum Spaß.«

Inez saß eine Weile schweigend da und betrachtete Meja. Die Augen sagten alles. Wahrscheinlich arbeiten Wahrsagerinnen auf die Art. Sie lesen aus den Gesichtern der Menschen, tun aber so, als sähen sie die Zeichen in den Karten. Meja wirkte stets unsicher, wenn sie über sich sprach, und wenn Inez ihr in die Augen sah, ahnte sie, dass Meja eine Frau war, die sich noch nie getraut hatte, sich wirklich hinzugeben. Die den Schatz in sich noch nicht entdeckt hatte – oder noch schlimmer: vielleicht noch nie danach gesucht hatte.

»Erzählen Sie mir doch mal von Ihrem Freund«, sagte sie.

»Mein Freund?« Meja heftete ihren Blick an die Decke. »Wir wohnen jetzt seit acht Jahren zusammen …«

Schweigen. Inez zog die Augenbrauen hoch. Meja räusperte sich kurz und fuhr fort.

»Wir wohnen in der Innenstadt, am Mariatorget. In seiner Wohnung.«

Inez nickte still.

»Er arbeitet in Malmö und ist Spieleentwickler.«

Da gähnte Inez demonstrativ und stand auf. Meja wurde leicht rot.

»Am Montag erzählen Sie mir mal etwas vom Leben mit Ihrem Freund, das zu Herzen geht. Das einen berührt«, sagte Inez und legte sich die Hand an die Brust. »Räumen Sie noch ein paar Stapel auf, dann können Sie gehen. Und vergessen Sie Ihre Kamera nicht.«

Inez verschwand wieder im Schlafzimmer und schloss die Tür hinter sich.

Normalerweise reichten ein paar Stunden am Schreibtisch aus, um all die Erinnerungen in ihrem Kopf aufs Papier zu bringen, doch heute wollten sie keine Ruhe geben. Mathildas Lachen hallte in ihr nach. Leise und schallend zugleich. Wie Donner an einem herrlichen Sommertag.

Eine Erinnerung war besonders hartnäckig. Ein kalter, windiger Tag. Mathilda hatte beschlossen, dass Inez sie diesmal begleiten solle. Um auch das Knistern des Planktons zu hören und zwischen Fischen, Krustentieren, Muscheln, Schnecken, Seesternen und Austern zu schwimmen. Sie seien wie Goldstücke, die auf dem Meeresboden lagen, hatte sie gesagt. So wie ein Schatz?, hatte Inez gefragt, und da hatte Mathilda gelacht und gesagt, stimmt, genau so, und ob sie nicht mit ihr auf Schatzsuche gehen wolle?

Mathilda verspürte pausenlos die Sehnsucht, unter Wasser zu sein, da, wo ihr Wald aus Blasentang und Rotalgen auf sie wartete. Diese Begeisterung konnte Inez nicht teilen, und genau an jenem Tag hatte sie sich geweigert mitzukommen. Es war ihr zu kalt zum Tauchen gewesen. Mathilda hatte die Augen verdreht und entgegnet, wenn die Schatzsuche leicht wäre, wären da natürlich längst keine Schätze mehr. Denn die fänden nur diejenigen, die die Ausdauer und den nötigen Ehrgeiz hätten und die außerdem ein kleines bisschen verrückt seien. Daraufhin hatte Inez entgegnet, dass sie nicht zu den Ehrgeizigen und Verrückten gehöre. Und so war Mathilda allein ins Wasser gehüpft und hatte nur gerufen: »Mir doch egal, dann hole ich mir den Schatz eben allein.«

Inez schloss die Augen.

All die Tage im Boot, an denen sie Mathildas Leidenschaft hautnah miterleben konnte, hatten ihr Leben verändert, ohne dass sie es gemerkt hatte. Nachdem sie Zeugin geworden war, wie ihre Freundin sich in ihrem Element bewegte, beobachten konnte, wie sie sich vollkommen hingab, wollte sich Inez nie mehr mit etwas Mittelmäßigem zufriedengeben. Also machte sie sich auf den Weg, nach ihrem eigenen Schatz zu suchen.

Sie atmete tief durch, erhob sich und hielt das Ohr an die Tür, um festzustellen, ob Meja noch da war. Als sie schließlich hörte, wie die Verandatür wieder ins Schloss fiel, ging sie in die Küche und wärmte sich ihre Würstchenpfanne auf, ihr Gericht für diese Woche.

Sie ließ sich im Wohnzimmer nieder. Mathildas Stimme war verklungen und ließ wieder Raum in ihrem Kopf. Ihre Gedanken kreisten um Meja. War sie mit diesem Gesprächsthema möglicherweise zu weit gegangen? Schließlich kam Meja her, um ihr beim Aufräumen zu helfen, nicht um pikante Details ihres Beziehungslebens zu enthüllen. Doch sie hatte es sich nicht verkneifen können. Mejas verlorener Blick weckte etwas in Inez. Die Lust, ihr einen kleinen Schubser zu verpassen. *Du kannst es. Du traust dich.* Sie freute sich sogar schon ein bisschen auf den bevorstehenden Montag und hoffte, Meja würde sie überraschen.

Dann schnappte sie sich ein Buch, *Drei reizende Damen* von Louise Shaffer. Schluss mit den Erinnerungen für heute. Schluss mit dem Schreiben. Den restlichen Tag würde sie lieber damit verbringen, etwas über die Geheimnisse anderer Menschen zu lesen.

Meja

Von Johan kam eine SMS, dass er auf dem Heimweg sei. Meja saß in der Küche und beobachtete die Wohnungen auf der gegenüberliegenden Straßenseite. Auf ihrem Schoß hockte Ingrid und quiekte. Meja war gern in der Küche. Das Schlafzimmer war Johans Spielecke, um dieses Zimmer machte Meja einen möglichst großen Bogen, und die Atmosphäre im Wohnzimmer war irgendwie ungemütlich und steril. Am liebsten hielt sie sich in der Küche auf. Vielleicht, weil dies der einzige Raum der Wohnung war, den sie eingerichtet hatte. Hier hatte sie ein Bild von einer Magnolie und farblich passende Vorhänge in Altrosa aufgehängt.

Als sie zusammengezogen waren, hatte Johan gleich gesagt, wie nervig er es fand, wenn ein Freund mit einer Frau zusammenzog und die Wohnung im Handumdrehen nur noch aus geblümten Dekokissen und Pastelltönen bestand. Doch der Küche widmete Johan nur wenig Aufmerksamkeit, und da war es Meja gelungen, Gegenstände hineinzuschmuggeln, die ihr am Herzen lagen, ohne dass er einen Kommentar dazu abgegeben hatte.

Sie streichelte Ingrid über ihr kleines Haarbüschel auf dem Kopf, das einzige Stückchen Fell am ganzen Körper, und dachte wieder an die Stunden bei Inez im Haus. Sie wusste nicht, was ihr schwerer fiel – Bücher zu sortieren, wenn Inez neben ihr saß oder wenn sie allein war. Da sie nicht die geringste Ahnung hatte, welche Bücher Inez aufheben wollte, hatte sie sich ein System ausgedacht. Fünf Bücher kamen weg, das sechste blieb. Kein Wunder, dass Inez große Augen gemacht hatte, als sie die Bücher beäugt hatte, die bleiben sollten. Es musste ein ziemlicher Mischmasch gewesen sein. Als Meja heute ein Buch von den Stapeln, die im Bücherregal lagen, in die Hand genommen hatte, war ihr Blick auf die blaue Mappe gefallen. Sie war mit den Fingern darüber gefahren. Und bevor sie sichs versah, hatte sie sie in der Hand gehabt. Der Hefter bestand aus so einem durchscheinenden Kunststoff, der ein bisschen transparent war, aber so undurchlässig, dass man nichts lesen konnte. Meja erkannte eine Überschrift und sehr viel Text, hatte aber nichts entziffern können, womöglich war das tatsächlich so etwas wie ein Manuskript für ein Buch! Vorsichtig hatte sie die Mappe zurückgelegt. Welch ein Glück, dass sie die Stelle bei Inez bekommen hatte und nicht ihre Kollegin Angelika, wie ursprünglich geplant. Sie hätte Inez' Anweisung, den Inhalt der Mappe nicht zu lesen, wohl kaum befolgt.

Meja seufzte und blickte aus dem Fenster. »Erzählen Sie mir etwas vom Leben mit Ihrem Freund, das einen berührt«, hatte Inez gesagt und dabei auf ihr Herz gezeigt. Meja hatte etwas von der Wohnung und von Johans Arbeit gefaselt. Es ärgerte sie, dass ihr keine bessere Antwort in den Sinn gekommen war. Gleichzeitig missfiel ihr die Vorstellung, dass man im Leben zwanghaft immer etwas »fühlen« müsse. Reichte es nicht, das echte Leben hin und wieder mal zu spüren? Das sah Inez offenbar anders. Und ihre Mutter auch.

Sie hörte, wie die Wohnungstür aufgeschlossen wurde und Johans Tasche auf den Boden plumpste. Dann steckte er den Kopf durch die Küchentür.

»Ich hab gedacht, du bist nicht zu Hause. Es war so ruhig.«

Meja wusste nicht, was sie erwidern sollte. Johan machte immer gleich Musik an, wenn er nach Hause kam, sie nicht. Sie hatte noch gar nicht geantwortet, da war er auch schon im Wohnzimmer verschwunden und hatte eine Playlist von Spotify aufgerufen. Jetzt lag er auf dem Sofa, das Smartphone in der Hand. Meja kam hinterher und setzte Ingrid in ihren Käfig.

»Ich habe eine Idee …«, sagte sie.

»Mmh …«

»Wie wäre es, wenn wir heute essen gehen?«

Er blickte auf. »Essen gehen?«

»Ja. Ich kann mich schon gar nicht mehr erinnern, wann wir beide zuletzt in einem Restaurant waren.« Er zuckte mit den Schultern. »Ich esse jeden Tag mittags auswärts, so spannend finde ich das gar nicht mehr.«

Ich aber nicht, dachte Meja, blieb jedoch stumm. Normalerweise wäre ihr Gespräch damit beendet gewesen, und sie hätte angefangen zu kochen. Aber am Montag würde sie Inez gegenübersitzen und etwas von Johan erzählen müssen, das *einen berührte*. Das wäre einfacher, wenn sie wenigstens erzählen könnte, dass sie zusammen essen gegangen waren.

»Ach, bitte«, sagte sie. »Ich lade dich ein.«

Johan zuckte wieder mit den Schultern. »Okay. Aber dann gehen wir gleich, ich habe einen Bärenhunger.«

Meja hatte sich vorgestellt, eins der schönen Restaurants im Norra Hamnen zu besuchen. Gemütlich dort zu sitzen, mit Blick auf die Schiffe und Spaziergänger. Zu diesen Menschen zu gehören, die gut drauf waren. Doch es kam anders. Johan steuerte die Pizzeria gleich um die Ecke an. Ein Lokal mit drei Plastiktischen, Plastikstühlen und Leuchtstoffröhren an der Decke. Hier bestellten sie sich Pizza zum Abholen. Noch nie hatte sie jemanden an diesen klapprigen Tischen sitzen sehen.

Maja biss sich auf die Unterlippe. Immerhin waren sie ausgegangen. Zu zweit.

Johan entschied sich für eine Kebabpizza und Meja für einen griechischen Salat.

»Bestell dir doch ein Bier«, sagte sie zu Johan. Sie wusste, dass er sonst eine Cola genommen hätte, daher sah er sie jetzt etwas verwundert an.

»Ach so«, sagte er und nickte dem Typ hinter der Theke zu. »Dann bitte ein Carlsberg.«

»Und für mich ein Glas weißen Hauswein«, sagte Meja und verspürte einen klitzekleinen Funken Enthusiasmus. Obwohl sie nur in dieser Pizzeria saßen. Johan und sie tranken sonst keinen Alkohol, außer sie trafen sich mit ihren Freunden, was immer seltener vorkam, da alle inzwischen Familie hatten und alle Hände voll zu tun. Johan traf sich mit seinen Jungs regelmäßig zum Männerabend, wenn die mal eine Pause brauchten. Wie oft hatte Meja sich schon vorgenommen, mit ihren alten Freundinnen auszugehen. Doch daraus wurde nie etwas.

Sie bekam ihren Salat, der aus blassen Tomaten, schwarzen Oliven und Eisbergsalat bestand. Sie schob sich eine Olive in den Mund und spülte sie mit Wein hinunter, sie war wenig aromatisch. Familie war für sie im Moment kein Thema. Es war schon länger her, da hatten sie beschlossen, es später zu versuchen. Aber wann war später?

»Hast du Lust auf Kinder?«, fragte sie Johan.

Johan stach in seine Pizza und lachte laut. »Wenn man die Kollegen reden hört, wie sie über schlaflose Nächte, Trotzalter und Schulprobleme jammern, eher nicht.«

Meja zwang sich, die nächste Olive zu verdrücken.

Johan legte den Kopf ein bisschen schräg. »War das der Grund, dass du essen gehen wolltest? Um mich zu fragen, ob wir uns Kinder anschaffen sollen?«

Meja legte die Gabel hin. Nahm noch einen Schluck Wein. Für ihren Geschmack war er viel zu süß, doch besser als nichts.

»Schafft man sich Kinder an? Das klingt so komisch. Als würde man ein Auto kaufen. Versuchen, Kinder zu kriegen, klingt besser, finde ich«, sagte sie.

»Aha. Dann möchtest du versuchen, ein Kind zu kriegen?«

Meja druckste herum. Sie hatte gar nicht vorgehabt, dieses Thema anzuschneiden. »Nein. Im Moment ist das für mich noch nicht aktuell. Für dich?«

Johan zuckte mit den Schultern. »Mir egal. Ich hab Zeit. Aber du vielleicht nicht, vielleicht solltest du die Entscheidung treffen.«

Meja schob ihren Teller mit dem Salat beiseite, trank ihr Glas aus und bestellte noch eins. Dass so eine wichtige Sache wie Kinderkriegen für Johan so einfach abzuhandeln war. Ja, wenn sie ehrlich war, fiel sie wohl den meisten Menschen leicht. Für sie war das eine lebensverändernde, riesengroße Aufgabe. Die Mama von jemandem zu werden. Wie sollte sie das hinkriegen?

Johan war bereits beim nächsten Thema und hatte angefangen, von seiner Arbeit zu erzählen, sie entwickelten wieder ein neues Spiel, nach der Vorlage älterer Spiele. Das sollte den gesamten Markt revolutionieren. Meja nahm nur einzelne Worte davon wahr, ihr kam diese Idee gar nicht neu vor. Entwickelten zurzeit nicht alle Unternehmen Retro-Spiele? Doch sie ließ ihn reden, dachte nur, sie hätte auf das letzte Glas Wein auf den fast leeren Magen verzichten sollen. Als Johan fertig gegessen und sein Bier ausgetrunken hatte, bezahlte sie, und sie gingen den halben Kilometer wieder nach Hause.

»Das war eine super Idee«, sagte Johan und lächelte sie an, als sie die Wohnungstür erreichten. »Können wir gern öfter machen.«

Er gab ihr einen Kuss auf die Wange und steuerte das Schlafzimmer an. »Ist okay, wenn ich noch eine Runde spiele, oder?«

Meja nickte und ging ins Badezimmer, um sich fürs Bett fertigzumachen. Während sie sich die Zähne putzte, betrachtete sie ihr Gesicht im Spiegel. Der einzige, den sie in der Wohnung hatten. Sie hätte auch ihn gern abgehängt, doch das hatte Johan ihr verwehrt. »Ich muss mich doch morgens auch irgendwie rasieren können«, hatte er argumentiert. Sie vermied es in der Regel hineinzuschauen, doch an diesem Abend nahm sie sich genau unter die Lupe. Durchschnittlich war das erste Wort, das ihr in den Sinn kam. Sie sah wirklich ganz durchschnittlich aus. Das war all die Jahre ihre Rettung gewesen, wenn es darum ging, nicht aufzufallen, in der Schule, am Arbeitsplatz. Ihre Gesichtszüge stachen weder positiv noch negativ hervor. Sie zogen keine Blicke auf sich, so wie wenn sie Grübchen gehabt hätte oder schielte. Sie wusch sich das Gesicht mit Wasser und schmierte sich mit ihrer Nachtcreme ein. *Erzählen Sie mir etwas, das berührt.* Sie konnte sich denken, dass Inez sie am Montag auch nach ihrer Wohnung fragen würde.

Sie seufzte, ging ins Wohnzimmer und kroch unter die Wolldecke auf dem Sofa. Von nebenan hörte sie Johans fröhliche Schlachtrufe.

Am darauffolgenden Tag erwachte Meja überraschend früh, dafür, dass es ihr freier Samstag war. Auf dem Couchtisch lag noch ihre Kamera. Sie nahm sie in die Hand, schaltete sie an und betrachtete die Fotos, die sie zuletzt gemacht hatte. Auf dem kleinen Display konnte man nur wenig erkennen, also holte sie ihren Laptop und überspielte die Bilddateien. Von den rund siebzig Fotos, die sie an diesem Morgen am Steg geschossen hatte, stach eines besonders heraus. Jenes, das sie auf Inez' Aufforderung hin vom Meer gemacht hatte. Es war ihr gelungen, exakt den Moment einzufangen, als die eine Ecke des alten Fotos schon unter Wasser gezogen wurde, sodass auf dem Bild eine Hälfte bereits im Meer verschwunden war, die andere über dem Wasserspiegel jedoch noch sichtbar. Auf der sichtbaren Hälfte konnte man Inez' ausgelassenes Lachen erkennen. Meja hatte den Zoom benutzt und eine kurze Verschlusszeit gewählt, um die Bewegung des Wassers einzufrieren. Das Foto sah dadurch fast unwirklich aus. Meja druckte es in Farbe aus und nahm es noch einmal genau unter die Lupe, dann legte sie es in einen Umschlag. Den würde sie am Montag zu Inez mitnehmen.

Inez

Wie ein schwarzes Loch war der Schreibrausch, in dem sich Inez das ganze Wochenende über befand. Sie schrieb, schlief zwischendrin nur wenig und aß nur ab und zu eine Kleinigkeit. Hinter ihren verschlossenen Jalousien sah sie nicht einmal, ob Tag oder Nacht war. In dem schwarzen Loch gab es weder Raum noch Zeit, doch ihre Erinnerungen wurden zu Worten, und ihre Worte füllten die Buchseiten. Von Zeit zu Zeit lachte sie laut, denn sie erweckte Gefühle, Orte und die Lust wieder zum Leben. Aber jedes Mal, wenn sie kurz auftauchte, spannte die Haut auf ihren Wangen von den vielen getrockneten Tränen. Denn tief in ihrem Inneren wusste sie ja, wie die Geschichte enden würde.

Als der Montag sie mit kräftigem Vogelzwitschern vor dem Fenster aus dem Schlaf holte, sah sie sich schlaftrunken in ihrem Zimmer um. Meja würde gegen neun Uhr vor der Tür stehen.

Langsam stemmte sie sich hoch, nahm eine Schmerztablette und begann, die halb vollen Kaffeebecher einzusammeln, die noch hier und da in der Wohnung standen. Nachdem sie heiß geduscht hatte, setzte sie sich in ihren Sessel und wartete. Jetzt war es Zeit für die zweite Runde mit ihrer Putzhilfe.

Meja war pünktlich wie immer. Sie trug die Kamera

über der Schulter und öffnete das Gartentor etwas energischer als bisher. Inez ließ die Verandatür offen stehen und ging schon in die Küche, um Kaffee zu kochen. Kurz darauf erklang schon ein »Hallihallo« vom Wohnzimmer. Welche junge Frau rief denn Hallihallo? Inez schüttelte den Kopf und holte zwei Becher aus dem Schrank, goss Kaffee hinein und ging auf sie zu.

Meja zuckte zusammen, als Inez das Wohnzimmer betrat. »Oh, ich wusste gar nicht, ob Sie drinnen oder draußen sind.«

Inez musste sich wirklich zusammenreißen, um nicht die Augen zu verdrehen. Diese permanente Unsicherheit. Sie hielt Meja eine Tasse hin und setzte sich. Das Wochenende spürte sie noch schmerzhaft in allen Gliedern. Mejas Falte zwischen den Augen ließ annehmen, dass man ihr das ansah.

»Wollen wir anfangen?«, fragte Inez, um der Frage nach ihrem Wohlbefinden aus dem Weg zu gehen.

Meja nickte und holte ein paar Bücher. Sie nahm das oberste in die Hand. Inez holte tief Luft, versuchte, sich an den Inhalt des Buches zu erinnern, um zu einer Entscheidung zu kommen, doch es fiel ihr schwer, sich zu konzentrieren.

Nach der ersten Stunde hatte sie das Gefühl, dass die Bücher auf dem Verschenkstapel und dem Stapel mit Büchern, die sie behalten wollte, ebenso beliebig sortiert waren, als hätte Meja die Arbeit allein erledigt. Inez ließ den Kopf auf die Lehne sinken.

»Haben Sie den Roman gelesen?«, fragte sie.

Meja drehte das Buch, das sie gerade in der Hand hielt, um, blickte auf das Cover und schüttelte den Kopf.

»Ich meine das Buch, das ich Ihnen geliehen habe. *Die göttlichen Geheimnisse der Ya-Ya-Schwestern.*«

»Ach so …« Meja schluckte. »Ich habe angefangen …«

Inez sah sie scharf an. »Sie haben sich den Film angeschaut.«

Inez freute sich insgeheim, dass Meja so schlau war, den Mund zu halten. Weder stritt sie es ab, noch gab sie es zu. Manchmal war das die beste Lösung. Nur wenige Menschen waren Inez über den Weg gelaufen, die das verstanden.

»Lesen Sie das Buch«, sagte sie.

Meja nickte. »Das werde ich.«

»Und am besten, bevor Sie mit Ihrem Job hier fertig sind. Das Buch kommt dann nämlich auf den Stapel, der bleibt.«

»Ja, klar«, sagte Meja. An Mejas Atmung konnte Inez erkennen, wie nervös sie war.

Dann zeigte sie auf das nächste Buch. »Wird verschenkt.« Und so ging es weiter. Obwohl Inez todmüde war, schafften sie es, alle Bücher durchzugehen, die vor dem Bücherregal gelegen hatten, bis Mejas Arbeitszeit sich dem Ende zuneigte. Der nun leere Platz vor dem Regal ließ den Raum gleich viel größer wirken. Meja reckte und streckte sich, und Inez warf einen Blick auf die Uhr. Noch zehn Minuten, dann hatte Meja Feierabend.

»So … dann erzählen Sie mir jetzt doch mal etwas Berührendes von dem Zusammenleben mit Ihrem Freund«, sagte sie und bemerkte gleich, dass Meja verkrampft die Lippen aufeinanderpresste.

»Am Freitagabend waren wir zusammen essen«, sagte sie.

»Wie nett«, erwiderte Inez. »Waren Sie in einem schönen Restaurant?«

»Na ja, ich hatte mir eigentlich ein Restaurant am Norra Hamnen vorgestellt, aber dann waren wir nur in der Pizzeria um die Ecke.«

Inez zog die Augenbrauen hoch. »Sehr romantisch …«

Meja zuckte mit den Schultern. »Geht so. Leuchtstoffröhren an der Decke, Plastikstühle, eklige Oliven und viel zu süßer Wein, dazu ein ständiges Kommen und Gehen, denn wer schlau war, hatte sich Pizza to go bestellt …«

Inez musste lachen. Jetzt zog Meja die Augenbrauen hoch, und Inez fiel auf, dass Meja sie vermutlich noch kein einziges Mal lachen gehört hatte. Wann hatte sie eigentlich zum letzten Mal so richtig gelacht? Seit Violas Tod bestimmt nicht. Ein ungewohntes Gefühl. Inez richtete sich mithilfe ihres Treckingstocks auf, ging zur Verandatür und öffnete sie. Ihre Schultern bebten noch immer.

»Danke, dass Sie mir etwas Berührendes anvertraut haben«, sagte sie.

Meja lächelte verlegen und zog dann einen Umschlag aus der Tasche. Erst schien sie zu zögern, doch dann überreichte sie ihn Inez. Inez machte große Augen und bedankte sich, legte das Kuvert aber vorerst beiseite.

Als Meja gegangen und außer Sichtweite war, öffnete Inez das Kuvert vorsichtig, und es kam ein Foto zum Vorschein. Es war das Bild von diesem Morgen, an dem Inez ihre alten Fotografien ins Meer geworfen hatte. Jeden Millimeter ihres noch jugendlichen Lächelns, das auf dem Weg zum Meeresboden war, um sich in seine Bestandteile aufzulösen, musterte sie genau. Das Bild besaß eine fast unheimliche Symbolik. Dieses Lächeln gehörte einer vergangenen Zeit an. Einer Zeit, die sie geliebt, doch mit der sie abgeschlossen hatte.

Sie legte das Bild umgekehrt auf den Couchtisch, stand auf und ging hinaus auf ihre Veranda, wo von der anderen Seite der Mauer Gekreische zu hören war. Ein kleiner Junge schien gerade von einem etwas älteren von Violas Veranda geschubst worden zu sein und schrie nun wie am Spieß. Eine Frau nahm ihn auf den Arm. Während sie ihn tröstete, versuchte sie gleichzeitig, ihrem Mann zuzuhören, der enthusiastisch auf etwas im oberen Stockwerk des Hauses zeigte. Ja, von Violas Balkon aus hatte man einen herrlichen Meerblick, dachte Inez und seufzte. Wie schade, dass nicht zufällig eine hohe Fichte vor ihrem Haus stand.

Kurz darauf tauchten noch weitere Paare auf und spazierten durch den Garten. Es schien eine offene Hausbesichtigung zu geben. Inez presste die Lippen aufeinander und blickte auf den schmalen Pfad, die Heckenrosen und das Meer.

Wenn ihr Hüftknochen wieder verheilt war, würde sie wieder täglich runter zum Strand gehen, egal ob es Frühling oder Herbst war, so wie sie es immer getan hatte. Die Schuhe ausziehen, die Hosenbeine bis zu den Knien hochkrempeln und auf den Steinen hinauswaten. Der Druck unter ihren Fußsohlen war wie eine Shiatsu-Massage. Dieses Ritual fehlte ihr, es war so wohltuend. Und jetzt, da sie wieder schrieb, hätte sie es noch viel dringender gebraucht.

Der Junge im Garten nebenan stieß noch einen schrillen Schrei aus. Inez runzelte die Stirn. Sie vermisste Viola. Seit es sie nicht mehr gab, war Inez erst bewusst geworden, wie viel ihr die Zeit mit ihrer Nachbarin bedeutet hatte. Viola hatte nie Romane gelesen, nur Fachliteratur zum Thema Gesundheit, und Inez' Vergangenheit war ihr völlig egal gewesen. »Die Gegenwart, meine Liebe«, sagte sie immer, »die Gegenwart ist das, was zählt.« Was hätte Viola wohl dazu gesagt, wenn sie gewusst hätte, dass Inez jetzt die Gruben wieder öffnete, die sie vor langer Zeit einmal zugeschaufelt hatte? Vermutlich so was wie: Um dich mit deiner Vergangenheit zu versöhnen, musst du auch das Hier und Jetzt genießen können.

Eine Frau linste über die Mauer und lächelte ihr zu. Inez erwiderte das Lächeln nicht, sondern machte auf dem Absatz kehrt und ging zurück ins Haus.

Nach diesem intensiven Schreibwochenende war sie jedoch noch nicht wieder in der Verfassung, sich erneut an den Laptop zu setzen. Sie drehte ein paar Runden durchs Haus, räumte Papierstapel auf und fuhr mit einem Putzlappen über den Couchtisch. Eine ungewohnte Rastlosigkeit machte ihr zu schaffen, ein Gefühl, als krabbelten giftige kleine Ameisen durch ihren Körper. Sie fühlte sich völlig erschöpft und voller Energie zugleich. Sie wollte etwas unternehmen, sich mit jemandem treffen. Aber mit wem? Amelia war in Kopenhagen, und Cristy hielt sich vermutlich in London oder sonst wo in der Welt auf. Bei ihrer Verlegerin wusste man das nie so genau.

Inez fummelte an ihrem Handy herum, und mit einem Mal hatte sie sich ein Taxi bestellt. In ihrem Bauch begann es zu kribbeln. So was tat sie sonst nie.

Sie streifte den Poncho über den Kopf, schob die Sonnenbrille ins Haar, legte einen blassrosafarbenen Lippenstift auf, hängte sich die bislang kaum benutzte teure

Markenhandtasche, die sie von ihrer Tochter geschenkt bekommen hatte, über die Schulter und trat hinaus. Sie schloss die Haustür hinter sich ab und ging langsam auf die Straße, wo sie ein paar Minuten warten musste. Erst als der Fahrer die Tür hinter ihr schloss, hatte sie eine Ahnung, wo es hingehen sollte.

»Bitte zum Norra Hamnen«, sagte sie und sah dann stur aus dem Fenster, damit der Fahrer sich nicht animiert fühlen konnte, Konversation zu betreiben. Er fuhr an der Küste entlang auf das Stadtzentrum zu, bog an dem beliebten Park Gröningen ab und hielt dann am Straßenrand. Inez bezahlte, er war ihr beim Aussteigen behilflich und reichte ihr den Treckingstock, dann verabschiedete er sich.

Überall tummelten sich die Menschen. Familien mit Kleinkindern, Hundebesitzer, verliebte Pärchen, vereinzelt ältere Menschen und Gruppen von Jugendlichen, die richtig in Stimmung waren. Was für ein berauschendes Gefühl, ihr stilles, kleines Dasein zu verlassen und in diese sommerliche Filmkulisse einzutreten, ins pralle Leben. Weiter vorn befanden sich Restaurants mit Palmen neben den Tischen, Menschen, die von dem breiten Badesteg ins Wasser hüpften, ein großer Spielplatz und eine Sportanlage mit Bewegungsparcours.

Inez ging ganz gemächlich in die entgegengesetzte Richtung, zum Hafen hin. Am ersten Restaurant blieb sie stehen. Die Kellnerin führte sie zu einem Tisch auf der Veranda, wo sie einen schönen Blick auf die Sportboote hatte. Sie bestellte sich ein Glas Weißwein. Irgendwo hier hätte Meja wahrscheinlich gern gesessen, als sie mit ihrem Freund ausgegangen und schließlich in dieser unromantischen Pizzeria gelandet war. Sie schmunzelte bei den Gedanken an ihre Worte, dann griff sie zum Smartphone und schrieb: *Was machen Sie gerade*? Die Antwort kam umgehend. *Nichts, brauchen Sie Hilfe*? Inez überlegte ganz kurz, dann schrieb sie zurück: *Das Restaurant im Norra Hamnen, ganz vorn am Park. Sitze draußen.*

Nach einer Weile kam die Antwort: *O. K.*

Inez nippte an ihrem Wein und schielte hinter ihrer Sonnenbrille versteckt zu den anderen Tischen hinüber. Niemand schien ihre Anwesenheit zu registrieren. Fünfzehn Jahre hinter heruntergelassenen Jalousien hatten offenbar doch etwas gebracht.

Nach zwanzig Minuten sah sie Meja, wie sie auf dem Steg auf sie zuging, den Blick an den Boden geheftet. Erst kurz vor Inez' Tisch sah Meja auf und winkte Inez zaghaft zu. Inez erwiderte den Gruß und bestellte noch ein Glas Weißwein, bevor Meja ihren Tisch erreichte. Der jungen Frau schien es unangenehm zu sein.

»Sie wollten doch gern mal im Norra Hamnen essen«, erklärte Inez und nahm die Speisekarte in die Hand, als Meja sich setzte. Aus ihrem Mund klang es, als machte sie diesen kleinen Ausflug nur Meja zuliebe, doch in Wirklichkeit tat sie sich diesen Gefallen selbst. Ein bisschen Gesellschaft konnte nicht schaden. Endlich wollte sie mal die Gegenwart genießen. Die Stimme ihrer Tochter hallte noch in ihrem Hinterkopf nach: Tust du eigentlich jemals etwas für einen anderen Menschen, ohne selbst davon etwas zu haben?

Inez trank einen Schluck Wein und sah hinaus auf die Boote. Dann blickte sie Meja wieder an. »Was hätten Sie gern?«

»Tomatensuppe klingt gut«, sagte Meja, nachdem sie die Karte zweimal genau durchgelesen hatte.

Inez warf einen Blick darauf. Die Tomatensuppe war eine der billigsten Vorspeisen. »Als Vorspeise?«

»Nein, ich würde sie als Hauptgang nehmen«, antwortete Meja.

»Essen Sie kein Fleisch?«, fragte Inez.

»Doch, doch … schon.«

Inez legte die Karte wieder auf den Tisch und winkte die Kellnerin zu sich: »Wir hätten gern zweimal gegrilltes Rinderfilet mit gerösteten Silberzwiebeln und smashed potatoes.« Sie warf Meja einen Blick zu. »Das geht natürlich auf mich.«

Meja biss sich auf die Unterlippe und nickte.

Dann saßen sie schweigend da. Meja beobachtete das Treiben im Hafen, Inez beobachtete sie. Als sie noch geschrieben hatte, waren Menschen für sie wie Objekte gewesen. Sie hatte sie belauscht, beobachtet, analysiert und ihre Eigenheiten in Personenbeschreibungen eingedampft, die später ihren Romanfiguren Leben eingehaucht hatten. Als sie mit dem Schreiben aufgehört hatte, war auch ihr Interesse für die Menschen erloschen. Aber seit sie Meja kannte, verspürte sie erstmals wieder dieses Kribbeln. Diese Neugier. Aus Mejas Zurückhaltung und Unsicherheit schloss sie, dass Meja bewusst oder unbewusst versuchte, es anderen Leuten recht zu machen. Nicht nur ihrem Freund, ihrer Familie und dem Freundeskreis, sondern auch den Kollegen, dem fremden Mann, der ihr im Treppenhaus begegnete, und der Kassiererin im Supermarkt. Mit Sicherheit gehörte sie zu denen, die die Waren mit dem Strichcode nach oben aufs Band legten und nichts aufeinanderstapelten. Wahrscheinlich freute sie sich in diesem Moment unglaublich auf dieses Rinderfilet, das Inez einfach bestellt hatte, während sie zugleich ihr schlechtes Gewissen plagte, weil sie nun auf Kosten des Klimas schlemmte. Hätte sie doch lieber die Tomatensuppe genommen. Meja hätte gut als Figur in einem ihrer Romane getaugt.

»Haben Sie mich gegoogelt?«, fragte Inez.

Mejas Antwort waren ein erschreckter Blick und Sprachlosigkeit. Inez lächelte. Diese Frau konnte wirklich nicht lügen.

»Mein Freund hat es gemacht«, antwortete sie leise.

»Liest Ihr Freund Romane?«

»Meist Fantasy …«

Inez nickte. Ein Pluspunkt für ihren Lebensgefährten.

»Ich habe aber keinen Zeitungsartikel gelesen. Nur ein paar Sätze in Wikipedia. Und dann habe ich ein paar Fotos gesehen.«

Inez schmunzelte nach wie vor. Menschen, die nicht lügen konnten, waren wohltuend. Sie konnte Meja ansehen, dass sie die Wahrheit sagte, und das vereinfachte ihre Unterhaltung ungemein.

»Wenn Sie schon so viel von Wikipedia über mich erfahren haben, dann ist es ja wohl mehr als recht, wenn Sie mir noch ein bisschen von sich erzählen. Bislang weiß ich ja nur, dass Ihr Freund Spieleentwickler ist«, sagte sie.

Meja rutschte nervös hin und her.

»Ich bin ein Einzelkind, und meine Mutter Susanne hat mich allein großgezogen …« Sie hielt inne. »Wir sind ziemlich verschieden.«

»Wie meinen Sie das?«

Meja zuckte mit den Schultern. »Sie liebt es, im Mittelpunkt zu stehen, sie weiß, was sie will. Ich mag es gar nicht, im Mittelpunkt zu stehen, und weiß überhaupt nicht, was ich will.«

Inez nickte. »Als ich endlich wusste, was mein großer Traum war, was der Sinn meines Lebens sein sollte, habe ich alles darangesetzt, es zu kriegen. Aber ich habe einen hohen Preis bezahlt.«

»Meine Mutter hat zwar früh gewusst, was sie wollte, was aber nicht heißt, dass sie es auch bekommen hat …«

Mejas Stimme verklang.

»Interessant«, sagte Inez. »Wie drei Charaktere in einem Roman. Die Frau, die nicht weiß, was sie will; die Frau, die alles erreicht hat, und die Frau, die alles wollte, es aber nicht bekommen hat.«

Da kam die Bedienung und servierte das Essen.

»Oh«, sagte Meja.

Diesmal musste Inez über dieses kleine Unwort schmunzeln. Die Frau, die nicht weiß, was sie will, weiß auf jeden Fall, was ihr schmeckt. Immerhin etwas.

»Welchen Traum hat Ihre Mutter denn nicht verwirklichen können?«, fragte sie und schob sich ein Stück des zarten Filets in den Mund.

Meja musste husten. Griff zur Serviette und hielt sie sich vor den Mund, bis es vorüber war, dann faltete sie sie wieder sorgfältig zusammen und legte sie neben ihren Teller.

»Ich weiß es nicht«, antwortete sie.

Inez nickte. All dieses Unausgesprochene, was einem das Leben so schwer machen konnte.

Wieder saßen sie still da und beschäftigten sich mit ihrem Essen.

Als Meja aufgegessen hatte, strahlte sie. »Das war wirklich unglaublich lecker.«

Nach einer Weile winkte Inez die Kellnerin heran, die ihre blank geputzten Teller abräumte.

»Möchten Sie vielleicht ein Dessert?«, fragte sie.

»Danke«, erwiderte Meja.

»Dann hätte ich gern die Rechnung«, sagte Inez.

Als sie bezahlt und Meja sich mehrfach bedankt hatte, verließen sie das Lokal und spazierten am Hafen entlang. Automatisch passte sich Meja an Inez' Tempo an. Schweigend liefen sie Seite an Seite. Als sie vor Dunkers Kulturhaus standen, griff Inez nach dem Handy und rief ein Taxi.

»Sie müssen nicht warten, ich komme gut allein zurecht«, sagte sie und stützte sich auf eine der Hasenstatuen, die vor dem Eingang standen.

Meja stellte sich neben sie. »Kein Problem. Ich warte gern mit Ihnen.«

Inez nickte. Wieder einmal stellte sie fest, wie gut es tat, Menschen um sich zu haben, die ehrlich waren. Wenn Meja sagte, dass sie gern mit ihr warte, dann war es offenbar so. Sie zwinkerte ihr zu.

»Sie haben auf Wikipedia vermutlich auch gelesen, dass ich vor fünfzehn Jahren mit dem Schreiben aufgehört habe?«

Meja nickte.

»Ich bin Opfer einer Art Treibjagd geworden, könnte man sagen«, erklärte Inez. »Und da habe ich die Lust verloren.«

»Als ich die Bilder gesehen habe, war mir schon klar, dass irgendwas passiert sein musste …«

»Das war eine große Ungerechtigkeit. Ich hatte mit der Situation selbst überhaupt nichts zu tun, musste dann aber persönlich Verantwortung für etwas übernehmen, was gar nicht in meiner Verantwortung lag.«

»Klingt schrecklich«, sagte Meja.

Das Taxi fuhr vor.

»Danke für den netten Abend«, sagte Inez.

»Ich habe zu danken«, sagte Meja.

Inez legte ihre Hand auf Mejas Hand und streichelte sie leicht. »Nein, meine Liebe. Ich habe zu danken, ich.«

Der Fahrer stieg aus und öffnete Inez die Tür. Meja stand noch da und winkte, bis der Wagen sich in Bewegung setzte.

Inez legte den Kopf in den Nacken und schloss die Augen. Das Gespräch mit Meja hatte sie in die Zeit zurückversetzt, in der sie ihre Bücher geschrieben hatte. Darin war es immer um Frauenfreundschaften gegangen. Ihre Romane hatten keine Preise gewonnen, doch sie waren genau das, was Frauen rund um den Globus gerne lasen. Inez' Ausgangspunkt waren die Lust und die Neugierde auf die Menschen gewesen. Sie hatte Unterhaltungsliteratur geschrieben, aber welche, die etwas bewegen konnte. Vielleicht nicht gerade Berge versetzen, aber zumindest den ein oder anderen Felsbrocken. Im Laufe der Jahre hatte sie allerhand Zuschriften erhalten. Seitenlange Briefe von Frauen, die berichteten, dass sie sich endlich entschieden hätten, ihr Leben in die Hand zu nehmen. Die sich nun auf die Suche nach ihrem wahren Ich gemacht hatten. Das war viel schöner als das, was Inez schrieb. Das war die Poesie des Lebens selbst.

Sie kniff die Augen zu, während sie daran dachte, welches Ende die Sache genommen hatte. Nachdem sie *Die List des Schicksals* gelesen hatte, hatte sich eine Frau, die jahrelang von ihrem Mann unterdrückt worden war, von ihm getrennt. Eine Entscheidung, die ihn so wütend gemacht hatte, dass er sie mit bloßen Händen erwürgt hatte. In der Tat ein schreckliches Verbrechen, doch eigentlich hatte Inez nichts damit zu tun. Hätte nicht die junge Journalistin das aufgeschnappt, was der Mann im Verhör zu Protokoll gab: dass die Frau die Entscheidung, ihn zu verlassen, nach der Lektüre von Inez' Buch gefällt habe und dass er daraufhin durchgedreht sei. Diese Aussage hatte die Journalistin dazu veranlasst, die möglicherweise negativen Auswirkungen von romantisierender Literatur zu diskutieren. Und da die Zeitungsredaktionen gerade mit dem Sommerloch kämpften, waren weitere Journalisten auf diesen Zug aufgesprungen. Nie würde Inez die letzten Worte vergessen, die sie gelesen hatte, bevor sie beschloss, keine Zeitung mehr aufzuschlagen, bis der Albtraum vorüber war: *Kann ein Autor bei labilen Lesern den Eindruck erwecken, es sei ganz leicht, das eigene Glück zu finden? Ja. Kann diese Naivität zur Todesfalle werden? Offensichtlich. Aber wer wird dann zur Verantwortung gezogen?*

»Da wären wir.«

Die Stimme des Fahrers klang wie von ganz weit fern. Inez schlug die Augen auf, suchte in ihrer Handtasche nach dem Portemonnaie, bezahlte mit der Kreditkarte und wartete, dass er ihr die Tür öffnete und hinaushalf.

»Vielen Dank«, sagte sie, stützte sich auf ihren Wanderstock und ging mit vorsichtigen Schritten auf ihr Haus zu.

Drinnen angekommen, betrachtete sie sich im Flurspiegel. Die grauen Strähnen, die tiefen Falten rund um die Augen, ihre leicht zusammengesackte Statur. Im Kampf gegen die Journalisten, die mit ihren idiotischen Fragen auf sie losgegangen waren, hätte sie am liebsten lauthals geschrien, dass diese Diskussion völlig in die falsche Richtung lief. *Warum reden wir stattdessen nicht über solche Männer? Über die, die morden. Das ist doch die Debatte, die wir bräuchten!* Cristy hatte die Ansicht vertreten, dass sie den Pressevertretern genau das sagen solle. Ihnen zeigen, wo's langgeht. Stattdessen hatte sie verbissen geschwiegen. Hatte die Kapuze hochgeschlagen, war hierhergezogen, in das Haus in Domsten, und hatte die Jalousien heruntergelassen. Und warum? Weil sie eine Heidenangst hatte, dass die Journalisten möglicherweise das Thema wechseln könnten – von ihren romantisierenden Geschichten zu ihrer verlogenen Vergangenheit. Das durfte sie nicht riskieren. Durfte nicht riskieren, dass jemand ihr wohlbehütetes Geheimnis lüftete.

Meja

Als Inez' Taxi losgefahren war, ging Meja gar nicht direkt nach Hause, wie ursprünglich gedacht. Stattdessen machte sie sich wieder auf den Weg zurück zum Norra Hamnen und lief bis zu dem Haus, in dem ihre Mutter jetzt wohnte. Sie sah hinauf. In den Fenstern der Penthousewohnung brannte Licht. Als ein Mann durch die Haustür kam, gelang es Meja gerade noch, einen Fuß in den Türspalt zu setzen, bevor die Tür ins Schloss fiel. Nachdem sie die Stufen bis in den siebten Stock hinaufgestiegen war, blieb sie vor Bengts Wohnung stehen und atmete tief durch.

Susanne öffnete ihr die Tür und war ganz offensichtlich überrascht, Meja vor sich zu sehen, schon wieder.

»Ich war gerade in der Nähe und dachte, ich schau mal bei dir vorbei«, sagte Meja und bemerkte selbst, dass da etwas nicht passte. Ihre Beziehung gab es nicht her, dass man einfach so »hereinschneite«.

»Aha …«, sagte Susanne, bat sie herein und ging in die Küche.

Meja streifte die Schuhe ab, hängte ihre Jacke auf und ging ins Wohnzimmer. Sie hörte ihre Mutter in der Küche klappern.

»Ist Bengt nicht zu Hause?«, fragte Meja.

»Nein, heute arbeitet er länger.«

Meja blickte sich um. Sie konnte fast nichts entdecken, was ihrer Mutter gehörte. Meja war in einem Zuhause mit schweren Seidenvorhängen, einem weinroten Samtsofa, zierlichen goldgerahmten Spiegeln, Kronleuchtern und farbenfrohen Gemälden aufgewachsen. In einer Vase hatte Susanne anstelle von Blumen verschiedenfarbige Straußenfedern drapiert, die Meja geliebt hatte. Im Flur hatten zwei groteske Masken aus dem Theater gehangen, eine fröhliche und eine traurige. Deswegen hatte Meja jedes Mal, wenn sie an ihnen vorbeikam, die Augen zusammengekniffen. Hier in dieser stilvollen weißen, luftig eleganten Wohnung stammte nichts von ihrer Mutter. Vielleicht waren sie in Wirklichkeit doch nicht so verschieden, denn was gehörte in Johans Wohnung schon ihr? Ein Bild von einer Magnolie, das sie in einem Supermarkt erstanden hatte?

Susanne tauchte mit zwei Teetassen in der Hand wieder auf und ließ sich auf dem Sessel mit Schaffellbezug nieder.

»Du gehst schon wieder allein spazieren?«

»Ich war essen. In einem Restaurant hier im Hafen.«

Auch wenn Meja es nicht wahrhaben wollte, das auszusprechen tat richtig gut.

»Ach, wirklich? Mit einer Freundin?« Susannes Gesichtszüge entspannten sich.

»Nicht ganz. Eher mit einer Kundin.«

»Einer Kundin? Hast du jetzt endlich einen neuen Job?«

»Nein. Das ist die Frau, bei der ich putze.«

»Ich dachte, man putzt in mehreren Haushalten.«

»Im Moment nicht. Gerade bin ich nur bei einer Frau.

Sie ist siebzig, Schriftstellerin und hat sich bei einem Sturz an der Hüfte verletzt, deshalb braucht sie jetzt Hilfe in ihrem Haus.«

Susanne pustete auf ihren heißen Tee und trank ein Schlückchen. »Das heißt, wenn du schon einmal ausgehst und dich amüsierst, dann mit einer alten Tante, bei der du putzt?«

Meja presste die Zähne aufeinander. Wenn ihre Mutter es so formulierte, klang es tatsächlich etwas sonderbar.

»Darf man das überhaupt?«, fragte Susanne.

Meja sah auf. Der Gedanke war ihr noch gar nicht gekommen. Was stand da eigentlich im Kleingedruckten in den Verträgen, die man bei jedem neuen Job unterschreiben musste, die man aber niemals las?

Susanne wechselte das Thema. »Wie läuft es eigentlich so bei Johan und dir?«

»Wie es bei uns läuft? Ganz gut, glaube ich …«, antwortete Meja.

Susanne blinzelte. Das tat sie immer, wenn sie skeptisch war. »Glaubst du?«

»Ja, alles ist wie gehabt. Also gut«, sagte sie und trank ihren Tee ein bisschen zu hastig. Er brannte in ihrer Kehle. Wie blöd von ihr, hierherzukommen, nachdem sie nach dem Abendessen mit Inez so fröhlich gewesen war. Fast zu denen gehört hätte, die gut drauf waren.

Egal, blöd oder auch nicht, wenn sie ehrlich war, wusste sie genau, warum sie hier war. Eigentlich war ihr Besuch weder spontan noch ein Zufall. Inez' Frage, welchen Traum ihre Mutter geträumt hatte, hatte Mejas Neugier von Neuem geweckt. Dieser Traum, der für ihre Mutter nie in Erfüllung gegangen war, weil Meja auf die Welt kam. Jetzt wollte sie das Rätsel ergründen, das diese Schuldgefühle in ihrer Kindheit verursacht hatte.

Sie räusperte sich. Ihr schoss die Hitze in die Wangen. Warum war es eigentlich so schwer, über die wichtigen Dinge zu sprechen?

»Inez und ich, also, die Frau, bei der ich putze, haben uns über Lebensträume unterhalten …« Meja schluckte. »Und dann habe ich mich gefragt, wovon du eigentlich geträumt hast, als du jung warst?«

Susanne lachte auf. Gekünstelt.

»Ach, weißt du …«, sagte sie und blickte aus dem Fenster. »Vom Leben, Action, Gefühlen, Farben, Drama.«

Meja überlegte. Das konnte nicht die ganze Wahrheit sein. So weit Mejas Erinnerung an ihre Kindheit reichte, hatte es im Leben ihrer Mutter viele Freunde, Farben, Feste, Leben und Action gegeben. Da musste noch etwas anderes gewesen sein. Etwas, das sich zwischen sie geschoben und diese Distanz erzeugt hatte. Aber was konnte das sein?

Susanne sprang auf. »Ich hab die Kekse ganz vergessen«, sagte sie und war schon in der Küche verschwunden.

Meja nippte am Tee und fragte sich, ob sich Susanne jemals Gedanken über Mejas Kindheit gemacht hatte. Ob sie sich noch an den Streit vor vielen Jahren erinnerte, in dem diese Worte fielen, dass mit Mejas erstem Atemzug ihr Traum geplatzt war? Das war ein Schock gewesen.

»Hier sind die Kekse«, sagte Susanne und stellte das Schälchen auf den Tisch. »Bedien dich.«

Meja griff zu.

»Lecker«, sagte sie nach dem ersten Bissen.

»Hab ich bei Fahlmans gekauft«, sagte Susanne. »Du

weißt ja, ich kann manches, aber ich bin eben kein Heimchen am Herd …«

Davon konnte Meja ein Lied singen. Immer wenn es ans Backen für die Schule ging, um Geld fürs Schullandheim zu sammeln, hatte Meja gekauften Kuchen mitgebracht. Sie hatte sich jedes Mal in Grund und Boden geschämt.

Susanne warf einen Blick auf die Uhr. »Oh, es ist schon ganz schön spät geworden. Ich will dich nicht rausschmeißen, aber …«

»Kein Problem«, sagte Meja und aß ihren Keks auf. »Ich wollte ja sowieso nur kurz vorbeischauen.«

Sie erhoben sich und gingen in den Flur.

»Danke für den Tee«, sagte Meja.

Susanne nickte, drückte sie kurz und sagte: »Vielleicht kannst du nächstes Mal kurz vorher anrufen, wenn du wieder in der Nähe bist, und nachfragen, ob es gerade passt? Das wäre sehr nett.«

Meja stieg wieder die Hitze ins Gesicht. Immer diese kleinen Spitzen. Sie nickte, verabschiedete sich und ging die Treppe hinunter.

Die Beschwingtheit, die sie nach dem Essen mit Inez verspürt hatte, war wie weggeblasen. Johan hatte ihr mal vorgeschlagen, dass sie mit einem Psychotherapeuten über ihre Mutterbeziehung sprechen sollte. Was sie nicht getan hatte, wohl auch nie tun würde. Aber wahrscheinlich hatte er recht. All die offenen Fragen flossen wie Gift durch ihre Adern. Und es war ganz offensichtlich, dass Susanne nicht vorhatte, sie zu beantworten.

Sie öffnete die Haustür, sog den Sauerstoff tief ein und machte sich über die Nebenstraßen, wo weniger los war, auf den Heimweg. Als sie nach Hause kam, saß Johan im Wohnzimmer und sah sich eine Polizeiserie an.

»Wo warst du?«, fragte er.

Hatte er sich womöglich Sorgen gemacht? Als Meja Inez' SMS mit der Einladung zum Abendessen bekommen hatte, war er mitten in einem Computerspiel gewesen, da hatte sie ihn nicht stören wollen. Daher wusste er nichts von ihrem Ausflug. Sie setzte sich neben ihn aufs Sofa.

»Erst habe ich mit Inez zu Abend gegessen und dann mit meiner Mutter Tee getrunken.«

»Mit der Schriftstellerin?«

Meja nickte.

Johan machte ein ebenso verdutztes Gesicht wie Susanne. »Warum?«

Meja zuckte mit den Schultern. »Weil sie Lust dazu hatte.«

Johan runzelte die Stirn, als er hörte, wie eingeschnappt ihre Antwort klang. »Ach so, Entschuldigung, dass ich nachgefragt habe.«

»Sorry«, sagte Meja. »Ich hätte mir den Besuch bei meiner Mutter sparen sollen. Du weißt ja, wie das läuft.«

Johan legte den Arm um sie und zog sie an sich. Meja schluckte.

»Liebst du mich?«, hörte sie sich selbst fragen.

»Ja, ich glaub schon.«

»Glaubst du?«, wiederholte sie exakt wie Susanne, als Meja gesagt hatte, dass *sie glaubte*, dass alles gut sei.

Johan ließ von ihr ab. »Das Wort lieben hört sich so hochtrabend an. Aber wenn ich jemanden liebe, dann glaube ich, bist du es.«

Schon wieder dieses glauben, dachte Meja. Aber, ganz ehrlich, liebte sie Johan? Sie mochte ihn, war gern mit ihm zusammen, fühlte sich bei ihm geborgen. Aber lieben …? Vielleicht passten sie deshalb so gut zusammen, dachte sie und seufzte. Weil sie beide das Gleiche füreinander fühlten.

»Ich gehe jetzt schlafen, nach diesem Abend bin ich total platt.«

Johan nickte. »Ich schaue mir noch einen Teil an.«

Als Meja im Bett lag und an die Decke starrte, musste sie an Inez denken. Daran, dass sie sich so unter Druck gefühlt hatte, dass sie aufgehört hatte zu schreiben. Damals musste etwas ganz Schlimmes passiert sein. Inez war doch keine, die einfach aufgab.

Sie drehte sich auf die Seite und schloss die Augen. Vor ihrem inneren Auge sah sie die blaue Mappe vor sich. Manchmal lag sie ganz oben auf den Bücherstapeln, manchmal auch wieder in Inez’ Schlafzimmer. Was war das für eine Geschichte, die sie da schrieb? Möglicherweise doch ein neues Buch?

Inez

Nach dem viel zu langen Spaziergang am Morgen tat Inez' Hüfte wieder weh. Aber der Ausflug zum Steg hatte sich trotzdem gelohnt. Das Meer, das Möwengeschrei und der Geruch des Seetangs hatten sie wieder nach Kobbholmen zurückgeholt. Mathildas roter Schuppen war vor ihren Augen erschienen, wo Seile, Werkzeug, Tauchausrüstung und Schiffsglocken an der Wand hingen, wo Kescher und Kunststoffkörbe ineinander gestapelt standen. Wie glasklar diese Erinnerungen wurden. Auch die Ständer weiter hinten, auf denen die Netze aufgehängt wurden, und das Stückchen Strand, das nur aus Austernschalen zu bestehen schien, sah sie deutlich vor sich. Sie erinnerte sich, dass sie versucht hatte, dies in ihrem schwarzen Notizbuch zu verewigen, doch es war fast unmöglich gewesen, den Kontrast zwischen dem Weichen, der Schönheit im Inneren, und der harten, rauen Schale mit Worten zu beschreiben.

Inez hatte angenommen, dass viele Erinnerungen verblasst und vergessen waren. Doch nichts war vergessen, nur weil sie es verdrängt hatte. Und in Wahrheit hatten die Erinnerungen an Mathilda sie im Laufe der Jahre immer wieder eingeholt. Wie damals, als Amelia sie in ein Restaurant in Kopenhagen mitgenommen hatte, wo Tangkimchi auf der Karte stand. Natürlich war damit die Erinnerung an den Tag wach geworden, an dem Mathilda und sie auf einer kleinen Schäreninsel in der brütenden Sonne lagen und Mathilda auf einem Tangstängel herumkaute und darauf gewettet hatte, dass Tang künftig als Delikatesse serviert werden würde.

Aber jedes Mal, wenn eine kleine Tonspur aus der Vergangenheit in Inez' Kopf auftauchte, hatte sie sie mit anderen Geräuschen und Gedanken verdrängt. Jetzt ließ sie das sein. Jetzt horchte sie hin. Die Frage war nur, was würde danach geschehen, wenn sie ihr Buch geschrieben hatte. Würde Mathildas Stimme dann für immer verstummen?

Das Klopfen an der Verandatür unterbrach sie in ihren Gedanken. Inez erhob sich aus ihrem Sessel, machte Meja die Tür auf und begrüßte sie wortkarg. Die zu hastigen Bewegungen riefen den Schmerz in der Hüfte wieder hervor, daher schluckte Inez schnell eine Schmerztablette mit kaltem Kaffee hinunter und ließ sich wieder in ihren Sessel plumpsen. In diesem Zustand war ihr nicht nach Konversation zumute, daher wies sie mit ihrem Treckingstock auf die Stapel vor der Wand, neben dem Bücherregal.

Meja hängte ihre Jacke über die Armlehne des anderen Sessels, holte ein paar Bücher, setzte sich und legte sie auf ihren Schoß. Das Oberste nahm sie in die Hand.

»Aufheben«, sagte Inez.

Sie setzten ihre Arbeit fort und kamen trotz allem gut voran. Als sie den ersten Stapel und eine Kiste mit Unterlagen durchgegangen waren, begann das Medikament zu wirken. Inez lehnte sich zurück und sah Meja ins Gesicht.

»Danke noch einmal für den netten Abend.«

»Ich habe zu danken. Sie haben mich ja eingeladen«, sagte Meja.

»Ein bisschen Gesellschaft hat mir gutgetan«, erwiderte Inez.

Und es war wirklich schön gewesen, in einem Restaurant zu sitzen und sich mit einem anderen Menschen zu unterhalten. Schön, diesen Funken Neugier wieder zu spüren. Jetzt, da der Schmerz durch das Medikament wie in Watte gepackt war, machte sich diese Neugier wieder bemerkbar.

»Wie haben Sie sich eigentlich kennengelernt, Sie und Ihr Freund«, fragte Inez.

Meja zupfte an dem Buch herum, das auf ihrem Schoß lag. »Ich habe damals an der Feinkost-Theke im Ica-Markt gearbeitet und er in der Gemüseabteilung. Dann hat er gekündigt, um die Ausbildung zum Games-Entwickler anzufangen, und an seinem letzten Tag hatten wir zufällig gleichzeitig Feierabend, und er hat mich gefragt, ob wir was zusammen unternehmen wollen. Zwei Jahre haben wir beide im selben Supermarkt gearbeitet, ohne ein Wort miteinander zu sprechen. Und an seinem letzten Tag haben wir die Nummern getauscht. So war das.«

Inez lächelte. »Das klingt in meinen Ohren äußerst romantisch.«

Meja zuckte mit den Schultern. »Bei unserem ersten Date sind wir ins Kino gegangen, beim zweiten Kaffeetrinken, beim dritten waren wir Hamburger essen, und beim vierten bin ich bei ihm eingezogen.«

»Na, so was!« Inez zog die Augenbrauen hoch. Sie hätte getippt, dass Meja ein Mensch war, der für solche schwerwiegenden Entscheidungen sehr viel Zeit benötigte.

»Wir sind ziemlich schnell in ein Leben geschlittert, das uns beiden gefiel, aber …«

»Was aber?«, fragte Inez.

»Manchmal frage ich mich, ob es reicht, sich sehr gern zu mögen.«

Inez nickte und sann über Mejas Worte eine Weile nach. Meja schielte unter ihrem Pony zu ihr hinüber.

»Sind Sie mal verheiratet gewesen?«, fragte sie so zaghaft, dass es fast wie ein Flüstern klang.

Inez musste lachen. »Drei Mal. Und am Ende haben mich alle Männer wieder verlassen, weil sie es nicht ertrugen, an zweiter Stelle zu stehen. Das Schreiben war für mich immer am wichtigsten. Ja, und Amelia.«

Inez stützte sich auf den Sessel und stemmte sich hoch. Sie ging in die Küche, kramte ein Tablett hervor, holte kleine Gläser und zwei Flaschen dazu, und schon standen da zwei Gläser mit Portwein und zwei Gläser Wodka mit Eis. Und da sie davon ausging, dass Meja so starken Alkohol nicht gewohnt war, gab sie noch eine Zitronenscheibe in die Wodkagläser.

»Könnten Sie mir mal helfen?«, rief sie.

Meja ging in die Küche und machte große Augen, als ihr Blick auf das Tablett fiel. »Ist das wirklich eine gute Idee, wenn Sie Medikamente nehmen?«

Doch Inez schnaubte nur und ging voran ins Wohnzimmer.

»Okay«, sagte sie, als sie wieder in ihren Sesseln saßen. »Das eine Glas ist zum Genießen, das andere ist ein Muss. Welches trinken Sie zuerst?«

»Das Pflichtglas«, sagte Meja und verzog schon das Gesicht, bevor sie das Glas überhaupt in die Hand genommen hatte.

»Gute Entscheidung«, sagte Inez und griff nach dem

Wodkaglas. Sie prostete Meja zu und kippte den Drink hinunter.

Meja kniff die Augen zu, nippte daran und schüttelte sich.

Inez schnalzte. »Dies, meine Liebe, reinigt das Blut – das Herz sozusagen. Hinterher ist alles reiner und klarer.«

Als sie ihr Glas geleert hatte, blickte Meja auf. »Fertig«, sagte sie und lächelte erleichtert.

Nun zeigte Inez auf das zweite Glas, einen Portwein mit deutlichen Noten von Pflaumen und dunklen Kirschen. »Jetzt kommt was zum Genießen. Wenn Sie ihn auf der Zunge haben, überlegen Sie mal, was Sie im Leben wirklich genießen.«

Meja probierte den süßen Port.

»Lecker«, sagte sie und war fast erstaunt.

»Und?«, fragte Inez.

Meja fixierte einen unsichtbaren Punkt. Es fiel ihr nicht leicht, eine Antwort zu formulieren.

Inez legte die Stirn in Falten. Dieser jungen Frau musste man ganz schön auf die Sprünge helfen.

»Kommen Sie mit«, sagte sie und stand auf, fuhr in die Schuhe und warf die Strickjacke über. Dann öffnete sie die Verandatür. Meja kam hinterher. Sie gingen zum Gartentor und dann auf den kleinen Weg. Vor ihnen wehte der Strandhafer im Wind, und genau am Rand des Strandes stand eine Holzbank. Inez hakte sich bei Meja ein und begann, über das unebene Gelände zu gehen. Sie setzten sich auf die Bank und hatten einen wunderbaren Blick auf das Meer.

»Die Bank steht ja perfekt«, sagte Meja.

Da musste Inez lachen. »Die Gemeinde hatte ein paar

Bänke hierhertransportiert, die an der Küste entlang aufgestellt werden sollten. Als die Arbeiter Mittagspause hatten, habe ich mit Viola, meiner verstorbenen Nachbarin, die Gelegenheit genutzt und eine Bank geholt und da platziert, wo wir sie haben wollten.«

»Sie haben sie gestohlen?«, fragte Meja.

»Wir haben sie hier *platziert.*« Inez sog die Luft tief ein und schmunzelte. »Woher sollen die Leute in den Behörden denn die schönsten Orte für Bänke kennen?«

Inez rutschte ein bisschen zur Seite und zeigte auf die Rückenlehne, wo *Violas Bank* eingeritzt war, dann lachte sie lauthals.

Meja schüttelte lächelnd den Kopf.

Sie saßen still da und beobachteten die Wellen, wie sie langsam vor und wieder zurück rollten.

»Früher hatte ich mal eine Freundin«, erzählte Inez. »Sie hat immer gesagt, dass man seine Träume im Genießen findet. Wenn man seinen großen Traum finden will, muss man dem Genuss nachgehen.«

Meja nickte langsam, den Blick noch ans Meer geheftet. Sie saßen wieder stumm da, bis Inez sich ächzend mithilfe des Stocks aufrichtete.

»Verfluchte Hüfte«, brummte sie, hakte sich bei Meja wieder ein, und dann schlichen sie langsam zurück zum Haus.

Als sie näher kamen, erschien Sverker im Garten und fuchtelte mit den Armen.

»Neuigkeiten«, rief er. »Das Haus ist verkauft.«

Inez spürte einen nervösen Stich im Magen. Doch dann konnte sie an seinem breiten Grinsen ablesen, dass es offenbar eine gute Nachricht war.

»Der Käufer ist ein Mann Mitte vierzig, geschieden. Er hat eine Tochter, dreizehn Jahre alt, die lebt aber nicht ständig bei ihm.« Sverker machte ein sehr zufriedenes Gesicht. »Grund zum Feiern, oder?«

»Absolut«, sagte Inez und deutete an, wie sie ein Glas in die Luft hob.

Natürlich wusste sie, dass Sverker gern richtig gefeiert hätte. Das Abendessen drüben war nett gewesen, doch dafür hatte es einen Grund gegeben. Mit dem Hausverkauf hatte sich die Sache erledigt. Kein Essen mehr, keine Feier. Sie winkte ihm zu und ging in ihr Haus, gefolgt von Meja. Aber bevor Meja die Schuhe ausziehen konnte, sagte sie:

»Wissen Sie was, Sie können schon Feierabend machen, schließlich müssen Sie ja mit dem Bus nach Hause fahren. Das ist viel umständlicher und dauert länger.«

»Ich habe aber wirklich genug Zeit, wir könnten ohne Probleme noch mindestens einen Stapel durchgehen …«

»Ach, wir haben noch ein paar Tage Zeit. Ich danke Ihnen … bis zum nächsten Mal!«

Meja schob die Hände in die Jackentaschen. »Okay, dann bis morgen.«

Inez nickte und schloss hinter ihr die Tür. Durch die Jalousien beobachtete sie, wie Meja am Gartentor stehen blieb, sich ein letztes Mal umdrehte und ihr zuwinkte. Inez winkte nicht zurück. Stattdessen ging sie ins Schlafzimmer, setzte sich an den Schreibtisch, schloss die Augen, horchte einen Moment lang in sich hinein und legte sachte die Finger auf die Tastatur.

1972

Wenn ich in der Buchhandlung freihatte, verbrachte ich den Tag meist mit Mathilda. Wir fuhren mit dem Boot raus aufs Meer, schwammen mit den Robben, holten den Fang des Tages ein, säuberten die Austern und brachten sie an Land, wo wir sie zu den verschiedenen Käufern weiterbeförderten.

Eines Tages, als wir die Austern putzten, die Mathilda in einem Korb aus dem Wasser gefischt hatte, sagte sie: »Sieh dir alles, was du aufhebst, immer ganz genau an. Manchmal findest du in einer leeren Schale ein Geheimnis, du musst sie nur umdrehen.«

Daraufhin fuhr ich mit meiner Arbeit fort und untersuchte konzentriert jede einzelne Auster im Korb, doch ich konnte nichts Besonderes finden. Bis ich eines Tages auf eine leere Schale stieß. Ich wollte sie schon zurück ins Meer werfen, da fielen mir Mathildas Worte wieder ein, und ich besah sie noch einmal genauer. Und tatsächlich: Auf der Innenseite war ein Wort eingeritzt. *Freundschaft.*

Mathilda strich mit der Hand über mein kleines Muttermal an der Stirn. Es faszinierte sie, dass es herzförmig war, vielleicht weil sie in allem und jedem ein Zeichen sah, und dann sagte sie mit feierlichem Ernst in der Stimme: »Ab jetzt wirst du keine Austernschale mehr wegwerfen, ohne sie vorher genau angeschaut zu haben. Das Leben ist voll von solchen Überraschungen. Du musst sie nur entdecken!«

Ich steckte die Schale in meine Jackentasche und legte sie, als ich zu Hause war, in mein Bücherregal. Das war Mathildas erste Auster, in die sie eine Botschaft geschrieben hatte, doch es sollte nicht die letzte sein. Und das Putzen dieser Körbe voller Austern, was sicherlich nicht die schönste Arbeit war, wurde mit einem Mal etwas, auf das ich mich freute. Vielleicht lag da wieder eine Schale, die darauf wartete, gefunden zu werden? So lernte ich, die ganz unscheinbaren Momente des Lebens genau unter die Lupe zu nehmen, ich tat es mit einer Art Neugier: War da noch mehr zu entdecken, wenn ich die Dinge drehte und wendete?

Meja

Meja hockte auf dem Sofa, als Johan zur Tür hereinkam. Da hatte sie gesessen, seit sie von Inez zurückgekommen war. Dreieinhalb Stunden.

»Hallo«, rief er, ließ seine Aktentasche im Flur auf den Boden fallen und begann sofort, seine Sportsachen zusammenzusuchen. »Ich muss gleich wieder los, Lucas hat uns einen Court fürs Padel-Tennis reserviert.«

»Okay«, rief Meja zurück und hörte, wie die Tür ins Schloss fiel. Ein paar Minuten später wurde sie wieder aufgestoßen, und Johan kam ins Wohnzimmer gestürmt. »Wo ist der Wagen?«

»Oh«, sagte Meja. »Der steht noch bei Inez.«

»Warum?« Vom Stress hatte Johan jetzt knallrote, wenig vorteilhafte Flecken auf den Wangen.

»Weil wir Schnaps und Portwein getrunken haben.« Sie hörte selbst, wie verrückt das klang.

Johan verzog das Gesicht. »Wie bitte? Du bist den Job wieder los, noch bevor du das erste Gehalt gekriegt hast.«

Meja schluckte. »Ich konnte schlecht Nein sagen.«

»Aber Meja …«

Johan schüttelte den Kopf und griff gleichzeitig zum Telefon. »Hi, Lucas. Sorry, ich hab grad kein Auto. Kannst du mich abholen?«

Als er aufgelegt hatte, drehte er sich um und sah Meja

ins Gesicht. »Bei dieser Schriftstellerin habe ich ein ganz komisches Gefühl.«

»Sie ist aber ganz normal.«

»Kann ja sein, aber ich finde, dass *du* dich plötzlich anders verhältst, seit du da arbeitest.«

Er ging, noch bevor Meja ein Wort dazu sagen konnte.

Sie ließ sich zurück in die Kissen sinken. Benahm sie sich neuerdings anders? Vielleicht schon. Sie hatte wieder angefangen zu fotografieren, sie war dreimal auswärts essen gewesen, einmal bei Inez' Nachbarn, einmal mit Johan und einmal mit Inez. Einmal sogar noch mit ihrer Mutter, aber das zählte eigentlich nicht, denn das war ja ein Jour fixe, das Essen fand jeden Monat statt. Sie hatte angefangen, unbequeme Fragen zu stellen, sowohl ihrer Mutter als auch Johan. Vielleicht hatte sie nicht gerade erschöpfende Antworten erhalten, oder die, die sie sich gewünscht hätte, aber immerhin hatte sie sie nach ihren Träumen gefragt. Und nach der Liebe. War das so sonderbar?

Da kamen ihr Inez' Worte wieder in den Sinn: Denken Sie an etwas, das Sie wirklich genießen. Sie seufzte schwer. Als sie den Kopf drehte, fiel ihr Blick auf das Buch, das Inez ihr ausgeliehen hatte. Sie nahm es in die Hand und beäugte es, überflog den Klappentext, schlug irgendwo ein paar Seiten auf und setzte sich schließlich aufs Sofa. Auf der ersten Seite las sie: *Sidda ist wieder ein kleines Mädchen, mitten im glühenden Herzen Louisianas, in der Welt der Bayous, wo die katholischen Heiligen und die Voodoo-Königinnen zu Hause sind.*

Erst als die Tür wieder aufflog und Johan »Hallo!« rief, dieses Mal etwas besser gelaunt, sah Meja wieder auf. Da war sie bereits auf Seite vierzig angekommen.

Johan blieb wie angewurzelt stehen, als er sie mit dem Buch in der Hand auf dem Sofa sitzen sah.

»Jetzt hat sie dich auch noch zum Lesen gebracht?«, sagte er.

»So wie du das sagst, klingt es, als wäre es etwas Schlechtes.«

Johan hatte sich schon viel Mühe gegeben, sie für Bücher zu begeistern. Jetzt könnte er sich doch freuen?

»Ja, weil sie so viel Einfluss auf dich hat, das ist unheimlich.«

Meja schlug ihr Buch zu. »Jetzt übertreibst du aber. Sie hat mir nur ein Buch zum Lesen mitgegeben – du weißt ja, wir sortieren ihre Bücher aus –, was ist daran so sonderbar?«

Johan ging ins Badezimmer, um seine Sportklamotten in die Waschmaschine zu stecken. »Alles ist sonderbar. Ganz im Ernst. Du liest Bücher, du trinkst während der Arbeit, du leierst merkwürdige, tiefgründige Gespräche an.«

Meja hörte, wie er die Maschine anstellte und dann zurückkam. Er blieb in der Tür stehen.

»Deine Mutter hat mich gestern auch schon angerufen. Sie hat gefragt, was mit dir los ist. Sie meinte, du hast dich in letzter Zeit so komisch benommen.«

»Wie bitte?« Meja presste die Lippen aufeinander. »Eine Tochter besucht spontan zweimal ihre Mutter. Wer von uns ist sonderbar, wenn er das ungewöhnlich findet?«

»Schon, aber ihr seht euch doch sonst auch nicht oft. Und spontan noch viel weniger. Und deshalb macht das schon einen sonderbaren Eindruck.«

Er drehte wieder um und ging ins Schlafzimmer.

»Du«, rief sie hinüber. »Sag mir doch mal, was du an deinem Leben wirklich genießt.«

Johan seufzte. »Ein Bier trinken, bei einem Spiel auf ein neues Level kommen, brillante Einfälle bei der Arbeit haben, beim Padel-Tennis einen guten Ball zu schlagen … Es gibt doch ganz vieles, was man genießt? Aber allein, dass du diese Frage stellst, ist schon wieder komisch. Du bist doch gar nicht du selbst.«

Meja biss sich auf die Unterlippe, nahm das Buch wieder in die Hand und las weiter.

Am nächsten Tag kam Meja völlig aus der Puste in die Reinigungsfirma. Sie hatte völlig vergessen, dass das Auto noch bei Inez stand, und hatte bei Sprühregen und heftigem Wind zum Bus rennen müssen. Die Mittwochsmeetings fanden im Pausenraum statt, denn ihrer Chefin Karin Widell gefiel die entspannte Atmosphäre dort. Keuchend, durchnässt und hochrot im Gesicht nahm Meja Platz. Anfangs redeten noch alle durcheinander, doch dann klopfte Karin auf den Tisch, schlug die Beine übereinander und ließ den Blick über ihre Mitarbeiterinnen wandern. Eine neue Aushilfe schenkte Kaffee aus und bot auch Meja welchen an. Dankend hielt sie ihr den Kaffeebecher hin. Dann gingen sie die verschiedenen Punkte durch, besprachen Beschwerden, Tagesabläufe, Einsatzpläne und stimmten sich über neue Putzmittel ab, die getestet werden sollten.

Als die Besprechung zu Ende war, blickte Karin Meja an und sagte: »Sie sind jetzt die zweite Woche bei Inez Edmark.«

Meja nickte. Sie spürte, wie ihr Puls wieder stieg. Karin

konnte doch wohl kaum wissen, dass sie bei der Arbeit Schnaps getrunken hatte? Oder während der Arbeitszeit mit Inez essen gegangen war?

»Wie läuft es denn?«, erkundigte sich Karin.

Alle Blicke hefteten sich an Meja. Angelika trommelte mit ihren langen Nägeln auf dem Tisch herum. Ein Geräusch, das unnatürlich laut erschien, da alle schwiegen.

»Gut«, antwortete Meja und hoffte, dass ihr keiner anmerkte, wie sehr ihre Stimme zitterte.

Shima legte den Kopf leicht schräg. »Ist sie nicht ein bisschen eigenartig? Beim Friseur habe ich mal einen Artikel über sie gelesen. Sie hat seit Ewigkeiten keine Menschenseele gesehen.«

Meja zuckte mit den Schultern, verspürte aber unwillkürlich den Impuls, Inez zu verteidigen. »Als ich bei ihr war, hatte sie durchaus Kontakt. Mit ihrer Tochter und den Nachbarn …«

Sie verstummte. Jetzt hatte sie schon zu viel erzählt. Nicht auszudenken, wenn Shima das weitererzählte und diese Information einer Zeitungsredaktion zugetragen wurde. Dann würden sie Inez möglicherweise vor ihrem Haus belagern, und Meja wäre schuld daran. Aber Shima zuckte nur mit den Schultern und begann, mit einer Kollegin über die Pläne fürs Wochenende zu plaudern. Meja atmete auf.

Die Chefin blätterte in ihren Unterlagen. »Die Frage ist, ob wir in der Wirtschaftsprüferkanzlei Ramlund noch mehr Manpower brauchen. Dann könnte eventuell Mia, unsere neue Kollegin, die letzte Woche bei Inez Edmark übernehmen, und Sie könnten zu Ramlund mitkommen, Meja. Dann hätten Sie auch mehr Stunden.«

Sie blickte auf.

Meja war in der Hierarchie aufgestiegen. Jetzt war die neue Vertretungskraft da, die ganz unten begann. Meja lächelte Karin an.

»Ich finde, am einfachsten ist es, wenn ich dortbleibe.«

Angelika hörte auf, mit den Fingernägeln zu trommeln. Alle Blicke ruhten nun wieder auf Meja.

»Okay«, sagte die Chefin und schlug ihren Block zu. »Dann kennt jetzt jeder seinen Platz und seine Aufgaben.«

Alle nickten, und das Gemurmel ging wieder los.

Angelika beugte sich hinüber zu Meja.

»Alles okay?«, fragte sie.

Ein etwas schriller Lacher entfuhr Meja.

»Ja, wirklich.«

Sie spürte Angelikas misstrauischen Blick noch, als sie den Raum schon verlassen hatte. Nun war es an der Zeit, zu Inez aufzubrechen. Noch eineinhalb Wochen.

Inez

Inez stand mit einer Tasse Tee in der Hand auf der Veranda. Sie blickte hinaus über den Sund. Heute schimmerte das Meer grau, und dunkle Wolken trieben über den Himmel. Es war, als bestünde eine Verbindung zwischen der Natur und ihrer Stimmung. Sie schloss die Augen. In der Nacht waren ihr Zweifel gekommen. War es wirklich eine gute Idee gewesen, dieses Buch zu schreiben? Hatte es wirklich einen Sinn, die Geschichte niederzuschreiben? Niemand würde dieses Buch in die Hände bekommen, solange sie noch am Leben war. Warum schrieb sie es dann? Wäre es nicht besser, ihre Geschichte mit ins Grab zu nehmen, wenn sie schon nicht den Mumm besaß, dazu zu stehen, während sie noch lebte?

Sie zuckte zusammen, als das Gartentor quietschte. Meja. Inez seufzte. Heute hatte sie überhaupt keine Lust zum Aufräumen.

»Wie sonderbar, heute ist das Wetter fast schon herbstlich!«, rief Meja.

Inez nickte nur kurz, nahm noch einen Schluck Tee und starrte nach wie vor hinaus aufs Meer.

Meja stellte sich neben sie. Eine starke Windböe erwischte Inez, und sie verlor beinahe das Gleichgewicht. Unwillkürlich hielt Meja sie am Arm fest. »Hab ich nicht recht: Herbstwetter.«

Inez wusste, dass der Wind sie aufs Meer hinausziehen wollte. Zu dem Element, das all ihre finsteren Geheimnisse kannte. Vielleicht fand sie die Antwort, ob sie dieses Buch wirklich schreiben sollte oder nicht, in den Wellen?

Inez stellte die Tasse auf dem Terrassentisch ab und ging gemächlich auf das Gartentor zu.

»Wohin gehen Sie?«, fragte Meja und lief ihr hinterher.

Sie wanderten den kleinen Pfad entlang, über die hügelige Wiese am Strand. Meja machte vor Violas Bank halt, doch Inez wollte offenbar weiter. Der Wind zerzauste ihre Haare. Inez kam schon wieder ins Trudeln.

»Sollten wir vielleicht lieber zurückgehen?«, fragte Meja.

Inez gab keine Antwort, sondern beugte sich vorsichtig nach unten, noch immer von Meja gehalten, und schnürte ihre Schuhe auf. Dann zog sie die Strümpfe aus, stopfte sie in die Schuhe und krempelte die Hosenbeine langsam bis zu den Knien hoch.

»Was haben Sie vor?«, fragte Meja.

Inez ignorierte den besorgten Tonfall in Mejas Stimme und blickte auf Mejas Schuhe. »Ziehen Sie sich auch die Schuhe aus, und kommen Sie mal mit.«

Meja presste die Lippen aufeinander, tat aber, was Inez ihr gesagt hatte. Inez machte ein paar Schritte, dann stand sie am Wasser. Die Welle, die wütend an Land schlug, erreichte bereits ihre Zehen.

»Komm einfach«, flüsterte sie zu den finsteren Kräften des Meeres. »Ich bin bereit.«

»Haben Sie etwas gesagt?«, rief Meja und hielt Inez krampfhaft fest.

Inez ging noch ein Stückchen weiter. Die Welle rollte wieder zurück, sammelte Kraft, warf sich erneut voller

Wut auf sie und klatschte ihr das Wasser kniehoch an die Beine. Als sie sich für den nächsten Anlauf wieder zurückzog, versanken Inez' Füße tief im weichen Sand. Sie blieb stehen. Beobachtete, wie die Welle wieder auf sie zukam, und spürte Mejas Arm, der versuchte, sie zurückzuziehen.

»Sag's doch einfach«, flüsterte sie.

In dem Moment stürzte sich die Welle auf sie. In ihrem Kopf konnte Inez ihre eigene Stimme hören, die verzweifelt rief: »Du hast mich verlassen.« Und dann Mathildas Antwort, ganz ruhig: »Ich hab dich nicht verlassen, aber du bist mir nicht gefolgt.«

Der Wind ließ etwas nach, die Welle zog sich zurück. Inez neigte den Kopf vor und kniff die Augen zu, unter ihren Lidern standen die Tränen. Ein Gedanke hämmerte ihr durch den Kopf. *Ich bin ihr nicht gefolgt. Nach allem, was Mathilda für mich getan hat, bin ich ihr nicht gefolgt.*

Sie wischte sich übers Gesicht, und ihre Tränen schmeckten so salzig wie das Meer, dann ergriff sie Mejas Arm, zog die Füße aus dem schlickerigen Sand und wich langsam vom Wasser zurück. Beide nahmen ihre Schuhe in die Hand und liefen barfuß zurück, schwiegen auf dem Weg nach Hause. Auf der Veranda bürsteten sie sich so gut es ging die Füße ab.

»Könnten Sie aus dem Badezimmer bitte zwei Handtücher holen?«, fragte Inez. Meja verschwand im Haus und kam mit Handtüchern zurück. Sie trockneten sich die Füße ab, und als sie fertig waren, überkam Meja ein heftiger Schauer.

»Puh«, sagte sie, »das war fast unheimlich. Erst sah es aus, als käme ein richtiger Sturm, und mit einem Mal hat er sich einfach verzogen. Ganz merkwürdig.«

Inez nickte. »Das Meer hat gesagt, was zu sagen war.«

Meja runzelte die Stirn.

»Würden Sie vielleicht Kaffee kochen?«, fragte Inez, als sie ins Wohnzimmer gekommen waren.

»Gern«, erwiderte Meja.

Inez fuhr mit den Füßen in die Hausschuhe und setzte sich in ihren Sessel.

Sie schloss die Augen. Diese Zeit am Meer hatte sie viel Kraft gekostet. Sie hörte Meja in der Küche klappern, und nach einer Weile erschien diese wieder mit einem Tablett in der Hand. Darauf standen zwei Kaffeebecher und zwei Rosinenkekse.

»Ich habe sie im Vorratsschrank …«

Inez nickte. »Schon gut. Danke. Nach diesem salzigen Ausflug ans Meer können wir etwas Süßes gebrauchen.«

Meja setzte sich in den Sessel gegenüber und hielt ihr das Schälchen mit den Keksen hin.

Inez griff zu, biss ab und betrachtete Meja. Sah sie eingehend an.

»Wissen Sie, was der Name Meja bedeutet?«

Meja schüttelte den Kopf und nahm auch einen Keks.

»Der Name stammt aus dem Altschwedischen, da bedeutet das Wort *mäghin* Kraft und Stärke.«

Meja verschluckte sich an einem Kekskrümel und begann zu husten. Als sie wieder Luft bekam, schüttelte sie den Kopf.

»Das passt nicht besonders gut«, sagte sie.

»Willkommen im Klub. Inez ist die spanische Form von Agnes und bedeutet die Reine, die Keusche. Auch nicht gerade eine treffende Beschreibung für mein Leben, könnte man meinen.«

Meja musste lachen. Inez legte den Kopf etwas schräg. Es war ein reines, ehrliches Lachen. Wie so vieles an Meja. Anfangs war Inez über ihre Unsicherheit gestolpert, doch hinter Meja verbarg sich noch viel mehr. Ohne Zweifel ein interessanter Charakter.

»Sie sollten besser Emine heißen.«

»Ach ja«, sagte Meja. »Warum?«

Inez trank ihre Tasse leer. »Das müssen Sie schon selbst herausfinden.«

Sie erhob sich aus dem Sessel. Die Nachtschicht am Schreibtisch hatte ihrer Hüfte stark zugesetzt. Das kleine Abenteuer am Wasser auch.

»Ich muss mich jetzt für eine Weile ausruhen. Nehmen Sie sich die letzten Stapel neben dem Bücherregal vor, dann haben wir bald eine ganze Wand freigeräumt.«

Meja nickte. »Rufen Sie mich einfach, wenn Sie etwas brauchen.«

»Das tue ich.«

Inez schlurfte ins Schlafzimmer, legte sich voll bekleidet auf den Bettüberwurf, und als ihr die Augen zufielen, sah sie Mathildas grüne Augen vor sich, die genauso lachen konnten wie ihr Mund. »Verzeih mir«, flüsterte Inez. »Verzeih mir, dass ich dir nicht gefolgt bin.«

Meja

Als Inez ins Schlafzimmer hinübergegangen war, arbeitete Meja ein paar Bücherstapel durch, dann sah sie sich um. Noch war der Unterschied nicht wirklich sichtbar, doch an dem Tag, an dem die ganzen aussortierten Bücher wegkämen, würde der Großteil des Fußbodens wieder frei sein.

Sie ging vor ans Fenster, wo Inez' einzige Pflanze stand. Ein Kaktus. Meja kannte sich mit Pflanzen nicht besonders gut aus, nahm aber an, dass ein Kaktus sehr pflegeleicht war. Doch dieses Exemplar bot einen traurigen Anblick. Verblasst und auch ein bisschen schlaff stand das Gewächs da. Meja ging in die Küche und holte ein Glas Wasser, das sie dann vorsichtig auf die Erde goss. Auf dem Heimweg würde sie im Blumenladen nach spezieller Kakteenerde fragen.

Sie kippte die Jalousie, um etwas Licht ins Zimmer zu lassen, und sah, wie staubig es im Wohnzimmer war. Als würden die Staubkörner wie in einem langsamen, fließenden Tanz durch die Luft wirbeln. Meja holte einen Lappen und wischte über das Fensterbrett, die Kanten des Bücherregals und den kleinen Beistelltisch. Am liebsten hätte sie zum Staubsauger gegriffen und den Boden auch gleich gewischt, doch das ließ sie besser sein. Sie nahm an, dass Inez ihre Eigeninitiative nicht schätzen würde.

Inez hatte ihr aufgetragen, die letzten Stapel vor der Wand durchzusehen, doch vielleicht war es besser, erst mal beim Bücherregal weiterzumachen? Dann könnten sie dort die Bücher einsortieren, die Inez behalten wollte. Meja zog einen Hocker vors Regal und begann, die Bücher, die ganz oben standen, herauszuziehen; in dem Moment fiel die blaue Plastikmappe zu Boden. Meja stieg vom Hocker und beugte sich hinab, um den Ordner und die losen Papiere, die herausgefallen waren, aufzuheben, da blieb ihr Blick an der ersten Seite hängen:

1972

Mathilda schwamm immer mit den Robben im Meer. Früh im Morgengrauen oder spät, wenn der Abend dämmerte und die Tiere besonders verspielt waren, packte sie ihren Kahn und ruderte zu den Felseninseln, wo die Robben gern lagen. Das hatte sie schon so oft getan, dass ihr die Tiere inzwischen entgegenkamen. Sie zog den Kahn an Land, legte ihre Kleider ab und schwamm ein Stückchen hinaus. Ich werde nie vergessen, wie ich das zum allerersten Mal gesehen habe. Ich wollte weder meine Kleider ausziehen noch im Meer schwimmen, deshalb blieb ich auf den Felsen sitzen und beobachtete, wie Mathilda im Kreis schwamm, als sei sie ein Meeresbewohner, bis die Herde auftauchte.

Wie so viele Momente mit Mathilda war auch dieser Augenblick magisch. Mit anzusehen, wie die Seehunde sich freuten, wie sie sich im Wasser kugelten, um Mathilda kreisten und sie dann knufften, um sie zum Mitkommen zu bewegen, war ganz unwirklich. Dann umrundete sie die Insel gemeinsam mit den Robben, und die Tiere passten ihr Tempo an ihres an. Manchmal gingen sie mit ihr an Land, auf die Felsen, wo ich saß, und lagen eine Weile in der Sonne, dann verschwanden sie wieder im Wasser und suchten Nahrung. Diese kontaktfreudigen Tiere sahen Mathilda mit großen Augen an und nickten sogar, wenn sie Laute von sich gaben. Mich hingegen würdigten sie keines Blickes.

Meja sah auf. Inez stand in der Tür und starrte sie fassungslos an. Sie war vollkommen bleich im Gesicht. Meja wollte sie fragen, wie es ihr ging, doch da schoss ihr sofort der Gedanke an das Verbot in den Kopf, das Inez ihr gleich am ersten Tag mitgeteilt hatte. Die einzige Regel in diesem Haus, dass Meja niemals lesen durfte, was in der blauen Mappe geschrieben stand. Und Meja hatte versprochen, sich daran zu halten.

Sie schluckte. »Ich wollte nur … sie ist runtergefallen …«

Inez ging mit energischen Schritten, sodass die Holzdielen knarrten, auf sie zu. Mit zitternder Hand nahm sie ihr Mappe und Papier aus den Fingern und zeigte mit dem Treckingstab zur Tür.

»Hinaus«, sagte sie leise.

»Aber ich …« Meja spürte ihren Puls in den Ohren hämmern.

»Und kommen Sie niemals wieder.«

Die Tränen brannten in ihren Augen, als Meja rasch nach ihrer Handtasche und der Jacke griff, in die Schuhe fuhr und hinausrannte. Hinter ihr knallte Inez die Verandatür zu und schloss ab. Meja eilte zum Gartentor, wo wieder einmal ein Blumenstrauß hing, und konnte es kaum öffnen, so sehr zitterten ihr die Hände. Sie rannte zu ihrem Auto, das wieder an dem Wäldchen geparkt war. Im Wagen ließ sie sich auf den Fahrersitz fallen, lehnte den Kopf an die Nackenstütze und ließ den Tränen freien Lauf. »Scheiße«, schimpfte sie heulend und schlug mit der Hand aufs Lenkrad. »Scheiße, scheiße, scheiße ...«

Zwanzig Minuten später war sie zu Hause. Der Flur kam ihr ungewöhnlich still vor. Neben dem Schuhregal sank sie an der Wand hinab auf den Boden und vergrub das Gesicht in den Händen. Wie hatte sie nur so dumm sein können, den Text zu lesen? Das war doch gar nicht ihre Art. Noch nie hatte sie in den Wohnungen ihrer Kunden herumgeschnüffelt.

Meja hatte keine Ahnung, wie lange sie da im Flur gehockt hatte, aber als die Tür aufsprang und Johan nach Hause kam, war sie so steif, dass sie sich kaum bewegen konnte.

Er nahm ihre Hand, zog sie hoch und führte sie in die Küche. Unter Tränen erzählte sie ihm, was geschehen war.

Johan setzte einen Tee auf und hörte ihr zu. Als sie sich schließlich alles von der Seele geredet hatte, sagte er:

»Das war garantiert ihr neues Buch. Und weil sie ja offiziell gesagt hat, dass sie keine Romane mehr schreiben wird, muss das ein supergeheimes Manuskript gewesen sein, was dir in die Hände gefallen ist.«

Er lächelte.

Meja sah ihn an. Betrachtete die kleinen Lachfalten rund um die Augen. Er verstand wohl den Ernst der Lage nicht.

»Ich habe meinen Job verloren ... nach eineinhalb Wochen.«

»Wenn ich ehrlich sein soll«, sagte er, »dann würde ich sagen, das war das Beste, was dir passieren konnte. Seit du diesen Job hast, benimmst du dich ziemlich eigenartig.«

Er trank seinen Tee aus, räumte fröhlich pfeifend ein

bisschen in der Küche auf, drückte ihr einen Kuss auf die Stirn und trabte dann hinüber ins Schlafzimmer zu seinem Computer. Kurz darauf hörte sie, dass er mit jemandem skypte.

Meja zwinkerte schnell, um die Tränen zurückzuhalten, die sich schon wieder bemerkbar machten. Warum nur hatte sie die Unterlagen nicht sofort wieder in die Mappe geschoben und zurück ins Regal gelegt?

Sie stand auf und ging ins Wohnzimmer. Ingrid fiepte und hatte Hunger, also holte Meja frisches Heu. »Du hast es gut«, flüsterte sie und setzte sich neben dem Käfig auf den Boden. Ihr Meerschweinchen fraß jetzt mit großem Appetit. Dann griff Meja zu ihrem Handy. Inez hatte gesagt, sie müsse eigentlich den Namen Emine tragen. Jetzt suchte sie nach der Bedeutung des Namens. Emine: die Verlässliche, die Ehrliche.

Meja legte das Handy mit dem Display auf den Boden und lehnte den Kopf an die Wand. Nein, sie war keineswegs verlässlich. Sie hatte den Text gelesen, obwohl Inez es ihr ausdrücklich verboten hatte. Hinter der Schlafzimmertür erklang Johans lautes Lachen. Meja presste die Lippen aufeinander. Sie stand völlig unter Strom. Dieses Lachen zu hören, hielt sie nicht aus. Auch nicht noch eine Nacht auf dem Sofa. Und erst recht nicht, dass er meinte, sie sei eigenartig.

Sie lief in den Flur und holte eine Tasche. Dann ging sie ins Bad, packte die wichtigsten Dinge in ihren Kulturbeutel, dazu noch Wechselwäsche vom Wäscheständer. Alles zusammen verstaute sie mit dem Handy-Ladekabel in der Tasche. Dann lief sie noch mal ins Wohnzimmer und streichelte Ingrid über den Kopf.

»Morgen bin ich wieder da«, sagte sie leise. Während sie die Wohnung verließ, tippte sie im Handy eine Nachricht an ihre Mutter: *Kleine Krise, kann ich heute in eurem Gästezimmer übernachten, nur für eine Nacht?*

Inez

Vor Müdigkeit, Wut und Enttäuschung zitterte Inez am ganzen Körper. Allein die Vorstellung, dass jemand anders ihre Worte über Mathilda gelesen hatte, verursachte ihr Übelkeit. Ihre intimen Bekenntnisse, die sie sich nun von der Seele geschrieben hatte und die sie jahrelang tief in ihrem Herzen verborgen hatte, an einem Ort, der der schönste und der hässlichste zugleich war. Niemand würde ihre Worte lesen, bevor sie selbst sie freigab. Niemand.

Sie griff nach dem Treckingstab, schluckte die doppelte Dosis Schmerztabletten und ging aus dem Haus. Der Wind hatte sich gelegt, aber die Welt war noch immer grau in grau. Am Gartentor hing ein Sträußchen Lavendel. Grimmig nahm sie die Blumen ab, ging zu Sverkers und Filips Tor, riss die Lavendelstängel in Stücke und schmiss sie ihnen in den Garten. Vielleicht kapieren sie jetzt endlich, dass ich ihre Blumen nicht will, dachte sie und hinkte, so schnell es ging, weiter zu Violas Bank, schon das zweite Mal an diesem Tag.

Ein paar Hundebesitzer liefen hinter ihr vorbei. Sie saß da und starrte hinaus auf das Meer. Am Morgen hatten sich die Wellen noch wütend gegen Inez und Meja aufgebäumt, jetzt rollten sie still und leise an den Strand. Inez faltete die Hände im Schoß und sah vor ihrem inneren

Auge noch einmal Mejas verzweifelten Gesichtsausdruck, als Inez sie beim Lesen des Manuskripts ertappt hatte. Die erste unbändige Wut hatte sich entladen, und was sie jetzt fühlte, war vor allem Einsamkeit. Sicher war es ihr unangenehm gewesen, einem fremden Menschen Zutritt zu ihrem Zuhause zu gewähren, doch sie hatte es auch genossen, mit jemandem Kaffee trinken zu können, ein paar Worte zu wechseln und Verabredungen einhalten zu müssen.

Sie seufzte schwer und erhob sich von der Bank. Warum hatte sie die Mappe eigentlich im Bücherregal liegen lassen, wenn sie nicht wollte, dass sie Meja in die Hände fiel? Darauf wusste sie selbst keine Antwort.

Humpelnd machte sie sich auf den Heimweg. Anstatt an ihrem Gartentor Halt zu machen, lief sie weiter bis zu Sverker und Filip. Da beugte sie sich über den Zaun und versuchte, die zerrissenen Blumen mithilfe ihres Stocks so gut wie möglich unter die Büsche zu schieben. Es war dumm von ihr gewesen, der Wut die Oberhand zu lassen. Vielleicht konnte sie sich eines Tages bei ihnen zum Kaffee einladen … als Wiedergutmachung für all die weggeschmissenen Blumensträuße.

Sie öffnete ihr Gartentor und sah schemenhaft einen Mann in Violas Garten stehen. Etwas zögernd erhob er die Hand und grüßte. Wie sympathisch. Respekt vor dem Reich des anderen, das drückte diese winzige Geste aus. Inez machte ein paar Schritte auf die Mauer zu. Kam näher, doch nicht bis ans Nachbargrundstück. Der Mann tat es ihr nach.

»Mein Name ist Andreas Lundh, und ich werde hier demnächst einziehen. Da das Haus schon leer stand und ich kurzfristig etwas gesucht habe, ging der Verkauf ganz schnell über die Bühne. Jetzt bin ich hier, um ein paar Wände zu vermessen«, sagte er und lächelte.

Inez nickte. »Das Haus ist größer, als man von außen betrachtet meinen könnte.« Sie legte ihren Kopf etwas schräg, zögerte kurz und fragte dann direkt: »Werden Sie denn allein hier wohnen?«

»Hin und wieder wird meine Tochter auch da sein. Aber sie wohnt bei ihrer Mutter in Göteborg, deshalb kommt sie nur her, wenn sie Zeit und Lust hat. Sie ist dreizehn …«

Inez bemerkte eine Spur Wehmut in seinen samtbraunen Augen und nickte.

»Klingeln Sie doch einfach, wenn Sie richtig angekommen sind, dann kann ich Ihnen die Nachbarn auf der anderen Seite vorstellen. Sie sind … sehr sozial.«

Jetzt grinste Andreas, als würde er verstehen, was sie damit sagen wollte. »Ich sollte wohl mal weitermachen …« Er nickte in Richtung Haus.

»Tun Sie das, bis bald.« Inez drehte wieder um und ging auf ihre Verandatür zu. Das sah doch ganz gut aus. Ziemlich gut. Endlich geschah etwas Erfreuliches, das diesen finsteren Tag ein wenig erhellte.

Sie ging in ihr Haus, zog die Schuhe aus und blieb mitten im Zimmer stehen. Ihr Blick heftete sich an den Sessel, in dem Meja jeden Tag gesessen hatte. Hatte sie überreagiert, als sie sie rausgeworfen und ihr verboten hatte, jemals wieder hier aufzutauchen? Nein. Meja hatte gegen ihre Regel verstoßen, und das war nicht irgendeine Regel gewesen. Meja hatte in der blauen Mappe Worte gelesen, die tief in Inez' Herz eingeritzt waren. Worte, die bluteten. Ihr Vertrauen war zerstört, und ohne das konnte Inez Meja nicht um sich haben.

Sie seufzte und machte sich daran, den Sessel vor die Wand zu schieben. Bei der Begegnung mit dem neuen Nachbarn hatte sich ihre Wut etwas gelegt, und sie beschloss, die Dinge nun in die Hand zu nehmen und ab jetzt allein zurechtzukommen. Sie holte Papier und Stift, setzte sich in ihren Sessel und schrieb eine Liste. 1. Der Firma Sauber & Rein eine Mail schreiben, sich für die Hilfe bedanken und den Auftrag kündigen. 2. Die Schmerztabletten wie vorgeschrieben einnehmen. 3. Im eigenen Takt weiter aufräumen. 4. Mit Sverker und Filip Kaffee trinken. 5. Das Buch fertig schreiben.

Sie entschloss sich, mit dem dritten Punkt anzufangen – weiter aufzuräumen. Schon wegen Amelia. Sie wollte beweisen, dass sie dieses Projekt erfolgreich zu Ende bringen konnte, diese eine Liebeserklärung, die wirklich nur ihrer Tochter galt. Sie selbst hatte gar nicht das Bedürfnis, aufzuräumen oder mehr Platz zu schaffen. Sie tat das alles nur für Amelia. Umso wichtiger, nun auch ans Ziel zu kommen.

Sie ging zum Bücherregal, nahm ein paar Bücher auf einmal heraus und legte sie auf den Beistelltisch neben dem Sessel. Zehn Bücher. Vielleicht noch ein paar. Sie hob zwei Bücher hoch, da stach ihr etwas ins Auge, das dahinter versteckt lag. Sie streckte die Hand aus und griff danach. Es war eine Austernschale. Ihr Körper begann zu zittern. Sie machte ein paar Schritte zurück und sank in ihren Sessel. Zaghaft hob sie die Auster hoch, hielt sie mit der Innenseite vors Ohr und lauschte. Ihr schossen Tränen in die Augen. Heul nicht, dachte sie. Schreib! Sie stand auf, die Austernschale in ihrer Hand, dann ging sie zum Computer im Schlafzimmer, legte die Schale auf den Schreibtisch und begann, die ersten Worte niederzuschreiben.

1973

Auf der Treppe vor der Bäckerei lief ich an Mathilda vorbei, ohne zu registrieren, dass sie es war. Ich war auf dem Weg hinaus, sie wollte hinein. Am Ende gingen wir zusammen wieder hinein und setzten uns an einen Tisch.

Sie amüsierte sich köstlich, weil ich sie beinahe übersehen hatte. Doch für mich war sie eindeutig mit dem Meer verbunden. In normaler Kleidung, mit hochgebundenen Haaren, hier mitten im Ort, war sie einfach irgendwer. Sie lehnte sich zurück, sah mich blinzelnd an und fragte: »Wie läuft's denn mit deiner Geschichte?«

»Welche Geschichte?«, fragte ich sie.

»Na die, die du in dein schwarzes Buch schreibst.«

Ich lächelte geniert und antwortete, dass das, was ich in dem Buch aufschrieb, keineswegs eine Geschichte war, vielmehr vereinzelte Notizen, Gefühle, Ortsbeschreibungen. Gar nichts Besonderes.

»Du solltest ein Buch schreiben«, meinte sie.

Da konnte ich nur laut lachen. »Ich werde niemals ein ganzes Buch schreiben können, da braucht man einen Anfang, einen Mittelteil und einen Schluss. Und ich habe nichts davon.«

Mathilda kramte in der Jackentasche und holte etwas heraus. Eine Austernschale. Sie schob sie zu mir über den Tisch.

»Meine Glücksauster. Nimm sie mit, und halte sie mit der Innenseite an dein Ohr. Schließ die Augen und horche. Ich verspreche dir, sie wird dir den Anfang und den Mittelteil und den Schluss erzählen.«

Lächelnd schüttelte ich über ihren Vorschlag den Kopf, legte aber die Austernschale in meine Tasche.

Als ich nach Hause in meine Wohnung kam, nahm ich mir einen Stift und einen neuen Collegeblock, hielt die Austernschale vors Ohr, lauschte und begann dann den Text zu schreiben, der viele Jahre später der Anfang meines ersten Romans werden sollte.

Meja

Susanne zuckte zusammen, als Mejas Tasche im Flur auf dem Boden aufschlug.

»Was ist passiert?«, fragte sie.

Meja zuckte mit den Schultern. Das war nicht leicht zu erklären. Genervt presste Susanne die Lippen aufeinander und wies ihrer Tochter den Weg ins Gästezimmer. Meja brachte die Tasche dorthin und folgte Susanne dann in die Küche.

»Ich habe gerade Pasta mit Tomaten, Mozzarella und Oliven gemacht. Magst du auch etwas essen?«

Meja nickte. Es duftete gut nach Knoblauch und Basilikum. Sie setzte sich auf einen Stuhl und nahm sich eine kleine Portion.

»Du wirst keinen Besseren als Johan finden«, sagte ihre Mutter und aß weiter.

»Ich habe mich ja nicht von ihm getrennt. Ich wollte nur für eine Nacht mal weg. Zum Nachdenken.«

»Genau das ist das Problem«, sagte Susanne, während sie aß. »Du denkst zu viel. Johan war der Meinung, das liegt an dieser Schriftstellerin, die setzt dir Flöhe ins Ohr.«

»Stimmt gar nicht«, sagte Meja knapp. »Außerdem gehe ich da nicht mehr hin … wir sind jetzt fertig mit der Arbeit.«

Sie musste wieder an die Nachricht denken, die sie von

ihrer Chefin Karin vor ein paar Stunden bekommen hatte. Morgen um acht Uhr sollte sie im Büro erscheinen. Vermutlich bekam sie dann die Kündigung. Meja spürte Herzrasen, wenn sie nur daran dachte.

Da plingte ihr Handy: *Wo bist du?*

Meja schrieb an Johan zurück: *Wollte dich nicht beim Spielen stören. Dieses Gedudel wurde mir einfach zu viel, hab außerdem Rückenschmerzen vom Sofa. Schlafe diese Nacht bei meiner Mutter. Bin morgen da.*

Komisch, ohne ein Wort einfach abzuhauen, schrieb er zurück.

Und diesmal hatte er wirklich recht. Das war komisch. Aber jetzt war es nun mal so, sie war hier.

Die Wohnungstür ging auf. Schon war Susanne aufgesprungen und lief Bengt zur Begrüßung entgegen. Sie tauschten flüsternd ein paar Worte. Typisch, dass er gerade heute nach Hause kommt, wo er doch sonst immer arbeitet, dachte Meja. Wie auch immer, es war schließlich seine Wohnung, in die sie einfach eingefallen war.

Meja stand auf, als er die Küche betrat.

»Bleib sitzen«, sagte er schnell und winkte ab. »Wie schön, dass du zu Besuch bist. Fühl dich wie zu Hause.«

»Danke«, sagte Meja und sank zurück auf den Stuhl. »Ist nur für eine Nacht.«

Bengt lächelte warmherzig. Susanne, die schräg hinter ihm stand, machte immer noch ein verkniffenes Gesicht. Er nahm Platz und schaufelte sich Pasta auf den Teller.

»Duftet ja herrlich«, sagte er.

Susanne stellte eine Karaffe mit Zitronenwasser auf den Tisch, und Meja schenkte allen ein.

»Ich hab gehört, du hast eine Putzstelle«, sagte Bengt.

»Ja, vorübergehend«, erwiderte Meja.

»Lieber etwas Vorübergehendes als gar keinen Job«, sagte er.

Sie nickte.

»Ich habe schon versucht, Meja zum Studieren zu bewegen«, warf Susanne ein. »Sie muss ja keinen Kredit abzahlen oder Kinder versorgen, also könnte sie sich mit voller Kraft auf ihre Karriere konzentrieren.«

»Ein Studium ist nicht schlecht«, sagte Bengt, sah Meja an und fügte lächelnd hinzu: »Wenn man Lust darauf hat und weiß, was man will.«

Meja lächelte zaghaft zurück. Er war wirklich nett.

»Du hast ja auch nicht studiert, und trotzdem ist aus dir was geworden«, rutschte es ihr heraus, als sie ihre Mutter ansah. Das war natürlich unangebracht. So etwas dachte sie normalerweise nur, sprach es aber nicht aus. Susanne wurde bleich im Gesicht, während Meja rot anlief.

»Und du weißt genau, warum«, konterte Susanne verärgert.

Meja biss sich auf die Unterlippe. Ja, das wusste sie. Weil sie eine alleinerziehende Mutter war und weder Zeit noch die Mittel zum Studieren gehabt hatte. Warum ließ sie jetzt solche Sprüche vom Stapel, wenn sie hier übernachten wollte? Hatte Johan doch recht, dass sie sich durch den Job bei Inez verändert hatte?

Als sie mit dem Essen fertig waren, half Meja ihrer Mutter beim Abräumen.

»Entschuldige …«, sagte sie leise.

Susanne würdigte sie keines Blickes. »Ich mach das schon«, sagte sie und nickte zum Gästezimmer hinüber.

Meja schluckte und bedankte sich noch einmal bei

Bengt, dass sie dableiben durfte, dann ging sie ins Gästezimmer und schloss die Tür hinter sich.

Im Zimmer sah sie sich um. Vor ihr standen ein Bett und eine Kommode, auf dem Fensterbrett eine Orchidee. Sie blickte auf die Tasche zu ihren Füßen und wollte am liebsten wieder nach Hause zu Johan. Warum hatte sie sich nicht einfach Stöpsel in die Ohren geschoben, wenn er spielte? Sie schickte ihm eine SMS mit einem Herz. Von ihm kam nur ein erstauntes Emoji zurück.

Sie seufzte, ließ sich aufs Bett fallen. Dann öffnete sie die Tasche, in der ganz oben Inez' Buch lag. Hatte sie das eingepackt? Es war alles so schnell gegangen. Sie nahm es in die Hand, legte sich hin und las weiter, Seite um Seite. Sofort konnte sie wieder Caros Südstaatenakzent hören, und sie spürte die schwüle Hitze in Spring Creek. Als Vivi einen Nervenzusammenbruch erlitt und Sidda nur hilflos zusehen konnte, brach Meja in Tränen aus. Sie las ununterbrochen bis zur letzten Seite, schlich dann leise hinüber ins Badezimmer, putzte sich die Zähne und kroch wieder ins Bett. Morgen ist ein neuer Tag. Doch es fiel ihr schwer, zu glauben, dass der besser werden würde.

Ein paar Stunden schlief sie unruhig und war wie gerädert, als sie am Donnerstagmorgen erwachte. Sie stand auf und schmierte sich ein Brot. In der Wohnung war es totenstill.

Sie setzte sich an den Küchentisch und dachte an das Buch, während sie aß. Als sie die letzte Seite gelesen und das Buch zugeschlagen hatte, war sie tief ergriffen gewesen. Und das, obwohl sie das Ende aus dem Film bereits kannte. Verständnis füreinander und Versöhnung waren die zwei Worte, die ihr durch den Kopf gingen.

Die Uhr im Wohnzimmer schlug sieben. Gestern Abend war ihr diese antike, goldfarbene Wanduhr schon aufgefallen, sie passte gar nicht zu Bengts sonst so modern eingerichteter Wohnung. Doch der Gongschlag hatte etwas Gemütliches.

»Mist«, sagte sie leise, stopfte sich das restliche Brot in den Mund und flitzte hinüber ins Gästezimmer, um sich anzuziehen. Sie hatte ja jetzt keinen Wagen. Er gehörte Johan, wie alles andere auch. Das hieß, sie stand unter Zeitdruck, schließlich hatte sie um acht Uhr den Termin mit ihrer Chefin. Sie griff nach ihrem Kulturbeutel, lief ins Badezimmer, fuhr sich mit dem Kamm durchs Haar und putzte sich anschließend die Zähne. Dann beeilte sie sich, zur Bushaltestelle zu kommen.

Eine Viertelstunde zu spät kam sie ins Büro ihrer Chefin gestürmt, völlig außer Atem. Karin Widell hob die Augenbrauen und bedeutete ihr, sich zu setzen, dann wandte sie den Blick ab und sah auf ihren Computerbildschirm.

»Entschuldigung, dass ich zu spät komme, ich hatte keinen Wagen …«

»Der Bus ist auch viel umweltfreundlicher«, sagte Karin, den Blick noch immer an den Bildschirm geheftet.

Meja errötete. »Ja, stimmt …«

Jetzt sah Karin sie an, faltete die Hände auf dem Tisch, beugte sich leicht vor und lächelte.

»Bei Inez Edmark lief alles gut?«

Meja hielt die Luft an. Gut war wohl kaum der richtige Ausdruck. Oder meinte sie das ironisch? Karin blickte wieder auf den Bildschirm. »Sie hat eine sehr nette Mail geschrieben und Sie gelobt, wie fix Sie waren, sodass die Arbeit früher als gedacht erledigt war.«

Meja atmete auf. »Ach so …«

Was hatte das zu bedeuten? Dass sie ihren Job bei Sauber & Rein behielt?

»Ich würde Sie jetzt gern in einem Büro einsetzen. Morgen geht's los.« Karin scrollte ihr Dokument nach unten. »Aber Sie müssen morgen früh erst hierherkommen, wegen der weiteren Anweisungen und den Putzutensilien.«

»Kein Problem«, sagte Meja.

»Gut … das war's schon, wenn Sie keine Fragen mehr haben?«

»Nein, im Moment nicht … sonst können wir die ja morgen noch klären.«

Meja bedankte sich und ging. Hinter der nächsten Hausecke ballte sie die Fäuste und stieß einen kleinen Freudenschrei aus. Sie durfte bleiben! Trotz allem.

Beschwingt ging sie zur Bushaltestelle, doch anstatt zu Bengts Wohnung zurückzufahren, nahm sie den Bus nach Höganäs und stieg am Wäldchen in Domsten aus.

Sie lief über den kleinen Pfad zu Inez' Haus, bemerkte, dass im Nachbarhaus, das zum Verkauf gestanden hatte, nun Licht brannte, und nahm das Buch aus ihrer Tasche, das sie am Morgen noch schnell in eine Tüte eingepackt hatte, bevor sie zum Bus geflitzt war. Die hatte sie in Bengts Küche gefunden, eine rosafarbene Tüte. Rosa wie die Pfingstrosen, die Sverker Inez immer an den Zaun hängte. Meja befestigte die Tüte am Gartentor, warf kurz einen Blick auf die heruntergelassenen Jalousien, machte kehrt und fuhr mit dem Bus zurück in die Stadt. Ins Buch hatte sie einen Zettel gelegt. Sie hätte so viel zu sagen gehabt, aber … vielleicht waren die paar Worte genug.

Inez

Inez bemerkte eine Gestalt am Gartentor und kippte ihre Jalousien leicht, um mehr sehen zu können. Meja? Ihr Herz schlug höher. Es sah fast aus, als hätte sie etwas an den Torpfosten gehängt, bevor sie kurz darauf wieder verschwunden war. Inez schlang sich die Strickstola um die Schultern und ging hinaus. Am Tor hing tatsächlich eine rosafarbene Plastiktüte. Sie nahm sie und sah hinein. Darin lag das Buch über die Ya-Ya-Schwestern, das sie Meja geliehen hatte. Ob sie es inzwischen gelesen hatte? Wohl kaum.

Sie blickte auf, als fröhliche Stimmen ihren Gedankenfluss unterbrachen. Sverker und Filip waren in den Garten gekommen und hatten ein Tablett dabei. Sverker bemerkte sie und grüßte winkend.

»Wir machen jetzt Kaffeepause unter dem Rosenbogen, hast du auch Lust?«, fragte er.

Inez wollte schon absagen, doch da fiel ihr ihre Liste wieder ein. Das war die Chance, den vierten Punkt gleich abzuhaken, das Kaffeetrinken mit den Nachbarn.

»Ja, einen Kaffee hätte ich gern«, sagte sie.

Sverker blieb wie angewurzelt stehen. »Wirklich?«

Inez begab sich zu ihrem Garten und warf unauffällig einen Blick auf die Büsche hinter dem Zaun, um festzustellen, ob die zerrissenen Lavendelstängel da noch lagen.

Offenbar hatte der Wind sie verweht. Als sie auf dem Kiesweg in Richtung Laube ging, fuhr ihr der würzige Duft des Wilden Geißblatts in die Nase. Sie spürte sofort die beruhigende Wirkung. Dann schritt sie auf die zierlichen schmiedeeisernen Gartenmöbel zu, die unter dem Sonnenschirm standen, wo Sverker auch schon eine dritte Tasse auf den Tisch gestellt hatte.

»Wie schön, dass du uns Gesellschaft leistest«, sagte er und hatte ganz rosige Wangen.

Sie nahmen Platz und schenkten Inez Kaffee ein.

»Endlich wieder ein bisschen Sommer-Feeling«, sagte Filip. »Gestern war ja ein schreckliches Wetter, ich habe Angst gehabt, dass der Wind uns jedes Rosenblatt abreißt.«

Inez nickte. »Mir ist übrigens der neue Nachbar über den Weg gelaufen«, erzählte sie. »Habt ihr ihn schon kennengelernt?«

»Bis jetzt noch nicht, aber mein Schwager hat gesagt, wir werden zufrieden sein«, antwortete Filip.

»Er heißt Andreas Lundh. Sehr netter Mann«, sagte Inez und nippte an ihrem Kaffee. »Das haben wir wirklich gut gemacht.«

Ein Strahlen ging über Sverkers Gesicht.

»Das stimmt.« Er schob Inez die Schale mit den Keksen hinüber. »Greif zu, alle selbst gebacken.«

Inez nahm eins von den Engelsaugen und war verzückt. Sie waren fluffig und knusprig, genau so, wie sie sein sollten.

»Ist Meja heute gar nicht bei dir?«, fragte Filip.

Inez hob die Tasse an die Lippen, um sich ein paar Sekunden Zeit für die Antwort zu verschaffen.

»Nein, sie kommt nicht mehr.«

Sverker zog fragend die Augenbrauen hoch.

»Wir sind mit dem Aufräumen schneller als gedacht fertig gewesen. Haben nur die Hälfte der Zeit gebraucht.«

»Na so was, aber dann lief es doch gut. Ich hatte einen sehr guten Eindruck von ihr, da wundert es mich nicht, dass ihr so schnell fertig geworden seid«, sagte Sverker.

Inez nickte, doch sie sah ihn nicht an.

Dann unterhielten sie sich wieder übers Wetter und die Rosen in der Laube. Diese cremefarbenen, herrlich duftenden englischen Rosen blühten den ganzen Sommer lang, erzählte Filip.

Inez trank aus und bedankte sich. Als sie ging, begleitete Sverker sie noch bis zum Gartentor, während Filip den Tisch abräumte.

»Vergiss deine Tüte nicht«, sagte er und überreichte sie ihr.

»Sieht aus wie ein Buch«, meinte er und grinste.

Inez nahm es heraus. »Kennst du das?«

»Ja, ist aber lange her, ich hätte Lust, es noch einmal zu lesen.«

Inez hielt es ihm hin. »Kannst du gerne leihen.«

»Wirklich? Tausend Dank!« Vorsichtig nahm Sverker das Buch in die Hände.

Als er darin zu blättern begann, segelte ein kleiner Zettel heraus und fiel zu Boden. Inez fixierte ihn mit dem Treckingstock, und Sverker beugte sich hinab und hob ihn auf. Er warf schnell einen Blick darauf, dann reichte er ihn Inez.

Danke! Und Entschuldigung / Meja

Inez schluckte, knüllte das Papier zusammen und stopfte

es sich in die Jackentasche. »Ja, danke noch mal für den Kaffee.«

»Danke dir …«, sagte Sverker und hielt das Buch etwas verlegen in die Luft.

Inez ging zurück zu ihrem Haus.

Sie zog den Zettel aus der Tasche und strich ihn glatt. Warum hatte sie Sverker gefragt, ob er das Buch leihen wollte? So was Unnötiges. Und warum hatte Meja den Zettel ins Buch gelegt? Mindestens ebenso unnötig. *Danke und Entschuldigung*. Inez ließ sich in ihren Sessel fallen und fuhr noch einmal mit den Fingern über das Papier, während ihr Blick auf all die Bücherstapel fiel, die noch übrig waren. Schaffte sie es wirklich, da alleine Ordnung zu machen? Traute sie sich wirklich, noch einmal auf diesen Hocker zu steigen? Auf dem Beistelltisch neben ihr lag die Austernschale, die Mathilda ihr geschenkt hatte. Sie nahm sie in die Hand und hielt sie sich ans Ohr, dann schloss sie die Augen und tat das, was Mathilda ihr damals aufgetragen hatte – sie lauschte.

Nach einer Weile legte sie die Muschel wieder hin. Sie dachte einen Moment nach, dann stand sie auf und ging ins Schlafzimmer zu ihrem Computer. Sie würde der Reinigungsfirma eine Mail schicken und mitteilen, dass die Arbeit mit ihren Büchern zwar abgeschlossen sei, sie sich jedoch überlegt habe, dass sie auch noch Hilfe beim Entrümpeln ihres Dachbodens brauchen konnte. Ob Meja möglicherweise doch noch für die restliche Zeit, die bei ihr eingeplant gewesen war, kommen könne?

Eine Stunde später erhielt sie Antwort.

Kein Problem. Morgen früh kommt sie ins Büro, dann bitte ich sie, gleich im Anschluss zu Ihnen zu kommen.

Inez las die Worte noch ein zweites Mal, dann holte sie die blaue Mappe und legte sie auf den kleinen Beistelltisch zwischen den Sesseln. Sie verspürte ein Kribbeln im Bauch, denn ihr war eine Idee gekommen. Ob die gut war oder völlig verrückt, würde sich noch herausstellen.

Meja

An dem Tag, vor dem Meja sich so gefürchtet hatte, war alles ganz anders gekommen. Kaum hatte sie erfahren, dass sie den Job behalten durfte, war sie in einem Glücksrausch zuerst zu Inez gefahren, um das geliehene Buch mit einer kleinen Nachricht zurückzubringen, dann hatte sie für Susanne und Bengt einen Strauß Tulpen gekauft und in einem Sportgeschäft für Johan ein Funktionsshirt besorgt, das er beim Padel-Tennis tragen konnte.

Jetzt saß sie wieder bei Susanne und Bengt auf dem Sofa und schrieb Johan eine SMS, dass sie am Nachmittag wieder nach Hause komme. Sie fragte an, ob sie auf dem Heimweg etwas zu essen einkaufen solle.

Susanne stellte die Blumen in einer Vase auf den Couchtisch, verschwand dann in der Küche und kam mit zwei Espressotassen wieder zurück.

»Dann hast du heute also frei?«, fragte sie.

»Ja, weil ich den Einsatzort wechsele. Ab morgen arbeite ich dann bei dem neuen Kunden wieder ganz normal.«

Susanne nickte, ließ sich im Sessel nieder und schlug eine Frauenzeitschrift auf. Da kam eine SMS. Meja nahm ihr Smartphone in die Hand und las, was Johan geschrieben hatte: *Vielleicht sollten wir damit noch ein bisschen warten? Ich füttere Ingrid.*

Meja bekam einen ganz trockenen Mund. Wie war das zu verstehen? Susanne sah von ihrer Lektüre auf und stieß einen Seufzer aus, an Mejas Gesichtsausdruck konnte sie ablesen, was Johan ihr geschrieben hatte. Meja tippte eine Antwort ein: *Warten? Wie lange?*

Die Antwort kam postwendend. *Nur ein oder zwei Tage.*

Meja presste die Lippen aufeinander. Für ihn war es leicht, das vorzuschlagen, schließlich hatte er eine eigene Wohnung. Aber seine zweite Nachricht endete mit einem Herz, immerhin.

Meja blickte Susanne an.

»Planänderung«, sagte sie. »Könnte ich vielleicht noch eine Nacht bei euch bleiben?«

Susanne schlug die Zeitschrift zu und trank ihren Espresso aus. »Ich nehme mal an, du hast keine Wahl?«

Meja zuckte mit den Schultern. Nein, sie hatte keine Wahl. Sonst hätte sie ihre Mutter ganz bestimmt nicht gefragt. Erinnerungen an ihre Kindheit wurden wach. Sie fühlte sich wieder wie das zehnjährige Mädchen, das überall im Weg zu sein schien.

Susanne brachte ihre Tassen in die Küche und kam mit einem Zweitschlüssel zurück. Sie legte ihn auf den Tisch. Meja legte den Kopf in den Nacken und schloss die Augen. Immerhin hatte sie ihre Arbeit nicht verloren. Morgen würde sie nach Hause gehen, und wenn sie Johan auf Knien darum bitten musste.

Am darauffolgenden Tag saß sie wieder bei Karin Widell im Büro und wartete auf Instruktionen für die neue Arbeitsstelle.

»Planänderung«, sagte Karin, während sie wieder auf ihrem Bildschirm nach unten scrollte.

»Ach ja?«, sagte Meja und spürte, dass sie eine Gänsehaut bekam.

»Ich wollte Sie ja in ein Büro zum Putzen schicken. Aber jetzt hat sich Inez Edmark noch einmal gemeldet, sie würde Sie gern für einen neuen Auftrag buchen. Es geht um den Dachboden.«

Meja schluckte. Jetzt verstand sie gar nichts mehr.

»Das heißt, wir machen einfach weiter wie bisher. Das Wochenmeeting findet hier im Haus statt, an den anderen Tagen fahren Sie direkt zu ihr.« Karin sah vom Bildschirm auf. »Ist das okay?«

Meja nickte.

»Ja, dann war's das schon … ich habe Frau Edmark gesagt, Sie kommen jetzt im Anschluss gleich zu ihr.«

Meja nahm ihre Tasche und verließ das Büro. Sie atmete so flach, dass ihr schwindelig wurde. Sie sollte zurück zu Inez?

Widerstrebend machte sie sich auf den Weg zur Bushaltestelle und fuhr nach Domsten. Mit hängendem Kopf lief sie am Nadelwäldchen, wo alle Bäume kerzengerade standen, vorbei und auf Inez' Haus zu. Je näher sie kam, desto feuchter wurden ihre Handflächen. Sie wischte sie an ihren Jeans ab und bemühte sich, entspannt und tief zu atmen, aber es gelang ihr nicht. Ein leichter Kopfschmerz machte sich an den Schläfen bemerkbar, so nervös war sie. Welch ein Glück, dass schon Freitag war.

Sie öffnete das Gartentor und klopfte vorsichtig an der Verandatür. »Kommen Sie rein«, hörte sie Inez rufen.

Sie drückte die Klinke hinunter und betrat das Wohnzimmer. Inez saß in ihrem Sessel. Meja blinzelte, um sich an das dunkle Licht zu gewöhnen. Ihr war richtig schlecht. Inez sagte kein Wort, sah sie nur mit einem Blick an, den Meja nicht zu deuten wusste. Dann nickte Inez ihr zu, sich zu setzen. Meja spürte ihren Pulsschlag in den Ohren donnern, als sie ihre Jacke auszog und sich setzte. Die Jacke behielt sie vorsichtshalber noch auf dem Schoß.

»Hallo«, brachte sie leise hervor und wusste nicht, was sie sonst noch sagen sollte. Noch einmal um Entschuldigung bitten, weil sie die Regeln gebrochen hatte, oder lieber so tun, als sei nichts geschehen?

Auf dem Beistelltisch, der zwischen ihnen stand, lag die blaue Mappe. Inez schob sie zu ihr hinüber.

»Ja. Es ist ein Manuskript für ein Buch«, sagte sie. »Und nun möchte ich, dass Sie es vorlesen. Laut.«

Meja schluckte. Jetzt verstand sie gar nichts mehr. Wollte Inez, dass sie ihre Geschichte las? Sie wagte es nicht, Nein zu sagen, also nahm sie die Mappe in die Hand, zog zittrig das erste Blatt Papier heraus und begann, mit dünner Stimme zu lesen.

1972

Mathilda brachte mir bei, wie man Austern mit einer gewissen Eleganz öffnete. Ich nahm mir ein Handtuch, legte die Auster mit der flachen Seite nach oben, schob das Messer in das Gelenk der Auster und hebelte ganz vorsichtig, bis die Schale nachgab und sich öffnete. Ich führte das Messer im Kreis, um den Deckel aufzubrechen, und durchtrennte den Muskel, der sich in der flachen oberen Schale befand. Sie zeigte mir auch den Trick, dass man am Rand den Muskel ein bisschen anpikste, um festzustellen, ob er sich zusammenzog. Dann lebte die Auster und war genießbar, so erklärte sie es mir. Ich fand das unheimlich, doch sie lachte nur. Und dann kontrollierte sie, ob ich auf der Auster auch wirklich herumkaute. »Nur so hast du wirklich den Geschmack des Meeres auf der Zunge. Du darfst sie nicht einfach ganz hinunterschlucken. Dann hätte sie ihr Leben umsonst geopfert«, sagte sie.

Für Mathilda war es also eine ernste Angelegenheit. Natürlich habe ich mich an all ihre Anweisungen gehalten. Habe den Muskel angepikst, mich vergewissert, dass die Auster noch lebte, und dann ein paar Mal gekaut, bevor ich sie hinuntergeschluckt habe.

Sie klärte mich darüber auf, dass man die Austern niemals abschnitt oder abbrach, man sammelte sie ein, behutsam und voller Respekt. Mitunter saß eine kleine

Auster an einer größeren, dann trennte man sie vorsichtig voneinander, legte die kleine zurück auf den Meeresboden und die größere in den Korb.

Ihre Hingabe war bewundernswert – doch manchmal ärgerte sie mich auch. Ich habe noch einen kalten Februartag in Erinnerung, als ich im Boot hockte und darauf wartete, dass sie wieder aufstieg. Ich pustete meine Fäustlinge warm, damit mir die Finger nicht einfroren, und meinte, kaum noch eine Minute länger in dieser Kälte aushalten zu können, als sie über die Reling lugte.

»Du bist total verrückt«, rief ich. »Wirklich!«

Mathilda lachte nur, als sie den vierten Korb an den Strand schleppte, wo das Boot lag. Sie atmete einen Moment tief durch, dann half ich ihr, die Austern ins Boot zu hieven. Auf dem Heimweg zurück zitterte ich vor Kälte. Mathilda steuerte das Boot, sah mich an und sagte: »Ich habe irgendwo mal gelesen, wenn man das Alter der Erde auf einen einzigen Tag übertragen würde, dann wäre ein Menschenleben kaum der Bruchteil einer Sekunde. Dann kann man sich wirklich fragen, was der Sinn des Lebens ist.« Sie wartete nicht ab, was ich dazu sagte, sondern fuhr gleich fort. »Seiner Bestimmung zu folgen. Auch wenn man frieren muss.« Dann lachte sie und begann, ein altes Seemannslied zu summen.

Ich saß da, wärmte meinen Körper mit den Armen und dachte daran, was ich darauf geantwortet hätte. »Seine Bestimmung zu *entdecken.*« Wir hatten ganz einfach verschiedene Ausgangspunkte. Aber Mathilda habe ich es zu verdanken, dass ich meine Bestimmung schließlich fand. Vielleicht hätte ich sie auch ohne Mathilda entdeckt. Vielleicht auch nicht. Was ich aber ganz sicher weiß, ist, dass man auf jeden Fall ein bisschen verrückt sein muss, um diese Bestimmung zu finden – oder man hält sich an eine etwas verrückte Person. In meinem Fall war es Mathilda.

Inez saß entspannt in ihrem Sessel.

»Fragen?«, sagte sie.

Meja erstarrte. Fragen? Zum Text? Zu ihrem Job? Was meinte sie? Sie wusste nicht, was sie antworten sollte, und mit einem Mal rutschte ihr eine Frage heraus, die sie gar nicht hatte stellen wollen: »Warum haben Sie die Jalousien immer zu?«

Diese Frage überraschte auch Inez, sie musste lachen. »Tja …«, sagte sie, und ihre Stimme klang jetzt etwas freundlicher. »Vielleicht weil ich ganz einfach ein bisschen verrückt bin.«

Sie summte zufrieden, als sie Meja das Papier aus der Hand nahm, legte es zurück in die blaue Mappe und nickte zum Bücherregal. »Vielleicht fangen wir heute da oben an, dann schaffen wir Platz im Regal für die Bücher, die ich aufheben will.«

Meja holte also Bücher herunter und legte sie auf den Beistelltisch, und Inez saß in ihrem Sessel und sah zu. Sie kamen wie gewohnt in einem guten Tempo voran und hatten nach zwei Stunden drei große Stapel aus Büchern und Unterlagen durchgesehen. Meja schielte auf die Uhr, ihre Arbeitszeit war zu Ende. Sollte wirklich kein Wort mehr über das, was geschehen war, fallen?

Doch Inez stand auf und ging zur Verandatür. Meja verstand den Wink, nahm ihre Tasche und ihre Jacke und ging hinaus. »Dann soll ich am Montag wiederkommen?«

Inez antwortete mit einem kaum merklichen Nicken, dann schloss sie die Tür.

Meja sog die Meeresluft tief ein und blinzelte in die Sonne. Hinter der Mauer stand Sverker, die Nase dicht an einer Blume. Als er sie erblickte, strahlte er.

»Duftwicken«, erklärte er, knipste eine ab und überreichte sie ihr. »Schön, dass du wieder da bist.«

»Ja, etwas unverhofft.«

»Kleine Worte können oft Großes bewirken.«

Meja nickte verlegen. Hatte er ihren Zettel gelesen? Inez hatte ihm doch nicht davon erzählt?

»Ich muss jetzt zum Bus …« Sie nickte zum Gartentor.

»Kein Problem! Dann bis bald.«

»Gern«, sagte sie und beeilte sich, die Wicke in der Hand. Kleine Worte können oft Großes bewirken. Damit hatte er sicher recht. Sollte sie sich bei Johan auch entschuldigen? Aber wofür? Entschuldigung, dass ich nicht auf dem Sofa schlafen mag, dass ich ab und zu auch mal ausgehen möchte, dafür, dass ich reden will …

Weder Bengt noch Susanne waren zu Hause, als Meja in die Wohnung zurückkehrte. Sie ließ sich aufs Sofa fallen, völlig erschöpft von den Überraschungen, die ihr dieser Tag bereitet hatte. Sie würde also weiterhin bei Inez arbeiten? Darüber konnte sie nur den Kopf schütteln. Sie dachte noch einmal an die Stunden, die sie bei ihr verbracht hatte, und den Text, den sie hatte vorlesen sollen. Die Frage, ob er autobiografisch oder fiktiv war, hatte ihr auf der Zunge gelegen, doch sie hatte sich nicht getraut, sie zu stellen. Vielleicht beim nächsten Mal.

Sie schob ein Stück Brokkoliquiche, das sie im Gefrierschrank gefunden hatte, in den Ofen. Anschließend sah sie sich die Romane auf dem Bücherregal, das im Wohnzimmer an der Wand montiert war, genauer an. Nur Kriminalromane. Einige nahm sie in die Hand und schlug sie auf, doch ihr fehlte die Ruhe, sich hinzusetzen und ein paar Seiten zu lesen. Stattdessen griff sie zu einer von Susannes Zeitschriften, fand die Artikel darin jedoch uninteressant. Die Zeit verstrich langsam, wenn man ständig auf die Uhr sah. Schließlich setzte sie sich auf den Balkon und ließ sich die Sonne aufs Gesicht scheinen, bis es an der Zeit war, sich fertig zu machen und nach Hause zu Johan zu gehen. Er hatte gesagt, nach ein oder zwei Tagen könne sie wiederkommen. Ein Tag war vergangen, das sollte genug sein. Sie würde alles wieder in Ordnung bringen.

Als Bengts antike Uhr viermal klar und deutlich schlug, schrieb sie ihrer Mutter einen Zettel und bedankte sich, dann packte sie ihre Sachen schnell zusammen, warf sie in die Tasche, klemmte das Päckchen mit dem Funktionsshirt unter den Arm, schloss die Wohnungstür ab und ging.

In der Stadt brodelte das Leben, es war Freitag, und außerdem hatten die Ferien begonnen. An solchen Tagen lachten die Menschen lauter als sonst. Auch Meja verspürte eine gewisse Ausgelassenheit. Sie durfte ihre Stelle behalten, die Stunden bei Inez waren trotz allem gut verlaufen, und jetzt würden sie und Johan einen Strich unter ihre Unstimmigkeiten ziehen, und alles würde sich wieder einrenken.

Sie kam an der Fähre nach Dänemark vorbei und bog ab in Richtung Stadtmitte. Als sie die Mariakyrkan sah, war es nicht mehr weit, kurz darauf stand sie vor ihrer

Haustür und öffnete. Sie nahm immer zwei Stufen die Treppe hinauf, bis sie im zweiten Stock war. Vor der Wohnung stoppte sie und legte ein Ohr an die Tür. Von drinnen dröhnten Stimmen und laute Musik. Sie griff zum Handy und tippte eine Nachricht ein: *Bin gleich zu Hause!*

Ein paar Sekunden später kam Johans Antwort: *Hab Freunde hier über Nacht. Lass uns morgen reden!*

Meja starrte ihr Smartphone an, biss sich auf die Unterlippe, legte das Päckchen für Johan vor die Tür und ging wieder hinunter auf die Straße.

Ihre Ausgelassenheit war wie weggeblasen, schleppend machte sie sich auf den Weg zu Bengts Wohnung. Susanne warf einen missmutigen Blick auf die Tasche, die noch über Mejas Schulter hing, als sie wieder bei ihr klingelte.

»Entschuldige«, sagte Meja. »Ich wollte nach Hause gehen, aber Johan veranstaltet einen Männerabend …«

»Ja klar«, sagte sie und ging vor ins Wohnzimmer. Meja stellte ihre Tasche wieder im Gästezimmer ab und kam hinterher. Der Zettel, den sie ihrer Mutter geschrieben hatte, lag noch auf dem Tisch. Susanne ging zu ihrem Servierwagen und schenkte Rotwein in ein Glas, der dieselbe Farbe wie ihr Lippenstift hatte.

»Magst du auch eins?«

Meja nickte. Schließlich war Freitag.

»Arbeitet Bengt noch?«

»Er ist übers Wochenende auf einer Konferenz in Brüssel«, sagte Susanne und hielt Meja das Glas hin.

»Ach so«, sagte Meja, nahm den Wein und ging auf den Balkon. Sie ließ ihren Blick über die Sportboote gleiten, die da im Hafen schaukelten, und musste an Inez' Geschichte denken. Dass man ein bisschen verrückt sein musste, um seine Bestimmung zu finden. Vielleicht noch verrückter, ihr auch zu folgen.

Sie warf einen Blick ins Wohnzimmer. Susanne sah sich einen alten Spielfilm an. Sie hatte ihre Bestimmung entdeckt, ihr aber nicht folgen können. Ob das noch tragischer war, als sie gar nicht zu kennen?

Inez

Halb sechs Uhr morgens erwachte Inez plötzlich aus dem Schlaf und warf einen Blick auf den Kalender, der an der Wand über ihrem Bett hing. Ach ja, Samstag. Sie zog sich eine Strickjacke übers Nachthemd, schob die Füße in die Pantoffeln und trat hinaus auf die Veranda. Sie atmete ein paar Mal tief durch.

War es richtig gewesen, Meja die Geschichte laut vorlesen zu lassen? Sie wusste es nicht. Natürlich ging sie ein Risiko ein. Doch sie hatte sich entschieden, und Inez fiel es leichter, ein Gefühl für ihren Text zu entwickeln, wenn sie ihre Worte aus dem Munde einer anderen Person hören konnte. In ihren produktivsten Jahren als Autorin hatte Cristy ihr auf die Art geholfen. Damals schrieb Inez meist in der Nacht, und Cristy tauchte morgens mit Frühstück bei ihr auf, kümmerte sich um Amelia, die zur Schule musste, und dann las sie Inez den Text vor, den sie in der vergangenen Nacht geschrieben hatte.

Inez schloss die Augen. Das dumpfe Rauschen der Wellen trug sie zurück an den Ort, der einmal ganz ihr gehört hatte. Nach Kobbholmen. Felsen, die vom Salzwasser glänzten, unbeschwerte Tage. Zurück in eine Zeit, als die Lebenslust den Takt vorgab, nicht die Pflicht. Lichte Erinnerungen.

Sie trat ein bisschen auf der Stelle und spürte, dass

ihr heute jede Bewegung erstaunlich leichtfiel. Sie atmete tief ein und streckte die Arme hoch in die Luft, so wie Viola es immer getan hatte, als sie ihren neuen Nachbarn Andreas bemerkte, der soeben mit einer Tasse Tee auf seiner Terrasse erschien. Er war überrascht, als er sie erblickte, dann lächelte er und hob seine Tasse zum Gruß. »Guten Morgen.«

»Guten Morgen«, erwiderte Inez. »Gehören Sie auch zu den Frühaufstehern?«

Er nickte. »Heute fahre ich hoch nach Göteborg und hole eine Möbelfuhre.«

»Ja, ich habe schon gesehen, dass Sie sich einen Sprinter geliehen haben«, sagte Inez. Am Vorabend hatte er in der Einfahrt gestanden.

»Dann bin ich wohl auch offiziell eingezogen«, sagte er und zuckte lässig mit den Schultern. Doch seine Augen verrieten ihn. Leicht war diese Möbelfuhre offenbar nicht.

Da kam der Gedanke an Kobbholmen wieder auf. Seit fünfundvierzig Jahren war Inez nicht mehr dort gewesen, sie hatte auch nie vorgehabt, jemals wieder dorthin zu fahren. Ob ihr neues Buch … es verlangte, dass sie diesen Ort noch einmal aufsuchte? Ein Schauer durchfuhr sie.

»Sagten Sie Göteborg?«

Er nickte und trank seine Tasse leer.

»Sie könnten sich nicht zufällig vorstellen, auf der Fahrt Gesellschaft zu haben?«

Er zog die Augenbrauen hoch. »Haben Sie in Göteborg was zu erledigen?«

»Eher etwas außerhalb …«

Er schien kurz abzuwägen. »Das wäre kein Problem.«

»Wann wollen Sie los?«, fragte Inez.

Er warf einen Blick auf seine Armbanduhr. »Gegen sieben?«

»Perfekt.« Inez nickte kurz und ging wieder ins Haus. Ihr Herz klopfte heftig. Wie kam sie auf die Idee, nach Kobbholmen zu fahren? So ein Unsinn. Doch konnte sie wieder hinausgehen und Andreas sagen, sie habe es sich anders überlegt? Was würde das für einen Eindruck machen! Sie seufzte schwer und versuchte, ihre Gedanken zu sammeln. Wenn sie schon für ihren Roman an diesen Ort zurückfahren musste, dann war es nicht die schlechteste Idee, es an einem Tag zu tun, an dem ihr die Schritte leichtfielen.

Eine gute Stunde später stand sie bei ihrem Nachbarn in der Einfahrt und wartete. Er kam pünktlich aus dem Haus, öffnete ihr die Wagentür und half ihr auf den hohen Sitz.

»Dann starten wir mal«, sagte er und lächelte und hatte damit Inez' Bedenken, sie sei zu aufdringlich und er lieber allein unterwegs gewesen, sofort vertrieben. Er schien sich über die Gesellschaft eher zu freuen.

»Wie kam es eigentlich, dass Sie gerade hierher gezogen sind?«, fragte sie, als sie Helsingborg verlassen hatten.

»Ich bin hier groß geworden. Ich liebe das Meer.«

Sie nickte. »Aber Ihre Tochter will in Göteborg bleiben?«

»Ja. Sie schien es nicht besonders schlimm zu finden, dass ihre Mutter und ich uns trennen wollten, aber sie hat klipp und klar gesagt, dass das nicht ihre Entscheidung war und sie auch nicht darunter leiden will. Mit anderen Worten … nicht eine Woche bei Mama und eine bei Papa.« Er zog einen Mundwinkel hoch. »Als ich mir Wohnungen angesehen habe, ist sie mitgekommen, und nach der vierten Besichtigung hat sie gemeint, ich würde ihr einen großen Gefallen tun, wenn ich einfach da hinziehen würde, wo *ich* gern leben würde, nicht dorthin, wo ich denke, dass es ihr gefällt.«

»Kluges Mädchen«, sagte Inez.

Er nickte. »Kattis, meine Tochter, und ihre Mutter Sandra lieben das Leben in der Stadt. Ich allerdings bin mit der Stadt nie richtig warm geworden. Deshalb habe ich mir überlegt, ich werde ein Jahr hier unten bleiben und mal schauen, wie es mir gefällt. Wenn man etwas sucht, das einem Halt gibt, dann ist es vielleicht nicht verkehrt, wieder bei seinen Wurzeln zu beginnen …« Er zuckte verlegen mit den Schultern, weil seine Worte unfreiwillig etwas Poetisches hatten.

Inez lächelte, genau das waren ihre Gedanken gewesen, als sie damals nach Kobbholmen gezogen war.

Sie holte ihre Thermosbecher aus der Tasche. »Wie wär's mit einer Tasse Kaffee?«

Andreas strahlte und nickte. Inez tischte zum Kaffee auch noch Käsebrote mit Gurke auf und beobachtete die Landschaft, die an ihnen vorbeirauschte.

»Und Sie«, fragte er, »wohnen Sie schon lange in Domsten?«

»Seit fünfzehn Jahren. Ich habe viele Jahre meines Lebens in Stockholm verbracht und wollte raus aus der Großstadt. Eine gute Freundin hatte die Idee, ich sollte nach Helsingborg ziehen, um näher an Dänemark und am Kontinent zu sein.«

Sie zuckte mit den Schultern. »Aber durch die Nähe zu Mitteleuropa bin ich auch nicht häufiger unterwegs gewesen. Dass ich in Domsten gelandet bin, war eigentlich Zufall.«

»Und was haben Sie in Göteborg vor?«, fragte Andreas.

»Eigentlich will ich gar nicht nach Göteborg, sondern nach Kobbholmen.«

»Oh, das ist ja noch ein ganzes Stückchen entfernt.«

»Es gibt eine Busverbindung dorthin«, sagte sie.

Dann stellte er keine weiteren Fragen mehr. Stattdessen schaltete er das Radio ein und ließ sie die restliche Zeit ein Nickerchen machen. Da fand sie ihn noch sympathischer.

»Und Sie kommen jetzt wirklich allein zurecht?« Ihm gefiel es eigentlich nicht, sie da alleine zu lassen.

»Kein Problem«, sagte Inez und versicherte ihm, sie werde sich melden, wenn sie wieder auf dem Weg zurück nach Göteborg sei.

Sie machte sich auf die Suche nach der Haltestelle, wo der Bus nach Kobbholmen abfuhr, und als sie einstieg, sah sie Andreas noch immer im Wagen sitzen. Er beobachtete sie. Inez konnte nur den Kopf darüber schütteln. So alt und klapprig wirkte sie doch nicht?

Sie seufzte und setzte sich auf einen freien Platz am Fenster. Etwa um zwölf Uhr würde sie vor Ort sein. Langsam spürte Inez die Nervosität im ganzen Körper, sie fing an zu schwitzen. Sie zog ihren Poncho aus und fächerte sich mit den Händen Luft ins Gesicht.

Der Bus fing an zu ruckeln, und los ging's. Inez machte es sich bequem. Sie hatte nie vorgehabt zurückzukehren. Nicht nach dem, was geschehen war. Sie schloss die Augen und versuchte zu dösen, doch sie kam nicht zur Ruhe. Hätte sie sich doch etwas zu essen gekauft! Oder wenigstens eine Zeitung. Sie schielte auf den Sitz neben sich. Jemand hatte in der Tasche des Vordersitzes eine Göteborgs-Posten stecken lassen. Sie griff danach und zog die Tageszeitung heraus. Erst blätterte sie nur hier und da, dann las sie ganz konzentriert jede kleine Meldung, nur um sich abzulenken und nicht an das Ziel ihrer Reise zu denken. Doch auch wenn sie versuchte, ihr Hirn auszutricksen, ihr Körper wusste genau, wohin sie fuhr. Und er sträubte sich.

Ihr Mund war trocken, und ihre Beine zitterten, als sie ein paar Stunden später in Kobbholmen ausstieg. Hitze schlug ihr entgegen. Sie keuchte. Es war, als wäre die Sonne hier ein bisschen wärmer und der Himmel ein bisschen blauer. Auf einer Seite sah sie große Supermärkte dicht an dicht, auf der anderen war Marktbetrieb, die Leute kauften Obst, Blumen und Souvenirs. Zwischen den Ständen erblickte sie schon Hafen und Meer. In diese Richtung machte sie sich auf. Hin und wieder blieb sie stehen und japste. Dieser Anblick. Ihr stockte der Atem. Die kleinen Inselchen, die größeren Schären, die hohen Berge dahinter. Hier sah es ganz anders aus als in Domsten mit dem sanft wiegenden Strandhafer. So heimisch fühlte sie sich – und nach all den Jahren doch so fremd.

Vor den Fischerbooten, die zu Touren in den Schärengarten einluden, ringelten sich lange Schlangen, und auf dem Anlegesteg, an dem sich zahlreiche rote Bootshäuser, Restaurants und kleine Läden befanden, spazierten viele Touristen. Inez hielt sich krampfhaft an ihrem Treckingstock fest und ging langsam und vorsichtig, um im Gedrängel nicht wieder zu stürzen.

Als ihr Magen knurrte, blieb sie an einem Restaurant stehen, wo noch ein paar Stühle frei waren. Sie legte den

Stock unter den Tisch, hängte ihren Poncho, der für solch einen sonnigen Tag viel zu warm war, über die Lehne und ließ sich auf den Stuhl fallen. Ihre Hüfte tat von den Stunden im Auto und im Bus mehr weh, als wenn sie längere Spaziergänge unternahm. Dem Paar am Tisch nebenan wurde gerade ein Westküsten-Fischteller mit frisch gefangenem Hummer, Krebsen, Krabben und Muscheln serviert. Die reinste Augenweide und eine Gaumenfreude dazu. Nun kam die Bedienung an ihren Tisch.

»Was hätten Sie denn gern?«, fragte sie.

Inez warf noch einmal einen Blick auf die Delikatessen auf dem Nachbartisch, aber da es so anstrengend war, alle Schalen aufzupulen, bestellte sie lieber ein Krabbenbrot und ein Glas weißen Hauswein.

Während sie auf das Essen wartete, beobachtete sie den Steg.

Hier war alles viel kommerzieller geworden, als sie es in Erinnerung hatte. Mehr Lädchen und große Werbeschilder, die Ausverkauf und Angebote anzeigten. Doch das störte sie nicht, sie war nicht auf diese Art und Weise sentimental, dass sie sich immer wünschte, alles solle so bleiben wie früher. Meist war Veränderung doch etwas Gutes.

Die Bedienung kam zurück und brachte das Brot und den Wein. Inez schob sich eine Krabbe in den Mund, schloss die Augen und genoss den Geschmack des Meeres. Kein Vergleich zu den gummiartigen Tiefkühl-Krabben, die es zu Hause im Supermarkt gab.

Sie aß gemächlich, ganz in dem Bewusstsein, dass dies noch der einfache Teil ihrer Golgathawanderung durch die Allee der Erinnerungen sein würde. Snäckviken, die

Bucht, in der ihr Roman hauptsächlich spielen sollte, war das Ziel ihrer Reise, und es lag noch ein paar Kilometer von hier entfernt. Im Moment wünschte sie, sie könne einfach hier sitzen bleiben. Den Menschen zusehen, Wein trinken und dann zurück nach Göteborg fahren. Doch das ging nicht. Der Ort rief förmlich nach ihr. Flüsterte, es sei an der Zeit, zurückzukehren. Er warte auf sie.

Sie schluckte, brachte das halbe Krabbenbrot mit dem ganzen Glas Wein hinunter, bezahlte und ging langsam den Anlegesteg entlang, zurück zum Marktplatz. Vor sich sah sie ein Taxi stehen. Sie nahm zu dem Taxifahrer Blickkontakt auf, woraufhin er ausstieg und ihr die Tür aufhielt.

»Ich würde gern runter nach Snäckviken fahren.«

Mit kribbelndem Bauch nahm sie auf dem Beifahrersitz Platz. Hätte sie doch noch ein Glas Wein mehr getrunken, dann wäre sie weniger nervös gewesen.

Keine zehn Minuten dauerte die Fahrt, dann waren sie da. Inez blickte durchs Fenster auf die Bucht, die auf beiden Seiten von Felsenhügeln umgeben war, in der Mitte lag ein Inselchen. Inez schossen die Tränen in die Augen, und ihr Puls schlug schnell. Ihr kam alles so viel kleiner vor, als sie es in Erinnerung hatte.

Der Taxifahrer hielt auf dem Parkplatz.

»Tut mir leid, näher ans Wasser kann ich nicht fahren«, sagte er.

»Macht nichts«, sagte Inez und hörte selbst, wie zittrig ihre Stimme klang.

Zu Inez' Zeit war das ein verstecktes Plätzchen gewesen, das nur wenige Menschen kannten. Heute sah es aus wie ein Erholungsgebiet. Eine Familie saß an einem der Tische und machte Picknick, und neben dem Parkplatz wies ein großes Infoschild die Wanderwege in der Umgebung aus. Inez saß mucksmäuschenstill da und blickte hinaus. Auf der anderen Seite der Bucht war ein Steg, auch der war neu, daran lagen Sportboote und Fischerkähne. Sie spürte wieder die Tränen kommen.

»Könnten Sie hier vielleicht eine Viertelstunde warten?«, fragte sie leise.

Der Taxifahrer nickte und machte sich auf, ihr die Tür zu öffnen. Inez stieg aus. Ihre Knie waren so weich, dass sie sich fragte, ob sie sich wohl bis zum Ende des Stegs auf den Beinen halten konnte.

Mathildas Bootsschuppen, etwas entfernt, war noch da. Allerdings war er ausgetauscht gegen ein neueres Modell oder renoviert, und das Schild *Mathildas Austern* war weg. Es gab ein neues Schild, darauf stand *Torstens Austern*. Inez lief an ein paar Kindern vorbei, die auf dem Steg lagen und nach Krebsen fischten, und ging mit langsamem Tempo weiter. Jeder Meter kam ihr auf der einen Seite wie eine Ewigkeit vor, auf der anderen wie eine Zeitmaschine, die sie in ein Leben zurückbeförderte, dem sie vor langer Zeit den Rücken gekehrt hatte. Nie hätte sie gedacht, dass sie einmal zurückkommen würde. Als sie dann vor dem Austernladen stand, waren die Geräusche der Kinder vom Steg verklungen. Jetzt waren da nur noch sie und dieser Ort. Mit all seinen Erinnerungen.

Sie ging an dem Laden vorbei, berührte im Vorbeigehen die großen Kunststoffkörbe, in denen die Austern gesammelt wurden, wenn Saison war, und ließ ihren Blick über die Kescher an der Wand wandern. Sie sah hinaus auf die kleine Schäreninsel, zu der sie unzählige Male geschwommen war. Sie ging noch ein paar Meter vor und fand den Strandabschnitt mit den leeren Austernschalen. Den gab es also immer noch! Wie sie es geliebt hatte, dort nach den schönsten Schalen zu suchen, wenn Mathilda nach der Fahrt hinaus aufs Meer ihre Ausrüstung wieder in Ordnung brachte.

Auf den Treckingstock gestützt, ließ sie sich nieder auf die Knie. Ihre Hüfte brannte jetzt wie Feuer. Sie legte den Stock neben sich, strich sanft über die Austernschalen und ließ den Tränen freien Lauf. Langsam tropften sie hinab und sammelten sich in den Kerben wie Salzwasser.

Ein Motorengeräusch, das von einem etwas entfernten Kahn stammte, erregte ihre Aufmerksamkeit. Schwerfällig stand sie auf und humpelte an den steinigen Strand. Der Kahn tuckerte über die spiegelglatte Wasseroberfläche. Inez konnte Mathilda am Steuer sehen. Ihre langen, rötlichen Haare flatterten im Wind, so wie früher. Inez ließ ihren Treckingstock fallen, griff sich mit den Händen ans Herz und vergewisserte sich, dass es noch schlug. Dann hob sie schleppend die rechte Hand in die Luft. »Hier«, flüsterte sie. »Jetzt bin ich da.«

Ein Räuspern hinter ihr riss sie aus ihrer Trance. Sie fuhr herum und starrte den Mann eine Weile lang an, bis sie sich erinnerte, dass er der Taxifahrer war.

»Die Viertelstunde ist rum«, sagte er.

Inez sah hinaus aufs Meer. »Haben Sie die Frau da im Boot gesehen? In dem kleinen Kahn?«

Der Mann blickte in die Bucht hinaus. »Sie meinen dieses Boot da?« Er zeigte auf einen Kahn, der gerade den Anlegesteg von der anderen Seite aus ansteuerte.

Inez nickte.

Der Taxifahrer kniff die Augen zusammen. »Sieht eher wie ein Mann aus.«

Inez hielt sich die Hand über die Augen, die Sonne blendete sie. Er hatte recht. Es war ein Mann. Natürlich war es nicht Mathilda. Sie schlug die Augen nieder und sah auf dem Boden etwas Weißes glänzen. Durch die Tränen lächelte sie.

»Die Schätze des Meeres«, sagte sie und zeigte nach unten. Doch der Taxifahrer betrachtete nicht die Austernschalen, sondern ihre Schuhe, die mittlerweile ganz unter Wasser standen. Jetzt spürte auch Inez das Wasser zwischen ihren Zehen und wich ein paar Schritte zurück.

»Alles in Ordnung?«, fragte er und machte ein besorgtes Gesicht. Er hob den Stock für sie auf und reichte ihn ihr.

Sie wischte sich die Tränen aus dem Gesicht, nickte und nahm ihren Stock wieder in die Hand. »Könnten Sie mich jetzt bitte zurück zur Bushaltestelle in Kobbholmen bringen?«

Auf dem Weg zurück schwiegen sie. Inez gab dem Fahrer ein extra hohes Trinkgeld, denn sie hatte den Wagen mit Wasser und Sand ziemlich verschmutzt. Dann ging sie zum Bus hinüber. Ihr ganzer Körper schmerzte, als sie erschöpft auf den Sitz sank.

Sie schrieb Andreas eine SMS, dass sie nun auf dem Rückweg nach Göteborg sei, er aber nicht auf sie warten müsse, sie könne auch mit dem Zug zurückfahren. Er antwortete umgehend, dass er am Busbahnhof stehen werde, wenn sie ankam.

Inez lehnte sich zurück, schloss die Augen und erinnerte sich wieder an ein Gespräch aus längst vergangenen Tagen.

»Willst du dein Leben lang in Kobbholmen bleiben?«, fragte ich Mathilda.

»Das Meer ist mein Blut, die Wellen sind mein Herzschlag, der Wind ist mein Sauerstoff«, antwortete sie, während sie ihren Kahn zielsicher steuerte.

»Willst du denn nie etwas anderes sehen? Ich möchte nach Stockholm, Berlin, Rom, Amsterdam …«

Mathilda sah auf. »In einer Großstadt würde ich ersticken. Ich kann nur da atmen, wo auch Meer ist, irgendwo auf der Welt.«

»Dann fahren wir zusammen irgendwohin, wo Meer ist«, erwiderte ich.

Mathilda lächelte und hielt die Hand ins Wasser. »Weißt du, dass alle Ozeane in einem einzigen großen Weltmeer zusammenfließen? Vielleicht ist das Gefühl von Freiheit deshalb am Meer so stark.«

Drei Stunden später stieg Inez wieder aus dem Bus und quälte sich hinüber zu Andreas' Umzugswagen. Er half ihr beim Einsteigen, wunderte sich über ihre bis zum Knie nassen Hosenbeine, doch sagte erst einmal nichts und fuhr los.

»Wie war denn Ihr Tag?«, erkundigte er sich nach einer Weile.

»Wissen Sie, dass alle Ozeane in ein einziges großes Weltmeer zusammenfließen?«, sagte sie, anstatt auf die Frage zu antworten. Sie wandte den Kopf ab, sah aus dem Fenster hinaus und sagte zu sich selbst: »Was bedeutet, dass sie überall sein kann.«

Meja

Es war fast Mittagessenszeit, als Meja die Tür des Gästezimmers öffnete. Alles war still. War ihre Mutter weggegangen? Aber Susanne war da. Sie saß mit einem Glas Rotwein auf dem Sofa und blickte aus dem Fenster. Es hatte den Anschein, als sei sie mit ihren Gedanken ganz weit entfernt. Meja räusperte sich leise. Susanne zuckte zusammen und drehte den Kopf zu ihr um.

»Hallo«, sagte sie.

»Hallo«, sagte Meja und setzte sich aufs Sofa. Was sollte sie denn nun den ganzen Samstag lang tun? Sie tippte auf ihrem Smartphone herum. Nachdem sie aufgewacht war, hatte sie Johan eine SMS geschrieben, aber bislang keine Antwort erhalten.

»Nimm dir doch auch ein Glas«, sagte Susanne und nickte zum Servierwagen.

Eigentlich hatte Meja um diese Uhrzeit gar keine Lust auf Rotwein, wollte aber nicht Nein sagen. Etwas anderes stand da nicht. Sie blickte sich suchend um.

»Wo sind denn eigentlich all deine Sachen?«, fragte sie ihre Mutter.

»Meine Sachen?« Susanne zuckte mit den Schultern. »Eingelagert. Sie passen nicht hierher. Nur im Schlafzimmer steht eine Kommode von mir.«

Meja dachte an ihre Sachen in Johans Wohnung. Sie

brauchte dafür keinen Einlagerungsplatz, ihr reichte eine Reisetasche. Eine mittelgroße. Sie seufzte, dann fiel ihr Blick auf ein Foto, das auf der Anrichte stand. Susanne und Bengt unter einer Palme.

»Hast du unsere alten Fotos in der Kommode liegen, oder sind die auch eingelagert?«, fragte Meja.

Susanne zuckte wieder mit den Schultern.

»Ich würde so gern Bilder von früher sehen, als ich klein war.«

Etwas genervt stand Susanne auf und ging hinüber ins Schlafzimmer. Ein paar Minuten später kam sie mit einem Stoß Fotografien zurück. Meja begann zu blättern. Vom Blitz bei den Innenaufnahmen waren die Augen oft knallrot. Viele Bilder waren unscharf, die Motive meist zufällig. Sie betrachtete sich genauer. Nur selten lachte sie auf den Fotos. Aber traurig wirkte sie auch nicht, eher überrascht. Als hätte das Leben sie damals schon überrascht. Susanne hielt auf den meisten Fotos eine Zigarette in der Hand.

»Wenn ich mir vorstelle, dass du damals geraucht hast«, sagte Meja und hielt Susanne ein Bild hin.

»Alle haben damals geraucht.«

»Ich habe nie geraucht«, sagte Meja.

Susanne zog die Augenbrauen hoch. »Hast du nie eine Zigarette probiert?«

»Nein, hab ich nicht.« Sie nahm ein Foto in die Hand, auf dem sie noch ein kleines Baby war. Es war irgendwo im Ausland aufgenommen.

»Wo war das denn?«

Susanne sah das Bild kaum an, stattdessen ging sie in die Küche und kam mit einer Schachtel Zigaretten zurück. »Wenn du eine rauchst, dann sage ich dir, wo das war.«

»Was?«

Susanne öffnete die Balkontür, setzte sich auf einen Stuhl und forderte Meja auf, sich auf dem zweiten niederzulassen. Widerwillig nahm sie Platz, während sie zusah, wie Susanne sich eine Zigarette in den Mund schob und sie anzündete. Sie nahm einen Lungenzug und hielt sie dann Meja hin.

»Ich rauche nicht mehr. Nur hin und wieder stecke ich mir eine an, wenn ich gerade Lust darauf habe. Manchmal vergeht ein ganzes Jahr, manchmal sind es nur Wochen«, erklärte sie ihrer Tochter.

Meja wusste nicht, was sie sagen sollte. Sie griff nach der Zigarette und verzog das Gesicht, als ihr der Geruch in die Nase stieg. Es war wirklich eklig, aber sie wollte alles über dieses Foto wissen, also kniff sie die Augen zu, zog an der Zigarette und begann sofort zu husten. Susanne nahm ihr lachend die Kippe wieder aus der Hand und zog selbst noch einmal daran.

»Du hast echt nie geraucht?«, fragte sie. »Eigentlich kein Wunder.«

»Rauchen ist wirklich für gar nichts gut«, sagte Meja. Der herablassende Tonfall ihrer Mutter setzte ihr zu, so wie immer.

»Es geht ja eher darum, die Grenzen zu testen, sich zu trauen.«

»Und dafür an Lungenkrebs zu sterben? Wohl kaum«, sagte Meja.

»Man kann auch krank werden und sterben, wenn man nie geraucht hat«, konterte Susanne.

Meja konnte nur den Kopf schütteln. Es war unmöglich, mit ihrer Mutter zu diskutieren.

»So«, sagte sie. »Du wolltest mir etwas über dieses Foto erzählen.«

Susanne rutschte tiefer auf ihrem Stuhl und sah in den Himmel. »Das war in Barcelona.«

»Ich wusste gar nicht, dass wir da mal Urlaub gemacht haben«, sagte Meja.

Susanne aschte in einen Blumentopf. »Nein, woher solltest du das auch wissen.«

»Aber wieso waren wir da, als ich noch ein Baby war? Später sind wir doch nie ins Ausland gefahren?«

Susanne hielt ihr wieder die Zigarette hin. Meja nahm einen klitzekleinen Zug, um nicht husten zu müssen.

»Nein, später hatte ich für so was kein Geld mehr. In diesem Jahr hatte ich einen Grund.«

Meja nahm Susanne die Zigarette aus der Hand, zog kurz daran, sah sie mit großen Augen an und wartete auf die Fortsetzung.

»Ich bin nach Barcelona geflogen, weil ich deinen Vater gesucht habe.«

Meja begann zu husten, bis die Tränen schossen.

Amüsiert sah Susanne ihr zu. »Soll ich dir ein Glas Wasser holen?«

Meja winkte ab. Jetzt wollte sie alles wissen. Ihr Vater? Susanne hatte ihn in der Vergangenheit kaum erwähnt.

»Und, hast du ihn gefunden?«, fragte sie leise, obwohl sie sich die Antwort schon denken konnte.

Susanne schüttelte den Kopf.

»Er kam aus Deutschland und jobbte in einer Bar in Barcelona. Wir haben eine Nacht zusammen verbracht, und das Ergebnis warst du. Ein Jahr später bin ich noch mal zurückgefahren, weil ich dachte, er arbeitet da vielleicht wieder. Doch er war nicht da.«

»Hast du danach nicht mehr nach ihm gesucht?«

»Nein«, sagte Susanne. »Wo hätte ich anfangen sollen? Ich wusste nicht, wo in Deutschland er wohnte, auch nicht, wie er hieß oder wie alt er war. Ich hatte keine Anhaltspunkte. Und die in der Bar hatten natürlich auch keine Unterlagen über ihre Angestellten, sie hatten den Lohn immer bar ausbezahlt.«

Ihre Mutter griff zur Zigarette, nahm einen tiefen Zug, formte ihre Lippen und stieß den Rauch perfekt ringförmig wieder aus. Meja grinste und schob den Finger hinein, so wie sie es als Kind immer gemacht hatte.

Susanne drückte die Kippe im Blumentopf aus, vergrub sie in der Erde, zuckte mit den Schultern und ging wieder hinein.

Meja blieb sitzen und sah hinaus aufs Meer. Ihr Puls war schnell. Also hatte Susanne doch nach ihrem Vater gesucht. Ihren Freunden hatte Meja erzählt, er sei tot, weil ihre Mutter nie über ihn sprach. Aber er war nicht tot. Er war irgendwo da draußen. Merkwürdig. Wenn sie ihr Leben wieder in Ordnung gebracht hatte, würde sie einen Versuch starten, ihn zu finden. Vielleicht könnte sie es in den sozialen Netzwerken versuchen?

Ihr Handy gab einen Signalton von sich. Johan schrieb, dass es ihm nach dem gestrigen Abend dreckig ging, doch er habe nichts anderes verdient. Heute sei er allerdings keine gute Gesellschaft. Er schlug vor, am Montag zu reden.

Meja drückte die Nachricht weg, ohne eine Antwort zu

schreiben. Jetzt entglitt er ihr nach und nach. Das spürte sie deutlich. Und sie war selbst schuld. Denn sie hatte angefangen, Forderungen und sonderbare Fragen zu stellen. Das hielt ihre Beziehung nicht aus. Sie hätte es wissen können. Ob sie sie jetzt wohl noch kitten konnte?

Inez

Am Sonntag hatte sie pausenlos Schmerzen. Zehn Stunden Stillsitzen in Auto und Bus hatten ein Nachspiel. Inez verbrachte die meiste Zeit des Tages im Liegen, sie stand nur widerwillig auf, um einzukaufen und für die kommende Woche Essen zu kochen. Es gab Hähnchen aus dem Ofen, dazu Reis. Sie hatte sieben verschiedene Tütensoßen gekauft, um etwas Abwechslung in den Speiseplan zu bringen: Curry, Béarnaise, Kräuterbéarnaise, Café de Paris, grüner Pfeffer, Sahnesoße und Rotweinsoße.

Dann hatte sie sich wieder hingelegt und den ganzen Abend und die Nacht durchgeschlafen. Dafür war sie am Montagmorgen so früh aufgewacht, dass noch nicht einmal die Vögel zwitscherten, geschweige denn sich das Gefieder putzten.

Sie legte sich ihre Strickstola über die Schultern und stellte sich auf die Veranda. Der Tag war bewölkt, grau und düster. Über dem Strand lag ein Nebelstreifen, wie tanzende Elfen in ihren grauen Gewändern. Sie zitterte und zog den Stoff fester um den Körper, da bemerkte sie eine Bewegung auf dem Nachbargrundstück. Andreas drehte den Kopf zu ihr um, grinste und nickte zum Meer.

»Um diese Zeit ist es am allerschönsten.«

»Finden Sie?«, sagte Inez. Sie hätte angenommen, dass

er jemand war, der romantische Sonnenaufgänge in Rot- und Blautönen mochte. Die nebelgrauen Tage waren doch mehr für die Schwermütigen.

Er blickte sie an. »Haben Sie sich von der Reise nach Göteborg ein bisschen erholt?«

Sie nickte.

»Sie sehen noch ein bisschen blass aus. Sagen Sie mir Bescheid, wenn Sie Hilfe brauchen.«

»Danke, das tue ich.«

Er schob die Hände wieder in die Taschen und ging zurück ins Haus.

Inez seufzte. Ihre farblosen Wangen hatten nicht nur mit den Schmerzen in der Hüfte zu tun, sondern mit ihrem wehen Herzen. Sie bereute, dass sie nach Kobbholmen gefahren war. Vorher war es nur eine Fantasie gewesen, mit leicht verschwommenen Konturen. Es war der Ausgangspunkt ihrer Geschichte gewesen. Indem sie den Ort nun wieder aufgesucht hatte, war er Wirklichkeit geworden und seine Konturen klar. Jetzt konnte sie sich selbst nicht länger beschummeln. Diesmal schrieb sie eine wahre Geschichte, keine Fiktion, und sie war es Mathilda schuldig, ihre wahre Geschichte zu erzählen – und nicht die, die sie sich gewünscht hätte.

Sie ging zurück ins Haus, setzte sich an ihren Schreibtisch und schrieb weiter.

Um neun klopfte es an der Verandatür. Inez brauchte ein paar Sekunden, bis sie begriff, dass das Meja war. Sie hatte sie total vergessen. Sie stand auf, öffnete die Tür und sah die müde junge Frau, die vor ihr stand, mit großen Augen an.

»Ich war der Meinung, dass ich ein anstrengendes

Wochenende hinter mir habe, aber Ihres scheint nicht viel besser gewesen zu sein«, sagte Inez und ging in die Küche, um einen richtig starken Kaffee zu machen. Sie hörte, wie Meja ihre Sachen auf einem Stuhl ablegte und in die Küche kam.

»Und?«, fragte Inez.

Meja trat von einem Fuß auf den anderen. »Ja, stimmt. War ziemlich hektisch.«

»Warum?«

»Ich habe bei meiner Mutter übernachtet. Na ja, wir sind es nicht gewohnt, uns häufiger als einmal im Monat zu sehen, wenn wir essen gehen. Es war ziemlich anstrengend.«

»Das klingt wirklich hart.«

Inez schenkte Kaffee in die Tassen, und Meja nahm das Tablett.

»Sie hat mich außerdem dazu gebracht, meine erste Zigarette zu rauchen, deshalb war mir einen Tag lang schlecht.«

Inez musste lachen. »Ich glaube, Ihre Mutter gefällt mir.«

»Die meisten mögen sie«, sagte Meja.

Inez nickte. Beziehungen zwischen Mutter und Tochter waren die kompliziertesten, die es gab. Sie musste daran denken, was Meja gesagt hatte, als sie sich in dem Restaurant im Norra Hamnen getroffen hatten. Dass sie so unterschiedlich seien.

»Was haben Sie denn am Wochenende gemacht?«, fragte Meja.

»Geschrieben, bin spazieren gegangen und habe gekocht.«

Meja blinzelte sie an. »Ich dachte, Ihr Wochenende war auch irgendwie hektisch?«

Inez winkte ab. »Ach was, nur die Hüfte macht wieder Theater, wie immer.«

Sie setzten sich in die Sessel und tranken Kaffee. Inez hatte die blaue Mappe schon hergeholt. Sie hatte darüber nachgedacht, ob Meja wirklich weiter vorlesen sollte. Allerdings konnte sie doch kaum mehr einen Rückzieher machen? Sie stellte den Becher ab und schob Meja die Mappe hin. Sie nahm sie und begann mit leiser Stimme zu lesen.

Inez lehnte sich zurück und lauschte. Die Worte über Freundschaft zwischen dem Erzähler-Ich und der Austernfischerin gingen ihr unter die Haut. Über die Frauen, die, trotz oder gerade weil sie so verschieden waren, so wichtig füreinander wurden. Über Zusammengehörigkeit und Träume. Doch nicht nur darüber. Sie war jetzt mit dem Roman schon so weit gediehen, und der Leser konnte ahnen, dass das Band zwischen ihnen Risse bekommen würde. Wie elastisch es wohl war? Würde es halten bis ins Erwachsenendasein, wenn das Erzähler-Ich nach dem Sinn des Lebens suchte, während die Austernfischerin ihrer Bestimmung treu blieb?

Meja holte tief Luft und las die letzten Zeilen:

»Ich begleitete Mathilda nicht mehr so oft mit dem Boot, aber an den Wochenenden schlich ich mich hinaus, ließ die Männer in meinem Bett allein und stieg den Pfad hinauf zu den Felsen oberhalb der Bucht. Dort saß ich dann immer mit meinem schwarzen Notizbuch, beobachtete, wie sich das Meer bei Tagesanbruch reckte und streckte, und wartete auf sie. Sie war immer pünktlich.

Sieben Uhr morgens. Dann bereitete sie ihr Fischerboot vor, trank eine Tasse Kaffee im Stehen und verließ den Anlegesteg. Immer wenn sie die kleine Schäreninsel mit ihrem Boot umrundete, drehte sie sich um. Als hätte sie gewusst, dass ich da im Gebüsch hockte, oben auf dem Berg. Und jedes Mal, wenn sie aus meinem Blickfeld verschwand, rang ich nach Luft. Als ob etwas von mir losgerissen wurde.«

Meja sah auf. »Ist Ihre Geschichte fiktiv?«

Inez griff nach dem Blatt Papier, legte es zurück in die Mappe und lachte kurz. »Ich schreibe nur fiktive Geschichten. Die Kunst ist es, sie so glaubwürdig zu schreiben, dass die Leser denken, sie seien in Wirklichkeit geschehen.«

»Aber wo spielt der Roman? Nicht in Schonen, oder?«

Inez räusperte sich. »Nein, er spielt in Kobbholmen, in Bohuslän. Da, wo man nach Austern tauchen kann. Darüber habe ich mal einen Zeitungsartikel gelesen und fand, dass das eine gute Idee für einen Roman war, aber ich bin selbst nie dort gewesen.«

»Kann man denn über einen Ort schreiben, an dem man nie gewesen ist?«

»Ach, wissen Sie, wozu haben wir Google. Da steht es alles.«

Meja nickte.

Inez warf einen Blick auf einen der Bücherstapel auf dem Boden. »Sie können heute gern auf eigene Faust weitermachen, mich ärgert wie gesagt die Hüfte, deshalb muss ich mich jetzt wieder hinlegen und ein bisschen ausruhen.«

Sie stand auf, ging hinüber ins Schlafzimmer, setzte

sich auf die Bettkante und atmete langsam und tief, um ihren Puls zu beruhigen. Der Schmerz in ihren Worten, die Meja so behutsam vorgelesen hatte, war wieder spürbar, der Text hatte alte Wunden aufgerissen, von denen Inez geglaubt hatte, sie seien mit den Jahren verheilt. Doch richtig verheilt waren sie wohl nie, sie hatten gar keine Narben gebildet, über ihnen war nur dieser Schorf, den man so leicht abpulen konnte und der gleich wieder zu bluten begann.

Inez schloss die Augen, sie wollte nicht auch noch jeden Morgen aufs Neue erleben, an dem sie auf dem Berg gesessen und gewartet hatte. Doch nun hatte sie die Erinnerung daran wieder wachgerüttelt, und sie ließ sich nicht einfach wieder abschütteln.

Nach einer Stunde riss Inez sich zusammen und ging wieder hinüber ins Wohnzimmer. Meja saß mit müden Augen im Sessel, hatte die Hände im Schoß gefaltet und wartete ganz offensichtlich auf sie. Sie waren heute wirklich ein trauriges Duo. Ein bisschen Aufmunterung würde ihnen guttun, eine Ablenkung von Schwermut und Sorgen. Und sie kannte noch jemanden, der das brauchte.

Sie ging in die Küche, schmierte ein paar Brote, kochte eine Kanne Kaffee und legte alles zusammen mit drei Bechern in einen Picknickkorb. Dann bat sie Meja, den Korb zu nehmen und mitzukommen.

»Perfektes Picknickwetter haben wir ja nicht gerade«, sagte Meja und fröstelte, bevor sie sich die Jacke ganz zuknöpfte.

Inez reagierte darauf gar nicht und lief vor zu dem kleinen Pfad hinter dem Garten. Aber anstatt hinunter zum Meer zu gehen, steuerte sie Andreas' Gartentor an.

»Warten Sie hier«, sagt sie zu Meja, lief zu seiner Verandatür und klopfte an.

Kurz darauf öffnete er.

»Wie wäre es mit einem Picknick auf – wie ich sie nenne – Violas Bank, wenn das Meer am schönsten ist?«, fragte sie.

Andreas war etwas überrumpelt und zögerte, doch dann grinste er, zog seinen Strickpullover über und ging mit ihr hinaus.

»Andreas Lundh, mein neuer Nachbar«, stellte Inez ihn Meja vor. »Und das ist meine … Assistentin … Meja Skoglund.«

Die beiden begrüßten sich und folgten Inez in Richtung Bank. Inez spürte, dass Meja sie ansah. Ob sie sich über den Nachbarn wunderte oder über ihren neuen Titel – Assistentin –, wusste sie nicht. Es war auch egal. Sie waren schließlich hier, um gemeinsam etwas gegen ihre deprimierte Stimmung zu unternehmen – damit Inez ihre Erinnerungen, Meja den Ärger zu Hause und Andreas die Trennung von seiner Familie für eine Weile vergessen konnten.

Sie setzten sich auf die Bank, Inez in der Mitte. Inez holte die Brote und den Kaffee aus dem Korb. Andreas' Blick hing lange Zeit am Meer, er schien eine ganze Weile tief in Gedanken versunken zu sein. Dann sah er Inez an und lächelte.

»Wenn man sich vorstellt, dass wir am Wochenende miteinander bis nach Göteborg gefahren sind, obwohl wir uns kaum kennen!«

Er drehte sich zu Meja um. »Und Sie sind Inez' Assistentin?«

Meja wunderte sich über seinen Satz, dass sie in Göteborg waren, doch sie war so höflich, erst einmal seine Frage zu beantworten.

»Ja, ich helfe mal hier, mal da. Man könnte vielleicht sagen, ich bin ihre rechte Hand. Erledige Papierkram und so.«

Meja warf Inez einen Blick zu, um sich zu vergewissern, ob ihre Antwort in Ordnung war.

Inez nickte kurz und sah Andreas an. »Und Sie?«

»Ich bin Kunstlehrer und hatte das große Glück, genau in dem Moment eine Stelle an einer Schule in Helsingborg zu finden, als ich mir überlegt habe, hier runterzuziehen. Es war, als hätte es so sein sollen.« Er zog einen Mundwinkel hoch. »Aber es vergeht kein Tag, an dem ich mich nicht frage, was eigentlich in mich gefahren ist. Es ist gar nicht so einfach, nach so vielen Jahren einfach umzuziehen und neu anzufangen.«

Inez nickte, das kannte sie nur zu gut. Sie schenkte Kaffee nach.

Schweigend setzten sie ihr Frühstück fort, und als sie sich auf den Rückweg machten, fühlte Inez sich wesentlich ausgeglichener als zuvor. Ob ihr Ausflug auf Meja und Andreas dieselbe Wirkung gehabt hatte, wusste sie jedoch nicht.

Andreas bedankte sich für das Picknick, sagte zu Meja, dass es nett gewesen wäre, sie kennenzulernen, und dann ging er zurück in sein Haus. Inez warf einen Blick auf ihre Armbanduhr. »Tja, Ihre Arbeitszeit ist rum, dann bis morgen.«

Meja druckste herum. »Hatten Sie nicht gesagt, Sie hätten am Wochenende nichts Besonderes gemacht?«

Inez zuckte mit den Schultern, doch blieb eine Antwort schuldig. »Ist er nicht nett?«, fragte sie stattdessen und machte eine Kopfbewegung zu Andreas' Haus.

Meja kniff die Lippen aufeinander und sagte schließlich:

»Vermutlich schon, aber nach einer halben Stunde Picknick kann ich nicht viel dazu sagen.«

Inez konnte sich ein Lächeln nicht verkneifen. Jetzt war Meja etwas pikiert. Vermutlich, weil Inez nicht die Wahrheit gesagt und vorgegeben hatte, sie habe am Wochenende nichts erlebt, obwohl sie mit Andreas in Göteborg gewesen war. Sie fand es beinahe amüsant.

»Der Mensch braucht sieben Sekunden, um seine ersten elf Urteile über einen anderen Menschen zu fällen. Also können Sie doch was dazu sagen.«

»Okay«, erwiderte Meja und gab nach. »Er macht einen netten Eindruck.« Dann verabschiedete sie sich.

Inez sah ihr lächelnd hinterher.

Welche Soße sollte es heute zu ihrem Hähnchen geben? Die mit grünem Pfeffer oder die Café de Paris? Mit solchen Bagatellen würde sie sich heute die Zeit vertreiben. Genug geschrieben. Genug gegrübelt. Für heute genug. Sie hegte die Hoffnung, dass das Picknick auch Meja den Tag etwas leichter machen würde. Und Andreas ebenso.

Meja

Sollte sie lieber erst anklopfen oder gleich hineingehen? Meja stand vor Johans Wohnungstür und überlegte. Sie entschied sich für beides. Erst anzuklopfen und dann die Tür zu öffnen.

»Hallo«, rief sie und stellte ihre Tasche in den Flur.

Johan kam aus der Küche.

»Schön, dass du da bist«, sagte er. »Kaffee?«

»Gern«, antwortete Meja. Sein beschwingter Tonfall stimmte sie wieder zuversichtlich. Vorher hatte er eine Nachricht geschickt, dass sie reden müssten, und die hatte sie ziemlich beunruhigt.

Sie setzte sich auf ihren üblichen Platz, während er Kaffee einschenkte und ihr eine Tasse hinhielt. Sie nippte daran und sah sich unauffällig um. Es fühlte sich an, als hätte die Wohnung sie schon rausgeschmissen, noch nie war ihr die Küche so fremd vorgekommen. Sie blickte auf und wusste sofort, was ihr jetzt bevorstand.

»In der Zeit, in der du bei deiner Mutter warst, habe ich viel nachgedacht und bin zu dem Schluss gekommen, dass wir uns vielleicht eine Auszeit nehmen sollten.«

»Auszeit?«, fragte Meja.

Das war etwas, was sie noch nie verstanden hatte. Entweder war man zusammen oder nicht. Und außerdem hatten sie doch gerade eine kleine Auszeit hinter sich?

»Ich musste mal eine Nacht woanders schlafen, der Job hat mich geschlaucht, und ich habe einfach ein bisschen Ruhe gebraucht. Es war überhaupt nicht meine Absicht, dass das jetzt alles so …«

»Ich weiß, aber als ich hier allein war, habe ich gemerkt, dass wir vielleicht mal eine richtige Auszeit brauchen, um festzustellen, was wir wirklich wollen. In einer Beziehung lebt man so schnell nebeneinanderher, ohne es zu merken.«

Seine Finger trommelten auf dem Oberschenkel. Am liebsten hätte sie ihn aufgefordert, damit aufzuhören, doch sie verkniff sich den Kommentar. In seiner Wohnung konnte er so viel auf seinem Oberschenkel herumtrommeln, wie er wollte. Da schossen ihr Tränen in die Augen, sie zwinkerte unablässig. Johan fühlte sich nicht wohl in seiner Haut.

»Nur für eine Weile …«, sagte er leise.

Meja versuchte unauffällig, ihre Tränen zu trocknen. Jetzt kam alles hoch, nicht nur ihre kriselnde Beziehung, sondern der Zustand ihres Leben allgemein. Bei der Vorstellung, dass sie ohne Johan eine wohnungslose Aushilfskraft war, wurde ihr speiübel.

Sie wollte sich nicht erniedrigen, ihn anzubetteln, daher machte sie auf der Stelle den Wohnungsschlüssel von ihrem Schlüsselbund ab, auch wenn Johan protestierte. Sie legte den Schlüssel auf den Küchentisch, neben den inzwischen erkalteten Kaffee, und ging hinüber ins Schlafzimmer, um ihre restlichen Sachen in ihren mittelgroßen Koffer und eine größere Sporttasche von Johan zu packen. Ob das okay war, fragte sie nicht.

Johan blieb in der Küche sitzen. Sie ging noch zu Ingrid,

nahm sie hoch und schob ihre Nase an den Nacken des kleinen Tieres. Wie sollte sie den Käfig in Bengts Wohnung transportieren? Durfte sie da überhaupt ein Tier mitbringen? Auf jeden Fall musste sie vorher fragen.

»Ich komme bald wieder und hole dich«, flüsterte sie.

Da kam Johan aus der Küche zu ihr in den Flur. »Wir sprechen uns ja bald wieder«, sagte er.

Sie nickte nur kurz und sah zu, dass sie hinauskam, schließlich wusste sie, dass ihre Stimme versagen würde, wenn sie anfing zu reden.

Mit Gepäck beladen stolperte sie die Treppe hinunter und verließ das Haus. Die Sporttasche rutschte ihr immer wieder von der Schulter, und der Koffer tat sich schwer auf dem Kopfsteinpflaster. Ein Rad blieb in einem Spalt hängen, und als es sich nicht mehr bewegen ließ, kamen Meja die Tränen. Sie schluchzte und beugte sich hinab, um das Rad zu befreien, doch ihr Blick war ganz verschwommen. Als es ihr nicht gelang, stand sie auf und riss mit solcher Gewalt am Griff, dass der Koffer einen Satz machte und fast einen Mann traf, der gerade vorbeikam.

Er machte einen Satz zur Seite.

»Entschuldigung«, sagte Meja und wischte sich die Tränen aus dem Gesicht. »Er hat festgeklemmt.«

Der Mann sah ihr ins Gesicht. »Meja?«

»Ja?«

»Ich bin doch Inez' Nachbar«, half er ihr auf die Sprünge, als er ihr verdutztes Gesicht sah.

»Ach, stimmt«, sagte Meja und räusperte sich, um wieder klar sprechen zu können. »Ich habe Ihren Namen vergessen …«

»Andreas«, sagte er und nahm ihr den Koffer aus der

Hand. »Lass mich den nehmen. Ich darf doch Du sagen? Wo willst du hin?«

Fast hätte sie geantwortet, »Keine Ahnung«, aber sie hatte keine Wahl. Außer Bengts Wohnung im Norra Hamnen blieb nichts übrig.

Doch bevor sie antworten konnte, sagte er: »Egal, du siehst aus, als könntest du vorher eine Pause und einen Kaffee vertragen.«

Sie nickte fast unmerklich. Als sie vor Fahlmans Café standen, hielt er ihr die Tür auf und fragte, was sie gern hätte. »Nur einen Kaffee«, erwiderte sie.

»Setz dich schon mal hin, ich erledige das«, sagte er und ging zum Bestellen an die Theke.

Meja ließ sich von der heimeligen Atmosphäre der Traditionskonditorei wohlig umfangen und beobachtete Andreas, wie er sich in der Schlange anstellte. An ihm war alles ganz normal. Die Körpergröße, die breiten Schultern, Haarlänge und Haarfarbe. Ganz normale Menschen taten ihr gut. Auf Johan traf das nicht zu. Sein blondes Haar war ein bisschen zu lang, wodurch er etwas ungehobelt erschien, seine Augen so leuchtend blau, dass sie jedem gleich auffielen, wenn man ihn kennenlernte. Sie sah weg, als Andreas ihren Tisch ansteuerte.

Auf dem Tablett standen zwei Tassen Kaffee und ein Teller mit zwei Makronentörtchen.

»Ich dachte, du könntest auch etwas Süßes vertragen.«

Meja lächelte kraftlos.

Schweigend tranken sie ihren Kaffee. Und Andreas hatte recht. Mit dem Törtchen im Magen ging es ihr gleich viel besser.

»Das ist wirklich ein Zufall, dass wir uns hier über den

Weg laufen«, sagte er. Meja hatte das auch schon gedacht. »Helsingborg ist ja nicht gerade ein Dorf«, schob er hinterher.

Sie nickte, dann wechselte sie das Thema. »Wie kam es, dass Inez mit dir am Wochenende in Göteborg war?«

»Sie war gar nicht in Göteborg, sie ist noch weiter gefahren. Irgendwas hatte sie in Kobbholmen zu tun. Ich meine, sie hat gesagt, sie hätte da mal gewohnt.«

»In Kobbholmen?« Meja runzelte die Stirn. War das nicht der Ort, über den Inez einen Artikel gelesen hatte? Der nun der Schauplatz ihres neuen Romans war?

»Ist Kobbholmen für irgendwas berühmt?«, fragte Meja.

»Für seine Austern!«, antwortete Andreas und grinste.

Meja nickte. Die Austernfischerin. Inez hatte behauptet, die Geschichte sei erfunden und sie selbst sei nie dort gewesen. Offensichtlich hatte sie da sogar gewohnt. Warum sagte sie nicht die Wahrheit?

»Mit ihrer verletzten Hüfte hätte sie keine so weite Reise machen sollen«, sagte sie.

»Ich wusste gar nicht, dass sie so ein Problem mit der Hüfte hat. Sie ist doch mit so einem Sportler-Treckingstock unterwegs.«

»Woher hättest du das auch wissen sollen? Außerdem geht mich das eigentlich gar nichts an«, sagte Meja und pickte ein paar restliche Krümel vom Teller. Ihr Tonfall klang unbeabsichtigt ziemlich hart.

»Na, als Assistentin fühlt man sich wohl für mehr verantwortlich als nur für den Papierkram«, entgegnete er und lächelte.

Meja blickte auf. »Ich bin gar nicht ihre Assistentin. Das hat sie nur so gesagt. Ich bin Reinigungskraft und helfe ihr, ihre Bücher aufzuräumen. Ja, und manchmal lese ich ihr auch vor.«

»Ach so«, sagte Andreas erstaunt.

Meja sah aus dem Fenster und seufzte so tief, dass Andreas die Augenbrauen hochzog.

»Sorry … so ist gerade mein ganzes Leben«, sagte sie. »Es besteht nur noch aus Seufzern. Ich bin siebenunddreißig, habe keine Wohnung, keinen richtigen Job, Stress mit meinem Freund …« Sie verstummte. »Sorry für mein Gejammer.«

»Siebenunddreißig? Du siehst viel jünger aus«, sagte er und lächelte sie an.

Sie zuckte mit den Schultern. Andere hätten das vermutlich als Kompliment aufgefasst, sie nicht.

»Ich bin dreiundvierzig. Geschieden. Habe eine Tochter im Teeniealter, der ich meist peinlich bin, und bin jetzt an einen Ort gezogen, wo ich keine Menschenseele kenne …«

»Dreiundvierzig? Ich hab gedacht, du wärst älter«, sagte sie und lächelte auch.

Er lachte und zuckte mit den Schultern. Dann entstand eine unangenehme Stille.

»Ja, jetzt sollte ich wohl mal …« Sie nickte zum Ausgang.

Er sprang auf und räumte das Tablett ab.

»Wie viel kriegst du von mir?«, fragte sie ihn und griff zu ihrem Portemonnaie.

»Nichts«, sagte er. »Wenn es dir unangenehm ist, dass ich bezahlt habe, kannst du mich gern ein anderes Mal einladen.«

Sie nickte. Vor dem Café blieben sie stehen.

»Danke für den Kaffee und deinen Erste-Hilfe-Einsatz, du hast mich vor einem Nervenzusammenbruch bewahrt«, sagte sie.

Er schob die Hände in die Jackentaschen.

»Keine Ursache. Soll ich dir nicht beim Tragen helfen?« Er blickte auf ihr Gepäck.

»Nein, alles gut. Ich schaff das.«

Er lächelte. »Dann bis bald.«

Sie winkte kurz mit ihrer freien Hand, dann hängte sie sich die Sporttasche über die Schulter und konzentrierte sich darauf, den Koffer über ebenes Gelände zu bugsieren.

Vor Bengts Wohnung lief ihr bereits der Schweiß im Gesicht und am Rücken hinunter. Gerade wollte sie aufschließen, da hörte sie Stimmen von drinnen. Sie legte den Kopf an die Tür und lauschte. Das war eindeutig die Stimme ihrer Mutter. Es klang, als würde sie diskutieren. Die Diskussion wurde immer hitziger, aber Meja konnte keine andere Stimme ausmachen. Sonderbar.

Meja klopfte an die Tür. Sie wartete eine gefühlte Ewigkeit, dann öffnete sich die Wohnungstür einen kleinen Spalt. Susannes Wangen waren vor Aufregung knallrot, ihre Augen glänzten. Sogar ihre Haare schienen in Unordnung zu sein.

»Was machst du schon wieder hier?«, fragte sie, und ihr Blick fiel auf den Koffer.

Meja räusperte sich. »Nur für ein paar Tage?«

Susanne machte die Tür noch immer nicht weiter auf.

»Weißt du … im Moment passt es gar nicht gut.«

»Okay.« Meja spürte, wie ihr Stresslevel stieg. Sie hatte keine Alternative. »Und wenn ich mein Gepäck hierlasse und einfach später wiederkomme?«

Widerwillig öffnete Susanne die Tür. Meja schob den Koffer ins Gästezimmer und legte die Sporttasche aufs Bett. Sie ging in die Küche, um sich ein Glas Wasser zu holen, und warf aus Neugier einen Blick ins Wohnzimmer. In der Wohnung war niemand sonst.

Susanne stand immer noch im Flur und hielt die Tür auf. Meja kam zurück und sah sie an. War es ihr möglicherweise unangenehm? So sah sie doch sonst nie aus.

»In ein paar Stunden kannst du wiederkommen«, sagte Susanne kurz angebunden und schloss die Tür hinter ihr.

Ein paar Stunden. Meja stieg die Treppe hinunter und seufzte, als sie durch die Haustür ging. Die paar Kröten auf ihrem Konto brauchte sie für wichtigere Dinge als für Restaurantbesuche, auch wenn ihr jetzt der Magen knurrte.

Langsam schlenderte sie über die Strandpromenade zum Vikingstrand, wo die Kitesurfer mit ihren Segeln kämpften, weil es so windstill war. Dann machte sie wieder kehrt und lief zurück. Um die Zeit totzuschlagen, setzte sie sich auf einen der Bootsstege am Hafen und hörte sich einen Podcast an. Nach genau drei Stunden ging sie zurück in Bengts Wohnung. Susanne war nicht zu Hause.

Meja nahm sich eine Schüssel Joghurt und ging ins Gästezimmer. Sie versuchte, nicht an Johan zu denken, stattdessen kam ihr der Cafébesuch mit Andreas wieder in den Sinn. Das war schon ein sonderbarer Zufall, dass sie sich noch am selben Tag in der Stadt begegneten, an dem Inez sie einander erst vorgestellt hatte. Und noch sonderbarer fand sie es, dass Inez mit ihm nach Göteborg gefahren war. Schließlich war sie weder von Natur aus sehr gesellig, noch verließ sie gern ihr Haus. Diese Reise musste einen besonderen Grund gehabt haben, davon war Meja überzeugt, denn sonst hätte Inez sie nicht verschwiegen.

Am nächsten Morgen erwachte Meja sehr früh. Sie war eingeschlafen, bevor sie sich ausziehen konnte, und hatte auch kein Abendbrot gegessen. Sie schlich in die Küche, um sich etwas zu essen zu nehmen, als sie in der Dunkelheit eine Silhouette erkannte. Sie zuckte zusammen.

»Hab ich mich erschrocken! Warum hockst du hier im Dunkeln?«

»Da ist Kaffee«, sagte ihre Mutter, nahm ihre Tasse, stand auf und ging ins Badezimmer.

Meja knipste die Lampe an. Von dem grellen Licht blinzelte sie, schenkte sich Kaffee ein und schmierte sich zwei Brote. Noch nie hatten ihr einfache Käsebrote so gut geschmeckt. Nach einer Weile kam Susanne aus dem Bad und war so sorgfältig geschminkt wie immer. Meja hatte eigentlich noch sagen wollen, wie hübsch sie auch ohne Make-up war, doch nun traute sie sich nicht mehr.

Susanne räusperte sich. »Ich brauche auch heute einen Tag für mich allein.«

»Okay, ich kann einfach im Gästezimmer bleiben, da störe ich dich nicht.«

»Meja …« Susanne seufzte. »Ich kann dich im Moment nicht hier haben, und ich kann dir nicht erklären, warum.«

»Meinst du jetzt sofort? Kann das nicht warten, bis ich anfange zu arbeiten in …« Meja sah auf die Uhr. »Drei Stunden?«

»Leider nicht«, antwortete Susanne.

Meja sah aus dem Fenster, es nieselte.

»Wo soll ich hin, morgens um sechs?«

»Ach bitte … wir sind doch zwei erwachsene Menschen.«

Widerwillig holte Meja ihre Handtasche und ging. Aber anstatt sofort die Treppe hinunterzulaufen, blieb sie noch einen Moment hinter der Wohnungstür stehen. Nach ein paar Minuten schon hörte sie wieder die Stimme ihrer Mutter. In demselben aufgebrachten Tonfall. Telefonierte sie mit jemandem? Aber mit wem? Und das so früh am Morgen?

Meja seufzte tief, lief die Treppe hinab und ging aus dem Haus. Sie zog die Kapuze über den Kopf und begann, ziellos durch die Stadt zu laufen, die langsam aus dem Schlaf erwachte.

Da hörte sie einen Signalton vom Handy. Sie riss es aus der Tasche, in der Hoffnung, es sei Johan. Doch die Nachricht war von Inez: *Wir machen heute einen Tag frei. Ich hab andere Dinge zu tun, Sie können morgen wieder kommen.*

Meja biss sich auf die Lippe. Die paar Stunden bei Inez wären an diesem Tag ihre Rettung gewesen. Doch jetzt ging nicht einmal das. Sie bibberte. Der Regen kühlte die Luft ab, und Meja hatte, eilig wie sie aus der Wohnung gelaufen war, nicht einmal einen Schirm mitgenommen.

Langsam ging sie in Richtung Knutpunkten, dem Bahnhof von Helsingborg. Als sie eine Weile durchs Gebäude geschlendert war, setzte sie sich auf eine Bank und beobachtete die Leute. Sie tranken ihren Morgenkaffee beim Bäcker, hetzten zur Schule oder zur Arbeit, kämpften mit ihren Koffern und warfen einen letzten Blick auf ihre Fahrkarten. Manche mussten zum Zug, andere zum Bus oder zur Fähre nach Dänemark. Wo wäre sie hingefahren, wenn sie ihren Koffer dabeigehabt hätte? Ob sie überhaupt jemand vermisst hätte? Sie überlegte. Am ehesten wohl Inez …

Ein paar Stunden später kam ein Mitarbeiter von der Bahnhofsaufsicht auf sie zu und erkundigte sich, ob alles in Ordnung sei. Noch ein paar Stunden verstrichen, bis sie endlich aufstand und durch den Regen langsam wieder zu Susanne zurückschlich. Vor der Wohnungstür war noch immer die aufgeregte, laute Stimme ihrer Mutter zu hören. Meja klopfte an, bevor sie aufschloss. Die Stimme verstummte. Meja hängte ihre durchnässte Jacke auf und stellte die Schuhe auf dem Schuhregal ab. Um Susanne nicht mehr als nötig im Wege zu sein, ging sie gleich ins Gästezimmer, legte sich aufs Bett und surfte auf ihrem Smartphone.

Sie nickte ein und schlief bis zum Nachmittag. Hungrig wachte sie auf. Sie schlich in die Küche, schmierte sich ein paar Brote und nahm sie mit in ihr Zimmer. Gegen neun Uhr abends konnte sie sich nicht mehr beherrschen, sie sah in der Küche nach, was es sonst noch zu essen gab. Sie holte sich eine Portion Joghurt mit Granola. An der Tür zum Wohnzimmer blieb sie stehen. Susanne saß in einem Sessel. Meja atmete tief durch und setzte sich zu ihr aufs Sofa. Susanne hatte die Augen geschlossen, und ihre Lippen bewegten sich, als ob sie tonlos mit jemandem sprach. Meja räusperte sich leise, um sich bemerkbar zu machen. Susanne zuckte zusammen und sah Meja an. Ihr Blick war derselbe wie Johans, als er ihr mitteilte, dass er eine Auszeit wollte.

»Es tut mir leid, Meja, ich weiß, dass du das Gästezimmer gerade brauchst, aber deine Krise mit Johan kommt total ungelegen. Ich würde dir gern helfen, aber im Moment geht es wirklich gar nicht. Ich brauche die Wohnung für mich allein, bis Bengt am Freitag nach Hause kommt.«

Mejas Puls hämmerte an ihren Schläfen.

»Aber … ich kann mich mucksmäuschenstill verhalten und werde dich überhaupt nicht stören. Ich kann auch im Zimmer essen.«

»Es geht nicht, du kannst jetzt nicht hier sein. Du kannst am Wochenende wiederkommen.«

»Aber …« Meja suchte nach Worten. Am Wochenende? Als ob sie zum Vergnügen hier wäre. Sie stand doch nur deswegen immer wieder vor der Tür, weil sie ein Dach über dem Kopf brauchte.

»Du hast bestimmt eine Freundin, bei der du Unterschlupf findest, es dreht sich doch nur um ein paar Tage?«, sagte Susanne.

Meja schlug die Augen nieder. In letzter Zeit hatte sie sich mit ihren Freundinnen nur noch selten getroffen, sie hatten alle schon Familie. Nein, da konnte sie nicht auflaufen.

»Mach mir doch bitte nicht so ein schlechtes Gewissen«, sagte Susanne, als Meja stumm dasaß.

Meja stieg langsam das Blut in den Kopf, so verzweifelt war sie, sie spürte, wie ihre Wangen ganz heiß wurden. Ihr war wohl klar, dass sie erwachsen war und nicht das Recht hatte, ins Leben ihrer Mutter auf diese Art und Weise einzufallen, aber auf der anderen Seite bat sie sie zum ersten Mal um Hilfe. Warum konnte Susanne jetzt nicht einfach für sie da sein? Die Hand zu ihr ausstrecken, von Mutter zu Tochter. Aber Susanne faltete die Hände im Schoß.

Ein zweites Mal stopfte Meja ihre Sachen in den Koffer und die Sporttasche und schleppte das Gepäck in den Flur. Sie hatte nicht die geringste Ahnung, wohin.

»Du musst nicht alles mitschleppen. Du kommst ja am Freitag wieder, wenn sich die Situation mit Johan bis dahin nicht geklärt hat, wovon ich ausgehe«, sagte Susanne, die aus dem Wohnzimmer kam und sie beim Packen sah.

Meja drehte sich um. Ihr war, als ob alle jahrelang aufgestauten Gefühle jetzt wie heiße Lava in ihre Adern flossen. Als sie den Mund aufmachte, war ihre Stimme zittrig.

»Mein ganzes Leben lang habe ich zu spüren gekriegt, dass ich dir im Weg war. Aber ich habe nie erfahren, warum. Ich habe immer versucht, leise zu sein, ordentlich, perfekt. Dich möglichst nicht zu stören und alleine klarzukommen. Aber irgendwie bringt das alles nichts. Es geht immer wieder schief. Vielleicht sollten wir es einfach lassen und uns gar nicht mehr sehen, wenn das keine von uns wirklich will.«

Den letzten Satz brachte sie kaum heraus, so belegt war ihre Stimme. Es waren wirklich dramatische Worte aus ihrem Mund. Susanne schien etwas erwidern zu wollen, doch sie schwieg.

Meja ließ die Tür hinter sich ins Schloss fallen und schleppte ihr Gepäck die Treppen hinunter. Die Tränen liefen ihr übers Gesicht. Auf jeder Etage hielt sie kurz an, um sie wegzuwischen. Susanne war das nicht wert.

Sie machte sich wieder auf zum Bahnhof, um wenigstens einen geschützten Platz zu finden und in Ruhe zu überlegen, was sie jetzt tun könnte, da erschien eine Nachricht auf ihrem Handy.

Sie blieb stehen und ließ die Tasche fallen, um das Smartphone aus der Jackentasche zu holen. Hatte sich ihre Mutter umstimmen lassen? Aber die SMS war von Johan.

Was machen wir denn mit Ingrid? Sie ist tagsüber so einsam, wenn ich arbeiten bin, schrieb er.

Durch den Streit mit Susanne war Mejas Wut nun auf der Stelle entfacht. Machte er Witze? Konnte er Ingrid jetzt nicht noch ein paar Tage länger bei sich behalten, bis sie eine Unterkunft für sich und das Haustier organisiert hatte?

Sie schleppte ihr Gepäck bis zu seiner Wohnung und klopfte an die Tür.

»Oh«, sagte er. »Ich habe nicht gemeint, dass du extra herkommen musst, ich wollte nur wissen, wie wir das in Zukunft regeln … sie ist so piepsig, wenn du nicht da bist.« Er verstummte, als er Mejas verheulte Augen sah, dazu das viele Gepäck.

Meja marschierte mitsamt Schuhen ins Wohnzimmer und verfrachtete Ingrid in den kleinen Transportkäfig. Dann machte sie den großen Käfig leer und packte die Tüten Heu, Streu und Essen hinein.

»Du musst doch nicht gleich …«, setzte Johan an und beobachtete sie besorgt. »Wo willst du denn hin?«

Meja schleppte all ihr Zeug ins Treppenhaus und zog vor seiner Nase die Tür ins Schloss.

Ingrid piepste in ihrem kleinen Käfig. Meja beugte sich hinab. »Sorry«, flüsterte sie. »Grad ist alles etwas durcheinander. Aber das wird schon.«

Sie wischte sich die feuchten Wangen mit dem Handrücken trocken und packte all ihr Gepäck in den Aufzug – an diesem Tag hatte sie das Treppensteigen satt –, und jetzt wich sie dem Wandspiegel nicht aus. Im Gegenteil. Sie starrte ihr Gesicht an. *Jetzt ist es dein Job, eine Lösung zu finden. Sei keine Heulsuse. Pack dein Leben endlich an.*

Der Aufzug hielt ruckelnd im Erdgeschoss. Meja schleppte ihr Zeug auf die Straße und rief sich ein Taxi. Die Fahrt würde zwar ihr letztes Geld verschlingen, aber ihr blieb keine Wahl. Der einzige Mensch, zu dem sie fahren konnte, war Inez.

Keine fünf Minuten später bog das Taxi in die Straße ein. Der Fahrer verstaute ihre Sachen im Kofferraum, und Meja setzte sich auf den Beifahrersitz, Ingrid im Transportkäfig auf dem Schoß.

»Oh«, sagte der Taxifahrer und warf einen Blick auf das Tier. »Das ist ja ungewöhnlich.«

Meja nickte und gab als Ziel das Wäldchen bei Domsten an.

Eine SMS von Johan plingte auf.

Du wohnst wohl übergangsweise bei deiner Mutter? Ansonsten kannst du auch zurückkommen, bis wir eine Lösung haben.

Meja schrieb sofort zurück. *Ich wohne bei Susanne.*

Der Taxifahrer erzählte dann ununterbrochen davon, wie sehr er sich als Kind ein Haustier gewünscht hatte. Doch weil er auf Fell allergisch reagierte, konnten sie keine Tiere zu Hause halten. Vielleicht würde es mit einem Nacktmeerschweinchen funktionieren?

Meja hörte ihm nur mit halbem Ohr zu und nickte vereinzelt. Als sie angekommen war, bezahlte sie, gab aber kein Trinkgeld. Sie schämte sich dafür, doch jetzt musste sie ihr Geld zusammenhalten.

Sie sah auf die Uhr. Mittlerweile war es spät geworden, nach zehn. Um diese Zeit konnte sie bei Inez wohl kaum noch auflaufen, aber sie erinnerte sich an eine Schutzhütte aus Holz neben dem Nadelwäldchen. Dort hatten schon Urlauber übernachtet, wie sie wusste. Also stellte sie den Koffer und die Tasche erst mal am Straßenrand ab, nahm Ingrids Käfige und begab sich dorthin.

Das Meerschweinchen schob sie in die hintere, windgeschützte Ecke, dann holte sie ihre übrigen Sachen. Sie stopfte ganz viel Heu in Ingrids kleinen Käfig und nahm für sich selbst eine Fleecejacke und einen Strickpullover aus dem Koffer und legte sich beides über die Beine. Ohne diesen Nieselregen und den garstigen Wind wäre es hier völlig okay gewesen, denn sie hatte sogar eine Toilette und eine Feuerstelle.

Doch Meja fror. Nicht nur von dem Wetter bekam sie Schüttelfrost, auch der Schock, dass sie die Beziehung zu ihrer Mutter auf so dramatische Art und Weise abgebrochen hatte, saß tief. Das Band zwischen ihnen war schon immer scharfkantig gewesen. Hatte sie es gerade durchtrennt?

Die Vorstellung tat weh, doch vielleicht war ein fieser, kurzer Schmerz besser als diese quälenden Stiche ein Leben lang? Und was würde aus ihr und Johan werden? Daran mochte sie gar nicht denken.

Sie holte sich noch mehr Klamotten aus dem Koffer und rollte sie zu einer Art Kopfkissen zusammen. Etwas entfernt von ihr kamen Leute mit Hund vorbei. Sie machten zwar große Augen, doch sie gingen weiter.

Meja schlummerte immer wieder ein, und als es fünf Uhr morgens war, war ihr so kalt, dass ihr die Zähne klapperten. Alles war feucht. Sie stand auf, packte ihre Sachen wieder in den Koffer und schleppte ihr Gepäck in zwei Fuhren zu Violas Bank. Da konnte sie bis neun Uhr sitzen bleiben, wenn ihr Arbeitstag begann. Sie ließ den Kopf hängen, verkniff sich jeden Gedanken daran, was ihr wohl als Nächstes bevorstand, aber ihr war klar, dass sie jetzt am Tiefpunkt ihres Lebens angekommen war.

Ingrid piepste in ihrem Käfig. Meja streckte zitternd die Hand aus und schob ihr noch etwas Heu hin.

»Was hätte ich nur ohne dich gemacht?«

Inez

Am vergangenen Abend hatte Inez bis weit in die Nacht gesessen und geschrieben. Sie hatte wieder das Salz des Meerwassers geschmeckt, das ihr auf Mathildas Boot ins Gesicht gespritzt war. Das Klappern der Austern in den Kunststoffkörben gehört, als sie sie aus dem Wasser zogen. Den Schmerz gespürt, als ihre Freundschaft ins Trudeln geriet, und die Hoffnung, ihre Gewissheit, sie würden sie wiederfinden. Dass sie dafür bestimmt waren, das Leben gemeinsam zu entdecken.

Sie warf einen Blick auf die Uhr und gähnte. Schon halb acht, und sie hatte es noch immer nicht geschafft, auf der Terrasse ihren Morgenkaffee zu trinken. Sie kochte sich eine Tasse, warf sich eine Strickjacke über, denn durch den Spalt zwischen den Jalousien sah das Wetter eher unfreundlich aus, und ging hinaus. Mit tiefen Atemzügen sog sie die frische Luft ein. Sie hatte gelesen, dass es sehr gesund sei, tief in die Lunge zu atmen. Vielleicht konnte das ja ihren ungesunden Schlafrhythmus kompensieren. Sie rekelte sich, da beschlich sie das Gefühl, dass jemand auf Violas Bank saß. Tatsächlich, da saß jemand mit einer Kapuze über dem Kopf. Daneben schien ein Koffer zu stehen. Merkwürdig. Sie ging an die Tür, schlüpfte von ihren Pantoffeln in die Gummistiefel und bewegte sich dorthin.

»Guten Morgen«, sagte sie zu der Person, die zusammenschreckte und sich auf der Stelle umdrehte.

»Meja?«

Meja nickte und biss sich auf die Lippe. Inez runzelte die Stirn. Das sah nicht gut aus. Mejas Zähne klapperten vor Kälte. Inez warf einen Blick auf ihren Koffer, den großen Tierkäfig und den kleinen Transportkäfig, den Meja auf dem Schoß hielt. Was für ein Tierchen darin saß, konnte sie nicht ausmachen, aber das konnte nichts Gutes heißen. Inez war nicht der Mensch für Haustiere und fand vor allem jede Art von Nagern widerwärtig. Sie bot Meja an, mitzukommen.

Inez nahm die Sporttasche, und Meja trug den Transportkäfig in der einen Hand, den Koffer in der anderen. Schleppend bewegten sie sich durch die Sanddünen. Am Haus stellten sie das Gepäck auf der Veranda ab, und Meja lief zurück zur Bank, um den großen Käfig zu holen. Inez beugte sich hinab, um den kleinen Käfig in Augenschein zu nehmen. Zwei braune Augen, eingebettet in schwarze Haut, blickten sie an. Auf dem Kopf hatte das Tierchen einen zotteligen kleinen Pelzbausch. Inez schüttelte sich, griff schnell nach dem Koffer und zog ihn zur Tür hinein. Bald darauf erschien Meja mit dem großen Käfig. Sie trug alles ins Haus, zuletzt den kleinen Transportkäfig mit Ingrid. Den hielt sie krampfhaft fest.

»Ich koche mal einen Tee, dann können Sie sich solange unter die warme Dusche stellen«, sagte Inez.

Meja sah hinab auf den kleinen Käfig in ihren Armen.

»Lassen Sie den doch vorerst mal dort«, sagte Inez und nickte zu ihrem Eichentisch.

Meja stellte Ingrid auf dem Tisch ab und öffnete zittrig

den Koffer, um trockene Kleider herauszuholen. Dann ging sie hinüber ins Badezimmer.

Inez konnte nur den Kopf schütteln. Noch nie war ihr jemand unter die Augen gekommen, der so ein jämmerliches Bild abgegeben hatte. Sie setzte Teewasser auf, gab einen ordentlichen Klecks Honig in einen Becher und schmierte ein Brot, das sie mit Roastbeef, Mayonnaise und Röstzwiebeln großzügig belegte. Ihr Survival-Brot. Früher hatte sie immer Roastbeef im Kühlschrank gehabt, für den Fall, dass sie beim Schreiben in einen Flow geriet und darüber das Essen vergaß. Diese Brote hatten sie vor mancher Ohnmacht bewahrt. Wie gut, dass sie erst kürzlich Roastbeef eingekauft hatte.

Aus dem Badezimmer dampfte es, als Meja eine halbe Stunde später wieder herauskam.

Inez hatte sich an den Eichentisch gesetzt, und zwar so weit wie möglich vom Käfig entfernt. Allerdings konnte sie das Tier hinter dem Gitter knabbern hören.

»Vielen Dank, dass ich duschen durfte«, sagte Meja und ließ sich auf der anderen Seite des Tisches nieder.

Inez bat sie, sich zu bedienen. Freudig nahm Meja ein belegtes Brot und genoss den ersten Bissen mit geschlossenen Augen.

»So …«, sagte Inez, um Meja zum Erzählen zu bringen.

»In letzter Zeit war alles etwas viel … Es tut mir wirklich schrecklich leid. Hier mit meinem ganzen Leben im Gepäck aufzulaufen und dann noch Ihre Dusche zu benutzen … Das geht wirklich weit über das hinaus, was ich hier als Putzhilfe zu tun habe. Ich verspreche, bis morgen bringe ich das in Ordnung.«

Meja nahm einen Schluck heißen Tee und sah so zerknirscht aus, dass Inez sie fast in den Arm genommen hätte. Aber nur fast.

»Wollen Sie uns nicht vorstellen?«, sagte sie stattdessen.

Verdutzt blickte Meja auf. Inez sah auf den Käfig.

»Ach so.« Sie stand auf und nahm das kleine nackte Tier heraus. Inez musste an sich halten, um keinen galligen Kommentar abzugeben.

»Sie heißt Ingrid«, sagte Meja. »Ein Nacktmeerschweinchen.«

»Ingrid?«

»Ja … nach Ingrid Bergman.« Meja sank wieder auf den Stuhl, jetzt mit Ingrid auf dem Schoß.

»Das war meine allerschönste Kindheitserinnerung. Meine Mutter und ich haben jede unter einer Wolldecke auf dem Sofa gesessen und einen alten Spielfilm nach dem anderen angeschaut. Sie hat sich Wein eingeschenkt, und ich habe Himbeersaft bekommen, auch im Weinglas, und selbst gemachtes Popcorn. Am liebsten haben wir dann Ingrid-Bergman-Filme angeschaut. Eigentlich war sie die Lieblingsschauspielerin meiner Mutter, aber ich habe diese Stunden so geliebt, dass ich auch ein Ingrid-Bergman-Fan geworden bin.«

Inez wollte etwas erwidern, doch sie sah Mejas Unterlippe zittern und begriff, dass das Thema Mutterbeziehung wohl gerade sehr heikel war. Aber trotzdem musste sie in Erfahrung bringen, in welcher Lage sich Meja gerade befand.

»Und … Sie haben Ihre Siebensachen jetzt gepackt, um von etwas *weg*zugehen, nicht um zu etwas *hin*zugehen, oder?«, fragte Inez.

»Ja. So könnte man es sagen.«

»Und Sie wissen jetzt nicht, wo Sie hin sollen?«

Meja zögerte kurz, doch dann schüttelte sie den Kopf.

»Also«, sagte Inez, stand auf und stellte sich an die Treppe. Sie zeigte mit dem Finger nach oben. »Da oben gibt es ein Gästezimmer mit einem fantastischen Meerblick. Ich benutze es eigentlich nie. Dem Haus tut es nicht gut, wenn Zimmer leer stehen, also würden Sie ihm und mir einen Dienst erweisen, wenn Sie hier übergangsweise wohnen würden. Bis Sie wissen, wohin.«

Sehnsüchtig blickte Meja hinauf, doch sie schüttelte gleichzeitig den Kopf. »Nein, das kann ich wirklich nicht annehmen.«

»Doch, Meja. Das können Sie.«

»Aber meine Arbeit …«

»Wissen Sie was? Rufen Sie da an, und kündigen Sie, es ist doch sowieso nur eine Übergangslösung. Und dann stelle ich Sie als meine Assistentin an – und zwar richtig.«

»Das können Sie doch nicht machen …«

»Denken Sie nicht, dass Sie hier ein Luxusleben erwartet. Sie kriegen schon zu tun. Ich muss ein Buch fertig schreiben und könnte Hilfe beim Kochen, beim Ausmisten der Bücher und beim Vorlesen meines Manuskripts gebrauchen. Und wenn Sie es auch noch schaffen würden, das Unkraut zwischen den Platten draußen zu entfernen, würden Sie Sverker und Filip sehr glücklich machen. Mir ist das völlig wurscht – Grün ist Grün, finde ich.«

Meja überlegte kurz, doch Inez konnte ihr ansehen, dass die Entscheidung längst gefallen war.

»Sie müssten natürlich keinen Lohn auszahlen, ich wäre mit Kost und Logis schon vollkommen zufrieden«, sagte Meja zaghaft.

»Meine Liebe, Sie verkaufen sich unter Wert. Ich werde alles ordnungsgemäß abwickeln und einen angemessenen Lohn und Beiträge in die Rentenkasse einzahlen.«

Meja schluckte und sah wieder zur Treppe.

»Okay … für den Übergang.«

»Sie haben eine Kündigungszeit von einem Monat«, sagte Inez und zwinkerte. »Dann ziehen Sie jetzt mal ein. Wir haben nämlich noch einiges zu tun.«

Meja beförderte ihren Koffer, die Sporttasche, den großen Käfig und Ingrid im Transportkäfig nach oben. Inez hörte, wie sie ihre Sachen verstaute. Und es klang, als würde sie mit diesem sonderbaren Nacktmeerschweinchen sogar reden.

Sie ging wieder hinaus auf die Veranda, um mit ihren Atemübungen fortzufahren, bei denen sie von Mejas Ankunft unterbrochen worden war, als das Handy in ihrer Tasche plötzlich laut klingelte. Sie stöhnte auf, nahm das Gespräch an und hielt sich das Telefon ans Ohr. »Ja?«

»Mama, so kannst du dich doch nicht am Telefon melden, das klingt total unfreundlich.«

Inez zuckte mit den Schultern.

»Was machst du?«, fragte Amelia.

Inez warf einen Blick hoch zum Balkon, der ans Gästezimmer grenzte. Offenbar räumte Meja da gerade ihre Sachen aus.

»Ich schaffe Ordnung.«

»Immer noch? Diese Putzhilfe bringt ja offenbar nicht viel.«

»Doch, doch. Sie arbeitet gut. Ab heute werden wir sogar noch besser vorankommen, denn sie zieht gerade hier ein.«

»Sie zieht bei dir ein? Warum?«

»Weil sie vorübergehend keine eigene Wohnung hat.«

Amelia murrte. »Das passt aber gar nicht zu dir, schützend deine Flügel auszubreiten. Was versprichst du dir davon?«

Inez holte tief Luft und pustete sie direkt in den Hörer wieder aus.

»Was tust du da?«, fragte Amelia ungehalten.

»Tief atmen. Ist gut für die Gesundheit.«

Sie hörte, wie ihre Tochter stöhnte. »Okay. Ich wollte mich nur erkundigen, ob bei dir alles in Ordnung ist. Scheint ja der Fall zu sein.«

»Absolut.«

Amelia schwieg einen Moment, dann fügte sie hinzu: »Ruf an, falls du etwas brauchst.«

»Mach ich.«

Inez steckte das Handy wieder in ihre Jackentasche und holte noch einmal ganz tief Luft. Doch das Gespür für ihre Atmung war ihr durch die Unterbrechung abhandengekommen, jetzt funktionierte es nicht mehr. Hatte ihre Tochter nicht auffällig müde und gereizt geklungen? Inez hätte eigentlich auch Amelia fragen müssen, wie es ihr ging. Vielleicht war es eine Idee, Cristy anzurufen und nachzufragen. Wenn Amelia Probleme hatte, würde sie auf jeden Fall Bescheid wissen. Inez hatte es immer als beruhigend empfunden, dass Amelia Cristy so viel anvertraute, wenn auch … eigentlich Inez ihre Mutter war.

Sie dachte an Meja und deren Beziehung zu ihrer Mutter. Inez musste gar nicht viel wissen, ihr war klar, dass es da offene Wunden gab, die nicht verheilt waren. Bei Amelia und ihr war das hoffentlich nicht so schlimm? Sie waren doch eigentlich ganz gut miteinander klargekommen? Ja, für Inez hatte die Arbeit an erster Stelle gestanden, aber hätte Amelia wirklich mit einer Mutter aufwachsen wollen, die wie Mejas Mutter vollkommen verbittert war? Wohl kaum. Das Problem war, dass sie sich heute an verschiedene Ereignisse erinnerten. Inez dachte gern an all die Feste, bei denen Amelia im Mittelpunkt gestanden hatte, weil alle sie mit ihrer etwas altklugen Art so süß gefunden hatten. Sie musste an die vielen Reisen denken, bei denen ihr Töchterlein mit dem Kopf auf ihrem Schoß eingeschlafen war und, wenn sie aufgewacht war, schlaftrunken aus dem Fenster geschaut und gefragt hatte, in welchem Land sie gerade waren. Sie dachte an die Situationen, wenn Amelia auf Cristys Schoß gesessen und ein Bilderbuch angeschaut hatte, während Inez ihr ihre neuen Ideen für Spannungskurven und Charaktere präsentiert hatte.

Amelia hingegen erinnerte sich nur daran, wie allein sie sich immer gefühlt hatte.

Inez seufzte und ging wieder ins Haus. Für heute war es gut mit ihren Atemübungen. Sie nahm sich selbst das Versprechen ab, besser darin zu werden, mit ihrer Tochter zu reden, und nicht zu vergessen nachzufragen, wie es ihr ging. Doch erst musste sie dieses Buch fertig schreiben.

Inez ging in die Küche und holte zwei Portionen Hühnchen aus ihrem Vorrat. Sie wärmte sie in der Mikrowelle auf und schrieb Meja eine SMS, dass das Essen fertig war, und fragte, ob sie eine Lieblingssoße habe. Die Antwort lautete »Béarnaise«. Inez wärmte also die Béarnaise-Soße auf, gab sie über das Huhn und den Reis und deckte den Esstisch im Wohnzimmer. Dann setzte sie sich hin und wartete.

Die Treppe knarrte laut, als Meja herunterkam. Sie nahm gegenüber von Inez Platz.

Sie aßen schweigend. Inez gefiel das, Meja hatte kein Bedürfnis, die Lücken in der Konversation mit Worten zu füllen. Sie konnte einfach so dasitzen. Ganz still sein.

Nach dem Essen räumte Meja die Teller ab, Inez stand auf und holte die blaue Mappe. Als Meja zurückkam, schob sie sie über den Tisch.

»Sind Sie in der Lage zu lesen?«

Meja nickte und zog das oberste Blatt Papier heraus, doch anstatt anzufangen, sah sie Inez an.

»Warum haben Sie mir erzählt, dass Sie an dem Ort, wo der Roman spielt, noch nie gewesen sind? Sie haben da sogar gewohnt!«

Inez blinzelte Meja an. Wie hatte das Mädel das rausbekommen?

»Andreas hat mir erzählt, dass Sie am Wochenende in Kobbholmen waren, und er wusste auch, dass Sie dort mal gewohnt haben.«

»Andreas?«

»Ja, wir sind uns in der Stadt über den Weg gelaufen.«

»Na so was«, sagte Inez und lächelte.

»Jetzt haben Sie aber meine Frage noch nicht beantwortet«, sagte Meja.

»Nein«, erwiderte Inez. »Und das werde ich auch nicht tun. Nicht jetzt.«

Sie wies auf die Mappe.

Meja seufzte und begann zu lesen.

1974

Wir glaubten, unsere Freundschaft würde für immer sein. Dass es anders kam, war meine Schuld. Ich glaube, in mir war der Drang sehr stark, erwachsen zu werden. Ich trat eine neue Stelle in einem Büro an und verliebte mich in einen Mann. Diese Gefühle vereinnahmten mich komplett. Mathilda sagte nicht viel dazu, aber sie lächelte, als die Beziehung gescheitert war und ich wieder in jeder freien Minute mit ihr raus aufs Meer fuhr, so wie früher.

Nach einer Weile tauchte ein neuer Mann in meinem Leben auf. Und dann kam Nikolas. Er war vierzehn Jahre älter als ich, viel herumgekommen und wirklich erwachsen. Wir lernten uns auf einer Party bei einem Kollegen von mir kennen. Er war der Erste, der mir ins Auge fiel, als ich den Raum betrat. Und den ganzen Abend lang sah er nur mich. Ich habe meinen damaligen Freund für ihn verlassen und wunderte mich, dass er sich mit seinem Charisma und seinem Status überhaupt für mich interessierte.

Ich war bis über beide Ohren verliebt und konnte kaum über etwas anderes reden, wenn ich mich mit Mathilda traf. Nikolas hat dies, Nikolas hat das. Mathilda war er auf Anhieb unsympathisch, das konnte ich an der Falte auf ihrer Stirn erkennen, wenn wir uns in der Stadt über den Weg liefen. Auf der anderen Seite mochte Nikolas

Mathilda auch nicht. Was eigentlich nicht verwunderlich war. Sie waren wie zwei Gegenpole, Mathilda stand für die Freiheit, Nikolas für die Zweisamkeit. Und damit meine ich Zweisamkeit wortwörtlich.

Am Anfang fühlte ich mich noch geschmeichelt, wenn Nikolas meine Hand vor Eifersucht ganz fest hielt, weil mich ein anderer ansah. Oder wenn er nicht wollte, dass ich mich mit Freunden traf. Doch Mathilda fing an, sich Sorgen zu machen, und riet mir schon bald, kein Anker am falschen Boot zu werden. Das Risiko bestand, dass ich nie mehr wieder von ihm loskommen würde und mein Leben nicht mehr in meiner Hand lag. Im Grunde wusste ich, dass sie recht hatte, doch ich hielt mit dem Vorwand, dass sie nur eifersüchtig war, weil sie keinen Mann fand, stur dagegen. Und da wurde das Band zwischen uns so stark gedehnt, dass es zerriss und Mathilda aus meinem Leben verschwand.

Ich ließ mir keine Zeit, um die verlorene Freundschaft zu trauern, denn Nikolas' Liebe zu mir blühte daraufhin auf. Er lud mich zum Essen ein, machte mir Geschenke und überhäufte mich mit Komplimenten. Ich verschloss die Augen vor dem Muster, das da bereits sichtbar wurde. Immer wenn ich Freunden, die fragten, ob ich sie besuchen komme, absagte oder Kollegen, die in eine Kneipe gingen und mich mitnehmen wollten, einen Korb gab, benahm sich Nikolas wie der Mann, in den ich mich verliebt hatte. Aber was würde an dem Tag geschehen, an dem ich zusagte?

Meja

In Inez' Gästezimmer gab es weder Bücherstapel noch Papierberge. Die Wände waren in einem graublauen Ton gestrichen, einer Farbe wie das Meer, die Möbel dunkelbraun wie der Blasentang, und der Bettüberwurf war cremefarben wie der Sandstrand. Auf dem Schreibtisch, einem Möbelstück im klassizistischen Stil, lagen ein Schreibblock, ein Stift und ein paar Muscheln. Vorsichtig zog Meja an dem Messinggriff, der an der zierlichen Schublade saß. Sie war abgeschlossen. Meja blickte auf und sah das Meer.

Sie öffnete die Balkontür und trat hinaus. Von hier aus konnte sie Violas Bank sehen. Kaum zu glauben, dass sie am frühen Morgen noch wie ein angeschossenes Tier dort gehockt und gefroren hatte. Bei dem Gedanken lief ihr ein Schauer über den Rücken, und sie wollte gerade wieder hineingehen, da erschien Andreas nebenan auf seinem Balkon. Er lehnte sich über die Brüstung zu ihrer Seite hin.

»Schönen guten Abend«, sagte er und grinste.

»Schönen guten Abend«, erwiderte Meja und verzog die Mundwinkel. Klang schon ein bisschen altmodisch.

»Morgen werden wir wieder gutes Wetter haben«, sagte er.

»Woher willst du das wissen?«

»Kann ich dem Himmel ansehen. Hinter diesem Grau und den schweren Wolken ist er richtig schön, friedvoll und blau. Eine Vorahnung dessen, was kommt.«

Meja ließ ihren Blick auf der Suche nach etwas Friedvollem über den Himmel wandern.

»Gehts dir heute besser?«, fragte er.

Meja nickte. »Was ein Makronentörtchen so alles bewirken kann.«

Andreas musste lachen. »Bis bald.« Er schob die Hände in die Hosentaschen und ging wieder hinein.

Meja nickte, doch blieb noch eine Weile draußen stehen. Sie dachte an das letzte Kapitel, das sie vorgelesen hatte. Inez' Geschichte hatte mit dem Auftauchen von Nikolas eine völlig neue Richtung bekommen. Einerseits wollte sie gern weiterlesen, andererseits machte ihr diese unerwartete Wendung auch Angst.

In ihrer Tasche brummte ihr Handy. Sie nahm es heraus. Acht verpasste Anrufe. Einer von ihrer Mutter. Sieben von Johan. Sie hörte die Mobilbox ab: *Kannst du mich bitte mal zurückrufen oder wenigstens eine SMS schreiben. Ich habe bei Susanne angerufen, weil du nicht rangegangen bist, und sie hat gesagt, du bist gar nicht mehr bei ihr, aber kommst wohl am Freitag wieder. Sie war sich aber nicht sicher, weil sie gemeint hat, ihr seid im Streit auseinandergegangen. Und dann hab ich bei dir im Büro angerufen, und die haben gesagt, du hast gekündigt. Ruf mich bitte an. Ich mach mir Sorgen.*

Meja ging zurück ins Zimmer. Inez würde die beiden vermutlich mal eine Weile zappeln lassen. Und genau das hatte sie auch vor.

Sie öffnete Ingrids Käfig und gab ihr ein Stück Mohrrübe, die sie aus Inez' Kühlschrank stibitzt hatte. »Jetzt wird doch noch alles gut, Ingrid. Brauchen wir Johan? Oder Mama? Nein.«

Am darauffolgenden Morgen erwachte sie ganz benebelt nach einer Nacht mit wilden Träumen. Sie setzte sich auf die Bettkante und zuckte, als ihre Füße den kalten Boden berührten. Über dem Sund lag der Nebel wie ein zarter Schleier. Sie warf einen Blick auf ihr Smartphone. So abgebrüht wie gestern war sie heute nicht mehr. Langsam tippte sie doch eine Nachricht an Johan ein. *Alles okay, musst dir keine Sorgen machen.* Sie verspürte einen Stich im Magen, dieser Verlust tat weh. So schlecht war ihre Beziehung doch auch nicht gewesen?

Sie seufzte. Jetzt sollte sie in den Tag starten. Was dieser Donnerstag bringen würde? Sie hatte nicht die geringste Ahnung.

Sie verließ das Gästezimmer und ging die Treppe hinunter. Inez kam gerade von draußen ins Wohnzimmer.

»Guten Morgen«, sagten sie fast gleichzeitig.

Dann ging Inez in die Küche und kochte Kaffee. Meja hatte den Eindruck, dass Inez heute besser lief als gestern. Es dauerte nicht lange, dann tauchte sie mit zwei Tassen und ein paar Scheiben Toast mit Käse und Marmelade wieder auf. Meja frühstückte und fummelte gleichzeitig an ihrem Handy herum, war aber überhaupt nicht bei der Sache.

Nach einer halben Stunde sagte Inez: »Ziehen Sie einen Badeanzug an. In zehn Minuten treffen wir uns draußen am Gartentor.«

»Badeanzug?« Meja sah aus dem Fenster. Der Morgen

war jung, es dämmerte noch. Sie schüttelte sich. »Ich bade nie im Meer.«

Doch Inez war bereits aufgestanden und nun dabei, Teller und Tassen abzuräumen. Jetzt blieb sie auf dem Weg ins Badezimmer stehen, sah Meja an und zeigte auf ihre Uhr. »In zehn Minuten.«

Meja biss die Zähne zusammen. Sollte ihr Job hier bei Inez so aussehen? Und musste sie wirklich jede Anweisung befolgen?

Mit schwerfälligen Schritten stieg sie die Treppe hinauf, kramte den Badeanzug aus dem Koffer – warum sie überhaupt einen besaß, obwohl sie nie baden ging, war ihr ein Rätsel – und warf sich den Bademantel über.

Meja hatte vor den Strömungen, die es hier im Meer gab, richtig Angst. Als sie sechs Jahre alt war, hatte es sie einmal erwischt. Sie konnte sich noch erinnern, wie das Wasser sie herumgewirbelt und nach unten gezerrt hatte, und genau in dem Moment, als es ihr gelungen war, hochzukommen und nach Luft zu schnappen, hatte die Strömung ihr die Beine wieder weggerissen. In der Tiefe hatte sie versucht, dagegen anzukämpfen. Doch erst, als ein Mann ihre Notlage bemerkte und sie glücklicherweise hochzog, war sie gerettet. Er nahm sie auf den Arm und trug sie zu Susanne. Ihre Mutter hatte am Strand gesessen und gelesen und nur gelacht, als der Mann ihr erzählte, dass Meja mit dem Schlauchboot gekentert sei. Dann hatte sie Meja in ein Badetuch eingewickelt und sie mit schroffem Ton angeherrscht, endlich mit dem Geheule aufzuhören. Es sei doch nichts passiert. Seitdem machte Meja einen großen Bogen ums Meer.

Inez stand schon ungeduldig am Gartentor und wartete

auf sie. Doch anstatt dann links auf den kleinen Pfad abzubiegen, auf den Weg, der zum Steg führte, ging sie nach rechts. Sie kamen an dem Nadelwäldchen vorbei, wo Meja immer den Wagen geparkt hatte, und liefen weiter durch den hohen Strandhafer, der sich im Wind wiegte.

Erst da, wo Bänke, eine Infotafel und ein Fernrohr standen, machte Inez halt.

»Grollegrund«, sagte sie. »Ein Naturreservat.« Sie legte den Bademantel ab und stand mit einem Mal in einem dunkelblauen Badeanzug mit großen weißen Punkten da. Ungeniert lief sie zum Fernrohr und sah hindurch. »Schauen Sie mal«, sagte sie und machte Meja Platz.

Meja, die sich nur ungern entblößte, behielt ihren Bademantel an, doch beugte sich dann auch zum Okular des Fernrohrs. Auf den Steinen draußen im Wasser konnte sie ein paar Robben erkennen, die sich aalten.

»Wow«, sagte sie und drehte sich zu Inez um. »Ich wusste gar nicht, dass es hier Seehunde gibt.«

Inez wollte, dass sie ihr folgte, also zog Meja ihren Bademantel nun doch aus. Als sie dann über die Steine zum Wasser balancierten, hielt Inez sich an Mejas Arm krampfhaft fest. Die Meeresvögel protestierten kreischend und verzogen sich.

»Ist das nicht Gift für Ihre Hüfte?«, fragte Meja, die sich gezwungen sah, mitzukommen, um sie zu stützen und festzuhalten, falls sie ausrutschte. »Das Wasser ist außerdem ganz schön kalt.«

Ein Stückchen weiter lagen auf dem Meeresboden keine Steine mehr, da war Sand. Das Wasser wurde tiefer und tiefer. Mejas Oberschenkel streiften das sanft wogende Seegras.

»Wenn es tief wird, mag ich nicht mehr baden«, sagte sie.

»Ich auch nicht«, sagte Inez. »Ich habe immer den Kopf über Wasser, und ich tauche oder schnorchle auch nicht. Dann hyperventiliere ich nämlich gleich. Eigentlich schade, denn die Welt unter Wasser ist großartig.«

»Aber dann können wir doch jetzt auch hier baden?«, sagte Meja und versuchte, Inez zurückzuhalten.

Inez ging noch ein kleines Stückchen weiter, stieß sich dann mit den Füßen ab und fing an zu schwimmen. Meja biss die Zähne zusammen und schwamm hinterher. Gerade als sie Inez zurufen wollte, nicht weiter hinauszuschwimmen, gab Inez ein ganz eigenartiges Geräusch von sich. Sie klang wie ein Seehund.

Meja schwamm mit schnellen Zügen zu ihr.

Als Inez den Laut noch einmal ausstieß, musste Meja so sehr lachen, dass sie kaltes Wasser schluckte und husten musste. Da vergaß sie völlig, wie die Schwimmbewegungen gingen. Und sie waren jetzt so weit draußen, dass ihre Füße nicht mehr auf den Grund kamen. Meja ruderte wild mit den Armen.

»Ich muss …«, brachte sie nur noch heraus, dann ging sie unter.

Und da überkam sie dieselbe Panik wie damals, als sie sechs gewesen war und die Strömung sie nach unten gezogen hatte. Je mehr sie versuchte, nach oben zu kommen, desto tiefer sank sie. Oh Gott.

Mit einem Mal kam ein dunkler Körper auf sie zugeschwommen. Meja blickte geradewegs in ein braunes Augenpaar. Wie gelähmt starrte sie das Tier an. Die Robbe tauchte unter sie und trug sie hoch an die Wasseroberfläche. Dann verschwand sie wieder. Erst kurz vor der Insel war sie wieder zu sehen, wo sie sich ein Weilchen auf dem Rücken treiben ließ, dann schwamm sie an Land.

Meja keuchte und paddelte mit den Füßen. »Danke«, flüsterte sie.

Amüsiert lächelte Inez sie an und nickte ihr zu, zum Strand zurückzukehren. Mejas Beine zitterten so sehr, dass Inez sie festhalten musste, nicht umgekehrt.

»Was war das denn?«, flüsterte Meja, zog ihren Bademantel über und ließ sich entkräftet auf eine Bank fallen.

»Ich hatte mal eine Freundin, die oft mit den wilden Robben im Meer war«, sagte Inez.

»Mathilda?«, fragte Meja. War es nicht in dem Textstück, das sie gelesen hatte, als ihr die Mappe auf den Boden gefallen war, darum gegangen?

Inez lachte auf. »Ich habe doch gesagt, mein Roman ist keine Autobiografie.«

»Dann sind Sie gut darin, Geschichten zu erfinden.«

»Ja sicher. Ich bin schließlich Schriftstellerin. Es ist mein Job, mir Geschichten auszudenken. Aber wie auch immer, sie hat mir diesen Laut beigebracht. Wie gut, dass ich ihn richtig hingekriegt habe, hier gibt es nämlich auch Katzenhaie.«

»Wie bitte? Haie?«

Inez nickte und grinste zufrieden. Sehr amüsant, ihr das erst *hinterher* zu erzählen.

Sie machten sich auf den Rückweg und trafen nur wenige Leute, die ihre Hunde ausführten. Kurz vor dem Haus kam ihnen Sverker entgegengeeilt. Er winkte gut gelaunt, als er die beiden erblickte.

»Unser erster Urlaubstag!«, rief er. »Ich feiere ihn mit

einem Morgenspaziergang und Filip damit, dass er ausschlafen kann. Gegensätze ziehen sich an.« Er lachte. »Und ihr habt den Tag mit einem Bad im Meer begonnen?«

Inez nickte.

»Zur Feier des Urlaubs wollen wir heute Abend eine Flasche Sekt aufmachen, vielleicht kommt ihr rüber?«, fragte er.

»Vielleicht«, sagte Inez und ging einfach weiter.

Meja beobachtete, wie Sverker ihr hinterhersah, und fragte sich, warum Inez ihm gegenüber immer so abweisend war, wohingegen er sie stets gut gelaunt und freundlich ansprach.

Als sie zurück waren, ging Meja unter die Dusche und setzte sich danach zu Inez ins Wohnzimmer. Sie sah aus, als hätte sie etwas auf dem Herzen.

»Ich möchte Sie bitten, etwas für mich zu tun«, sagte sie schließlich.

»Was denn?«, fragte Meja.

»Ich möchte, dass Sie Fotos machen.«

»Was soll ich denn fotografieren?«

»Das alles hier. Ich möchte, dass Sie unsere Arbeit dokumentieren.«

»Okay …« Meja begriff nicht recht, wie sie das verstehen sollte.

»Und?« Inez fuchtelte mit der Hand durch die Luft.

»Wie? Jetzt gleich?«

»Ja, natürlich!«

Meja lief die Treppe hinauf ins Gästezimmer, holte die Kamera aus dem Koffer und richtete das Objektiv auf den Sund aus. Inzwischen hatte sich der Nebel verzogen und einem strahlend blauen Himmel Platz gemacht. War sie wirklich da rausgeschwommen und von einer Robbe wieder an die Wasseroberfläche getragen worden? Ihr war, als hätte sie das alles nur geträumt. Wenn sie mit Inez zusammen war, kamen ihr Zeit und Raum manchmal ganz anders vor. Es war alles so unwirklich.

Meja trat auf den Balkon, machte ein Foto, blickte hinunter und sah Inez auf der Veranda stehen. Sie hielt die Augen geschlossen und das Gesicht in den Himmel. Meja schoss noch ein Foto. Friedlich und blau. Genau wie Andreas es gestern vorhergesagt hatte.

Als Meja wieder ins Wohnzimmer kam, war Inez auch bereits hereingekommen und saß schon in ihrem Sessel. Meja nahm Platz und sah auf dem kleinen, runden Tisch die blaue Mappe liegen. Meja machte auch davon ein Foto, dann schob Inez das Manuskript zu ihr hinüber. Meja nahm die erste Seite, holte tief Luft und begann zu lesen.

1974

Wie so oft, Mathilda hatte recht. Ich wurde der Anker am falschen Boot. Nikolas' Boot. An seinen schweren Koloss gekettet, hatte ich keinen Einfluss mehr, in welche Richtung es ging. Meine Welt und mein Selbstwertgefühl schrumpften. Im Nachhinein konnte ich nur staunen, wie rasch dieser Verfall vor sich ging. Wie rasch seine Gewaltausbrüche mein Leben bestimmten.

Ich hatte solche Sehnsucht nach Mathilda, dass es wehtat. Schließlich musste ich etwas unternehmen, um wenigstens einen Blick auf sie zu ergattern, sie fehlte mir wie die Luft zum Atmen. Deshalb ging ich eines Tages zu den Felsen an der Bucht und beobachtete, im Gebüsch gut versteckt, wie sie mit dem Boot raus aufs Meer fuhr. Meist an den Samstagen und Sonntagen, wenn Nikolas am Vorabend gefeiert hatte und seinen Rausch ausschlief. Diese Partys, die ich am Anfang unserer Beziehung so spannend gefunden hatte, waren mal mein Verhängnis, mal meine Freiheit. Wenn er betrunken war, schlug er mich, aber meine Zeit kam, wenn er seinen Rausch ausschlief. Also hockte ich da und sah zu, wie Mathildas Kahn friedlich hinausfuhr in den Tag auf dem Meer.

Mathilda war schon immer anders als andere gewesen, es war, als hätte sie einen siebten Sinn. Sie spürte Dinge einfach. Und eines Tages machte sie sich wie immer mit ihrem Kahn auf den Weg, doch drehte, als sie ein Stückchen hinausgerudert war.

Sie ruderte aufs Land zu, legte an, sprang aus dem Boot und begann, den kleinen Weg heraufzusteigen, der genau zu meinem Versteck führte. Mein Puls schlug so schnell, dass man fast an den Felswänden ein Echo gehört hätte. Sie brauchte nur ein paar Minuten, dann war sie durch das Gehölz heraufgestiegen. Und da saß ich, wie angewurzelt hockte ich im Gebüsch und starrte sie an. Sie sagte nichts. Kein Wort. Sie kam nur geradewegs auf mich zu, streichelte mir liebevoll über das blaue Auge, das Nikolas mir am Vorabend verpasst hatte, nahm mich in die Arme und wiegte mich lange, so lange, bis meine Tränen versiegten. Dann ging sie wieder hinunter zu ihrem Boot.

Bevor sie die Landzunge umrundete, fuhr sie noch einmal herum und winkte. Auch ich hob die Hand, und mit dieser kleinen Geste hielt das Leben wieder Einzug. Mathildas Atem war wieder einmal mein Sauerstoff, und ihre Umarmung heilte mich.

Meja

Inez sah müde aus, als Meja dieses traurige Kapitel vorgelesen hatte, trotzdem ging sie wieder in ihr Zimmer, um weiterzuschreiben. Meja blieb betreten zurück, sie hatte keine Ahnung, was jetzt von ihr erwartet wurde. Um die Mittagszeit klopfte sie an die Tür von Inez' kombiniertem Schlaf- und Arbeitszimmer, um zu fragen, ob sie jetzt mittagessen wolle, doch sie erhielt keine Antwort. Vorsorglich wärmte sie das Hühnchen mit Reis auf und entschied sich für die Soße mit dem grünen Pfeffer. Sie selbst aß auch eine Portion, und Inez stellte sie den Teller mit dem Essen auf einem Tablett vor die Zimmertür. Dann holte sie sich neue Buchstapel und Papierberge und sortierte alleine weiter.

Am Nachmittag räumte sie das Tablett wieder ab, Inez hatte es nicht angerührt. Nur die Kaffeetasse war weg. Meja klopfte wieder, doch sie bekam auch diesmal keine Antwort. Dann ging sie in die Küche und räumte auf, goss den Kaktus und setzte sich wieder in den Sessel.

Am Abend klopfte es an der Verandatür. Dieses Geräusch war so ungewohnt, dass Meja zusammenschreckte. Sie ging an die Tür und kippte die Jalousien leicht, um nachzusehen, wer da stand. Sverker. Mit einem Strauß Veilchen in der Hand.

Meja machte die Tür nur einen Spaltbreit auf. Sie hatte

das eindeutige Gefühl, dass es Inez nicht gefallen würde, wenn Sverker in ihr Haus hineinsehen konnte.

»Ich wollte nur mal nachfragen, ob ihr jetzt Lust habt auf ein Gläschen Sekt, um den ersten Urlaubstag mit uns zu feiern?«, fragte er und reckte neugierig den Hals.

»Oh … im Moment ist es wohl eher ungünstig.«

»Warum?«, fragte Sverker.

»Inez arbeitet«, sagte Meja.

Sverkers Augen wurden größer.

Meja schluckte. »Oder na ja, sie arbeitet nicht wirklich … sie beantwortet Fanpost … Aber vielleicht passt es an einem anderen Abend.«

Meja wusste, dass sie grottenschlecht im Lügen war. Sverker überreichte ihr die Veilchen.

»Aber die kannst du ihr doch geben, wenn sie mit ihrer Arbeit fertig ist. Dann machen wir unseren Sektumtrunk eben an einem anderen Tag.«

»Ja, gern, vielen Dank«, sagte Meja und nahm die Blumen, immer noch darauf bedacht, die Tür nicht weiter zu öffnen als unbedingt nötig. Als Sverker gegangen war, schloss sie die Tür und lief mit den Blumen in die Küche. Schweren Herzens ließ sie den schönen Strauß im Mülleimer verschwinden. Inez würde ihn nicht wollen, so viel stand fest.

Sie kochte Inez eine Tasse Tee, stellte sie ihr vor die Tür und klopfte behutsam. Dann ging sie wieder ins Wohnzimmer. Ein paar Minuten später hörte sie, wie Inez' Tür geöffnet und wieder geschlossen wurde.

Meja fotografierte ein paar Bücherstapel und den trostlosen Kaktus, und dann setzte sie sich wieder hin und wartete darauf, dass Inez ihre Arbeit für heute beendete.

Doch sie kam einfach nicht aus ihrem Zimmer. Als es elf Uhr abends war, ging Meja ins Gästezimmer und legte sich schlafen.

Der Freitag verlief genauso. Meja wusste jetzt, dass Inez hinter ihrem Schlafzimmer noch über ein kleines Bad verfügte, deshalb sah sie sie den ganzen Tag lang nicht. Alles, was sie von Inez hörte, war das Klicken der Tastatur.

Meja räumte weiterhin Bücher auf und unternahm mit ihrem Fotoapparat lange Spaziergänge am Strand. Zu Hause kippte sie alle Jalousien, um das Licht hereinzulassen. Das warme Essen, das sie Inez vor die Tür stellte, blieb wieder unangerührt, daher versuchte es Meja mit einem Toastbrot und Obst. Das funktionierte.

Der Freitag ging in den Samstag über, und der wurde auch nicht anders. In der Nacht war Meja mehrmals hinuntergeschlichen, um zu horchen, ob Inez schlief. Das tat sie aber nicht. Gönnte sie sich denn nie eine Pause?

Erst am Sonntagabend war es still in Inez' Zimmer. Meja klopfte vorsichtig an. Keine Antwort. Sie hielt ein Ohr an die Tür. Jetzt wurde sie langsam unruhig. Bestimmt schlief Inez jetzt, aber trotzdem … Inez hatte tagelang kaum etwas gegessen, konnte sie kollabiert sein? Vorsichtig drückte sie die Klinke hinunter und öffnete die Tür.

Aus dem abgedunkelten Raum drang ein miefiger Geruch. Inez lag mit der Wange auf der Schreibtischplatte und schlief im Sitzen. Meja ging zu ihr und legte ihr die Hand auf die Schulter. »Inez«, flüsterte sie. Als Inez verwirrt den Kopf anhob, sah Meja, dass sie verschwollene Augen hatte, als hätte sie geweint. Meja nahm sie an der Hand, half ihr auf, führte sie langsam zu ihrem Bett und legte ihr eine Decke über, als sie lag.

»Brauchen Sie etwas? Einen Schluck Wasser?«

Inez nickte. Meja holte ihr ein Glas Wasser, gab es ihr zu trinken und stellte es dann halb leer auf den Nachttisch.

»Rufen Sie mich, wenn etwas ist. Ich schlafe heute Nacht drüben auf dem Sofa«, sagte Meja.

Inez schloss wieder die Augen. Meja ging hoch ins Gästezimmer, schlüpfte in ihr Nachthemd, zog noch eine Strickjacke von Inez über, die an einem Kleiderhaken hing, und trat hinaus auf den Balkon. Draußen atmete sie tief durch.

»Wie ich höre, besteht dein Leben immer noch aus Seufzern«, hörte sie eine Stimme ein paar Meter neben sich.

»Oh.« Sie lächelte erschöpft zu Andreas hinüber, der wieder auf dem Balkon stand. So hatte sie es formuliert, als sie zusammen im Fahlmans Kaffee trinken waren. »Das war ein anstrengendes Wochenende.«

»Echt?« Andreas beugte sich übers Geländer und blickte sie an.

In dem Moment erst spürte sie, wie viel Kraft sie die letzten zwei Tage gekostet hatten. Sie biss sich auf die Unterlippe. Ein Gefühl, als hätte sie genauso wenig geschlafen wie Inez. Sie war vollkommen ausgepowert und fühlte sich allein. Es tat gut, mit jemandem reden zu können.

»Kannst du etwas für dich behalten?«, fragte sie.

»Ja, kann ich.«

»Ich meine, ganz im Ernst. Es ist wichtig, dass das, was ich sage, unter uns bleibt. Für immer.«

»Okay«, sagte er mit Nachdruck.

»Wusstest du, dass Inez Schriftstellerin ist?«

»Nein, davon hatte ich keine Ahnung.«

»Sie ist ziemlich bekannt, hat aber vor fünfzehn Jahren aufgehört zu schreiben.« Sie hielt inne und blickte hinaus über den finsteren Sund, wo die Fähren, die nach Dänemark gingen, wie Glühwürmchen leuchteten.

»Jetzt hat sie wieder angefangen zu schreiben … es ist aber hochgradig geheim. Das Problem ist nur, dass sie tagelang am Stück schreibt und dabei kaum isst oder trinkt. Ich bin eben in ihr Zimmer gegangen. Sie sieht aus wie ein Wrack. Ich weiß, dass sie ungestört sein will, darauf besteht sie, aber was ist, wenn ihr etwas passiert? Dann werde ich zur Rechenschaft gezogen, weil ich sie über Tage in ihrem Zimmer habe sitzen lassen. Auf der anderen Seite kann ich sie auch nicht zwingen zu essen.«

Andreas nickte langsam. »Künstlerseelen. Die brennen. Mitunter so sehr, dass sie verbrennen. Das ist wohl auch der Grund, warum ich selbst nie davon geträumt habe, ein großer Künstler zu werden, sondern lieber Kunstlehrer geworden bin. Ich bin ein Mensch, der gern Strukturen hat und Dinge plant … einfach eine gewisse Ordnung braucht. Mir ist es wichtig, gut zu essen und gut zu schlafen. So groß ist das Feuer in mir nicht.«

Er grinste sie wieder so charmant von der Seite an. Etwas war an diesem Lächeln, dass Mejas Schultern sich langsam senkten.

Sie lehnte sich an die Brüstung. Natürlich hätte sie Andreas gar nicht erzählen dürfen, dass Inez Schriftstellerin war. Und schon gar nicht, dass sie jetzt ein neues Buch schrieb. Würde Inez das erfahren, dann würde sie Meja noch einmal hochkant rausschmeißen. Aber es tat so gut, endlich mit jemandem reden zu können.

»Und du versprichst mir, dass du niemandem davon erzählst?«

»Versprochen«, sagte er und lächelte.

»Jetzt sollte ich wohl versuchen, selbst ein paar Stunden zu schlafen, wenn sie schon schläft«, sagte Meja.

Andreas nickte und richtete den Blick wieder aufs Meer.

Meja ging hinein, kuschelte noch ein Weilchen mit Ingrid und lief dann runter ins Wohnzimmer. Da legte sie sich aufs Sofa, zog sich eine Wolldecke über die Beine und dachte darüber nach, was Inez im Zimmer nebenan in diesem Schreibrausch wohl zu Papier gebracht hatte. Sie hoffte sehr, dass Inez die Wahrheit gesagt hatte und die Geschichte wirklich frei erfunden war. Dass nicht Inez dort auf dem Hügel gesessen und auf Mathildas heilsame Nähe gewartet hatte.

Am darauffolgenden Tag erwachte sie von dem Geräusch, dass die Verandatür geschlossen wurde. Meja setzte sich im Bett auf und sah sich verschlafen um. Es dauerte einen Moment, bis sie sich erinnerte, dass sie sich auf Inez' Sofa schlafen gelegt hatte. Sie reckte und streckte sich, dabei fiel ihr Blick auf die Austernschale auf dem Couchtisch. Inez musste sie dort deponiert haben, bevor sie hinausgegangen war. Denn gestern Abend lag sie dort noch nicht.

Darin befand sich ein kleiner handgeschriebener Zettel. *Danke*

Meja strich mit der Hand über die unebene Schale. Jetzt gingen ihr die Ereignisse des Wochenendes wieder durch den Kopf. Ihre Sorge um Inez, die sich tagelang nicht hatte blicken lassen, und dann die Unterhaltung mit Andreas von Balkon zu Balkon. Sie hatte ihm von Inez' Buch erzählt. Frustriert begrub sie das Gesicht im Sofakissen. Hoffentlich hielt sich Andreas an sein Versprechen, im Gegensatz zu ihr.

So hockte sie noch da, als Inez wieder zurückkam. Meja legte das Kissen beiseite und sah Inez nur an. Sie wirkte gelassen und erholt und sah nicht im Entferntesten so verhärmt und fahl aus wie gestern, als Meja ihr ins Bett geholfen hatte.

Sie sprachen nichts. Inez ging in die Küche, und Meja hörte sie dort werkeln. Nach einer Weile tauchte sie wieder auf und brachte zwei Becher Kaffee und einen Teller mit belegten Broten mit. Sie setzte sich an den großen Eichentisch, der nun, nachdem Meja eingezogen war, von einer Tischdecke und einem Kerzenständer geziert wurde anstatt von Bücher- und Papierstapeln.

»Wir sind ein gutes Stück vorangekommen«, sagte sie und strich mit der Hand über das Tischtuch.

Meja nickte. Sie wollte eigentlich etwas zu den letzten Tagen sagen. Über ihre Angst, als Inez sich in ihrem Zimmer verschanzt hatte. Doch sie vermutete, dass für Inez das, was sie zu sagen hatte, mit dem Zettel in der Austernschale erledigt war. Meja nahm gegenüber von Inez Platz und griff nach einer Kaffeetasse.

»Dürfte ich Sie um einen Gefallen bitten?«, fragte Inez.

»Ja klar, ich bin schließlich Ihre Assistentin«, sagte Meja und versuchte ein Lächeln, doch es fiel ihr schwer.

»Ich müsste in die Stadt fahren und Schmerzmittel aus der Apotheke holen, aber das wird mir gerade alles etwas viel. Vielleicht würde es Ihnen auch Spaß machen, mal aus dem Haus zu kommen?«

Meja nickte. »Ich kann das gleich nach dem Frühstück erledigen.«

Inez trank ihren Kaffee aus und ging zu den Fenstern. Sie korrigierte alle Jalousien, die Meja am Vortag gekippt hatte, und sofort war es im Raum wieder dunkel. Dann knipste sie die Deckenlampe an und begann, Mejas Bücherstapel durchzusehen und ihre Sortierung zu überprüfen.

Meja ging ins Gästezimmer hinauf, zog sich um, gab Ingrid etwas zu essen und ein bisschen Wasser, und dann machte sie sich auf den Weg zum Bus.

Am Stadsteatern stieg sie aus und ging bis zur Kullagatan weiter. Die Geschäfte hatten gerade geöffnet, und viele Menschen waren unterwegs zu ihrer Arbeit, zur Schule oder um Einkäufe zu erledigen. Nach diesem Wochenende in Inez' Haus genoss Meja das Leben und die Geräuschkulisse in den Straßen viel bewusster als sonst. Sie spazierte langsam durch die Stadt, nahm sich Zeit, an den Schaufenstern vorbeizubummeln, und gelangte irgendwann zur Apotheke, wo sie die Tabletten für Inez kaufte. Beim Blick auf die Uhr stellte sie fest, dass sie gut in der Zeit lag und sich nicht beeilen musste.

Sie stand vor einem kleinen Café. Sie ging hinein. Der Duft von Kaffee und süßem Gebäck schlug ihr entgegen, als sie an der Theke einen Chai Latte bestellte. Am Fenster war noch ein Tisch frei. Sie setzte sich, aber gleich nach dem ersten Schluck senkte sich mit einem Mal ein Schatten über ihren Tisch.

»Meja?«

Sie blickte auf und sah in Johans hellblaue Augen.

»Warte kurz«, sagte er und lief vor, um sich auch einen

Kaffee zu bestellen. Dann setzte er sich zu ihr an den Tisch, ohne zu fragen, ob der Platz frei war.

»Wie geht's dir? Was machst du? Wo wohnst du?« Sein Tonfall war eine Mischung aus Sorge und Verärgerung.

Meja legte den Kopf leicht schräg. »Sind wir immer noch zusammen?«

»Wir haben eine Auszeit genommen … aber das bedeutet ja nicht, dass …«

Sie schnitt ihm das Wort ab. »Ich frage dich auch nicht, was du tagsüber machst.«

»Aber du weißt ja, wo ich bin und was ich tue, das kannst du doch nicht vergleichen. Du bist einfach abgehauen.«

»Keiner haut einfach ab …«

Er sah sie an. »Alles ist komplett schiefgegangen. Ich habe gedacht, du würdest ein paar Tage bei deiner Mutter wohnen. Aber wenn du keine Unterkunft hast, dann ist es natürlich okay, wenn du wieder bei mir bist. Übergangsweise.«

»Ich habe eine Unterkunft«, erklärte Meja kurz angebunden.

Plötzlich zog Johan die Augenbrauen hoch, der Groschen war gefallen. »Du wohnst bei der Schriftstellerin!«

Meja zuckte mit den Schultern.

»Aber weißt du …« Er legte seine Hand auf ihre.

Dieser mitleidsvolle Ton gefiel Meja gar nicht, sie zog ihre Hand schnell vom Tisch.

»Weißt du was«, sagte sie energisch. »Ich mag dich wirklich, und ich vermisse dich auch. Aber … die Auszeit ist vorbei. Du hast recht gehabt, unsere Beziehung plätschert nur noch vor sich hin. Wir haben uns einfach auseinandergelebt.«

Sie stellte die Kaffeetasse, noch halb voll, zurück aufs Tablett, brachte es zur Theke und kam zurück zum Tisch, um ihre Jacke zu holen.

»Aber ich wünsche dir alles Gute. Irgendwann läuft man sich bestimmt wieder über den Weg«, sagte sie, und mit diesen Worten verließ sie das Café.

Ihr Herz klopfte so heftig, als sie in den Bus einstieg, dass sie dachte, es würde zerspringen. Hatte sie jetzt richtig Schluss gemacht? Gab es sie zusammen jetzt nicht mehr, gab es jetzt nur noch sie allein?

Inez stand mit verschränkten Armen auf der Veranda und sah hinaus aufs Meer, als Meja zurückkam. Es war ein sehr friedlicher Anblick. Meja ging ohne ein Wort zu ihr und stellte sich neben sie.

»Sie haben gerade eine wichtige Entscheidung getroffen«, sagte Inez, ohne sie dabei anzusehen.

Meja nickte. »Ja, jetzt gibt es nur noch mich.«

»Das ist gar nicht ›nur‹«, erwiderte Inez. »Fangen Sie mal an, Ihr *Ich* ernst zu nehmen.«

Meja nickte und blieb noch stehen, als Inez schon ins Haus ging.

Ich, dachte sie. Wer bin ich?

Inez

Inez und Meja trugen nun alle Bücher, die verschenkt werden sollten, in den Flur. Es dauerte eine ganze Weile, bis sie damit fertig waren, doch als sie sich nach getaner Arbeit schließlich in die Tür stellten und das Wohnzimmer betrachteten, staunten sie nicht schlecht.

»Oh«, sagte Inez. »Wie groß der Raum auf einmal aussieht.«

»Einen Durchgang mit Schrubber und Scheuerlappen, und er ist wie neu«, sagte Meja.

Inez nickte staunend. Amelia würde vor Glück heulen.

»Wollen wir noch mal … eine Portion Huhn aufwärmen?«, fragte Meja.

Inez nickte, und sie gingen in die Küche.

»Ich bin keine besonders gute Köchin, aber wenn Sie möchten, könnte ich in der nächsten Woche ein paar einfache Gerichte zubereiten. Dann hätten wir ein bisschen mehr Abwechslung«, schlug Meja vor.

Inez zuckte mit den Schultern. »Das überlasse ich Ihnen. Ich hasse kochen und würde auch nie wen anders dazu zwingen. Aber wenn Sie das übernehmen wollen, habe ich nichts dagegen.«

Sie setzten sich an den Eichentisch und aßen wortlos, doch Inez konnte Meja ansehen, dass sie noch etwas auf dem Herzen hatte. Etwas anderes als den Speiseplan.

Schließlich legte sie das Besteck hin und sagte: »Mir geht eine Sache durch den Kopf.«

Inez nickte. Vielleicht ermutigte sie das, fortzufahren.

»Ich unterhalte mich oben auf dem Balkon manchmal mit Andreas und habe ihm erzählt, dass wir Ihre Bücher aufräumen und schon einige Stapel für den Flohmarkt aussortiert haben. Ich habe ihn im Spaß gefragt, ob er auch liest und vielleicht noch ein Buch gebrauchen könnte.«

Inez zog die Augenbrauen hoch. Meja schlug die Augen nieder. »Er sagte, dass er in der Regel nur Fachliteratur liest, aber er hat angeboten, einen Anhänger zu mieten und die Bücher für uns zum Flohmarkt zu fahren.«

Den letzten Satz sprach sie so leise aus, dass Inez ihn kaum verstehen konnte.

»Ach, wirklich?«

»Ja, natürlich nur, wenn Sie das möchten.« Mejas Wangen liefen rot an.

Inez lehnte sich zurück und beobachtete sie. Meja war natürlich klar, dass ihr ein Fauxpas passiert war, indem sie dem Nachbarn von den Büchern erzählt hatte. Inez selbst erzählte den Nachbarn gar nichts. Meja wusste von Inez im Grunde nicht viel, aber *so viel* wusste sie. Und trotzdem hatte sie Andreas davon erzählt. Na ja, lieber Andreas als Sverker. Und irgendwie musste sie die Bücher ja auch loswerden, daher wäre ein bisschen Hilfe gar nicht schlecht, auch wenn es Inez völlig fernlag, um so etwas zu bitten.

»Warum nicht?«, sagte sie. »Sie können ja nicht im Flur liegen bleiben. Ob er das gleich heute machen könnte?«

Mejas Erleichterung war deutlich zu spüren.

»Ich kann ihn fragen, ob das geht.«

»Tun Sie das.« Inez erhob sich und begann abzuräumen. Die Vorstellung, dass Andreas ihre Bücher zu einem Flohmarkt transportieren würde, war ihr unangenehm, da konnte sie nicht mehr still sitzen. Sie verabscheute wirklich jede Art von Einmischung in ihr Privatleben. Sie seufzte und hoffte, dass dies bald erledigt sein würde.

»Ich ruhe mich ein Weilchen aus«, sagte sie zu Meja, nahm noch eine Schmerztablette und ging hinüber in ihr Zimmer.

Nach ein paar Stunden hatte sie neue Kraft gesammelt, und als sie die Schlafzimmertür wieder öffnete, stieß sie beinahe mit Meja zusammen, die gerade einen Bücherstapel vorbeitrug. Ihrem Gesicht sah man den Kraftakt an. Die Haustür stand offen, und Inez konnte beobachten, wie Andreas mit einem Hänger in ihre Einfahrt zurücksetzte. Sie trat hinaus auf die Treppe. Gleichzeitig ging die Tür des Nachbarhauses auf, und Sverker und Filip kamen heraus. Inez verzog das Gesicht. Würde jetzt die ganze Nachbarschaft zusehen, wenn sie ihre Bücher ausmistete?

»Was ist hier los?«, fragte Sverker und sah sich neugierig um.

»Ich verschenke alte Bücher«, antwortete Inez. »Wie ihr sehen könnt, hat sich in den letzten Jahren einiges angesammelt.«

Sverkers Blick musterte die Stapel, die Meja auf der Treppe abgestellt hatte. »Verschenken? Dürfte ich vielleicht …?«

Inez nickte. Und schon war er zwischen den Bücherbergen zugange und zog ein Buch nach dem anderen heraus.

»Also, wenn du jetzt noch mehr Bücher findest, dann hätten wir eigentlich keinen Anhänger gebraucht«, sagte Inez und beobachtete, wie der Bücherstapel auf Sverkers Treppe wuchs und wuchs. Er hatte inzwischen so gerötete Wangen wie Meja und lachte verlegen.

»Da hast du wohl recht. Nur eins noch.« Nahezu feierlich besah er die Bücherberge ein letztes Mal, bis er sich für ein Buch entscheiden konnte. Dann warf er einen Blick auf all die Romane, die noch übrig blieben, und seufzte laut. »So viele hervorragende Bücher. Da kann ich nur hoffen, dass andere Menschen sie zu schätzen wissen.«

Daraufhin konnte Inez nur amüsiert den Kopf schütteln. Jetzt war er noch sentimentaler als sie.

Als alle mitgeholfen hatten, die Bücher auf dem Hänger zu deponieren, fragte Andreas Inez, ob es in Ordnung war, wenn Meja ihn begleitete.

Inez nickte. Natürlich sollte sie das.

Da hatte Sverker eine Idee. »Und wenn wir in der Zwischenzeit den Grill anwerfen? Was haltet ihr davon? Und die Urlaubszeit einläuten?«

Die beiden finden wirklich immer einen Grund zum Feiern, dachte Inez, und sie wollte gerade entgegnen, sie hätten schon gegessen, als sie Mejas und Andreas' erfreute Gesichter sah. Und den jungen Leuten, die gern grillten und sich amüsierten, wollte sie nicht im Wege stehen.

»Klingt hervorragend«, sagte sie. »In ein, zwei Stunden?«

Sverker hielt den Daumen hoch und verschwand gemeinsam mit Filip im Haus, der schon angefangen hatte, Vorschläge zu machen, was sie auf den Grill legen könnten.

Und dieses Essen war fantastisch, so wie immer, wenn Sverker und Filip zu sich einluden. Das wurde Inez jetzt klar. Das Feuer prasselte auf dem Holzkohlegrill in einer Ecke, und auf dem Rost lagen Maiskolben, Zwiebeln und marinierte Hähnchenspieße. Auf dem Tisch standen lauter kleine Schälchen mit Soßen, große Schüsseln mit Süßkartoffel-Pommes-frites, aufgeschnittenes Baguette und eine Karaffe mit Weißwein. Bevor sie sich setzten, brachte Sverker einen Toast aus. Als sich alle zugenickt und den ersten Schluck getrunken hatten, zog Sverker Inez den Stuhl vom Tisch und nahm dann neben ihr Platz.

»Ist das nicht ein sonderbares Gefühl, all die Bücher wegzugeben, die dich ein Leben lang begleitet haben?«, fragte Sverker, der noch immer nicht fassen konnte, dass sie all diese wertvollen Geschichten verschenkt hatte.

»Das einzig Sonderbare ist, dass ich mit einem Mal ein Wohnzimmer für mich habe«, sagte Inez.

Sverker lachte. »Herrlich, diesen wunderbaren Humor spürt man auch in deinen Büchern. Wie sehr hab ich den geliebt.«

Er beugte sich näher zu ihr. »Du schreibst aber nicht zufällig wieder was Neues?«

»Nein«, sagte sie. »Tu ich definitiv nicht.«

Sverker lächelte peinlich berührt. »Ich dachte nur ... es sei ...« Er blickte zu Meja, die demonstrativ wegsah.

Andreas erhob sein Glas, prostete den anderen zu und bedankte sich für die Einladung. Auch die anderen stimmten ein. Inez blinzelte zu Meja hinüber. Sie würde Sverker und Filip doch nichts erzählt haben? Das war eher unwahrscheinlich. Obwohl ... sie hatte schon einmal gegen diese einzige Regel in ihrem Haus verstoßen. Vielleicht hatte sie sich wieder dazu hinreißen lassen? Morgen würde sie sie darauf ansprechen. Meja durfte unter keinen Umständen irgendwem etwas davon erzählen. Aber jetzt würde sie versuchen, sich richtig zu entspannen, und den Moment, die Gespräche und das Essen genießen. Um Kraft zu sammeln für das, was ihr anschließend bevorstand. Ihre Geschichte weiterzuerzählen.

Alle bedienten sich reichlich. Andreas begann ein Gespräch mit Sverker über die schönsten Ausflugsziele in der Region, und Filip und Meja unterhielten sich über das Essen. Inez fiel es schwer, an den Gesprächen teilzunehmen. Ihr Blick wurde vom Meer magisch angezogen, und mit ihm kamen die Erinnerungen an Mathilda hoch. Bei Einbruch der Dunkelheit legte Filip noch Ananas auf den Grill, die er mit italienischem Eis servierte. Inez bemühte sich, auch davon noch ein paar Happen zu essen, doch kapitulierte schnell. Sie bemerkte Mejas besorgten Blick, zog ihre Stola fest über die Schultern und räusperte sich.

»Bei dieser Aufräumaktion habe ich ganz schön Federn gelassen. Man muss wohl doch akzeptieren, dass man keine zwanzig mehr ist. Ich werde jetzt mal rübergehen und für meinen Schönheitsschlaf sorgen.«

Meja sprang auf, doch Inez stoppte sie. »Bleiben Sie da. Ihr könnt doch den Abend noch genießen. Ganz herzlichen Dank, Sverker und Filip, für noch so einen unvergesslichen Gaumenschmaus, und Andreas, danke Ihnen für die Hilfe mit dem Hänger.«

Sverker stand auf. »Darf ich dich begleiten?«

Inez schüttelte den Kopf. »Danke, ich komme wunderbar allein zurecht.«

Sie winkte ihnen zum Abschied und ging durch den

prachtvollen Garten, der auch in der Abendbeleuchtung märchenhaft schön war, doch nun verspürte sie den starken Drang, nach Hause zu kommen. Als sie das Gartentor zu ihrem Haus öffnete und über die Platten ging, wo der Löwenzahn spross, seufzte sie vor Erleichterung.

Sie öffnete die Verandatür, wechselte die Schuhe, hängte die Stola über die Sessellehne und schlurfte in ihren Filzpantoffeln direkt ins Schlafzimmer und schloss die Tür. Sie las ihr letztes Kapitel noch einmal durch und begann weiterzuschreiben.

Ein paar Stunden später hörte sie Meja zurückkommen. Die Treppe knarrte, als sie die Stufen hinaufstieg. Ein Weilchen später knarrte sie wieder, Meja kam wieder herunter. Inez lauschte. Die Verandatür wurde geöffnet und wieder geschlossen. Inez lief ins Wohnzimmer und beobachtete durch einen Spalt in den Jalousien, dass Meja zu Andreas hinüberschlich. Na so was.

Sie holte sich den Portwein und ein Glas aus ihrer Vitrine, ging zu ihrem Sessel, schenkte sich ein und nahm Platz. Das letzte Kapitel, das sie geschrieben hatte, hatte sie noch nicht ausgedruckt. Und sie wusste, warum. Ihr waren Zweifel gekommen, ob sie wirklich alles erzählen sollte. Aber was war die Alternative? Etwas erfinden? Sie schloss die Augen und hörte in ihrem Inneren Mathildas Stimme. *Für dich tue ich alles. Das weißt du. Alles.*

1974

An jedem Wochenende saß ich dann morgens auf den Felsen, nicht mehr hinter den Büschen versteckt, sondern mit den Beinen über der Kante baumelnd. Manchmal fuhr Mathilda raus aufs Meer, drehte sich um und winkte mir zu, wenn sie die Insel umrundete. An anderen Tagen kam sie zu mir hoch und setzte sich für eine Weile zu mir. Dann nahm sie mich in den Arm und ließ meinen Kopf an ihrer Schulter ruhen.

Ich weiß nicht mehr, ob wir in diesen Stunden miteinander redeten. Ich glaube nicht. Sie musste einfach nur bei mir sein, das allein tat so gut. Das allein reichte. Nein, reichen ist das falsche Wort, es sagt viel zu wenig. Heilen. Sie heilte mich.

Warum ließ ich das alles mit mir geschehen? Ließ zu, dass er mich schlug? Eine Erklärung habe ich dafür nicht. Aber damals hatte ich die Orientierung komplett verloren und suchte Halt bei starken Menschen. Bei Mathilda, aber bei Nikolas auch. Er war auf andere Art und Weise stark. Er hatte in der Bank Karriere gemacht, er war sozial, wusste, wie man sich Gehör verschaffte, was er wollte und wie. Wenn er einen Raum betrat, wurde jeder sofort auf ihn aufmerksam. Er hatte sich Mühe gegeben, um mich zu werben, und ich hatte mich auf der Stelle in ihn verliebt. Sein Plan war aufgegangen. Danach konnte er mich um den kleinen Finger wickeln, mit seinen Aufmerksamkeiten war es vorbei, stattdessen stellte er Forderungen. Und wenn ich etwas nicht richtig machte, etwas nicht verstand, nicht rechtzeitig zur Stelle war, dann schlug er mich. Weil er mich satthatte, wie er sagte.

Warum geht man nicht gleich, wenn es zum ersten Mal passiert? Ich habe es nicht getan, weil er sich entschuldigt hat. Und er klang so, als meinte er es ernst.

Ich will kein Mensch sein, der etwas in seinem Leben bereut. Aber ich bereue, dass ich damals nicht gleich gegangen bin. Nicht wegen all der Schläge, die ich danach noch ertragen musste, sondern um das zu verhindern, was folgte. Wenn ich geahnt hätte, was dieser allererste Schlag in Bewegung setzte, wäre ich ganz sicher gegangen, und wenn ich ihm den Rücken zugewandt und mein Leben aufs Spiel gesetzt hätte.

Meja

Andreas und Meja hatten Filip und Sverker nach dem kleinen Fest beim Aufräumen geholfen, bevor sie sich verabschiedeten und gemeinsam zum Gartentor hinausgingen. Andreas hatte Meja auf dem Weg gefragt, ob sie auf einen Absacker noch zu ihm rüberkommen wolle. Sie hatte geantwortet, dass sie wirklich schon genug Wein getrunken habe. Da hatte er nur gelacht und erwidert, dass er eigentlich von einer Tasse Tee gesprochen hätte. Das war ihr peinlich gewesen, daher hatte sie vorgeschoben, dass sie jetzt dringend Schlaf brauche. Andreas hatte nur genickt und Gute Nacht gewünscht.

Als sie dann die Treppe zum Gästezimmer hinaufgeschlichen war, hatte sie aus Inez' Schlafzimmer wieder Tastaturgeklapper gehört. Sie war auf den Balkon hinausgegangen, hatte sich gegen das Geländer gelehnt und aufs Meer geschaut, wo der Mond einen goldenen Teppich ausgerollt hatte. Obwohl der Abend wunderschön gewesen war, war ihr gar nicht wohl. Sie musste immerzu daran denken, dass sie wieder gegen Inez' Regel verstoßen hatte – niemandem zu erzählen, dass sie an einem neuen Buch schrieb. Zwar nicht Sverker, was Inez beim Essen vermutlich gedacht hatte, aber Andreas. Ihm hatte sie davon erzählt. Und selbst wenn er dichthalten würde, so änderte dies nichts daran, dass sie ihr Versprechen gebrochen hatte.

Und sie konnte doch so schlecht lügen. Warum passierte ihr das immer wieder? Dass sie sich selbst alles vermasselte.

Ihr Blick fiel auf Andreas' Garten, wo er bereits ein paar Solarleuchten auf dem Rasen angebracht hatte, die jetzt für schönes Licht sorgten. Wenn schon das Risiko bestand, dass sie morgen ihren Job wieder verlor, dann könnte sie ebenso gut noch zu Andreas hinübergehen und diesen Absacker mit ihm trinken. Sie zog sich einen Hoodie über und schlich die Treppe hinunter, die sie jedes Mal verriet. Diesmal knarrten die Stufen noch lauter. Meja hörte, dass das Geklapper aus Inez' Zimmer kurz verstummte, und dann ging sie so leise wie möglich durchs Wohnzimmer und weiter auf die Veranda.

Jetzt stand sie vor Andreas' Tür und klopfte. Vielleicht hatte er sich auch bereits schlafen gelegt? Ganz schön blöd, erst Nein zu sagen und eine Viertelstunde später doch vor der Tür zu stehen. Meja wollte sich gerade in Bewegung setzen, da sprang die Tür auf.

»Hast du doch noch Lust auf eine Tasse Tee?«, fragte er grinsend.

Sie lächelte und nickte.

»Dann hereinspaziert«, sagte er und machte einen Schritt zur Seite. »Ja, so richtig einladend sieht es hier leider noch nicht aus. Ich habe alles irgendwie so hingestellt, dass es einen Platz hat, aber besonders gemütlich ist es noch nicht geworden. Vielleicht kannst du mir ein paar Tipps geben?«

Meja trat ins Wohnzimmer und sah sich um. »Es ist sehr … weiß.«

Er musste lachen. »Ja, das ist wohl mein Problem Nummer eins.«

Dann ging er in die Küche und holte ein Tablett. Alles war schon vorbereitet, woraus Meja schließen konnte, dass er mit ihrem Besuch gerechnet hatte. Zwei Tassen, eine Teekanne, ein Schälchen mit Zucker und ein paar Haferkekse. Sie hob die Augenbrauen.

Er grinste. »Ich hab gehofft, dass du es dir anders überlegst.«

Sie nahm eine Teetasse in die Hand und schenkte ein. Er bat sie, auf dem Sofa Platz zu nehmen. Er setzte sich auf den Sessel gegenüber. Die ausgelassene Stimmung, die eben noch bei Sverker und Filip geherrscht hatte, war wie weggeblasen. Jetzt war es Meja irgendwie peinlich. Andreas schien das zu merken und drehte sich einmal mit dem Sessel im Kreis.

»Was würdest du sagen, wie kann ich diesen Raum gemütlicher machen?«

Meja sah sich um. Ihr Blick blieb an einer Staffelei hängen, die in der Ecke stand, daneben standen auf dem Boden Leinwände und Farben.

»Du malst?«

Er nickte. »Meine große Leidenschaft. Und eine Art, den Kopf frei zu kriegen.«

Meja musste an das Zimmer denken, in dem sie gerade wohnte.

»Inez' Gästezimmer ist wie die Küste. Da wiegen einen fast schon die Wellen in den Schlaf, man kann den warmen Sand zwischen den Zehen spüren und das Seegras, das sich im Wind wiegt.« Sie lächelte verlegen über ihre Schwärmerei. »Ich kenne sie ja nicht besonders gut, aber ich weiß, wie viel ihr das Meer bedeutet. Früher war das ihr Schlafzimmer, und ich habe zwar keine Ahnung, aber … ich finde, es ist schön, bei der Einrichtung eines Zimmers ein besonderes Gefühl in den Vordergrund zu stellen. Ein Thema auszusuchen, das einem viel bedeutet.«

»Ein emotionales Thema?«, fragte Andreas und überlegte. »Ich weiß nicht, was das sein sollte.«

Aber Meja wusste es. Ein Thema, das die Sorgen vertrieb. Sie stand auf und ging zum Fenster. Andreas hatte keine Vorhänge aufgehängt, nur einen Blumentopf mit einer Kalanchoe aufs Fensterbrett gestellt, ein trauriger Anblick. »Hier solltest du keine Blumen hinstellen, sondern große Gläser mit Pinseln.« Sie ging weiter. »Und hier würde ich die Staffelei und die Leinwände aufbauen.« Sie warf einen Blick auf den Couchtisch. »Den würde ich zur Seite schieben und eine Arbeitsbank aufstellen, auf der darf auch alles kreuz und quer durcheinanderliegen: Skizzen, Zeitungsausschnitte, alles, was dich inspiriert …«

Sie ging wieder zurück zum Sofa und betrachtete die große Wand an einer Seite. »Diese Wand würde ich betonen und in einer anderen Farbe streichen. Und in der Mitte, finde ich, solltest du eins von deinen eigenen Bildern aufhängen.«

Sie drehte sich zu Andreas um, der sie amüsiert betrachtete. Aber jetzt war Meja nicht mehr zu bremsen. »Hast du denn welche hier?«

Er schüttelte den Kopf. Meja presste die Lippen aufeinander und überlegte. »Dann würde ich hier die Leinwand aufhängen, an der du gerade malst. Auf die Art hast du den Schaffensprozess immer vor Augen. Wäre meine Idee.«

»Jetzt bin ich aber äußerst neugierig auf deine Wohnung«, sagte Andreas.

»Ich hab gerade gar keine. Ist im Moment alles etwas kompliziert.«

»Und wenn du eine hättest?«

Meja zuckte mit den Schultern. »Die wäre vermutlich leider … weiß gestrichen.«

Andreas lachte. »Am Wochenende will meine Tochter zu Besuch kommen. Hast du Zeit, mir beim Wohnzimmer zu helfen? Es so einzurichten, wie du es vorgeschlagen hast?«

Meja wusste nicht, was sie darauf antworten sollte. Seine Frage schmeichelte ihr.

»Ich kann nichts versprechen. Wie gesagt … alles ist gerade etwas kompliziert«, schob sie hinterher.

Andreas sah sie mit großen Augen an.

Meja zuckte mit den Schultern und erklärte: »Ich wohne bei Inez nur übergangsweise. Sie hat mir ihr Gästezimmer als Unterschlupf angeboten, als ich zu Hause Probleme bekam und nicht wusste, wo ich wohnen sollte. Im Gegenzug helfe ich ihr bei der Arbeit.«

»An dem Buch?«

Meja schlug die Augen nieder. »Das ist genau der Punkt … ich musste hoch und heilig versprechen, niemandem von dem Buch zu erzählen. Und nun hab ich es dir verraten. Deshalb ist das Risiko groß, dass ich da nicht mehr lange bleiben kann und …«

»Aber ich werde das nicht verraten«, versicherte Andreas.

»Ich weiß. Aber Inez durchschaut mich, und ich kann einfach nicht lügen.«

»Oftmals muss man gar nicht lügen, man sagt einfach nicht die ganze Wahrheit.«

Meja lächelte verhalten, trank ihren Tee aus und blickte auf die Uhr. »Ich sollte wohl langsam ... morgen muss ich wieder fit sein.«

Andreas nickte verständnisvoll. »Aber wenn du zwischendrin Zeit hast, kannst du gern ... ich könnte deine Hilfe wirklich gut gebrauchen. Meine Tochter wäre überglücklich zu sehen, dass ihr Papa endlich lebt – und nicht nur überlebt.«

»Ich versuch's«, sagte Meja und ging auf die Veranda. Andreas blieb in der Tür stehen und lehnte sich an den Türrahmen. Meja lächelte. »Danke für den Absacker.«

»Danke für deine Ideen.«

Sie hob leicht die Hand, unbeholfen und unsicher, wie blöd, dass ihr Herz so heftig schlug. Er lächelte sie einfach nur an.

Meja ging hinüber zu Inez' Haus und öffnete ganz vorsichtig die Tür. Sie schlich hinein, zog die Schuhe aus und erschrak dann fürchterlich. Obwohl es stockdunkel war, konnte sie Inez erkennen, die da im Sessel saß. Sie war ganz still. Meja schluckte und setzte sich vorsichtig in den Sessel daneben.

Als ihre Augen sich an die Dunkelheit gewöhnt hatten, konnte sie Inez' Gesichtsausdruck erkennen, er war ganz anders als noch vor ein paar Stunden. Jetzt sah sie mit einem Mal verletzlich aus. Meja hatte ihr bei dem Grillabend schon angemerkt, dass sie irgendwie angeschlagen wirkte. Wie konnte das Schreiben sie derart auszehren? War es das wirklich wert?

Ihre Blicke trafen sich. Und da wusste Meja es mit einem Mal. Der Roman war keine fiktive Geschichte, wie Inez immer behauptet hatte. Der Ich-Erzähler war Inez selbst. Deswegen kostete es sie solche Kraft, wenn sie diese intensiven Schreibphasen hatte. Weil sie alles noch mal durchlitt.

Meja schluckte und griff behutsam nach Inez' Hand. Und sie hielt sie einfach nur. Ein ganz leichter, kaum merklicher Druck war Inez' Antwort.

Inez

Die Wellen rollten jetzt sanft auf den Steg. Inez' Seele begab sich in denselben Takt. Seit sie begonnen hatte, die Geschichte über Mathilda aufzuschreiben, spürte sie, wie sie ein unsichtbares Band mit dem Meer knüpfte. War es unruhig, kamen auch die unangenehmen Erinnerungen hoch. War es still, dann fielen ihr die schönen Momente ein, oder sie erinnerte sich einfach an gar nichts. Die letzte Zeit war anstrengend gewesen, deshalb war Inez froh über diesen geruhsamen Tag am Meer. Vielleicht würde sie heute sogar eine Schreibpause einlegen und Kraft für das sammeln, was ihr bevorstand. Sie wusste, dass hinter diesen sanften Wellen der heftigste Sturm auf sie wartete – das Ende der Geschichte.

Sie stand auf und ging nach Hause. Als sie das Gartentor öffnete, warf sie einen Blick in Andreas' Garten. Wie sehr sie Viola heute vermisste! Wäre sie noch am Leben, dann hätte sie da jetzt auf ihrer Yogamatte gesessen und – während Inez versucht hätte, unauffällig vorbeizuhuschen – ein paar abgedroschene Weisheiten über die Balance im Leben vom Stapel gelassen. Zu viel Salz solle man mit etwas Süßem ausgleichen. Aber womit konnte Inez sich das Leben versüßen?

Meja war drinnen in der Küche zugange, und Inez wollte helfen. Doch Meja schickte sie wieder hinaus.

»Setzen Sie sich an den Esstisch, ich bringe gleich das Frühstück.«

Inez gehorchte. Sie ließ sich nieder und dachte über den vergangenen Tag nach. Sie hatte noch nicht endgültig entschieden, wie sie auf die Ereignisse der letzten Nacht reagieren sollte. Bei Tageslicht betrachtet, sah alles ganz anders aus. Sie hatte nicht zugegeben, dass das Buch eine Autobiografie war, aber Meja hatte es wohl durchschaut, als sie ihre Hand genommen hatte? Das Wissen würde dem Roman sicher guttun. Aber ihnen gleichzeitig noch mehr abverlangen. Sollte sie Meja das wirklich zumuten? Hielt sie das aus?

Da kam Meja mit einem Tablett, auf dem Saft, gekochte Eier, Toastbrot, Butter, Marmelade und Frischkäse standen. Richtig lecker.

»Sie waren gestern noch spät in der Nacht unterwegs?«, sagte Inez und schmierte Butter auf ihren Toast.

Meja legte sich die Serviette zurecht. »Ich war noch kurz drüben bei Andreas. Er braucht Hilfe bei seiner Wohnungseinrichtung.«

»Na so was. Konnten Sie ihm denn helfen?«

Meja druckste herum. »Ein bisschen schon.«

»In der Nacht hat man immer die besten Ideen«, sagte Inez.

Sie fragte sich, ob sie jetzt zur Sprache bringen sollte, dass Sverker wissen wollte, ob sie etwas Neues schreibe, als habe er geahnt, dass das der Fall war. Sie wischte sich mit der Serviette den Mund ab und lehnte sich zurück. Sie musste es einfach wissen. »Haben Sie Sverker erzählt, dass ich ein neues Buch schreibe?«

»Nein«, sagte Meja und schüttelte energisch den Kopf.

»Aber Sverker wollte uns kürzlich auf ein Glas Sekt einladen, und da haben Sie so intensiv geschrieben, dass ich ihm gesagt habe, Sie arbeiten gerade. Ich hab schon geahnt, dass er das falsch verstehen könnte, und dann erklärt, dass Sie Fanpost beantworten.«

Inez brach in Lachen aus. »Fanpost? Glauben Sie ernsthaft, dass er Ihnen das abgekauft hat?«

»Ich hoffe es doch. Ich kann noch mal mit ihm sprechen. Aber ich würde ihm nie erzählen, dass Sie …«

Inez fuhr ihr ins Wort. »Nicht nötig.«

Sie pellte ein Ei, streute reichlich Kräutersalz darüber und schob sich eine Hälfte auf einmal in den Mund. Sie kaute ausgiebig und dachte an Viola, die sie immer wieder aufgefordert hatte, auf die Balance in ihrem Leben zu achten. Dann sah sie zu Meja hinüber. Nicht nur in Inez' Leben war zu viel Salz im Spiel, Meja schien dasselbe Problem zu haben. Ihnen beiden würde eine Portion Zucker guttun. Vielleicht mussten sie wenigstens einen Tag etwas ganz Verrücktes machen, um sich richtig lebendig zu fühlen.

»Ich schlage vor, heute denken wir uns was aus«, sagte sie.

»Was denn?«

»Mal sehn. Vielleicht lassen wir einfach den Zufall entscheiden?« Inez riss ein Blatt von dem Collegeblock, der vor ihr auf dem Tisch lag, und teilte es in der Mitte. Auf das eine Stück Papier schrieb sie *Spaziergang* und auf das andere *Taxi*. Sie knüllte die Papiere zusammen und mischte die Knöllchen in ihren Händen. Dann legte sie sie vor Meja auf den Tisch und forderte sie auf, eins auszuwählen.

Meja nahm eins und wickelte es auf. »Taxi«, las sie vor.

»Gut«, sagte Inez. »In einer halben Stunde steht ein Taxi für uns vor der Tür.«

»Und wo fahren wir hin?«

Inez antwortete nicht, sondern wies nur auf die Uhr, woraufhin Meja sich beeilte, aufzuessen und den Tisch abzuräumen. Dann verschwand sie in ihrem Zimmer, um sich für den Ausflug fertig zu machen.

Inez bestellte ein Taxi und schrieb noch weitere kleine Zettel, die sie sich in die Tasche ihrer hellgelben Sommerjacke stopfte. Sie hatte sie extra für den Ausflug aus dem Kleiderschrank geholt. Dann steckte sie den Lockenstab in die Steckdose. Heute würde sie ihre Haarspitzen locken.

Offenbar war genau das fünfundzwanzig Minuten später der Grund, warum Meja ein begeistertes »Wow« ausstieß, als sie sie erblickte, vielleicht war es aber auch das schwere Parfüm.

Meja zog ihre Jeansjacke an, legte die Sonnenbrille in ihre Handtasche und ging mit Inez zum Taxi.

Sie ließen sich nach Helsingborg bringen und stiegen am Knutpunkten aus. Da holte Inez neue Zettel aus der Tasche, knüllte sie zusammen, und Meja durfte wieder ziehen.

Weiterfahren stand auf dem Papier.

»Okay«, sagte Inez und kramte die nächsten Zettel hervor. Meja zog wieder – *Schiff*.

»Ja gut«, sagte Inez und lächelte. »Auf nach Dänemark.«

Sie ging voran Richtung Rolltreppe, die zu den Fähren führte, und erstand über die App zwei Tickets. Beim Blick auf die große Anzeigetafel, auf der die Abfahrtszeiten gelistet waren, stellte sie fest, dass sie es gerade noch zur Abfahrt der Aurora schaffen würden.

Inez legte einen Zahn zu. Meja folgte ihr, und sie schafften es tatsächlich. Der Mitarbeiter, der die Fahrkarten kontrollierte, wünschte ihnen eine gute Fahrt, und Inez erwiderte beschwingt »Danke schön, werden wir haben«. Sie war von ihrer guten Idee ganz beflügelt.

Sie setzten sich in die Cafeteria gegenüber von dem Shop, in dem alkoholische Getränke, Parfüms und Süßigkeiten günstig angeboten wurden. Inez zog wieder drei Zettel heraus, knüllte sie zusammen und ließ Meja ziehen. Meja wickelte das Papier auf. *Bier*.

Inez zog einen von den anderen. »Wein«, sagte sie und atmete auf. »Auf den dritten habe ich ›Wasser‹ geschrieben, das wäre wirklich frustrierend gewesen, auf der Fähre nach Dänemark vor einem Glas Wasser zu sitzen.« Sie zeigte auf die Kassen. »Würden Sie uns das besorgen?«

Meja nickte. »Allerdings trinke ich kein Bier.«

»Das ist gerade das Spannende, man überlässt alles dem Zufall und bewegt sich ein bisschen aus der Komfortzone raus. Manchmal tut es gut, etwas Neues auszuprobieren.«

Meja schien Inez' Ansicht, dass sie ihre Komfortzone erweitern musste, nicht ganz zu teilen, aber sie kam trotzdem mit einem grünen Tuborg und einer kleinen Flasche Weißwein zurück, die gerade eben ein Glas füllte.

Am Tisch neben ihnen nahm ein Paar Platz. Die Frau schien in Inez' Alter zu sein. Sah sie sie mit diesem neugierigen Sverker-Blick an? Oder war Inez langsam paranoid? Die beiden tuschelten so. Fünfzehn Jahre lang war Inez genau aus diesem Grund höchst ungern unter Leute gegangen. Sie streckte den Rücken durch. Balance. Das war der Grund, warum sie hier waren.

Jetzt sprach die Frau sie doch an.

»Entschuldigen Sie, dass ich störe, aber sind Sie nicht Inez Edmark, die Schriftstellerin?«

Inez lief ein kalter Schauer über den Rücken, sie nickte kurz.

»Ihre Bücher sind fantastisch«, schwärmte die Frau und strahlte. »Wie ich die geliebt habe. Ich wünschte, Sie hätten noch mehr geschrieben. Kein anderer schreibt so wie Sie.«

Inez kostete die Worte genüsslich aus. Sie erlaubte sich, für eine Weile in diesem Lob zu schwelgen, so wie früher. Bevor der Shitstorm ihr alles kaputt gemacht hatte.

»Danke«, sagte sie. »Das ist nett von Ihnen. Aber leider wird es keine neuen Romane geben.«

»Sehr schade«, sagte die Frau. »Jetzt will ich Sie nicht länger stören. Aber es war nett, Sie zu treffen.«

Inez nickte und konnte sich sogar zu einem Lächeln durchringen, dann drehte sie sich wieder zu Meja um, hob ihr Glas und prostete ihr zu.

Als das Paar etwas später in den Laden ging, beugte sich Meja zu ihr über den Tisch.

»Sie haben mal gesagt, dass Sie Opfer einer Treibjagd geworden sind. Waren es die Journalisten, die Sie dazu gebracht haben, nichts mehr zu schreiben?«

Inez zuckte mit den Schultern. »Vielleicht hätte ich so oder so aufgehört. Das ist heute meine Betrachtungsweise.«

»Aber das aktuelle Buch …?«

Inez hob eine Hand. »Heute reden wir nicht über Bücher.«

Meja nickte und hielt sich daran.

Nach zwanzig Minuten kamen sie an der dänischen Küste an und folgten dem Strom der Reisenden über die lange überdachte Fußgängerbrücke bis zum Bahnhof. Hier zog Inez drei neue Zettel aus der Tasche. Diesmal stand *bleiben* auf dem Papier, das Meja zog. Inez nickte zur Straße hinter dem kleinen Blumenmarkt, der in schillernden Farben leuchtete.

»Herrlich, jetzt hat das Schicksal uns an unser Ziel geführt, und jetzt werden wir uns das Leben versüßen und uns richtig lebendig fühlen.«

Meja

In die Stadt oder zu Kronobergs Schloss?«, fragte Inez. Meja wollte schon antworten, es sei ihr egal, Inez solle entscheiden, doch dann merkte sie, dass sie heute viel mehr Lust auf Stadtleben hatte, obwohl Kronoberg mit dem langen Rittersaal und seiner spannenden Geschichte auch ein Erlebnis war.

»Heute hätte ich tatsächlich mehr Lust auf Stadt.«

»Genau wie ich«, sagte Inez.

Sie liefen eine schmale Gasse hinauf und kamen zur zentral gelegenen Stengade. Da wimmelte es von Menschen. Sie schlenderten an Läden vorbei, vor denen Körbe mit Weinflaschen standen, daran kleine handgeschriebene Zettel, auf denen *Angebot* zu lesen war, an Käseläden, aus denen es wunderbar duftete, und an kleinen, schnuckeligen Straßencafés. In einem gönnten sie sich eine Tasse Kaffee und beobachteten all die Touristen, die unaufhaltsam an ihnen vorbeiströmten, dann gingen sie weiter.

Inez bewegte sich in Richtung Munkgade mit ihrem Kopfsteinpflaster und den gelben und roten Fachwerkhäusern. Wie ein Reiseleiter begann sie, Meja über ihre Geschichte aufzuklären.

»Hier haben die Schwarzbrüder im Mittelalter ein Kloster gebaut. Den Namen bekamen sie, weil sie schwarze Mäntel trugen, wenn sie aus dem Haus gingen. Ein geschichtsträchtiger Ort, man kann es heute noch spüren«, sagte sie und strich mit der Hand über eine buckelige Hauswand.

Meja konnte sich das Kichern nicht verkneifen, aber sie bemühte sich, wieder ernst zu werden, als sie antwortete.

»Ja, stimmt, hier kommt man sich wie im Märchen vor.«

Sie gingen weiter zum Axeltorv, dem gemütlichen Marktplatz im Zentrum von Helsingör, und blieben erneut stehen. Sie hatten das Glück, in einem Straßencafé einen Tisch im Schatten zu ergattern, da bestellten sie Sekt und lauschten der Livemusik einer Jazzband.

Anschließend bummelten sie durch die Fußgängerzone, zogen durch einige Lädchen, aber kauften nichts. Dann entdeckte Inez ein Schild, das auf einen Biergarten hinter einem kleinen Gasthaus verwies. Auf den pittoresken Innenhof inmitten einer unglaublichen Blumenpracht schien bereits die Nachmittagssonne. Der Hof war von einer hohen Steinmauer umgeben. Inez und Meja gingen über das Kopfsteinpflaster und fanden tatsächlich noch einen freien Tisch.

Inez setzte sich auffällig graziös, nicht wie üblich mit einem Plumps. Meja fragte sich, wie viele Schmerztabletten sie wohl geschluckt haben mochte, und als sie bemerkte, dass Inez schon wieder die Getränkekarte in den Fingern hatte, machte sie sich Sorgen, wie sich Medikamente und Alkohol wohl vertrugen. Aber bevor sie etwas sagen konnte, forderte Inez sie auf, eine Zahl zwischen eins und zwanzig zu sagen.

Meja entschied sich für die achtzehn.

Inez grinste den Kellner breit an und zeigte auf die

Nummer achtzehn der Cocktailkarte. »Zweimal *Sex on the Beach.*«

Meja lief rot an.

Als sie ihre Longdrinks serviert bekamen, stieß Inez mit Meja an. »Danke, dass Sie mich auf dieses kleine Abenteuer begleiten.«

Meja nickte. »Und wir sind hier, um uns mal richtig lebendig zu fühlen?«, fragte sie und nippte an dem Drink mit den Orangen- und Pfirsich-Aromen.

»Ja, so in der Art. Das ist so lange her«, sagte Inez und streifte die Jacke ab.

Meja wurde den Gedanken nicht los, dass sie am falschen Ort nach dem Leben suchte.

»Sie sollten Ihre Jalousien hochziehen«, sagte sie.

Inez musste lachen.

»Warum haben Sie sie denn immer geschlossen?« Sie wusste genau, dass sie diese Frage schon einmal gestellt hatte. Damals hatte Inez ihr die Antwort verweigert.

»Mittelmaß ist nicht so mein Ding … ich bin mehr entweder oder. Als ich Karriere gemacht habe, habe ich wirklich alles gegeben, was ein Mensch geben kann, um Bücher zu schreiben, mich vollkommen nach den Wünschen von Verlag und Presse gerichtet und mich um meine Leser gekümmert. Als ich das nicht mehr haben konnte, kam für mich nur noch das pure Gegenteil infrage. Einsamkeit, Abgeschiedenheit. Es ist ein ganz anderes Leben, aber für mich ist es ganz okay.«

»Ist es wirklich okay? Kein Mensch mag doch gern in einem abgedunkelten Zuhause mit einem vertrockneten Kaktus wohnen?«

Inez lächelte und nippte an ihrem Drink.

»Wenn wir schon Tacheles reden, was ist denn eigentlich letzte Woche passiert, als Sie da in aller Herrgottsfrühe mit dem Koffer auf der Bank gehockt haben?«

Meja schob sich eine Olive in den Mund und zuckte mit den Schultern. »Johan wollte eine Auszeit haben. Und na ja, da bin ich wohl wie Sie, ich möchte hopp oder top.«

»Sehr gut!«, rief Inez. »Klare Verhältnisse.«

»Dann wollte ich eine Weile bei meiner Mutter wohnen. Aber, wie ich schon sagte, wir sehen uns in der Regel nur einmal im Monat und gehen essen. Jedes Mal kommen dieselben Themen auf den Tisch, und diese Verabredungen sind mehr Pflichtprogramm, als dass wir uns wirklich darauf freuen. Wie auch immer … bei ihr konnte ich nicht wohnen, weil sie etwas vorhatte, keine Ahnung, was bei ihr los war. Und außerdem … hab ich wohl mal ein paar Dinge ausgesprochen, die ich vielleicht besser für mich behalten hätte.«

»Sagen Sie das nicht«, erwiderte Inez. »Manchmal ist es besser, die Dinge beim Namen zu nennen.«

Meja zuckte mit den Schultern.

Inez linste zu Mejas Handtasche hinüber, die über der Stuhllehne hing.

»Haben Sie den Fotoapparat eingepackt?«

Meja nickte. Den hatte sie vollkommen vergessen. Auf dem Rückweg musste sie unbedingt ein paar schöne Fotos von Inez in den romantischen Gassen machen.

»Könnte ich mal einen Blick darauf werfen?«

Meja holte die Kamera heraus, schaltete sie ein und reichte sie Inez. »Hier können Sie blättern. Ich habe aber noch keine Bilder, die nichts geworden sind, gelöscht.«

Inez hob die Kamera hoch, um das kleine Display besser sehen zu können. Ein Bild gefiel ihr besonders gut. Sie drehte das Display zu Meja um.

»Das ist ein fantastisches Foto. Da haben Sie einen richtig tiefsinnigen Moment sichtbar gemacht, der sonst nie aufgefallen wäre. Eine ganz starke Aussage.«

Auf dem Bild war Andreas an dem Grillabend zu sehen, die Hände in den Hosentaschen. Meja hatte bemerkt, dass das eine Angewohnheit von ihm war. Andreas betrachtete gedankenverloren den üppig gedeckten Tisch bei Sverker und Filip, und Meja war es gelungen, einen Moment der Wehmut einzufangen.

»Man kann fast sehen, wie sehr er sich wünscht, diesen Augenblick mit seiner Tochter zu teilen, mit der er nie mehr unter einem Dach leben wird. In dem Augenblick begreift er, dass sie aus seinem Alltag verschwunden ist«, sagte Inez.

Meja sah auf das Bild. So genau dachte sie über ihre Fotos gar nicht nach. Sie ließ sich einfach von ihrem Gefühl leiten und drückte ab. Aber Inez hatte sicher recht, auch wenn sie sich feierlicher ausdrückte. Genau in dem Moment, den Meja abgelichtet hatte, hatte er etwas ganz Melancholisches an sich, obwohl er den Abend über gut gelaunt und aufgeschlossen gewesen war.

Inez blätterte weiter und blieb an dem Foto hängen, das Meja von ihr vom Balkon des Gästezimmers aus gemacht hatte. Inez hatte den Kopf leicht in den Nacken gelegt und hielt die Augen geschlossen. Sie betrachtete das Foto eingehend, dann legte sie den Fotoapparat auf den Tisch und blickte hinauf in den Himmel.

»Man hätte früher viel mehr fotografieren sollen. Zur

Erinnerung. Ich wünschte, ich hätte ein Foto von einem Menschen, mit dem ich mal sehr eng befreundet war.«

Meja schielte zu Inez hinüber. Ob sie Mathilda meinte? Sie traute sich nicht nachzufragen. Inez hatte immer noch nicht zugegeben, dass der Roman, den sie schrieb, eine wahre Geschichte erzählte und Mathilda in Wirklichkeit eine Freundin gewesen war. Meja ging nur stillschweigend davon aus.

Inez trank aus und griff diesmal zur Speisekarte.

»Wie wäre es, wenn wir jetzt auch gleich etwas zu essen bestellen? Ich finde es so gemütlich hier«, sagte Inez.

Meja nickte, sie blieb gern noch ein Weilchen an diesem beschaulichen, ruhigen Fleckchen. Sie bestellten sich Brote mit paniertem Kabeljau und Remoulade. Dazu eine Flasche Riesling.

»Und, fühlen Sie sich jetzt so richtig lebendig?«, fragte Meja und probierte den gut gekühlten, trockenen Wein.

Inez lachte. »Nein, aber ich spüre, dass ich wieder im Gleichgewicht bin. Das ist ein sehr angenehmes Gefühl und die Voraussetzung dafür, dass ich mich richtig lebendig fühlen kann. Eine Art Vorfreude liegt in der Luft. Spüren Sie das auch?«

Meja kam nicht zum Antworten, denn in dem Moment wurde das Essen serviert. »In welchen Situationen haben Sie sich denn richtig lebendig gefühlt? Sie haben gesagt, es sei Ewigkeiten her.«

Inez aß einen Happen vom Fisch und überlegte. Dann legte sie das Besteck beiseite, tupfte sich mit der Serviette die rot geschminkten Lippen ab und sagte:

»Mir fällt eine Situation ein, da war ich gerade mit einem Buch fertig. Ich hatte den berühmten letzten Satz geschrieben und war voller Adrenalin, Trennungsangst und Erleichterung. Es war schon spät am Abend, und da bin ich auf die Idee gekommen, einfach abzuhauen. Ich bin in den Zug nach Kopenhagen gestiegen und habe mich an einen meiner Lieblingsorte gesetzt – ein Buchcafé. Als Cristy, meine Verlegerin und rechte Hand, anrief, saß ich gerade im Hotel und trank meine zweite Tasse Kaffee.«

»Oh«, sagte Meja.

»Ich weiß. Gelinde gesagt … DA hab ich mich lebendig gefühlt.«

Inez aß weiter.

»Aber … wie lange sind Sie da geblieben?«

»Nur den Tag, Amelia war zu Hause, und Cristy konnte ihretwegen nicht alle Termine umschmeißen, auch wenn sie fast alles möglich machte.«

Meja runzelte die Stirn. »War Amelia allein zu Hause?«

»Ja«, antwortete Inez.

»Wie alt war sie denn da?«

»Jetzt haben Sie denselben Tonfall wie Amelia, wenn sie mit mir spricht. Sie war damals fünf und hat nachts wie ein Murmeltier geschlafen. Außerdem habe ich ja gewusst, dass Cristy am nächsten Morgen um sieben vor der Tür stehen würde.«

Meja presste die Lippen aufeinander.

»Machen Sie nicht so ein Gesicht«, sagte Inez. »Es ist nichts passiert, Cristy war da, als Amelia aufgewacht ist, und für sie war alles wie immer.«

»Aber stellen Sie sich mal vor, sie wäre …«, sagte Meja.

Inez seufzte. »Ich bin nie Mittelmaß gewesen, und ich habe auch nie überlegt, *was wäre, wenn*. Wozu soll das gut sein?«

Meja war fassungslos. Wie hatte sie Amelia ganz allein in der Wohnung lassen können – und selbst in ein anderes Land reisen?

Inez kniff die Augen zusammen. »Verurteilen Sie mich nicht für ein einziges Ereignis, wenn Sie die Gesamtsituation nicht kennen. Das steht Ihnen nicht zu.«

Meja spürte, wie sie rot anlief.

Danach aßen sie unter Schweigen weiter, und als die leeren Teller abgeräumt wurden, bestellte Inez zwei Tassen Kaffee, dazu zwei Pralinen. Meja überlegte angestrengt, was sie sagen könnte, um die Stimmung wieder zu heben.

Ihr kamen Sverkers Worte wieder in den Sinn, als sie nach dem Rausschmiss zu Inez zurückgekommen war – dass die kleinen Worte oft am meisten bewegten.

»Entschuldigung«, sagte sie. »Ich ärgere mich offenbar über meine eigene Mutter, und dieses Gefühl ist wohl auf Sie übergeschwappt.«

Inez nickte nur kurz. »Es war in vielerlei Hinsicht eine verrückte Zeit, das Leben selbst ist mir zu Kopf gestiegen, damals habe ich Entscheidungen auf die leichte Schulter genommen, später hätte ich mein Verhalten wohl als verantwortungslos betrachtet.« Dann sah sie Meja an und lächelte. »Aber wir haben diese Zeit alle überlebt, und ich bin so unglaublich dankbar für all diese Jahre, in denen ich so ein verrücktes Leben hatte.«

Meja nickte. Das Verrückteste, was sie je gemacht hatte, war, das Nacktmeerschweinchen zu kaufen.

Inez streichelte Meja kurz über die Hand, als wüsste sie, dass sie bisher nicht viel Verrücktes vorzuweisen hatte. »Sie haben die besten Zeiten noch vor sich. Das wird noch!« Und dann bestellten sie noch einen Cocktail.

Eingehakt verließen sie das Lokal. In Helsingör wurde es langsam dunkel, und jetzt sah die kleine Stadt noch mehr wie eine Fantasiewelt aus. Sie spazierten ein Weilchen durch die Gassen, bevor sie sich auf den Weg zum Fährhafen machten.

Auf dem Boot bestellte Inez noch einmal ein Glas Wein. Meja trank lieber Wasser. Sie sprachen nicht viel. Der ereignisreiche Tag machte sich nun in den Gliedern bemerkbar, und wenn sie sich vorstellte, wie müde sie selbst war, konnte Meja sich ausmalen, wie erschöpft Inez erst sein musste.

Als sie zurück in Inez' Haus waren, knipste Meja ein paar Lampen an.

»Ist es nicht ein wunderbares Gefühl, wenn man sich so richtig körperlich abgerackert hat«, sagte Inez und gähnte herzhaft.

Meja nickte und lächelte. Es war ein schöner Tag gewesen, so anders als ihr üblicher Alltag im Haus, doch nun tat es gut, wieder zu Hause zu sein. »Gute Nacht und vielen herzlichen Dank für diesen tollen Samstag.«

»Ich danke«, sagte Inez.

Meja stieg die Treppe hinauf, sprang kurz unter die Dusche, schlüpfte in ihr Nachthemd und sank auf ihr Bett. Im Kopf spürte sie noch einen leichten Schwindel vom Wein. Sie schloss die Augen und merkte, wie sie der Schlaf überkam.

Ein paar Stunden später wachte sie ruckartig auf. Was waren das für Geräusche im Garten? Sie stand auf und ging leise auf den Balkon. Die Tür zum Schuppen stand offen. Gerade wollte sie umdrehen und nach unten gehen, da sah sie Inez durch die Tür kommen. Sie hielt etwas in den Händen. Meja blinzelte. Hatte sie eine Feuerwerkbatterie im Arm?«

»Was tun Sie da?«, rief sie im Flüsterton.

Inez sah auf zum Balkon und lachte.

»Sie wollen die doch nicht abschießen? Heute braucht man für Feuerwerk eine Genehmigung.«

»Es ist doch nur eine einzige Rakete. Amelia hat sie mal für einen Silvesterabend gekauft, aber wir sind nie dazu gekommen, sie abzufeuern, ich hab gedacht, jetzt wäre die Zeit reif dafür«, flüsterte Inez zurück.

»Inez, legen Sie die Rakete hin, und lassen Sie das. Sie können die jetzt nicht abschießen, es ist mitten in der Nacht …«

Meja setzte sich in Bewegung, rannte durchs Haus, die Treppe hinunter, und gerade als sie in den Garten kam, hatte Inez die Rakete gezündet. Die zischte und schoss in die Luft, wo sie mit einem herrlichen Farbenspiel explodierte. Der Lärm hallte von den Hauswänden wider.

Inez war Schutz suchend zu Meja gelaufen und klatschte nun verzückt in die Hände, als der Funkenregen fiel und nicht aufhören wollte. Als das Feuerwerk zu Ende war, drehte sie sich zu Meja um. Ihre Wangen waren rosig, sie lachte laut.

»Ist es nicht wunderbar, so verrückt zu sein, so richtig lebendig? Auch wenn es nur für den Augenblick ist?«

Meja hörte, wie Andreas' Balkontür aufsprang, und zog Inez ein bisschen ins Gebüsch, damit er sie nicht sehen konnte. Sie verspürte keineswegs diese überschwängliche Freude wie Inez, eher war es das Gegenteil, doch sie konnte auch nicht anders, als diese leicht verrückte alte Frau, die neben ihr stand, in ihr Herz zu schließen.

Inez

Am Tag nach dem Ausflug nach Dänemark erwachte Inez schon früh. In ihrem kleinen Beet steckte noch der Raketenstab. Sie ging hinaus und entsorgte ihn in der Mülltonne. Dann kehrte sie zurück in ihr Schlafzimmer und schloss die Tür. Seufzend setzte sie sich auf die Bettkante. Ihr Körper fühlte sich an, als sei sie hundert Jahre alt. Mit der Ekstase und den verrückten Ideen war es vorbei. Jetzt war sie todmüde und verkatert.

Sie schluckte eine Schmerztablette und kauerte sich wie ein Vogeljunges im Bett zusammen. Im Traum erlebte sie einen Sturm, bei dem hohe Wellen an dem Kahn rissen, in dem sie mit Mathilda saß. Plötzlich wurde ihre Freundin über Bord gespült und verschwand in der Tiefe. Inez hörte sich rufen, dass das Meer sie nicht holen dürfe. *Nimm mich, bitte, nimm mich.*

Sie erwachte vom Klopfen an der Tür.

»Ist alles in Ordnung?«, fragte Meja von draußen.

Inez fuhr sich mit der Hand über die Stirn, wo ihre Haarsträhnen klebten.

»Ja«, antwortete sie. Ihre Stimme klang heiser.

»Mögen Sie jetzt mittagessen? Ich habe Koteletts gebraten und Kartoffelstampf gemacht.«

»Nein«, antworte Inez und schob ein schwaches »danke« hinterher.

Meja stand eine Weile draußen vor der Tür. Als wollte sie noch etwas sagen.

Inez seufzte, schloss die Augen und schlief wieder ein.

Erst als es Abend wurde, stand sie auf, fuhr mit den Füßen in die Filzpantoffeln und legte sich die Stola über die Schultern. Sie schlich aus dem Haus, fröstelnd. Der Wind blies ihr eiskalt ins Gesicht.

Es war, als befände sie sich in einem Grenzland zwischen Wachsein und Traum, als sie das Gartentor hinter sich schloss und zum Steg am Strand marschierte. Der Wind hatte die Wellen aufgewühlt. Inez zog die Stola fester und hatte wieder Mathildas eindringlichen Blick vor Augen, als sie damals sagte, dass das Meer die Heimat der Mutterlosen sei. Sie hatte gesagt: »Für dich tue ich alles. Das weißt du.« Und Inez hatte sie gefragt, warum. »Weil echte Freundschaft stärker und schöner ist als jedes andere Band«, hatte Mathilda geantwortet.

Inez hob eine Miesmuschelschale auf und strich behutsam darüber. Mathildas Worte über Freundschaft waren der letzte Satz in Inez' erstem Roman geworden. Er wurde auch das durchgängige Thema in all ihren späteren Büchern. Freundschaft als das stärkste Band, das es gab. Freundschaft, die heilt und auf den Weg hilft. Ein guter Stoff für Romane. Besser als in der Wirklichkeit. *Für dich tue ich alles.*

Inez blickte auf. Mathildas Stimme war so klar in ihrem Kopf.

»Du hättest nicht alles für mich tun müssen«, flüsterte sie und sah blinzelnd hinaus aufs Meer.

Da glaubte sie, etwas weiter vorn eine Haarsträhne von Mathilda zu sehen. Gar nicht weit weg, aber schwer zugänglich. Sie reckte sich, machte einen Schritt, dann noch einen. Sie achtete nicht auf ihre Knöchel, die jetzt im Wasser standen, bald darauf auch die Knie und die Hüften. Die Stola wehte ihr von den Schultern. Nur noch einen Schritt. Dann hab ich sie. Sie verlor den Boden unter den Füßen, sie sank. Sie streckte die Hand aus, bekam die Haarsträhne zu fassen und hielt sie ganz fest. Ihr ging die Luft aus, ihr wurde schwindelig. Sie versuchte, nach oben zur Wasseroberfläche zu rudern, doch ihre Kleider zogen sie in die Tiefe. Sie spürte, wie sie sank, in der Hand noch immer die Haarsträhne, da zogen sie zwei starke Hände aus dem Wasser.

Sie prustete und rang um Luft. Ihr Körper hing kraftlos in den Armen einer Person. Sie konnte nicht mehr, sie ließ sich einfach durchs Wasser ziehen.

Mit einem letzten Ruck wurde sie an Land gehievt. Der andere Mensch sackte am Strand zusammen und keuchte.

Jetzt erkannte sie Andreas. Und neben ihr stand Meja. Inez konnte sehen, dass ihre Lippen sich bewegten, doch hören konnte sie nichts.

Inez versuchte zu begreifen, was geschehen war und wo sie sich befand. Sie hob die Hand, öffnete sie langsam und blickte auf das dünne rotbraune Seegras. Schwerfällig setzte sie sich auf und betrachtete Andreas, der klitschnass neben ihr lag, noch immer außer Atem.

»Meine Güte«, brachte sie heraus, und dann musste sie heftig husten.

Von der Kälte, die nun durch ihre nassen Kleider drang, dazu der Schock, bekam sie heftigen Schüttelfrost.

Meja lief zum Wasser, wo Inez' Stola angespült worden war.

Andreas stand auf und hielt ihr die Hand hin.

»Du brauchst jetzt warme Kleider und eine Tasse Tee«, sagte er.

Inez kam mit Andreas' Hilfe langsam wieder auf die Beine.

»Du auch«, sagte sie.

Er lächelte sie warmherzig an. Da schossen ihr die Tränen in die Augen. Meja begleitete sie, die nasse Stola in der Hand. Und so liefen sie langsam zurück zu Inez' Haus.

Andreas stellte den Wasserkocher an, während Meja Inez aus den nassen Sachen half. Dann zog sie ihr ein T-Shirt, eine Jogginghose und einen Morgenmantel aus dünnem Fleece-Stoff über. Inez leistete keinen Widerstand. Meja setzte sie in ihren Sessel, und Andreas hielt ihr die Teetasse hin.

»Heiß und mit Zucker«, sagte er.

»Woher weißt du, wie ich ihn gerne trinke?«, fragte Inez.

»Intuition«, antwortete er grinsend.

Mit noch zittrigen Händen führte sie die Tasse zum Mund und trank ein paar Schlucke.

»Ich war so müde, dass ich dachte, ich träume«, erklärte sie, um Meja zu beruhigen, die ein ganz verzweifeltes Gesicht machte. »Ich habe *nicht* versucht, mich umzubringen.«

Meja schluckte.

»Das wird nicht noch einmal vorkommen. Es lag vermutlich an unserem Ausflug, der hat mich auf zu viele dumme Ideen gebracht. Ich glaube, für eine Weile ist es mit den verrückten Abenteuern vorbei.«

Das sagte sie eigentlich scherzhaft, doch Meja war gar nicht nach Scherzen zumute.

»Jetzt pass gut auf dich auf«, sagte Andreas, schob die Hände in die Hosentaschen und stand auf, um nach Hause zu gehen.

»Versprochen«, sagte Inez. »Und: danke.«

Er antwortete mit einem Lächeln. Meja begleitete ihn zur Tür und sah ihm noch hinterher, dann schloss sie die Verandatür und kam zurück zu Inez.

»Entschuldige für alles, jetzt geh hoch, und leg dich hin. Du siehst noch viel müder aus als ich.«

Meja zögerte, doch sie tat, was Inez gesagt hatte. Als sie die ersten Stufen gegangen war, drehte sie sich noch einmal um. »Als Andreas dich an Land gezogen hat, hast du gesagt, du hast sie erwischt. Was hast du damit gemeint?«

»Das hab ich gesagt?«, fragte Inez und zuckte mit den Schultern. »Daran kann ich mich nicht erinnern.«

Meja sah ihr ins Gesicht, um festzustellen, ob sie flunkerte, doch dann ging sie mit müden Schritten weiter hinauf.

Inez senkte den Blick auf ihre Hand, die das Seegras festgehalten hatte, und flüsterte:

»Wo bist du hin, Mathilda, du Tochter des Meeres?«

1975

»Willst du nicht mit mir rausfahren?«, fragte Mathilda, als sie früh an einem Samstagmorgen bei mir auf den Felsen saß. Ich hatte mich wieder einmal von Nikolas davongeschlichen, während er schlief. Es lag mehr als ein halbes Jahr zurück, dass ich zuletzt mit Mathilda auf dem Meer gewesen war, und ich hatte unbändige Lust, mitzufahren. Dabei zu sein, wenn sie den Kahn zur Austernbucht steuerte, ihre unendliche Ruhe in mir aufzusaugen. Diese Zeit zu genießen, die für mich die schönste war. Vielleicht schlief Nikolas heute einmal länger? In der Nacht war er wieder auf einem Fest gewesen, er würde sicher nicht merken, dass ich weg war. Also nickte ich zaghaft.

Mathilda lächelte, nahm mich an der Hand, und dann gingen wir zusammen runter zum Steg, machten das Boot los und ließen uns von diesem stillen Morgen aufs Wasser begleiten. Die Welt war magisch. Die Sonne blendend schön mit ihren roten und orangefarbenen Strahlen. Auf der Stelle spürte ich eine tiefe Geborgenheit an diesem Ort, er tröstete mich und sagte, hier kann dir nichts passieren. Hier bist du frei.

Ich beobachtete Mathilda, wie sie ins Wasser eintauchte und mit den Körben voller Austern wieder hochkam. Wir reinigten sie anschließend gemeinsam und saßen da in ehrfurchtsvollem Schweigen.

Plötzlich hielt ich eine leere Schale in den Händen. Ich blickte auf und sah Mathilda lächeln. Vorsichtig drehte ich die Schale um und las das Wort, das sie hineingeritzt hatte: *Schreib*.

Ich versuchte, die Tränen wegzublinzeln, die mir in die Augen schossen. Natürlich wollte Mathilda mich an das erinnern, was im Leben wichtig war. Sie wollte, dass ich die Geschichte weiterschrieb, die ich vor langer Zeit einmal begonnen hatte. Damals hatte sie mich aufgefordert, sie zu schreiben. Nichts war mit der Lust vergleichbar, die ich empfand, wenn ich in einen Schreibrausch geriet. Zärtlich strich ich über die Schale und konnte sie mit einem Mal wieder hören. Die Stimmen der Charaktere in meinem Kopf. Ich sah zu ihr auf.

»Ich kann sie hören«, sagte ich und lachte wehmütig. »Die Menschen in meiner Geschichte, die durch deine Austernschale einen Anfang, einen Mittelteil und ein Ende bekommen hat. Und ich habe gedacht, sie sind für immer verschwunden. In letzter Zeit sind sie so still gewesen.«

Mathilda presste die Lippen aufeinander. Das tat sie nur ganz selten, und ich wandte den Blick ab. Die Stimmen in meinem Kopf waren an dem Tag verstummt, als Nikolas mich zum ersten Mal geschlagen hatte. Natürlich war das Mathilda klar. Sie verstand alles. Nicht zuletzt das, was nie ausgesprochen wurde oder zwischen den Zeilen stand.

»Wie heißt sie denn? Die Geschichte, die du im Kopf hast?«, fragte sie.

Ich hatte meiner Geschichte noch keinen Titel gegeben, aber in dem Moment, als sie mich fragte, wusste ich, wie der Roman heißen sollte. »Die Töchter des Meeres.«

Mathilda lächelte.

»Das wird dein erstes Buch. Wenn du dich entscheidest, deinem Ruf zu folgen.«

Sie trug die letzten Körbe in den Kahn und machte sich für die Rückfahrt bereit.

»Willst du wissen, was mir mein Vater von der Tochter des Meeres erzählt hat, als ich klein war?«, fragte sie und warf den Motor an.

Ich nickte, lehnte mich zurück, schloss die Augen und lauschte Mathildas Worten.

»Die Tochter des Meeres hat keine Mutter, deshalb beschützt das Meer sie nun. Sie wird auf den starken Armen der Wassermassen durchs Leben getragen, sie weiß, dass sie immer Teil von etwas viel Größerem sein wird, und lernt das Wichtigste von allem.«

Ich sah sie fragend an.

»Demjenigen, der in Not ist, die Hand zu reichen.«

Meja

Meja schreckte aus dem Schlaf hoch. Als sie die Treppe hinunterschlich, hörte sie wieder Inez in ihrem Zimmer tippen. Sie konnte nicht fassen, dass sie jetzt die Kraft dafür hatte. Meja dachte wieder an den vergangenen Abend, und dabei lief ihr ein kalter Schauer über den Rücken. Sie hatte auf dem Balkon gestanden und gesehen, wie Inez in Richtung Steg gelaufen war, und sofort ein ungutes Gefühl gehabt.

Vielleicht weil es aussah, als sei Inez in ihren Filzpantoffeln losmarschiert.

Meja war hinuntergelaufen, um ihr zu folgen, da hatte sie im Garten Andreas getroffen, der gerade eine kaputte Solarleuchte reparierte. Er hatte angefangen, über die Umweltfreundlichkeit dieser Lampen zu diskutieren, doch er wollte sie dann nicht länger aufhalten, als er merkte, dass sie es eilig hatte. Und da hatte sie ihn gefragt, ob er einen Abendspaziergang mit ihr machen wolle. Zum Glück hatte er Ja gesagt. Was wäre sonst geschehen? Meja hätte es niemals geschafft, Inez aus dem Wasser zu ziehen. Sie hatte Inez' Stimme noch im Hinterkopf: »Wozu soll das gut sein, zu überlegen, *was wäre, wenn*?«

Sie seufzte, ging aus dem Haus und rüber zu Andreas. Er öffnete ihr in einem dunkelblauen Morgenmantel und mit einer Kaffeetasse in der Hand.

»Guten Morgen«, sagte er und hob zur Begrüßung die Tasse.

»Guten Morgen«, erwiderte Meja. Mit einem Mal war es ihr peinlich, so früh bei ihm vor der Tür zu stehen, als er noch nicht einmal angezogen war.

»Willst du nicht auf ein Tässchen reinkommen?«, fragte er und machte eine einladende Geste.

Eigentlich wollte sie sofort kehrtmachen, doch sie war ihm ein großes Dankeschön für seinen heldenhaften Einsatz am Vorabend schuldig. Also folgte sie seiner Einladung.

»Ich wollte mich nur noch mal bei dir bedanken«, sagte sie.

Andreas, der schon in der Küche stand, um ihr einen Becher Kaffee einzuschenken, rief: »Dafür musst du dich nicht bedanken. Das hätte jeder getan.«

Meja schielte zur Fensterbank hinüber, wo Andreas die Blume schon gegen ein Glas mit Pinseln ausgetauscht hatte. Er kam wieder ins Wohnzimmer, hielt ihr den Kaffee hin und grinste, als er merkte, dass sie die neue Dekoration bemerkt hatte.

»Ich habe dich beim Wort genommen, wie du siehst.«

Sie lächelte und setzte sich aufs Sofa.

»Deine Ideen haben mich überzeugt, und deshalb habe ich vor, am Nachmittag ein paar Dinge fürs Wohnzimmer einzukaufen. Meinst du, du könntest mir behilflich sein, alles richtig zu positionieren?«, fragte er.

»Ich kann bestimmt mal für eine Stunde verschwinden.«

»Wie sind denn eigentlich deine Arbeitszeiten?«

»Wir haben gar nichts festgelegt. Ich bin da, wenn Inez mich braucht.«

»Das klingt aber eigenartig.«

Da musste Meja grinsen. Das hätte sie im umgekehrten Fall auch gesagt.

»Da hast du recht, aber im Moment geht es nicht anders. Für uns beide.«

Andreas nickte nachdenklich.

»Du, sag mal«, sagte er. »Hat sie heute Nacht eine Feuerwerksrakete abgeschossen?«

»Ja. Sie wollte sich ganz lebendig fühlen und etwas Verrücktes machen, hat sie gesagt.«

»Sie hat mich echt zu Tode erschreckt. Und wahrscheinlich alle Seevögel auch.«

Meja nickte. »Wenn sie sich was in den Kopf gesetzt hat, ist sie stur.«

Andreas fingerte an seiner Tasse herum. »Denk doch mal drüber nach, ihr ein paar Grenzen zu setzen.«

»Ja«, sagte Meja, von seiner Fürsorglichkeit ganz gerührt. Gleichzeitig fragte sie sich, was eigentlich für sie selbst gerade galt. Im Moment schien sie vollkommen zu schwimmen. Als ob sie auf einem Floß saß und die Wassermassen um sie herum die Richtung bestimmten. Sie trank aus. »Jetzt muss ich wieder zurück, aber ich könnte gegen zwei Uhr wiederkommen, wenn das passt.«

Andreas stand auf und öffnete ihr die Tür. »Wunderbar. Darauf freu ich mich.«

Meja ging durch seinen Garten zurück und dachte dabei, dass auch der Garten so war wie er, ganz normal. Hübsche Beete, aber nichts Extravagantes. Das gefiel ihr.

Sie lief wieder auf den kleinen Pfad bis zu Inez' Gartentor. Hier war einfach gar nichts schön. Die Platten waren grün vom Moosbefall, und in den Ritzen sprossen überall Disteln und Löwenzahn. Ein jämmerlicher Anblick. Sie zog ein paar Löwenzahn hier und da heraus, doch dann hörte sie ein Räuspern und drehte sich um. Sie fuhr zusammen.

»Mama?« Sie konnte es kaum glauben.

Susanne stand hinter dem Gartentor.

»Was tust du denn hier?«, fragte Meja weiter.

»Ich wollte …«

Noch bevor Susanne den Satz beenden konnte, fiel Meja ihr ins Wort:

»Woher wusstest du, dass ich hier bin?«

Sie ging ein paar Schritte auf das Gartentor zu, da wusste sie, dass nur Johan es ihr verraten haben konnte. Als sie sich im Café über den Weg gelaufen waren, hatte er ja eins und eins zusammengezählt.

»Johan hat gesagt, du parkst immer an dem kleinen Wäldchen und gehst dann zum Meer«, sagte Susanne. »Er dachte, du arbeitest im Nachbarhaus, er wusste es nicht genau.«

Sie hielt ihr einen Umschlag hin. »Ich habe eine Einladung für dich. Das ist am Wochenende, und ich würde mich freuen, wenn du kommst.«

Meja nahm das Kuvert und öffnete es. Es war eine Eintrittskarte zu einer Vorstellung von »Das Geschmeide der Königin« im Stadsteater Helsingborg. »Theater?«

Susanne zog den Riemen ihrer Handtasche zurück auf die Schulter. »Wenn du magst.«

»Ich werde darüber nachdenken«, sagte Meja und ging auf die Verandatür zu. Bevor sie öffnete, drehte sie sich noch einmal um, doch Susanne war bereits verschwunden. Mejas Puls raste. Hätte sie nicht noch das Ticket in der Hand, würde sie glauben, sie hätte geträumt. Theaterkarten. Die hatte bestimmt Bengt gekauft und ihre Mutter dazu bewegt, Meja einzuladen, um auf diese Art Frieden zu schließen. Aber sie hätte sie einfach per Post schicken können. Meja seufzte und ging hinein.

Inez saß in ihrem Sessel und starrte auf einen unsichtbaren Punkt stur geradeaus. Als Meja hereinkam, drehte sie sich langsam zu ihr um.

»Vielleicht wäre es doch eine Idee, die Jalousien hochzuziehen«, meinte sie.

Meja machte große Augen. »Wollen wir es mal ausprobieren?«

Obwohl sie keine Antwort erhielt, zog sie die erste Jalousie langsam nach oben. Vom einfallenden Licht musste Inez blinzeln. Da fiel Meja auf, wie mitgenommen Inez aussah. Ihre Augen schienen ganz ausgetrocknet zu sein, und ihre Haut war aschfahl, und das innerhalb nur eines Tages. Bei ihrem Ausflug nach Dänemark hatte sie ein ganz anderes Bild abgegeben.

»Soll ich vielleicht ein Omelett machen? Ich glaube, du solltest was in den Magen bekommen.«

Inez antwortete nicht, blickte nur still aus dem Fenster. Für Meja war das ein Ja. Sie ging in die Küche und holte Eier, Schnittlauch und Tomaten aus dem Schrank und legte los. Eine Viertelstunde später stand sie mit einem Tablett wieder da.

»Möchtest du im Sessel sitzen bleiben?«, fragte sie Inez.

Die nickte. Meja stellte ihr den Teller und ein Glas auf den kleinen Beistelltisch und setzte sich in den Sessel auf der anderen Seite.

»Ich hatte den Eindruck, da waren draußen Stimmen«, sagte Inez.

»Kurz bevor ich reingekommen bin? Ja, meine Mutter ist vorbeigekommen.«

»Ach ja?« Mit einem Mal war Inez wieder wach.

»Ja, ich habe ihr nicht mitgeteilt, wo ich bin, aber Johan ist von allein darauf gekommen und hat gepetzt.«

Jetzt lächelte Inez verhalten. »Erzähl weiter, ich liebe Klatsch.«

»Viel mehr gibt es nicht zu erzählen. Sie hat mir eine Theaterkarte für Samstag überreicht. Meine Mutter ist nicht der Mensch, der das Bedürfnis hat, sich zu versöhnen. Mit Sicherheit hat ihr Freund die Karte besorgt, damit wir einen Schlussstrich unter unseren Streit ziehen.«

»Ist doch trotzdem eine nette Idee«, sagte Inez und nahm einen Happen vom Omelett.

»Finde ich nicht«, entgegnete Meja. »Mir geht es blendend ohne sie. Und ihr vermutlich auch. Das wäre jetzt, als würde man mit einem Stöckchen in einem Wespennest herumstochern. Komplett überflüssig, wenn man keine Lust auf Stiche hat.«

Jetzt lachte Inez leise. »Werde nicht so wie ich. Bitte, nimm diesen Rat ernst. Du musst jede Chance auf Versöhnung nutzen.«

»Du findest, ich soll da hingehen?«

»Auf jeden Fall.«

Meja seufzte. Sollte sie wirklich mit Susanne und Bengt ins Theater gehen? Andererseits war es besser als ein Restaurantbesuch – da musste man nämlich nicht reden. Sie unternahmen etwas gemeinsam, kamen aber nicht wirklich in Kontakt miteinander. Perfekt für Susanne und sie.

»Aber kommst du denn allein …« Meja ließ den Satz in der Luft hängen.

»Natürlich«, sagte Inez rasch. »Außerdem habe ich hier drei Männer greifbar, die die verwirrte alte Schriftstellerin liebend gerne retten, falls es nötig sein sollte.«

Meja lächelte. »Du«, sagte sie. »Wie läuft es mit dem Schreiben? Ich habe schon lange nichts mehr vorgelesen.«

Inez blickte wieder aus dem Fenster.

»Ich habe gerade das Gefühl, dass ich das Vorlesen nicht mehr brauche. Aber du könntest den Text für dich lesen und auch gerne am Rand Bemerkungen anbringen. Wäre das in Ordnung?«

»Natürlich«, sagte Meja. »Aber diese Mathilda …« Sie hielt inne und beobachtete Inez ganz genau, um festzustellen, ob sie gerade eine Grenze überschritt.

Inez nickte langsam. »Ja, Mathilda war meine Freundin. Eine ganz besondere Freundin. Und von ihr hätte ich jetzt so gerne ein Foto gehabt.«

»Aber was ist denn mit ihr geschehen?« Die Frage rutschte Meja einfach heraus, obwohl sie wusste, dass Inez darauf nicht antworten würde. Die Antwort verbarg sich in dem Manuskript, das sie schrieb.

Inez sah ihr in die Augen. »In unserem Leben kommen und gehen die Menschen. Man sollte sich gut überlegen, welche man vorbeigehen lässt und welche man unbedingt festhalten will. Ansonsten ist das Risiko groß, dass die, die man behalten will, einfach weitergehen.«

Meja nickte und dachte an ihr eigenes Leben. An Johan und Susanne. Wollte sie einen von ihnen behalten, obwohl sie sie im Moment weiterziehen ließ?

Am Nachmittag setzte sich Inez wieder an den Schreibtisch und schrieb. Meja hatte die blaue Mappe von ihr bekommen, und nun las sie. Sie saß auf dem Bett im Gästezimmer, mit Ingrid auf dem Schoß, und kämpfte sich von Seite zu Seite. Die Worte entführten sie in die Austernbucht und Mathildas eigene Welt. Zu einer Freundschaft, wie sie sie selbst nicht kannte. So stark, so anrührend.

Als Meja alles gelesen hatte, war sie unglaublich ergriffen. Der Abend hatte sich bereits über den Sund gesenkt, und sie sah eine Weile hinaus aufs Meer, bevor sie mit Ingrid auf dem Arm hinunterging. Inez stand in der Küche und kochte Tee. Sie drehte sich um und machte einen Satz zurück.

Meja blickte auf Ingrid. »Oh, soll ich sie lieber wieder in den Käfig setzen?«

Inez betrachtete das kleine Tier skeptisch.

»Nein, das musst du nicht. Wenn du mich nicht zwingst, sie zu streicheln.«

Meja lächelte. »Sie ist ganz, ganz weich.«

Inez schnaubte leise und ging mit zwei Teetassen an ihr vorbei. Sie setzten sich in ihre Sessel, und Ingrid machte es sich auf Mejas Schoß bequem.

»Eure Freundschaft …«, begann Meja. »Ich weiß gar nicht, ob ich euch darum beneiden soll, dass ihr sie erleben durftet, oder ob ich hoffe, so was nie erleben zu müssen. Das muss auf der einen Seite ganz toll sein, auf der anderen total vernichtend, fast wie …«

»Leidenschaft?«, fragte Inez.

»Ja. Genau. Wart ihr …?«

Inez schüttelte amüsiert den Kopf. »Nein, wir waren nur Freundinnen. Aber sie hat einmal gesagt, dass Freundschaft so intensiv wie prasselndes Feuer sein kann.«

Meja zuckte zusammen und warf einen Blick auf Inez’

Wanduhr. »Ach, Mist …«, rief sie. »Bei Freundschaft fällt mir ein, ich habe Andreas versprochen, um zwei Uhr rüberzukommen und ihm zu helfen. Jetzt habe ich die Zeit total vergessen.«

Inez grinste. »Ist da vielleicht auch ein kleines Feuer entflammt?«

»Was?« Meja riss die Augen auf. »Nein, nein.«

Inez zuckte gelassen mit den Schultern und zog ein etwas verschmitztes Gesicht.

Meja schüttelte den Kopf. Über sich selbst, über Inez' Kommentar und die Tatsache, dass sie die Zeit vergessen hatte.

»Geh doch rüber und sag, ich bin schuld, ich habe dich mit Arbeit beschäftigt. Was ja auch stimmt«, sagte Inez.

Meja nickte. »Nimm du sie mal«, sagte sie und hielt ihr Ingrid hin.

Das Meerschweinchen ruderte mit seinen Beinchen in der Luft, als Inez es entgegennahm. Sie hielt das kleine Tier einen halben Meter von sich weg, als sei es eine müffelnde Mülltüte.

»Ich kann das nicht …«

»Setz sie einfach auf den Schoß, und streichel sie ein bisschen, das tut dir auch gut. Endorphin-Ausschüttung, weißt du.«

Inez murrte, setzte sich Ingrid auf den Schoß und fuhr skeptisch mit der Hand über ihren Rücken. Das Meerschweinchen grunzte zufrieden, als Meja hochging und den Reisekäfig holte.

»Da kannst du sie reinsetzen, wenn du nicht mehr magst«, sagte sie und verschwand durch die Tür, um zu Andreas zu flitzen.

Musik strömte ihr entgegen, als er öffnete. Er hatte Wandfarbe in den Haaren, und seine Wangen waren knallrot.

»Hallo«, sagte er.

»Sorry Andreas«, sagte Meja zerknirscht. »Ich komme zu spät …«

Er warf einen Blick auf die Armbanduhr. »Nur sechseinhalb Stunden.«

»Ich bin mit Inez …«

Er ließ sie herein. »Tadaaa«, sagte er begeistert und zeigte auf die Wand, die Meja farbig streichen wollte. Er hatte sich für einen blaugrünen Farbton entschieden, der an die Tiefen des Meeres erinnerte.

»Wow, wie schön«, sagte sie.

»Das ist dein Verdienst.«

»Wohl kaum«, erwiderte sie.

»Doch, ich hätte sie weiß gelassen, wenn du nicht mit dieser Idee gekommen wärst.«

»Kann ich dir noch irgendwie helfen?«, fragte sie.

Er überlegte. »Nachdem ich hier jetzt so lange *allein* gearbeitet habe, bin ich total geschafft.« Er zwinkerte Meja zu. »Und die Farbe muss sowieso trocknen, bevor ich weiterarbeiten kann. Aber du könntest mir die Freude machen, ein Glas Wein mit mir zu trinken. Allein tu ich das nicht, aber ich hätte jetzt wirklich große Lust auf ein Glas Rotwein.«

Meja zog die Augenbrauen hoch. »Das geht mir genauso. Ich trinke auch nie allein. Als Johan mal am Wochenende mit seinen Freunden unterwegs war und ich alleine zu Hause, hatte ich auch Lust auf ein Glas Wein. Aber als ich mir eins eingeschenkt habe, mochte ich es nicht mehr, dann habe ich es schnell wieder ausgegossen. Mir schmeckt es allein einfach nicht.«

»Das heißt Ja?« Er wies auf sein Weinregal.

»Gern«, sagte sie und lächelte.

Er suchte einen Rotwein aus und schenkte zwei Gläser ein, dazu holte er Schälchen mit Oliven und Nüssen.

»Wann kommt denn deine Tochter?«, fragte Meja.

»Morgen Abend. Ich bin ehrlich gesagt etwas nervös. Lächerlich eigentlich.«

»Das finde ich gar nicht lächerlich, du willst ihr doch nur zeigen, dass es dir gut geht.«

»Könntest du nicht spontan vorbeikommen und fragen, ob du Zucker leihen kannst, damit sie sieht, dass ich auch schon Kontakt zu den Nachbarn habe?«

Er lachte, als er das sagte, doch Meja nickte sofort. »Die Idee ist super.« Sie blickte sich im Zimmer um. »Aber was meinst du, wollen wir nicht mit deinem Wohnzimmer weitermachen? Zu der frisch gestrichenen Wand halten wir einfach ein bisschen Abstand.«

»Hast du Lust?«

Meja war schon aufgesprungen und betrachtete all seine Malutensilien, die er in einer Ecke verstaut hatte. Sie stellte noch ein paar Gläser mit Pinseln auf die Fensterbank und schob den Arbeitstisch neben den Esstisch. Dann suchten sie passende Plätze für die Lampen, rollten Teppiche aus und drapierten die neuen Dekokissen, die jetzt farblich zur Wand passten, auf dem Sofa. Andreas hatte auch einige größere Pflanzen eingekauft – eine Birkenfeige, eine Goldfruchtpalme und eine Monstera –, die sie nun auch im Raum verteilten, und dazu Kerzen, die schönes Licht warfen und nach Vanille dufteten.

Ein paar Stunden später war die Weinflasche leer und das Zimmer fertig. Andreas lief durch seine Wohnung und staunte.

»Es ist total schön geworden.«

»Absolut.«

Dann blieb er vor der blaugrünen Wand stehen. »Und du findest, hier sollte ich eine weiße Leinwand hinhängen?«

»Ja. Aber die soll ja nicht weiß bleiben. *Work in progress*, dachte ich mir.«

»Ein echt originelle Idee.«

Meja musste lachen.

»Was ist denn?«, fragte Andreas.

Sie zuckte mit den Schultern. »Ich kriege selten Lob für originelle Ideen.«

Andreas sah sie intensiv an. Er hatte ganz warme braune Augen. Bei genauer Betrachtung musste Meja zugeben, dass die überhaupt nicht normal waren.

Sie schlug die Augen nieder und räusperte sich. »Jetzt muss ich wieder zurück zu Inez. Danke für den schönen Abend.« Sie ging zur Verandatür und wollte den Griff öffnen.

Andreas legte seine Hand auf ihre und drückte den Griff vorsichtig nach unten. Die Wärme, die von seiner Haut ausging, spürte Meja auf der Stelle von oben bis unten.

»Bis bald«, sagte er und lehnte sich noch leicht an den Türrahmen, als sie hinausging.

Sie nickte nur, hatte Angst, dass ihre Stimme brechen würde, wenn sie versuchte zu antworten, und dann flitzte sie hinüber zu Inez, wo die Jalousien bereits wieder geschlossen waren. Diesmal war sie ganz froh darüber, und mit einem Mal verstand sie den Sinn dahinter. Das Zuhause wurde dadurch zum geschützten Bereich. Alles, was draußen geschah, hielt sie fern. Hier drinnen war das Leben anders, geschützt. Hier konnte sie niemand stören.

Inez

Es war bereits elf, als Inez das Blech mit den überbackenen Pilz-Toasts aus dem Ofen zog. Meja war immer noch nicht aus ihrem Zimmer gekommen. Aber Inez hatte zumindest vor zehn Minuten schon die Dielen von oben knarren gehört und ahnte, dass sie gleich auftauchen würde. Und in dem Moment, als sie die Brote auf zwei Teller verteilte und Petersilie darüberstreute, stand Meja in der Tür.

»Guten Morgen! War wohl spät gestern Nacht?«, sagte Inez und schmunzelte.

»Ja, als ich von Andreas zurückgekommen bin, habe ich dein Manuskript noch einmal gelesen. Danach konnte ich nicht mehr einschlafen. Mmh, das sieht aber lecker aus.«

Inez forderte Meja auf, sich zu bedienen, und dann gingen sie hinüber und setzten sich an den Eichentisch.

»Na, dann erzähl mal«, sagte Inez.

»Auf der Seite 151 schreibst du, dass …«

Inez fuchtelte mit der Gabel durch die Luft. »Nein, ich meine doch von dem Abend bei Andreas.«

Meja schnitt sich ein Stück von ihrem Toast ab und schob es in den Mund.

»Seine Tochter kommt heute Abend zu Besuch, und deswegen haben wir sein Wohnzimmer umgestaltet und gemütlicher gemacht. Jetzt ist es richtig schön geworden.«

Inez beugte sich andeutungsweise über den Tisch. »Und was gab's zu essen und zu trinken?«

»Wein und Oliven«, sagte Meja und runzelte die Stirn, als sie Inez' zufriedenes Lächeln bemerkte.

»Da drüben spielt kein Roman, falls du das denkst.«

»Wenn du meinst«, sagte Inez und summte leise vor sich hin. Es tat gut, sich mit Meja ein bisschen zu kabbeln und mal an etwas anderes zu denken als ihr Buch. Durch die Jalousien fielen ein paar Sonnenstrahlen ins Haus.

»Offenbar haben wir schönes Wetter. Wollen wir einen Spaziergang machen?«

»Jetzt?«, fragte Meja erstaunt.

Inez konnte sich das Grinsen nicht verkneifen. Meja kannte sie inzwischen wirklich gut und wusste, dass ein herrlicher Sommertag, der viele Menschen ins Freie zog, Inez gar nicht lockte. Aber heute war es anders. Heute brauchte sie das Gefühl, eine von vielen zu sein.

Fünf Minuten später waren sie schon auf dem Weg zum Anlegesteg. Inez trug ihren riesigen Sonnenhut. Aus den umliegenden Gärten duftete es bereits nach Gegrilltem, und vom Strand her drang das ausgelassene Gekreische der Kinder. Ein paar Jugendliche waren mit Surfboards und Boxen unterwegs. Die dröhnenden Bässe waren schon von Weitem zu hören. Inez runzelte die Stirn.

Meja wollte den Weg zum Steg einschlagen, zu der Bank, auf der sie sonst immer saßen.

»Heute nicht«, sagte Inez. »Da ist es viel zu voll.«

Stattdessen liefen sie geradeaus, bis sie zu dem kleinen Hafen kamen. Überall Menschen, die lachten und plauderten. Die Kinder hüpften den Steg entlang oder versuchten, Krebse zu fangen, und die Bootsbesitzer trugen

Picknickkörbe für einen Ausflug von ihren Autos zu den Booten. Eigentlich war da viel zu viel Betrieb, aber Inez beschloss, das heute auszuhalten. Nicht nur als Übung für sich selbst, sondern auch Meja zuliebe, auch sie musste mal unter Leute kommen. Sie zeigte auf das rote Bootshaus.

»Da kriegt man Kaffee, frischen Fisch, Eis und sonst was. Worauf hast du Lust?«

»Mir reichen ein Kaffee und was Süßes«, sagte Meja. »Ich kann das holen, dann könntest du uns schon einen Tisch aussuchen. Willst du dasselbe?«

Inez nickte und steuerte sofort auf einen Tisch zu, der im Moment frei wurde. Sie zog ihren Hut etwas tiefer ins Gesicht, denn am Nachbartisch saßen vier Damen und unterhielten sich angeregt.

»Deine Tarnung ist perfekt«, lobte Meja, als sie zum Tisch kam. »Kein Mensch wird dich unter diesem Riesenhut erkennen.«

Inez grinste. »An manchen Tagen sind einem diese neugierigen Blicke einfach zu viel.«

»Ich hab immer gedacht, bei dir gilt das für alle Tage.«

Inez lachte auf. »Stimmt.«

Meja sah sich um. »Was für eine herrliche Sommeroase das ist.«

Inez nickte. Es sah tatsächlich so aus, als wären jetzt alle Dorfbewohner aus ihren Löchern gekrochen, um die Sonne zu genießen. Schallwellenartig legte sich die Geräuschkulisse über den Hafen. Inez wollte gerade etwas dazu sagen, als sie merkte, dass Meja ganz in Gedanken vertieft war.

»Darf man fragen, was in deinem Kopf vor sich geht?«, fragte Inez und tunkte ihren Haferkeks in den Kaffee.

Meja blickte auf, presste die Lippen aufeinander und rutschte etwas näher.

»Wenn das, was du schreibst, autobiografisch ist, hat dieser Mann … Nikolas … dich wirklich geschlagen?«

Inez atmete einmal durch. Sah zu einem Mann hinüber, der gerade seinen Hund ausführte, und antwortete:

»Das ist der Grund, warum ich möchte, dass du es liest. Um festzustellen, worauf du als Leserin reagierst. Das Wichtige daran ist nämlich nicht die Misshandlung. Sondern, was daraus entsteht. In dem Buch geht es darum, wie viel ein Mensch für einen anderen zu tun imstande ist. Die Misshandlung soll gar nicht im Vordergrund stehen.«

Meja lehnte sich zurück, nippte an ihrem Kaffee und ließ sich Inez' Worte durch den Kopf gehen.

Inez blinzelte sie an. Es gefiel ihr, Meja genauer zu beobachten. Sie mochte dieses Ungefilterte und Echte an ihr.

»Was denkst du, was ist der Sinn des Lebens?«, fragte sie sie dann.

Meja verschluckte sich an ihrem Kaffee und hustete. Inez hielt ihr eine Serviette hin. Als es vorbei war, schüttelte sie den Kopf.

»Ich bin wirklich der letzte Mensch, dem du diese Frage stellen solltest. Ich habe nämlich überhaupt keine Ahnung.«

»Aber ohne viel nachzudenken, ganz spontan, was fällt dir ein?«

Meja sah sie groß an. »Aufwachen, essen, schlafen, sterben.«

Inez griff zu ihrer Serviette und schlug sie scherzend

auf Mejas Arm. »Das war die übelste Antwort, die ich je gehört habe. Konnte ich als berühmte Schriftstellerin von seichten Feelgood-Romanen dir wirklich nicht mehr vermitteln?«

Meja brach in Lachen aus und hielt die Hände hoch, um sich vor Inez' Serviette zu schützen. »Und was soll ich deiner Meinung nach antworten?«

»Na ja, das Mindeste wäre ja, dass du das antwortest, was allen anderen auch in den Sinn kommt: *die Liebe.*«

Meja schnaubte. »Halte ich für überbewertet.«

Inez lachte. Wie sehr war ihr diese junge Frau ohne Zuhause und mit Beziehungsschlamassel an allen Ecken ans Herz gewachsen. Doch dann kam ihr eine Erkenntnis. Nicht nur Meja brauchte sie wegen des Lohns und des Wohnraums, sie selbst brauchte Meja genauso sehr. Nicht um Manuskripte vorzulesen oder aufzuräumen. Sondern als Stütze und Halt. Als Freundin. Sie hatte Meja auf ihre intimste Reise mitgenommen, niemand anders wusste davon. Wohin die Zukunft sie auch führte, jetzt wurde ein Band zwischen ihnen gesponnen, das nie zerschnitten werden konnte. Inez' Geschichte verband sie jetzt auf immer. Sie wünschte, sie könnte das erzählen.

Doch so weit war sie noch nicht. Stattdessen streichelte sie Meja leicht über die Hand und stand dann auf. »Da hast du vermutlich recht, die Liebe wird überbewertet.«

Sie gingen wieder zurück. Inez hakte sich bei Meja ein.

»Ich habe eine Studie gelesen, in der es um die Frage ging, was die Menschen glücklich macht. Dabei kam heraus, dass man am glücklichsten ist, wenn man anderen etwas gibt. Vielleicht ist das der Sinn des Lebens?«, sagte Inez, als sie auf ihr Gartentor zuliefen, wo der nächste

Blumenstrauß baumelte. Eine bezaubernde Kreation aus roten, glockenförmigen Tigerlilien.

»Vielleicht ist Sverker ja deswegen immer so gut drauf«, sagte Meja und machte den Blumenstrauß los.

»Vielleicht.«

Als sie in Inez' finsteres Haus kamen, ging Meja gleich in die Küche, um die Blumen zu entsorgen. Inez hastete hinterher und legte ihr die Hand auf den Arm.

»Moment mal«, sagte sie und warf einen Blick auf die Blumen. »Und wenn das nun der Sinn des Lebens ist? Mit dem Schönen die Wunden zu heilen?«

Meja blickte auf den Strauß und dann ins Inez' Gesicht. »Dann meinst du also, ich sollte …«

»Ja«, sagte Inez. »Wir ziehen die Jalousien hoch und stellen sie in eine Vase.«

Also suchte Meja in Inez' Küchenschrank nach einer Vase, ging dann mit den Blumen ins Wohnzimmer, zog die Jalousien hoch und stellte den Strauß aufs Fensterbrett. Inez rückte ihn zurecht und bemerkte dabei Sverker, der gerade in den Garten gekommen war, um vertrocknete Blüten an den Rosensträuchern zwischen ihren Grundstücken abzuknipsen. Als sein Blick auf die Lilien in Inez' Fenster fiel, erschien ein glückliches Lächeln auf seinem Gesicht. Im Augenwinkel nahm Inez wahr, dass Meja ihn ansah und den Daumen hochhielt. Inez schüttelte leicht den Kopf, lächelte aber. Jetzt hatte sie genug Kraft gesammelt, um in die Austernbucht zurückzukehren. Was sie Meja zu verdanken hatte und vielleicht auch Sverkers Lilienstrauß.

1976

Das war der letzte Samstagmorgen gewesen, an dem ich zu den Felsen ging und Mathilda suchte. Nicht nur, weil Nikolas mich nun noch stärker kontrollierte und ich keine Möglichkeit mehr sah, mich davonzuschleichen, sondern auch wegen Mathildas Gesichtsausdruck. In ihrem Blick hatte eine Wut gelegen, die mich befremdete. Sie sagte kein Wort, aber ich konnte ihr ansehen, wie sehr sie Nikolas und mich verachtete – schließlich blieb ich nicht nur bei ihm, sondern war nun auch noch von ihm schwanger. Sie war überzeugt, dass ich mein Leben fortwarf. Mein Talent. Den Traum, ein Buch zu schreiben. Aber auch die Sicherheit meines ungeborenen Kindes gefährdete. Oder waren das ganz insgeheim meine Gedanken? Ich weiß es nicht. Ich weiß nichts mehr von dieser Zeit. Die Erinnerungen daran sind getrübt, bruchstückhaft. Ich weiß nur noch, dass ich all meine Energie dafür brauchte, Nikolas zu Willen zu sein, um auf diese Art die Prügel auf ein Minimum zu reduzieren.

Wenn ich bei der Arbeit war, verlor ich mich in Tagträumen von meinem Kind. Ich spürte, dass es eine Tochter werden würde. Das machte mich glücklich, doch es beunruhigte mich auch. Ich ging davon aus, dass Nikolas sich einen Sohn wünschte. In meinen Träumen flüsterte ich meinem Kind liebevoll zu, wollte ein Band zwischen uns knüpfen, das stärker und wichtiger als die Nabelschnur war. *Du und ich gegen den Rest der Welt. Du wirst immer das Wichtigste in meinem Leben sein, und ich werde alles für dich tun.*

Die Geschichte von den Töchtern des Meeres hatte ich versteckt. Und vergessen hatte ich sie auch.

Meja

Nachdem Meja fünf verschiedene Outfits anprobiert hatte, entschied sie sich am Ende für Jeans und T-Shirt und ging runter zu Inez, die mit einem Buch in der Hand im Wohnzimmer saß. Meja ließ sich in den Sessel fallen.

Inez sah auf. »Wolltest du nicht ins Theater?«

»Ich habe es gecancelt. Ich finde einfach nichts Passendes zum Anziehen und weiß auch gar nicht, was ich da soll. Es fühlt sich so gezwungen und unnormal an. Außerdem beginnt die Vorstellung in zwanzig Minuten, jetzt ist es sowieso schon viel zu spät.«

Inez runzelte die Stirn. »Zieh doch das schöne marineblaue Kleid an, dass du mal bei Sverker und Filip getragen hast. Ich rufe dir ein Taxi. Na, komm schon … beeil dich.«

Meja seufzte und trabte widerwillig zurück ins Gästezimmer. Allein die Vorstellung, wie ein unartiges Kind, das gemaßregelt werden muss, zwischen Susanne und Bengt in einer Theatervorstellung zu sitzen, war erniedrigend. Sie zog ihre Klamotten aus, öffnete den Kleiderschrank und schlüpfte in das Kleid und passende Schuhe. So wie Inez es wollte. Dann kämmte sie sich schnell durch die Haare und sprang die Treppe hinunter.

Inez kam ihr entgegen, hielt die Nase in die Luft und verschwand im Schlafzimmer. Als sie wiederkam, hatte sie ein Parfüm, zwei glitzernde Ohrclips und eine Clutch dabei, die zu Mejas Kleid passte. Sie drückte Meja die Clips über die Ohrläppchen, nebelte sie mit ihrem Parfüm leicht ein und hielt ihr die Tasche hin. »So siehst du annehmbar aus.«

Meja konnte sich das Lachen nicht verkneifen. »Danke, aber jetzt komme ich mir vor, als würde ich zum Fasching gehen.«

»Ein großer Teil des Lebens *besteht aus* Fasching«, sagte Inez.

Durchs Küchenfenster sahen sie das Taxi vorfahren. Inez forderte sie auf, einen Zahn zuzulegen, also nahm Meja schnell die Handtasche, warf die Jeansjacke über und rannte hinaus.

»Viel Glück«, rief Inez ihr hinterher.

Meja hatte einen ganz trockenen Mund, als sie fünf Minuten zu spät ins menschenleere Foyer des Stadsteaters hineinflitzte. Die Dame hinter dem Schalter war über ihre Verspätung gar nicht erfreut, geleitete sie aber doch in den Zuschauerraum und wies ihr ihren Platz an.

»Wir sind doch kein Kino, wo man kommen und gehen kann, wie einem beliebt. Es stört die Schauspieler, wenn man zu spät kommt«, flüsterte sie ihr zu.

»Entschuldigung«, sagte Meja und spürte, wie ihre Handflächen schwitzig wurden. Sie folgte der Frau durch den dunklen Zuschauerraum. Quetschte sich an der Hälfte der Reihe vorbei und setzte sich auf ihren Platz. Sie kontrollierte ihre Karte noch einmal. Sie saß auf dem richtigen Sessel, aber die Leute neben und schräg hinter ihr waren ihr alle fremd. Susanne und Bengt waren nicht in Sicht. Ihre Nervosität verschwand, jetzt spürte sie Ärger aufkommen. So wichtig war Susanne die Versöhnung also. Sie hätte doch wirklich anrufen und ihr mitteilen können, dass sie es sich anders überlegt hatten oder verhindert waren, was auch immer.

Von der andächtigen Stille im Theater wurde Meja ganz unruhig, und sie schielte auf ihre Uhr, um festzustellen, wie lange sie hier noch sitzen musste. Da betrat eine Frau die Bühne. Kurz darauf tauchte ein Mann auf. Meja versuchte, sich auf den Dialog zu konzentrieren, doch eigentlich wollte sie nur hier weg. Theater war überhaupt nicht ihr Ding, das hatte sie eigentlich schon immer gewusst.

Die nächste Schauspielerin betrat die Bühne. Meja beugte sich vor. Ihr Puls schnellte hoch, und sie hatte das Gefühl, ein paar Schläge setzten aus. Diese Stimme kannte sie. Das konnte doch wohl kaum …? Sie starrte auf die Frau, versuchte, ihr Gesicht zu erkennen. Die Schauspielerin drehte sich zum Publikum um, sagte etwas und wandte sich wieder ab. Meja entfuhr ein dumpfer Laut. Was hatte das zu bedeuten? Was machte ihre Mutter da auf der Bühne? Meja stützte sich auf die Lehne des vorderen Sitzes, um so nah wie möglich heranzukommen. Die Frau neben ihr rief sie empört zur Ordnung.

»Andere wollen auch was sehen«, sagte sie leise.

»Entschuldigung«, flüsterte Meja zurück. »Das ist meine … Mutter.«

Die verhärteten Gesichtszüge der Frau entspannten sich leicht. »Na so was. Aber setzen Sie sich doch bitte wieder normal hin, wir wollen Ihre Mutter auch gern sehen.«

Meja sank zurück in den Sitz. Sie hatte das Gefühl,

gleich ohnmächtig zu werden, obwohl sie saß. Sie hörte keinen Ton von dem, was auf der Bühne gesprochen wurde. In ihren Ohren surrte es laut. Mit ihrer Konzentration war es nun dahin, sie konnte keinen klaren Gedanken fassen.

Dann erinnerte sie sich an die Geräusche in Bengts Wohnung, ohne dass jemand da gewesen war. An ihre Vermutung, Susanne hätte aufgebracht mit jemandem telefoniert. Ihre Erklärung, sie habe etwas zu erledigen und sie könne Meja jetzt nicht in der Wohnung haben. War das der Grund gewesen? Hatte sie ihre Rolle einstudiert? Aber warum hatte sie es Meja nicht einfach erzählt? Es war unbegreiflich.

Meja zuckte zusammen, als der Vorhang fiel und der erste Akt zu Ende war. Im Theater ging das Licht an, und das Publikum strömte ins Foyer, wo Wein und Kaffee schon auf den Tischen standen. Meja blieb im Zuschauerraum sitzen. In den Händen hielt sie das Programmheft: Das Geschmeide der Königin. Sie schlug es auf und las: »Carl Jonas Love Almqvists klassisches Stück aus dem 19. Jahrhundert spielt mit den auch heute noch aktuellen Themen wie Lust, Geschlechterfragen, Identität und Schuld.«

Meja blätterte weiter zu der Seite, auf der das Ensemble aufgeführt war. Da, unter den Nebenrollen, fand sie den Namen Susanne Skoglund!

Meja schluckte, legte den Kopf in den Nacken und starrte an die Decke, bis der Gong das Pausenende ankündigte und die Theaterbesucher wieder ihre Plätze aufsuchten, um den zweiten Akt zu sehen.

Das Licht ging wieder aus und der Vorhang hoch.

Jedes Mal, wenn Susanne auf der Bühne auftauchte, schlug Mejas Herz so heftig, dass sie beinahe in Tränen ausgebrochen wäre, und als die Vorstellung zu Ende war, fühlte sich ihr Körper an wie Gelee. Das Publikum erhob sich und applaudierte begeistert, pfiff und rief »Bravo!«.

Dreimal kam das Ensemble noch auf die Bühne und verbeugte sich, nahm den Beifall des Publikums entgegen und winkte, bis es endgültig hinter dem Vorhang verschwand.

Die Menschen verließen das Theater. Meja blieb allein zurück. Unfähig, sich vom Fleck zu rühren.

Eine Frau kam durch den Seiteneingang der Bühne und lief die Stufen hinauf.

»Bist du Meja?«, fragte sie.

Meja nickte.

Die Frau freute sich und streckte die Hand aus. »Ich heiße Elin. Ich bin Bengts Nichte und arbeite hier in der Maske.« Sie nahm Meja an der Hand und führte sie die Treppe hinunter. »Komm, dann kannst du deiner Mutter Hallo sagen.«

Susanne trug noch die Perücke, und ihr Gesicht war voller Theaterschminke, als Meja in die Garderobe kam und sie verlegen begrüßte.

»Hätte ich das gewusst, hätte ich ein paar Blumen mitgebracht …«, sagte Meja.

Jemand öffnete eine Flasche Sekt, und schon hatte Meja ein Glas in der Hand. Sie kam gar nicht dazu, zu sagen, dass sie keinen trank. Alle redeten wild durcheinander, man spürte enorm viel Adrenalin im Raum.

»Meine Tochter«, hörte Meja Susanne sagen, um sie ein paar Kolleginnen vorzustellen.

Als Susanne ausgetrunken hatte, sah sie Meja zum ersten Mal direkt in die Augen. »Ich will mich nur kurz umziehen, aber dann können wir ein bisschen reden?«

Meja nickte. Ein bisschen reden. Sie fingerte an ihrem Glas und machte ein paar Schritte zur Seite. Die ausgelassene Premierenstimmung hier empfand sie als anstrengend. Hin und wieder sah Elin zu ihr rüber, dann lächelte sie freundlich, aber Meja hatte keine Kraft mehr, das Lächeln zu erwidern. Jetzt, nachdem sich der erste Schock gelegt hatte, war sie müde und ausgepowert. Sie sehnte sich danach, zu Inez nach Hause zu kommen.

Susanne tauchte ohne Theaterschminke und Perücke wieder auf und nickte Meja zu, ihr ins Café im Foyer zu folgen. Dort kaufte sie zwei Glas Weißwein und steuerte einen Tisch etwas abseits an, damit sie in Ruhe reden konnten.

»Ja, also …«, sagte Meja. Alle Fragen, die sie im Kopf gehabt hatte, waren wie weggeblasen.

»Ja«, sagte Susanne, und dann verstummte auch sie. Sie waren nicht gerade gut darin, *ein bisschen miteinander zu reden,* keine von beiden.

»Wie geht es dir?«, fragte Susanne schließlich.

»Gut«, sagte Meja.

»Wie schön«, sagte Susanne und trank einen Schluck Wein. »Danke, dass du gekommen bist.«

Meja zuckte mit den Schultern. »Inez hat mich überredet.«

Susanne sah ihr ins Gesicht. »Ach so?«

Meja räusperte sich. »Deshalb konnte ich also nicht im Gästezimmer wohnen?«

Susanne nickte.

»Hättest du mir das nicht einfach sagen können? Warum denn diese Heimlichtuerei? Ich versteh das nicht.«

Susanne nippte wieder am Wein, zögernd stellte sie das Glas ab.

»Ich weiß nicht, wie alt ich war, als wir mit der Schulklasse ein Theaterstück besucht haben. Vielleicht sieben. Wir durften vor und nach der Vorstellung hinter die Bühne. Alle anderen Kinder fanden es langweilig, aber für mich war es das Himmelreich. Es war nicht nur das Stück, sondern die ganze Atmosphäre. Der Duft von Theaterschminke und gesägtem Holz, die Luft, die nach Schweiß und Perücken roch. Die Geräuschkulisse, wenn die Schauspieler sich gegenseitig beim Einsingen übertönten und ihre Rollen hinter der Bühne noch mal sprachen, ihr Anblick in der Maske, wenn sie geschminkt wurden und Kostüme anprobierten, die überall verstreut lagen. All die Geschichten, die sie erzählen wollten, die das Publikum für zwei Stunden in ihren Bann ziehen sollten, dass alle am Ende möglichst ergriffen und berührt waren. Als ich da saß, den Samtbezug an den Stühlen fühlte und der Vorhang aufging, habe ich vor Ehrfurcht die Luft angehalten. Wenn es traurig wurde, habe ich geweint und in lustigen Szenen gelacht.«

Sie blickte kurz auf Meja, dann wanderte ihr Blick zum Fenster.

»Als ich älter wurde, hab ich den Nachbarn bei allen möglichen Dingen geholfen, und von diesem Taschengeld habe ich Theaterkarten gekauft. Dann habe ich mir *Oliver Twist* und *Fanny und Alexander* angeschaut und beschlossen, dass ich irgendwann dorthin zurückkommen und nicht im Zuschauerraum sitzen werde, sondern auf der Bühne stehe. Mit einem Mal hatte mein Leben ein Ziel, einen Sinn. Es hatte einen Grund, dass es mich gab.«

Meja starrte sie an. »Und dann bist du schwanger geworden und alleinerziehende Mutter, und dein Traum war zerstört.«

»Sie hatten mich auf der Schauspielschule in Stockholm angenommen. Es ist extrem schwer, da einen Platz zu bekommen, viele bewerben sich zwei- oder dreimal. Ich habe es im ersten Anlauf geschafft. Als die Zusage kam, bin ich mit ein paar Freundinnen nach Barcelona geflogen, um zu feiern …«

»Und da bist du von diesem deutschen Barmann schwanger geworden«, sagte Meja.

Susanne nickte.

Meja rang nach Luft. Diese kribbelige Unruhe, die sie jahrelang mit sich rumgetragen hatte. Das Gefühl, etwas Großes zerstört zu haben, aber nicht zu wissen, was es war. Susanne hätte es ihr so viel einfacher machen können, indem sie ihr davon erzählt hätte. Die Enttäuschung drückte sich wie spitze Stachel in ihre Haut.

»Du hättest mich doch zur Adoption freigeben können. Oder abtreiben.«

Susanne wurde rot im Gesicht.

»Nie im Leben«, sagte sie. »Ich habe dich geliebt. Mir fiel es nur so schwer, mich selbst zu lieben, als ich einsehen musste, dass ich nie diejenige sein würde, die ich meiner Bestimmung nach hätte werden sollen. Ich habe mich vom Leben betrogen gefühlt. Enttäuscht, verwundet. Ich wollte beides haben, doch das ging nicht.«

Meja biss sich auf die Unterlippe, um die Tränen zurückzuhalten.

»Bengt hat mich ins Theater mitgenommen, weil seine Nichte hier arbeitet. Ich habe ihm von meinem großen Traum erzählt, und dann hat Elin für mich ein Vorsprechen organisiert.« Susanne schüttelte den Kopf. »Es war total unwirklich. Und dass ich die Rolle auch noch bekommen habe. Ich habe ja nie wieder Theater gespielt.«

Beinahe hätte Meja gesagt, dass sie ja ihr Leben lang Rollen gespielt habe, aber sie verkniff es sich und ließ ihre Mutter fortfahren.

»Als ich die Zusage bekam, war ich überglücklich, aber gleichzeitig auch ganz traurig.« Sie seufzte. »Hätte ich gewusst, dass meine Zeit als Schauspielerin noch kommen würde … dann hätte ich vielleicht manches anders gemacht.«

Meja schwieg. Sie konnte es immer noch nicht fassen, dass das der Traum ihrer Mutter gewesen war. Der wie eine Betonwand so viele Jahre zwischen ihnen gestanden hatte. Wie überflüssig.

»Weißt du, wie viel leichter es gewesen wäre, wenn du es mir einfach erzählt hättest?«

»Ja, aber für mich war es leichter, so zu tun, als hätte es diesen Traum nie gegeben. Es tat zu weh.«

Meja seufzte, schob das Glas zur Seite und griff nach ihrer Jacke. »Was für ein Glück, dass ich keinen Traum habe. Da bleibt mir immerhin dieser Schmerz erspart.« Sie hörte selbst, wie kindisch das klang.

Susanne sah sie an. Ihre Augen glänzten, vielleicht Reste der Theaterschminke.

»Natürlich hast du einen Traum«, sagte sie leise.

»Nein, hab ich nicht«, erwiderte Meja. »Ich bin mit einem ganz normalen Leben ohne große Träume sehr zufrieden. Im Moment heißt das, mit einer leicht verrückten alten Schriftstellerin und einem Nacktmeerschweinchen zusammenzuwohnen. Nicht mehr und nicht weniger. Und weißt du was: Ich bin glücklich, auch wenn du das vielleicht nicht verstehst.«

Susanne nickte langsam.

»Und ich hoffe wirklich, dass du das auch wirst.«

Sie machte Anstalten zu gehen. Es ärgerte sie, dass ihr schon wieder die Tränen kamen und der Kloß im Hals ihre Stimme belegte, wo sie doch gerade dabei war, zu sagen, was gesagt werden musste.

»Danke, dass du gekommen bist«, sagte Susanne.

Ihre Stimme klang mickrig und dünn.

Sie sahen sich an. Meja schluckte. Da war keine Theaterschminke mehr in den Augen, es waren Tränen.

»Danke für die Einladung«, sagte Meja, dann lief sie durchs Foyer, vorbei an ausgelassenen Menschen, die sich bei einem Glas Wein über das Stück unterhielten, raus auf die Straße und sah zu, dass sie zur Bushaltestelle kam.

Der Bus tauchte bereits nach ein paar Minuten auf. Sie setzte sich ganz nach hinten. In dem Moment, als er losfuhr, ließ sie ihren Tränen freien Lauf. Sie hörte erst auf zu weinen, als der Bus die Haltestelle Domsten erreichte.

Sie drückte auf den Stoppknopf und stieg aus, wo die Kiefern sie schon mit ihren stattlichen Stämmen willkommen hießen. Diesmal blieb sie stehen und fuhr mit der Hand über die Baumrinde, die noch immer warm von der Sonne war. Dabei beruhigte sich ihr Puls, und sie machte sich auf den Heimweg.

Inez saß in ihrem Sessel und zog die Stirn in Falten,

als Meja hereinkam. Dann ging sie direkt zu ihrem Barschrank.

»Gegen salzige Tränen hilft nur süßer Portwein«, sagte sie und hielt ihr das Likörglas hin.

Meja lächelte ein wenig, ließ sich in den Sessel fallen und nippte an dem süßen Dessertwein.

»Hast du eine Tragödie gesehen?«, fragte Inez.

»Es ist immer eine Tragödie, wenn ich meiner Mutter begegne.«

Meja lehnte sich zurück und seufzte tief. »Aber jetzt habe ich endlich eine Antwort auf die Frage, über die ich mein Leben lang gerätselt habe. Jetzt weiß ich, welchen Traum sie hatte.«

Inez rückte näher. Meja schmunzelte, Inez war wirklich neugierig. Deshalb zog sie die Antwort noch ein bisschen in die Länge.

»Und?«, fragte Inez.

»Sie wollte Schauspielerin werden. Sie hatte schon einen Platz auf der Schauspielschule. Aber dann ist sie schwanger geworden und … na ja, war alleinerziehend. Aus der Traum.«

Inez lehnte sich zurück und nickte.

»Du Arme«, sagte sie dann.

»*Ich*? *Sie* ist zu bedauern.«

Inez zuckte mit den Schultern.

»Ihr könnt einem beide leidtun. Ich will wirklich keine alleinerziehende Mutter verurteilen, aber ihr konfliktbeladenes Verhältnis zu ihrem eigenen Traum hat deinen ganz sicher erstickt.«

»Aber meinst du, jeder Mensch hat einen großen Traum? Das glaube ich nicht. Mein Traum ist nicht erstickt. Ich habe keinen Traum, hab auch nie einen gehabt. Ich will einfach nur leben, ganz normal.«

»Ich glaube, da liegst du falsch«, sagte Inez.

»Ach ja?« Meja lachte. Inez sah vollkommen überzeugt aus.

»Weil ich weiß, welchen Traum du hast.«

»Du weißt, welchen Traum ich habe, aber ich weiß es nicht?«

Inez nickte.

»Aha. Und welcher Traum soll das sein?«

»Das werde ich dir nicht verraten. Das musst du schon selbst herausfinden.«

Meja schüttelte amüsiert den Kopf und trank den Portwein aus.

»Danke für den Absacker. Und du hattest recht. So was Süßes ist gut gegen zu viel Salz.«

Sie stand auf, sagte Gute Nacht und stieg die knarrenden Stufen nach oben.

Ingrid scharrte in ihrem Käfig. Meja holte sie heraus und legte sie neben ihr Kopfkissen, während sie über den Abend nachdachte. Ihre Mutter auf einer Theaterbühne. Da passte sie hin. Sie gehörte zum Theater wie Inez zum Meer.

»Du warst die Beste auf der Bühne heute, Mama. Du warst wirklich die Beste«, wisperte sie.

Inez

Der Regen prasselte gegen die Fensterscheibe. Inez warf sich den Morgenrock über und ging ins Wohnzimmer, schob zwei Finger zwischen die Lamellen einer Jalousie und beobachtete, wie der Wind in die Heckenrosen beim Gartentor fuhr. Da sah sie, dass dort an einer Schnur wieder ein Blumenstrauß baumelte. Sie seufzte, schlüpfte in die Gummistiefel und öffnete die Verandatür, die durch den starken Wind mit solcher Gewalt aufschlug, dass Inez fast das Gleichgewicht verlor. *Merde*, ihr französischer Fluch, kam ihr über die Lippen, und sie ging zum Tor, um den Strauß loszumachen. Der Regen prasselte auf die Wegplatten, und Inez warf nur kurz einen Blick auf die dunklen Wolken, dann lief sie eilig ins Haus zurück.

Die zerzausten Blumen in ihrer Hand ließen die Köpfe hängen. Sie stellte den Strauß ins Wasser und platzierte die Vase mitten auf dem Eichentisch. Du wirst dich schon wieder erholen, dachte sie. Während sie die Hände in die Taschen ihres Morgenmantels schob, fragte sie sich, ob sie sich auch wieder erholen würde, nachdem sie das nächste Kapitel ihres Romans geschrieben hatte.

Seufzend ging sie in die Küche und setzte einen starken Kaffee auf. Während die Maschine lief, ging sie unter die Dusche. Sie stellte das Wasser so heiß, dass ihre Haut am Ende ganz rot gefleckt war. Dann cremte sie sich sorgfältig mit Aloe-vera-Creme ein und zog ein Kleid aus weichem Viskosestoff an. Auf den BH verzichtete sie. Keine kratzigen Stoffe, keine Säume. Für das nächste Kapitel brauchte sie weiche Materialien am Körper, denn der Inhalt allein würde scheuern und kratzen.

Sie räumte ihren Schreibtisch frei, bis da nur noch der Computer stand, eine Duftkerze, die Vanilleduft verströmte, ein Stift und ein Block danebenlagen. Dann ging sie ins Wohnzimmer, packte die letzten Kapitel, die sie geschrieben hatte, in die blaue Mappe, legte sie neben die Blumenvase und schrieb Meja eine Nachricht.

Hallo, Meja,
jetzt muss ich eine Zeit lang ganz in Ruhe arbeiten. Lies diese Kapitel. Wenn du einfache Gerichte wie Suppe oder überbackene Brote kochen magst, dann stell mir das Tablett einfach vor die Tür. Und mach doch mal einen Besuch bei Andreas! / Inez

Sie atmete tief durch. Jetzt war es so weit. Der Moment, vor dem sie sich gefürchtet hatte, seit sie mit der Arbeit an dem Manuskript begonnen hatte. Jetzt würde sie das Ende schreiben.

Bevor sie ins Schlafzimmer ging, zog sie alle Jalousien hoch. Sie konnte gar nicht sagen, ob sie das jetzt für Meja tat oder für sich selbst. Die Wolken jagten über den Himmel. Sie winkte ihnen zu. Wie zum Abschied. Dann ging sie ins Schlafzimmer, schloss die Tür und wusste, dass die Welt anders aussehen würde, wenn sie sie das nächste Mal öffnete.

Sie setzte sich an den Computer, legte die Finger auf

die Tastatur und begann mit der Arbeit. Noch immer war ihr nicht klar, wie ihre Geschichte enden sollte. Mit der Wahrheit? Oder mit einem Happy End?

Meja

Als Meja an Andreas' Tür klopfte, war sie nicht mehr sicher, ob die Idee wirklich gut war. Die Tür sprang auf, und ein Mädchen mit denselben kastanienbraunen Augen und demselben dunklen Haar wie er sah sie neugierig an. Meja räusperte sich.

»Entschuldigung«, sagte sie und trat nervös von dem einen auf den anderen Fuß. »Ich wohne im Nachbarhaus, das heißt, eigentlich wohne ich da nicht richtig, im Moment wohne ich da, als Untermieterin könnte man sagen.« Sie stockte, suchte nach den passenden Worten. »Und jetzt wollte ich nur kurz fragen, ob ich vielleicht etwas Zucker ausleihen könnte.«

Als sie das Wort Zucker aussprach, tauchte Andreas hinter seiner Tochter auf und bewegte seinen Daumen diskret nach oben. Meja lächelte verlegen.

»Kattis«, sagte das Mädchen und hielt ihr die Hand hin. »Komm rein. Papa hat gerade Kaffee gekocht. Vielleicht magst du auch eine Tasse?«

Meja druckste herum und wollte gerade eine Ausrede vorbringen, doch Andreas nickte eifrig. »Ja, komm rein. Wir freuen uns.«

Kattis war schon auf dem Weg in die Küche, um ein Tablett zu holen. Meja setzte sich aufs Sofa, die Hände im Schoß gefaltet, Andreas nahm neben ihr Platz. Kattis war schnell zurück, in der Hand ein Tablett mit Haferkeksen und Kaffee. Als sie es sich auf dem Sessel im Schneidersitz bequem gemacht hatte, sah sie Meja musternd an.

»Und du wohnst da also zur Untermiete?«

»Ja, es ist ein bisschen kompliziert«, sagte Meja. »Ich wohne übergangsweise bei der Nachbarin, sie heißt Inez Edmark, und ich helfe ihr, Ordnung zu machen, und beim Sortieren von Büchern und Papierkram.«

Kattis lehnte sich lächelnd zurück. »Wenn gegen dich ein Haftbefehl vorliegen würde, dann würdest du in Untersuchungshaft bleiben.«

Meja sah verdutzt auf.

»Ich meine, deine Erklärung klingt irgendwie nicht ganz glaubwürdig. Eher so, als hättest du was zu verbergen.«

Meja spürte, wie sie rot anlief, woraufhin Kattis nur zufrieden nickte.

»Jepp. Sage ich doch.«

»Kattis will Kriminaltechnikerin werden und sieht gerade Polizeiserien rauf und runter«, sprang Andreas erklärend ein.

»Aha …«, sagte Meja. Sie beobachtete Kattis, die an ihrem Kaffee nippte. Dreizehn Jahre alt und Kaffee trinken. Hatte sie in dem Alter nicht Saft getrunken? Oder Limonade? Meja war über dreißig, als sie sich gezwungen hatte, sich mit Kaffee anzufreunden. Weil einfach jeder Kaffee trank.

»Du hast recht«, sagte Meja. »Ich habe bei Inez einen geheimen Auftrag.«

Über Kattis' Gesicht ging ein Strahlen, und sie klatschte mit Andreas ab. »Ich hab's doch gewusst. War voll gut von mir, oder?«

Meja schmunzelte. An Selbstvertrauen mangelte es ihr nicht.

»Papa hat ziemlich drum rumgeredet, als ich ihn gefragt habe, woher diese Einrichtung kommt. Aber jetzt kapiere ich, wie ihr das hingekriegt habt.«

Meja wollte vermeiden, wieder rot anzulaufen, und atmete tief durch. Das würde nur zu Missverständnissen führen. Es war ja schließlich nichts passiert. Sie hatten nur ein paar Gläser Wein getrunken und das Wohnzimmer zusammen eingerichtet.

Andreas grinste. »Okay, ich muss wohl zugeben, dass ich von der Nachbarin, die zur Untermiete wohnt und geheime Aufträge hat, ein wenig Hilfe in Anspruch genommen habe.«

Kattis strahlte. »Voll Glück. Ich hab schon gedacht, ich komme hier auf eine total ungemütliche Baustelle, aber dann latsche ich hier rein und will gar nicht mehr weg.«

Meja lächelte zum Dank für das Kompliment.

»Und außerdem komme ich zu einem Dad, der voll gut drauf ist und keinen Frust schiebt. Ich nehme an, das hat auch mit der geheimnisvollen Nachbarin zu tun?«, sagte Kattis und grinste.

Meja schüttelte peinlich berührt den Kopf, und Andreas winkte ab. Jetzt wurde es langsam brenzlig. Meja versuchte, die Kontrolle zurückzuerlangen.

»Hier gibt es eine echt nette Nachbarschaft. Sverker und Filip gehören auch dazu, sie wohnen auf der anderen Seite von Inez«, sagte sie und klang wie ein Teenager, der erwachsen wirken will.

Andreas nickte heftig. Kattis grinste nur.

Kattis warf einen Blick auf Mejas Fotoapparat, den sie

mitgenommen hatte, um das Gewitter zu fotografieren. Jetzt lag er auf dem Tisch. »Du fotografierst also?«

»Manchmal«, sagte Meja.

»Kannst du ein Bild von uns machen?«

Andreas wollte gerade sagen, dass das wirklich nicht sein müsse, da nickte Meja und zog die Objektivkappe ab. Kattis setzte sich neben Andreas und grinste breit.

»Ich mache eigentlich am liebsten *Schnappschüsse*, wenn ihr gerade nicht daran denkt, dass ich fotografiere«, sagte Meja.

Kattis sprang vom Sessel. »Okay. Komm, Papa, zeig mir doch mal deine Farben und wie du malst«, sagte sie zu Andreas.

Meja wartete ab, bis sie ins Gespräch vertieft waren, und hielt Abstand zu den beiden. Bald war Andreas so in seinem Element, dass Kattis und er Meja gar nicht mehr wahrnahmen. Sie machte eine ganze Reihe Aufnahmen.

»Darf ich mal schauen?«, fragte Kattis, als Meja die Kamera nach einer Weile wieder hinlegte.

»Ja, klar.«

Kattis blätterte die Fotos durch. Als sie aufsah, war sie ganz verändert. Völlig ergriffen von den Fotos.

»Kannst du mir die mailen? Wenn das okay ist?«

Meja nickte. Kattis drückte Andreas die Kamera in die Hand. »Wow«, sagte er, als er die Bilder durchblätterte.

Meja schmunzelte. Ihr Lieblingswort.

Sie trank ihren Kaffee aus und wollte wieder zurück zu Inez gehen.

»Jetzt sollte ich langsam …« Sie nickte zur Haustür.

Andreas begleitete sie, während Kattis in der Küche verschwand. Meja bedankte sich für den Kaffee, steckte die Kamera unter ihre Jacke, um sie vor dem Regen zu schützen, und wollte gerade aufbrechen, als Kattis in der Tür auftauchte. Sie hielt ihr eine kleine Plastikdose hin.

»Der Zucker«, sagte sie.

Meja verstand es nicht gleich, doch dann grinste sie. »Stimmt ja. Der Zucker.«

Kattis verdrehte die Augen. »Ach so. Die geheimnisvolle Nachbarin hat den Zucker nur als Undercover-Aktion benutzt, um die Tochter kennenzulernen.«

»Nein, stimmt gar nicht …«, sagte Meja. »Wir brauchen den Zucker wirklich zum Kuchen backen. Inez backt gern, wollte aber bei Regen nicht vor die Tür. Sie wollte nichts riskieren, vor etwa einem Monat hat sie sich schon einen Riss in der Hüfte geholt und …«

»Zu viele Details machen die Story nicht glaubwürdiger. Bis bald«, flüsterte Kattis und zwinkerte Meja mit einem Auge zu, bevor sie ging.

Konnte dieses Mädel wirklich erst dreizehn sein? Meja spürte, wie schnell ihr Puls schlug, zog die Kapuze über den Kopf und rannte zurück zu Inez.

Sie schüttelte die Regentropfen ab und hängte ihre Jacke im Flur auf. Aus dem Schlafzimmer drang Tastaturgeklapper. Meja folgte den Anweisungen auf dem Zettel und wärmte eine Dose Erbsensuppe auf und schob Tomatenbrote mit Käse in den Ofen. Als das Essen fertig war, stellte sie Inez ein Tablett vor die Tür und klopfte dreimal, mit dem anderen Tablett mit Suppe, Brot und der blauen Mappe, die Inez auf den Eichentisch gelegt hatte, ging sie hoch ins Gästezimmer.

Sie setzte sich an den Schreibtisch, aß und verschlang ein Kapitel nach dem anderen. Draußen peitschte der

Regen ans Fenster, während sie sich von der Geschichte in den Bann ziehen ließ. Als Meja die letzte Seite gelesen hatte, war sie wie gerädert.

Sie schob die Blätter zurück in die Mappe und begann, ihr Zimmer aufzuräumen, um dieses ungute Gefühl loszuwerden. Ihr Kleid, das auf dem Stuhl lag, hängte sie ordentlich auf einem Bügel in den Kleiderschrank und dachte wieder an den gestrigen Abend und die Theatervorstellung. Alles kam ihr so unwirklich vor.

Über dem Bett befand sich ein Regal, auf dem eine Blockkerze, die schon ganz vergilbt war, und ein kleines Schmuckkästchen standen. Meja nahm es herunter und öffnete es, um die Ohrclips hineinzulegen, die Inez ihr geliehen hatte, da fiel ihr Blick auf einen kleinen Schlüssel, der an einer Kette befestigt war. Sie nahm ihn in die Hand, strich vorsichtig über seine verschnörkelte Oberfläche und blickte zum Schreibtisch. Vorsichtig steckte sie den Schlüssel in das Schloss der Schublade. Es klickte leise. Sie schluckte, zog an dem kleinen Messinggriff, und die Schublade glitt langsam auf. Darin lag ein abgegriffenes schwarzes Notizbuch. Sonst nichts. Meja hielt die Luft an und starrte auf das Buch. War das etwa DAS Notizbuch? Inez' kleines schwarzes Heft? Das Tagebuch von Kobbholmen?

Sie rührte das Buch nicht an und schob die Schublade so lautlos wie möglich wieder zu. Sie drehte den Schlüssel um, legte ihn zurück ins Schmuckkästchen und stellte es wieder aufs Regal. Ihr Herz raste.

Dann ging sie auf den Balkon und hielt ihr Gesicht direkt in den Regen, hin- und hergerissen von ihren Gefühlen. Der Ausblick auf Andreas' beleuchteten Garten war schön. Aber bei dem Gedanken an die Romankapitel, die sie gerade gelesen hatte, grauste ihr. Wie sollte diese Geschichte bloß enden?

1976

Ich weiß nicht mehr, was Nikolas' Wut derart angestachelt hatte. Vielleicht hatte ich ihn gebeten, das Baby zu nehmen, das seit seiner Geburt pausenlos schrie. Ich brauchte so dringend ein bisschen Schlaf. Vielleicht hatte ich ihn gebeten, zum ersten Mal die Windeln zu wechseln. Oder war es einfach nur mein zu müder Blick. Aber der erste Schlag an diesem Tag war anders, etwas war neu. Er war zorniger. Normalerweise begann er mit einer Ohrfeige. Jetzt schlug er gleich mit der geballten Faust auf mich ein.

Ich verlor das Gleichgewicht und flog auf die Tischkante, dass die Haut an meiner Schläfe aufplatzte. Das Blut lief mir den Kopf hinunter, in meinen Mund, ich nahm den Metallgeschmack wahr, aber ich konnte nicht aufstehen. Er schlug weiter, hörte gar nicht mehr auf. Meine Tochter schrie wie am Spieß, wahrscheinlich hatte sie Bauchweh. Es war unheimlich, wenn sie keine Luft mehr bekam und ihre Haut blau anlief, dann ließ der Krampf nach, und sie bekam wieder Luft und brüllte gleich weiter, und so begann alles wieder von vorn.

Ich versuchte, mich am Tischbein festzuhalten, um auf die Knie zu kommen, doch ich schaffte es nicht. Ich konnte spüren, wie Blutgefäße unter meiner Haut platzten, doch ich war wie betäubt, meine Gedanken drehten sich nur um meine Tochter, die getröstet werden musste.

Ich weiß nicht, wie lange das so ging. Wenn man sich in einem Schockzustand befindet, wird die Zeit so zäh. Vielleicht dauerte es nur ein paar Minuten, mir kam es vor wie ein ganzer Tag. Am Ende konnte mein Körper nicht mehr. Meine Augenlider waren zugeschwollen, und ich konnte nichts sehen. Beim Atmen rasselte es in meiner Lunge. Das Einzige, was ich denken konnte, war *Verzeih.* Verzeih, gerichtet an meine Tochter.

Auch an die folgenden Ereignisse kann ich mich nur noch dunkel erinnern. Der Duft des Meeres drang mir in die geschwollene Nase, er hatte auf mein Gesicht eingeprügelt. Ich spürte, wie Mathildas Haar auf meine Wange fiel und ihre warmen Finger den Puls an meinem Hals tasteten. Ich versuchte, mit aller Kraft die Hand zu bewegen, doch nicht einmal mein kleiner Finger gehorchte.

Kurz darauf roch ich Babyhaut, und ein zitternder kleiner Mund suchte nach meiner Brust. Gleichzeitig rief Mathilda einen Krankenwagen. Bevor sie mich vorsichtig auf die Trage hoben, hörte ich Mathilda flüstern. *Für dich tue ich alles.*

Das war das Letzte, was ich Mathilda sagen hörte, und es würde Wochen dauern, bis ich den Inhalt ihrer Worte verstand.

Inez

Es war drei Uhr nachts, und Inez hatte seit Stunden nur auf den Bildschirm gestarrt. Ihre Hände lagen gefaltet auf ihrem Schoß, fast als steckten sie in einer Zwangsjacke. Sie stand auf und ging ins Wohnzimmer. Inzwischen regnete es nicht mehr, aber es stürmte noch und war nach wie vor stockdunkel draußen. Inez stieg in die Gummistiefel, zog eine Windjacke über und machte sich auf den Weg zu Violas Bank.

Sie kämpfte gegen den starken Wind, war nahe daran, das Gleichgewicht zu verlieren, dachte aber nur an die letzten Worte, die sie geschrieben hatte, und was dann passiert war.

Mathilda hatte den Krankenwagen gerufen. Inez musste wegen innerer Verletzungen viermal operiert werden, zweimal sprang sie dem Tod von der Schippe, doch wie durch ein Wunder überlebte sie und erholte sich nach und nach. Sie konzentrierte sich ganz auf ihre Gesundung und Amelias Wohlergehen.

Erst nach zwei Wochen hatte sie begriffen, dass Nikolas nicht mehr lebte. Dass er an diesem Abend, als er sie so schlimm misshandelt hatte, gestorben war. Es hatte zwei Wochen und einen Tag gedauert, bis sie begriffen hatte, dass Mathilda während ihrer Abwesenheit wegen Mord angeklagt worden war.

Inez setzte sich auf die Bank und schloss die Augen. Ein paar Tage nachdem Inez ins Krankenhaus gekommen war, war Mathilda spurlos verschwunden, und niemand wusste, wo sie war. Aber vorher hatte sie auf dem Nachttisch ihres Krankenhausbettes eine Austernschale hinterlassen. Das war das Erste, was Inez sah, als sie nach zehn Tagen aus dem künstlichen Koma erwachte. Ihr Herz schlug so schnell, dass sie dachte, es würde platzen, als sie die Schale in die Hand nahm. Sie hatte sie umgedreht und Mathildas eingeritzte Nachricht gelesen. *Du weißt, wo du die Antwort findest.*

Ihre Behandlung im Krankenhaus dauerte drei Monate. In dieser Zeit schrieb sie die Geschichte über die Töchter des Meeres weiter, immer dann, wenn Amelia schlief. Die Schwestern sagten, sie müsse sich ausruhen, doch sie schrieb und schrieb und schrieb. Nicht nur für sich selbst. Auch für Mathilda. Mathilda hatte gesagt, sie solle dieses Buch schreiben, und jetzt würde sie es tun. Das war das Geringste und gleichzeitig das Größte, was sie für sie tun konnte. Und als sie das Krankenhaus drei Monate später verlassen durfte, war das Rohmanuskript fertig. Der Anfang, der Mittelteil, das Ende. Ein Buch über Freundschaft. Eine fiktive Geschichte, die jedoch Kraft und Herzschlag aus dem echten Leben schöpfte.

Inez schlug die Augen auf und blickte aufs Meer, bis ihre Zähne klapperten. Der Wind war immer noch eisig kalt. Da stand sie auf und ging gemächlich zurück.

Sie zog ihre Jacke aus und setzte sich wieder an den Computer. Jetzt faltete sie ihre Hände nicht mehr im Schoß. Jetzt überließ sie es ihnen zu erzählen, was dann geschah.

1976

Es gibt keine Worte, die das unwirkliche Gefühl beschreiben könnten, mit dem ich nach drei Monaten im Krankenhaus die Haustür unseres kleinen Häuschens in Kobbholmen wieder öffnete. Mein Kopf konnte es noch nicht begreifen, dass Nikolas nicht mehr da war, und die ersten Tage war ich noch auf Zehenspitzen unterwegs und sah ständig über die Schulter.

Meine Tochter war nun drei Monate und zwei Wochen alt und lag zufrieden und glucksend auf ihrer Babydecke auf dem Boden. Meist saß ich einfach neben ihr, unfähig, irgendetwas zu tun. Eine Frau vom Roten Kreuz, Katarina Ek, die ich bei meinem Krankenhausaufenthalt kennengelernt hatte und nun als wunderbare Freundin betrachtete, war so freundlich gewesen, den Kühlschrank leer zu räumen, die Rechnungen aus dem Briefkasten zu holen und die Blumen zu gießen. Und jetzt hatte sie mir eine Schale Obst auf den Tisch gestellt und daneben eine Ansichtskarte mit der Aufschrift: *Willkommen zu Hause.*

Doch wie mein Zuhause fühlte es sich nicht an.

Am dritten Tag legte ich meine Tochter in den Kinderwagen, packte die Austernschale, die ich von Mathilda im Krankenhaus bekommen hatte, in die Jackentasche und begab mich mit meinem Kind zu Mathildas Bootshaus.

Amelia schlief selig in der frischen Abendluft, und ich

setzte mich auf einen Felsen und sah hinaus aufs Meer, das friedlich wogte. Ich nahm die Austernschale in die Hand und las die Worte noch einmal. *Du weißt, wo du die Antwort findest.*

Ja. Ich wusste es. Mathilda hatte immer wieder kleine Mitteilungen in Austernschalen geritzt und sie dann auf den Meeresboden geworfen, wo sie Boten für kleine Überraschungen wurden. Meist waren es nur ein paar schöne Worte. *Freundschaft, Liebe* oder etwas in der Art. Ich hatte sie alle in einem Schuhkarton aufbewahrt und im Kleiderschrank versteckt, damit Nikolas sie nicht entdeckte und wegwarf.

Ich sah die Auster an und schob sie wieder in meine Tasche. Am nächsten Tag würde ich Katarina fragen, ob sie auf Amelia aufpassen könne, und dann würde ich Mathildas Nachricht auf dem Meeresboden suchen. Danach würde ich mit meiner Tochter dorthin gehen, wo unser Zuhause war. Bei Mathilda.

Meja

Das Wetter war noch regnerisch, als Meja erwachte. Sie fuhr in den Morgenmantel und stieg die Treppe hinunter. Auf dem Tisch lagen keine neuen Romankapitel, und aus Inez' Schlafzimmer drang kein Laut. Meja setzte Teewasser auf, kochte Eier und toastete Brot. Als alles fertig war, klopfte sie behutsam an Inez' Tür und setzte sich dann zum Frühstücken an den Eichentisch im Wohnzimmer.

Sie hatte in der Nacht schlecht geschlafen, hatte sich viel hin und her gewälzt. Die Ereignisse der letzten Tage hatten sie beschäftigt. Und am Ende war sie zu dem Schluss gekommen: Sie würde nicht in Johans Wohnung zurückkehren. Das war nicht mehr ihr Zuhause. Ihre Beziehung befand sich nicht mehr in einer Auszeit, sie war zu Ende. Meja musste sich um eine eigene Wohnung kümmern, und um die zu bekommen, brauchte sie einen richtigen Job. Die Bücher in Inez' Haus waren ausgemistet, und der Roman neigte sich seinem Ende zu. Wenn die letzte Seite geschrieben war, gab es für sie hier nichts mehr zu tun.

Sie schob ihren Frühstücksteller beiseite und trank ihren Tee, während sie aus dem Wohnzimmerfenster sah, über das nun dicke Regentropfen liefen. Da fiel ihr ein, dass sie eine ihrer Aufgaben hier im Haus noch nicht einmal begonnen hatte. Vielleicht war das die Gelegenheit.

Sie lief in die Küche, holte ein Küchenmesser und ging hinaus in Inez' Garten. In Andreas' Haus war es noch dunkel. Kattis und er schliefen vermutlich noch. Aber nicht einmal die Erinnerung an den netten Besuch bei ihnen am Vorabend konnte die innere Unruhe vertreiben, die sie seit der Nacht plagte. Sie kniete sich hin und begann, das Unkraut zwischen den Wegplatten wegzukratzen. Der Regen lief ihr in die Augen, und der Morgenmantel wurde von der Nässe und dem lehmigen Boden ganz schwer. Aber Meja machte weiter, sie kratzte, schabte und zog. Bilder von Inez, der blauen Mappe, Johan und Susanne flimmerten vor ihrem inneren Auge vorbei, Meja ließ sie kommen und gehen. Ihr Körper zitterte von der Kälte und dem Adrenalin. Immer wieder fuhr sie sich mit der Hand über die Augen, um das Wasser – oder waren es Tränen – wegzuwischen. Auf den Wangen klebten nun erdige Krümel.

Sie arbeitete wie besessen und sah erst auf, als sie eine Hand auf ihrer Schulter spürte. Es war Sverker. Meja starrte ihn an. Er zog sie vorsichtig hoch, lächelte herzlich und nahm sie mit in sein Haus. Da holte er ein Handtuch, einen frischen Bademantel und stellte die Dusche für sie an.

Ohne ein Wort schloss sie die Badezimmertür, ließ den durchnässten, erdverschmierten Morgenmantel und den Schlafanzug auf den Boden gleiten und duschte heiß. Was war nur in sie gefahren? Hatte sie wirklich auf dem Boden gelegen und bei diesem Wetter Unkraut gejätet? Sverker musste glauben, sie sei verrückt geworden. Sie stieg aus der Dusche, zog den drei Nummern zu großen Bademantel über, versuchte, ihre Haare in Ordnung zu bringen, und kam aus dem Badezimmer.

Sverker saß im Wohnzimmer, vor ihm standen eine große Kanne Tee und zwei Tassen. Er bat sie, sich zu ihm zu setzen.

»Danke«, sagte sie und hielt einen Zipfel des weichen Frotteebademantels in die Höhe. Sverker grinste.

»Ich weiß nicht, wie das passieren konnte …«, sagte sie.

»Es ist nicht verkehrt, im Regen Unkraut zu zupfen. Da geht es viel leichter raus.«

Meja nickte langsam. »Aber vielleicht eher in Regenklamotten.«

»Ja, vielleicht«, sagte Sverker.

Eine Weile saßen sie schweigend da und nippten am heißen Tee. Meja sah sich um. Das gemütliche Wohnzimmer war so heimelig. Als würde sie jemand in den Arm nehmen. Bei dem Gedanken kamen ihr die Tränen. Sie versuchte, sich den Augenwinkel schnell trocken zu reiben. Doch Sverker hatte sie schon bemerkt.

»Manchmal sind die Berge, die einem das Leben vorsetzt, verdammt steil. Aber wenn man es bis nach oben geschafft hat, geht es immer wieder flott bergab. Glaub mir. Und wenn man da runtersaust, ist das Kribbeln im Bauch zurück.«

»Hast du einen Lebenstraum gehabt, den du dir erfüllt hast?«, fragte Meja.

Über diese Frage musste Sverker nicht lange nachdenken. »Ja, ich wollte die Liebe finden. Die große Liebe.«

»Und dann hast du Filip kennengelernt.«

»Stimmt. Als ich mir diesen Traum erfüllen konnte, fügte sich auch alles andere wie von selbst. Das ist wohl das, was man Harmonie nennt.«

Meja seufzte. »Im Moment gibt es in meinem Leben

weder Harmonie noch einen großen Traum. Ich habe nicht eine Ecke für mein Puzzle.«

»Aber irgendwo gibt es sie. Du musst einfach weitersuchen.«

Meja versuchte zu lächeln, aber es gelang ihr nicht.

»Versprich's mir«, sagte Sverker.

Meja trank aus. »Danke für den Tee und den Bademantel. Ich bringe ihn dir nachher wieder. Hast du eine Tüte für meine Klamotten?«

Sverker nickte, holte eine Plastiktüte für Mejas Sachen und ging mit ihr gemeinsam hinaus auf die Veranda. Er reckte den Hals, um Inez' Wegplatten begutachten zu können.

»Es gibt nichts Schlechtes, an dem nicht auch etwas Gutes ist. Du hast ziemlich viel Unkraut beseitigt.«

Meja lächelte und lief durch den Regen schnell zurück zu Inez' Verandatür. Sie ging hoch ins Gästezimmer, doch kaum hatte sie sich der Länge nach aufs Bett fallen lassen, plingte ihr Smartphone.

Wollen wir unsere Restaurantbesuche fortsetzen? Dann sehen wir uns heute Abend, selber Ort, selbe Zeit. / S

Meja biss sich auf die Unterlippe. Sollten sie diese Tradition wirklich fortsetzen? Als wäre nichts geschehen? Jetzt war doch nichts mehr wie früher. Sie schickte ihrer Mutter als Antwort ein knappes *Okay* und drückte sich ein Kissen aufs Gesicht, als ihr ein Wimmerlaut entfuhr. Dann rollte sie sich auf die Seite und schlief noch einmal ein.

Am Nachmittag räumte sie das Tablett, das vor Inez' Zimmer gestanden hatte, wieder auf, sie hatte nichts angetastet. Stattdessen stellte sie ihr eine Schale Minestrone hin und legte einen Zettel dazu, dass sie für ein paar Stunden weg sei. *Ruf mich an, wenn du mich brauchst,* schrieb sie darunter und machte sich auf den Weg zur Bushaltestelle.

In ihrem Magen spürte sie ein nervöses Kneifen. Es war ein merkwürdiges Gefühl, Susanne jetzt wieder zu treffen. Jetzt, da sie alles wusste. So wie sie ihre Mutter kannte, hatte sie sich längst wieder gefangen und war ganz die Alte. Vielleicht war ihre Gestik noch dramatischer und ihr Lachen eine Oktave höher, schließlich hatte sie sich endlich ihren Lebenstraum erfüllt und stand auf einer Theaterbühne.

Meja lehnt den Kopf ans Fenster und hielt die Augen geschlossen, bis sie am Knutpunkten ankamen. Das Restaurant war nur wenige Minuten Fußweg entfernt. Sie bummelte, um die Begegnung so weit wie möglich hinauszuschieben.

Susanne saß da, wo sie immer saß – an der Bar, unter dem Kronleuchter. Sie hob kurz die Hand, als Meja das Restaurant betrat. Meja winkte auch. Sie gingen zu ihrem Tisch, und die Kellnerin kam und fragte, ob sie vor dem Essen gern einen Aperitif hätten.

»Für mich bitte ein Glas Sekt«, sagte Susanne, und dann sah sie Meja an. »Was möchtest du?«

Meja zog die Augenbrauen hoch. Das war das erste Mal, dass Susanne nicht für beide Sekt bestellte, sondern Meja nach ihrem Wunsch fragte. Würde dieses Treffen heute doch anders verlaufen?

»Für mich bitte ein Glas Chardonnay.«

Susanne lächelte. »Steht dir gut, zu wissen, was du willst«, sagte sie und legte sich die Stoffserviette auf den Schoß.

»Ich hab immer schon gewusst, was ich wollte«, erwiderte Meja. »*Nichts* Besonderes zu wollen, schließt das ein.«

Susanne lächelte.

Dann bestellten sie beide Fischsuppe. Meja fingerte an ihrem Glas. »Wie läuft es denn mit den Vorstellungen?«

»Super«, antwortete Susanne. »Wir sind ausverkauft und bekommen Standing Ovations. Mehr kann man sich nicht wünschen.«

»Und wie fühlt sich das an? Ist es in Wirklichkeit so, wie du es dir immer vorgestellt hast?«

Susanne nippte an ihrem Sekt. »Noch viel besser«, sagte sie.

Meja hatte eigentlich erwartet, dass Susanne nur noch vom Theater schwärmen würde, doch sie machte nicht viele Worte über ihre neue Karriere, stattdessen wollte sie mehr von Meja wissen. Besorgt sah sie ihr ins Gesicht. »Du siehst müde aus.«

»Ich habe heute Nacht nicht gut geschlafen.«

»Willst du nicht noch mal für eine Weile in unser Gästezimmer einziehen? An seinem Arbeitsplatz zu wohnen tut in der Regel nicht gut.«

Gott sei Dank wurde in dem Moment das Essen serviert, das war Mejas Rettung. »Wie herrlich das duftet«, sagte sie und hielt die Nase über die Suppe.

Susanne griff ihre Frage nicht noch einmal auf und erzählte stattdessen von Bengts hervorragenden Kochkünsten und den zahlreichen Konferenzen, die er im Herbst besuchen würde. Unvermintes Gelände. Meja nickte, machte ein paar Bemerkungen, wie sympathisch er war, schwieg aber die meiste Zeit. Susanne legte ihr Besteck hin und tupfte sich die Lippen mit der Serviette ab.

»Was hast du vor, wenn du mit dem Auftrag bei dieser Dame fertig bist?«, fragte sie ganz direkt.

Jetzt geht es los, dachte Meja.

»Ich habe den Auftrag schon beendet. Jetzt haben wir ein neues Projekt.«

»Ein Projekt?«, sagte Susanne.

»Ja, ein Schreibprojekt. Was danach kommt, werden wir sehen.«

»Ich weiß jedenfalls, was du tun *solltest*.«

»Kann ich mir denken«, sagte Meja und schielte auf die Uhr. Sie waren beide mit dem Essen fertig, und einen Nachtisch bestellten sie in der Regel nicht. Demnächst würde sie sich verabschieden können.

»Ich muss dir was gestehen«, sagte Susanne. »Als du in unserem Gästezimmer gewohnt hast, hast du einmal deine Kamera auf dem Couchtisch liegen lassen. Da habe ich mir deine Fotos angesehen. Entschuldige bitte, ich hätte dich natürlich vorher fragen müssen, aber ich konnte nicht widerstehen.«

Meja starrte Susanne entgeistert an. Sie hatte gar nichts dagegen, ihre Aufnahmen zu zeigen, wenn sie darum gebeten wurde. Aber wenn sie jemand ohne Erlaubnis ansah, war es ein Gefühl, als hätte jemand ihr Tagebuch gelesen.

Susanne beugte sich über den Tisch.

»Sie sind wirklich gut, Meja. Mehr als gut.«

»Ach ja.« Meja wusste nicht, worauf sie hinauswollte,

und Susanne ließ den Satz im Raum stehen, winkte die Bedienung heran und bezahlte.

Sie standen gleichzeitig auf. Draußen war es nach wie vor windig und grau. Susanne schlug ihren Kragen hoch und zog ihr dünnes Halstuch zurecht.

»Okay, dann pass gut auf dich auf«, sagte sie und verabschiedete sich.

»Du auch«, sagte Meja. Ihr Blick hing noch an ihrer Mutter, als diese hinter dem Rathaus verschwand.

Sie wusste nicht, was schwerer zu verdauen war – dass Susanne heimlich ihre Bilder angesehen hatte oder dass sie sie gelobt hatte.

Als Meja eine halbe Stunde später in Inez' Garten hineinspazierte, der jetzt fast unkrautfrei war, hoffte sie, dass Inez in ihrem Sessel sitzen würde. Jetzt brauchte sie ihre Gesellschaft und ihre derben Kommentare. Immer dann, wenn es so still um sie wurde, begann Meja an allem zu zweifeln. Doch im Haus war es dunkel, und die Suppe stand nach wie vor da. Unangetastet.

Meja hängte ihre Jacke auf und ging zurück, um das Tablett aufzuräumen. Sie hielt ihr Ohr an die Tür. Kein Pieps. Im Augenwinkel sah sie die blaue Mappe auf dem Couchtisch liegen. Neue Kapitel. Sie verspürte einen Stich im Magen.

Sie ging in die Küche und kochte eine Kanne Kaffee. Schenkte eine Tasse ein, stellte sie Inez vor die Tür und klopfte leicht an, damit sie Bescheid wusste. Dann holte sie sich selbst eine Tasse, schnappte sich die Mappe und ging hinauf ins Gästezimmer. War das jetzt der Anfang vom Ende? Vom Ende des Romans und ihrer Zeit hier in Inez' Haus?

1976

Ich erwachte und blickte auf das Gitterbettchen, in dem Amelia lag und tief und fest schlief. Wie immer hatte sie die Bettdecke weggestrampelt. Ich setzte mich auf und reckte mich, dabei knackste es in meinem Rücken. Ich war völlig verdreht auf dem Sofa eingeschlafen. Seit ich aus dem Krankenhaus zurück war, hatte ich die Tür zum Schlafzimmer nicht ein einziges Mal geöffnet. Ich hielt mich tatsächlich nur im Wohnzimmer und in der Küche auf. Immer in Amelias Nähe. Wenn die Dunkelheit einbrach, hielt ich sie krampfhaft im Arm, den Blick unablässig aufs Fenster gerichtet, um zu merken, wenn Nikolas zurückkäme – obwohl ich ja wusste, dass er tot war. Er war in diesem Haus und in meiner Erinnerung noch so präsent, dass ich mich sogar entschuldigte, als ich aus Versehen den Käse fallen ließ.

Ich sah Amelia an, dann zog ich ihr vorsichtig einen warmen Schneeanzug an und legte sie mit einer Decke in den Kinderwagen. Sie quäkte ein bisschen, beruhigte sich aber wieder. Ich zog einen Mantel und Handschuhe an, band mir einen Schal um und ging aus dem Haus. Es war früh am Morgen, und die Luft war schwer, als würde es bald schneien. Ich lief bis zum Friedhof, dort öffnete ich das Tor und begab mich auf die Suche nach seinem Grab. Katarina vom Roten Kreuz hatte mir erzählt, man müsse hinter dem Eingang rechts abbiegen und dann zwanzig Meter geradeaus gehen. Langsam zog ich den Kinderwagen hinter mir über den Kiesweg und las die Inschriften auf den Grabsteinen, an denen wir vorbeikamen. *Geliebt, vermisst…* Dort. Ich blieb stehen. Mein Puls raste. Ich trat näher. Auf dem Grabstein stand: *Nikolas Fridén, geboren 4.5.1936, gestorben 8.8.1976.* Auf dem Stein war eine Friedenstaube eingraviert.

Ich holte tief Luft, schob den Kinderwagen vor und zurück, weil Amelia angefangen hatte zu weinen, und brach bald wieder auf, um sie zu füttern.

Heute war ein sehr wichtiger Tag. Einer der wichtigsten Tage in meinem Leben. Ich würde nach der Auster suchen, auf die Mathilda ihre Nachricht an mich geschrieben hatte. In der örtlichen Tageszeitung wurde bereits darüber spekuliert, ob sie sich das Leben genommen hatte, da sie die Schuld an Nikolas' Tod zugegeben hatte und wohl kaum ohne Strafe davongekommen wäre.

Ich wechselte Amelias Windel, fütterte sie und bereitete mich innerlich auf das vor, was mir nun bevorstand. Jetzt musste ich versuchen, so zu denken wie Mathilda. Mir war klar, dass sie es mir leicht machen wollte, dennoch musste es schwierig genug sein, damit kein anderer die Auster finden konnte. Was bedeutete, dass sie die Schale nicht in der flachen Austernbank deponiert hatte, wo man mit hohen Stiefeln noch stehen und mit einem Aquaskop bis auf den Grund sehen konnte. Das wäre zu riskant gewesen. Ich musste also tauchen gehen. Ins kalte Wasser. Und das ich, die so ungern unter Wasser war. Und wo? Bei den Robben. Ganz sicher fand ich die Auster bei den Robben.

Bei der Vorstellung wurde mir ganz flau im Magen. Noch vier Stunden, dann würde Katarina kommen und auf Amelia aufpassen. Ich griff zu meinem Rucksack, am besten war ich nur mit wenig Gepäck unterwegs. Schließlich durfte ich nicht auffallen und die Polizei auf die Spur führen. Ich kochte Trinkflaschen aus, packte Windeln, Pass, Geld, zweimal Wechselwäsche für mich und fünfmal neue Sachen für Amelia ein. Dann setzte ich mich hin und wartete auf Katarina.

Ich zuckte zusammen, es hatte an der Tür geklopft. Ich schlich ans Fenster und sah hinter dem Vorhang hinaus. Der Briefträger? Ich öffnete die Tür einen Spalt.

»Hallo, ich habe einen Brief für Sie, der nicht in den Briefkasten passt«, sagte er und hielt mir einen großformatigen, gepolsterten Umschlag hin. Ich sah gleich, dass er vom Alma Britzelius Verlag stammte.

Ich bedankte mich und schloss die Tür.

Diesem Verlag hatte ich mein Manuskript geschickt, aber nicht erwartet, dass ich umgehend Antwort erhalten würde. Ich legte Amelia auf ihre Babydecke und öffnete das Kuvert.

Vielen Dank für Ihr Manuskript. Ihre Geschichte über diese Freundschaft hat mich sehr berührt und war unterhaltsam zu lesen. Deshalb möchten wir Ihr Buch gern verlegen. Anbei erhalten Sie Ihr Manuskript mit ein paar Bemerkungen am Rand zurück – ich konnte mich nicht beherrschen, zu warten, Sie hatten in Ihrem netten Brief ja geschrieben, dass Sie uns den Text exklusiv angeboten haben. Bitte rufen Sie mich an, sobald Sie diesen Brief erhalten, dann können wir uns

über den Vertrag und die weitere Vorgehensweise verständigen.
Mit freundlichen Grüßen
Cristy McDonald

Amelia lag mucksmäuschenstill da, schob die Hand in den Mund und sah mich ganz ernst an. Als ob sie die Tragweite dieses Augenblicks verstand. Mir schossen die Tränen in die Augen, und gleichzeitig brach ich in glückseliges Lachen aus.

»Schau mal«, flüsterte ich und hielt ihr den Brief hin. »Deine Mama wird Schriftstellerin. Schriftstellerin!«

Ich nahm sie auf den Arm und begann, mit ihr durchs Wohnzimmer zu tanzen, bis es zum zweiten Mal an der Tür klopfte.

Katarina. Ich muss ziemlich irritiert ausgesehen haben, weil sie mich fragte, ob sie sich im Tag geirrt habe. Jetzt sollte sie Amelia hüten? Ich sah abwechselnd von dem kleinen Mädchen in meinen Armen zu meiner neuen Freundin vom Roten Kreuz.

»Genau«, sagte ich. »Ich habe nur gerade so eine wunderbare Nachricht erhalten, dass ich Raum und Zeit für einen Moment vergessen habe.«

Ich legte die Hände auf meine heißen Wangen und grinste. In meinem ganzen Körper blubberte es, als sei ich voller Kohlensäure. Sie würden mein Buch verlegen. Ich konnte es kaum erwarten, dass ich es Mathilda erzählen konnte. Sie würde sich so freuen. Immerhin hatte ich das alles nur ihr zu verdanken. Sie hatte mir den Weg zum Schreiben geebnet.

Ich ging ins Ankleidezimmer und holte den Schuhkarton mit all den von ihr beschriebenen Austernschalen, die ich mit den Jahren gesammelt hatte. Die wollte ich im Bootshaus abstellen. Auf meine Reise würde ich sie nicht mitnehmen können, und jetzt brauchte ich sie nicht mehr. Ich brauchte nur eine einzige Schale, und die wollte ich jetzt suchen gehen.

Ich zog meinen Mantel an und rannte den gesamten Weg hinunter zu Mathildas Bootshaus, das verlassen am Steg lag. Doch anstatt hineinzugehen und die Schnorchelausrüstung und alles Weitere, was ich brauchte, zu holen, lief ich hoch auf den Felsenhügel, wo ich so viele Samstage frühmorgens grün und blau geschlagen gesessen und Mathilda in ihrem Boot beobachtet hatte. Ich ließ mich nieder und sah hinaus über die Bucht, die jetzt ganz still war. Perfektes Wetter, um nach Austern zu tauchen.

»Ich habe einen Buchvertrag, Mathilda«, flüsterte ich. »Einen Vertrag. Das, woran du immer geglaubt hast, ist in Erfüllung gegangen. Es ist dein Verdienst. Weil du gesagt hast, dass ich einen Anfang, einen Mittelteil und ein Ende habe. Bald werden wir mein erstes Buch feiern können. Gemeinsam. Du und ich.«

Inez

Wenn die Rohfassung eines Romans fertig geschrieben war, steckte Inez sich früher eine Zigarre an. Eigentlich rauchte sie nicht, nur bei diesem Ritual. Und wenn sie jetzt … Sie stand vom Sessel auf und stieg langsam die knarrende Treppe nach oben, die Hand fest am Geländer. Ein Schritt nach dem anderen, ganz vorsichtig, um das Becken nicht mehr als nötig zu belasten. In letzter Zeit hatte sie den Eindruck, dass es mit der Heilung gut voranging.

Die obere Etage bestand aus einem kleinen Flur, einem WC und zwei kleinen Zimmern. Das eine war das Gästezimmer, und das andere war … tja, wie sollte man das nennen? Inez drückte die Klinke nach unten, tastete nach dem Lichtschalter und kniff die Augen zusammen, als es plötzlich hell wurde. Hier lagerte sie all ihre Kleider, Hüte, den Schmuck, hochhackige Schuhe und glitzernde Tücher. An den Wänden hingen Bilderrahmen, darin Zeitungsartikel und Urkunden für zahlreiche Bestseller zur Erinnerung, ordentlich hinter Glas. An einer Wand hatte sie ein Regal einbauen lassen, in dem all ihre Bücher und deren Übersetzungen standen. Neben dem grünen Plüschsessel befand sich unter dem Dachfenster ihr Schreibtisch, darin lagen Unmengen von Fanbriefen von ihren Leserinnen. Darauf stand ein Humidor, den Cristy ihr zu ihrem ersten Buch geschenkt hatte.

Fünfzehn Jahre war es nun her, dass sie ihre letzte Zigarre geraucht hatte, doch immer wieder kam sie hier hoch und kontrollierte die Luftfeuchtigkeit. Das letzte Mal war allerdings schon eine Weile her.

Inez ließ sich im grünen Sessel nieder, öffnete den Humidor und verspürte gleich das angenehme Kribbeln des süßen Tabaks in ihrer Nase. Gerade als sie zugreifen wollte, tauchte Meja in der Zimmertür auf, völlig verschlafen, mit wuscheligem Haar und Nachthemd.

»Du hast einen begehbaren Kleiderschrank!«, rief sie begeistert mit heiserer Stimme.

Inez schmunzelte und wies auf den indischen Patchwork-Hocker aus Seidenstoff. Da hatte Cristy immer gesessen, wenn sie To-do-Listen durchgegangen waren, während Inez sich für eine Party umzog.

Meja setzte sich und blickte sich staunend um.

»Wow«, flüsterte sie.

»Hier hätte ich eigentlich schon lange ausmisten müssen«, sagte Inez, griff nach einer Zigarre und hielt sie sich unter die Nase. »Vielleicht könnte das dein nächstes Projekt werden?«

Meja schüttelte den Kopf. »Nie im Leben. Das musst du aufheben. Das ist doch dein Leben. Darf ich mal schauen?« Sie zeigte zur Wand, wo die Kleiderstange hing. Inez nickte. Meja stand auf und strich vorsichtig mit der Hand über die schönen Kleider, den schmeichelndem Stoff.

»Das ist die reinste Vintage-Goldgrube«, sagte sie.

»Probier gern was an.«

Meja schüttelte instinktiv den Kopf, doch dann blieb ihr Blick an einem dunkelblauen Jumpsuit aus Cord mit einem breiten Taillengürtel und Brusttaschen hängen. Sie sah Inez fragend an, die nur begeistert nickte. Vorsichtig nahm Meja das Kleidungsstück vom Bügel, drehte Inez den Rücken zu, zog sich das Nachthemd über den Kopf und schlüpfte in den Jumpsuit.

Inez stützte sich auf die Armlehne und stemmte sich hoch, um besser sehen zu können. »Das ist ja unglaublich, als wäre er dir auf den Leib geschneidert.«

Inez ging zu dem Regal, in dem sie die Hüte aufbewahrte, und kramte eine Weile, dann hatte sie gefunden, wonach sie Ausschau gehalten hatte. Eine farblich passende, bauschige Baskenmütze. Sie setzte sie Meja auf den Kopf und drehte sie um, sodass sie sich in dem großen Standspiegel mit Goldrahmen betrachten konnte. Meja stand der Mund offen. Inez grinste.

»Das bist genau du«, sagte sie. »Du, weil du keine Kleider magst und denkst, du hättest keinen eigenen Stil. Das liegt einfach daran, dass du ihn bislang noch nicht gefunden hast. Da hast du ihn.«

Meja schluckte, strich über den Stoff und drehte sich vor dem Spiegel hin und her. »Das bin ich. Ich bin vintage.«

»Das bist du wirklich. Und das wird jetzt mit einer Zigarre gefeiert.« Inez ging zum Humidor und knipste die Zigarre ab, doch Meja nahm sie ihr aus der Hand.

»Doch nicht hier zwischen deinen schönen Kleidern.«

Inez musste lachen. »Okay, dann gehen wir runter. Und lass das an. Das sitzt wie angegossen.«

»Darf ich das wirklich?«

»Ja, sicher. Ich passe da in diesem Leben nicht mehr rein. Besser, jemand hat Verwendung dafür.«

Meja grinste, hakte Inez ein und half ihr die Stufen hinab. Als Inez auf die Sessel zuging, versuchte Meja sie umzustimmen.

»Es ist natürlich dein Haus«, sagte sie. »Aber willst du nicht lieber draußen rauchen?«

Inez verdrehte die Augen, folgte ihr aber auf die Veranda. In einer Ecke standen zwei Rattanstühle gestapelt. Meja trug sie in die Mitte der Veranda und versuchte, sie mit der Hand so gut wie möglich sauber zu wischen.

»Ist die Dame jetzt zufrieden?«, fragte Inez, setzte sich, zündete ihre Zigarre an und paffte, um sie durchzuglühen.

»Ich wusste gar nicht, dass du rauchst«, sagte Meja und kräuselte die Nase.

»Tu ich auch nicht. Mit dieser Zigarre feiere ich nur, dass die erste Fassung meines Manuskripts fertig ist.«

Meja riss die Augen auf. »Du hast es fertig geschrieben?«

Inez hielt ihr die Zigarre hin. »Nicht inhalieren, behalte den Rauch in der Mundhöhle und lass ihn dann wieder raus.«

Meja probierte es.

So wechselten sie sich ein paar Mal ab, bis Meja den Kopf schüttelte und Inez die Zigarre allein zu Ende rauchte.

»Und wann bekomme ich dann das Ende zu lesen?«

»Demnächst«, sagte Inez. Sie musterte Meja. »Aber erst solltest du mal unter Leute gehen und herausfinden, wie sich dein neuer Stil anfühlt.«

Meja lachte. »Wohin denn?«

Inez zuckte mit den Schultern. »Fang doch mit Andreas

an. Du kannst dir ja einen Vorwand überlegen und da dein Outfit testen. Ich habe Unmengen von Kleidern, die eine neue Besitzerin brauchen.«

»Es ist doch gerade erst neun?«

»Ich bin ihm schon oft sehr früh morgens über den Weg gelaufen, daher bin ich sicher, dass er wach ist.«

»Du meinst, ich soll da einfach in diesen Klamotten rübergehen und feststellen, ob es sich gut anfühlt?«

»Ja, dann mache ich in der Zwischenzeit Frühstück, und nachher können wir uns beim Kaffee über das Ergebnis unterhalten.«

Meja schüttelte lachend den Kopf, schob sich aber die Baskenmütze noch einmal zurecht und machte sich auf.

Inez seufzte zufrieden. Es war ein gutes Gefühl, zuzusehen, wie Meja aufblühte. Sicherlich war ihr nicht bewusst, welche Verwandlung da gerade stattfand, doch Inez konnte genau beobachten, wie sie sich von Woche zu Woche weiterentwickelte.

Inez blickte in den Himmel und dachte, wie froh und dankbar sie war, dass Sauber & Rein ihr gerade Meja geschickt hatte. Auch wenn es zwischendrin anstrengend gewesen war, sie konnte nicht umhin, festzustellen, dass Meja Licht in ihre Dunkelheit brachte. Ohne Meja wäre sie in diesem Schreibprozess vermutlich untergegangen. Doch ihre umsichtige Art, für sie zu sorgen, und ihr reines, unverstelltes Naturell taten ihr einfach gut.

Inez drückte den Zigarrenstummel in ihr Beet, wo sowieso nur Gestrüpp wuchs, und ging hinein, um das Frühstück vorzubereiten.

Meja

Die Welt erschien ihr fast rosarot, als Meja Inez' Gartentor schloss. Ob es an der Zigarre auf leeren Magen oder der Tatsache lag, dass sie sich in dem Jumpsuit und mit der Baskenmütze auf dem Kopf wie ein neuer Mensch fühlte, fast unbesiegbar, wusste sie nicht. Aber das Lachen sprudelte nur so aus ihr heraus, und sie schwebte mehr, als sie ging. Sverker kam ihr in Laufklamotten entgegen. Er war schnell unterwegs und winkte zur Begrüßung.

»Meine neueste Morgenroutine – tägliches Powerwalking!«

Meja grinste und blickte hinüber zu Andreas' Haus. Sie würde erst hinübergehen, wenn Sverker verschwunden war. Nicht, dass er auf irgendwelche Ideen kam. Er musterte sie von oben bis unten.

»Und ich habe mich heute Morgen gefragt, wo die Sonne bleibt. Aber wer braucht schon Sonne, wenn du dermaßen strahlst!«

»Ich hab heute einen besseren Tag erwischt«, sagte Meja und lachte.

»Nicht zu übersehen. Vielleicht geht's bald schon rasant den Berg runter?«

»Vielleicht«, sagte Meja und stellte fest, dass es jetzt tatsächlich im Magen kribbelte, genauso wie Sverker es prophezeit hatte.

Er grinste breit, verabschiedete sich und lief eilig auf sein Gartentor zu.

Als Meja Andreas' Garten betrat, sah sie im Wohnzimmer Licht. Die Ausgelassenheit, die sie eben noch bei Inez verspürt hatte, war wie weggeblasen, jetzt war sie nur noch nervös. Mit der Baskenmütze auf dem Kopf und in diesem Jumpsuit aus den Achtzigern kam sie sich mit einem Mal ganz lächerlich vor. Sie wollte gerade umdrehen, da knackte die Verandatür und ging auf.

»Oh«, rief Andreas. »Dachte ich mir doch, dass da jemand steht.«

»Ich wollte nur … ein bisschen Zucker leihen.«

Andreas brach in Lachen aus und ließ sie ins Haus. »Kaffee?«

»Gern.«

»Hübsch«, sagte er und nickte zu ihrem Outfit.

»Gehört alles Inez. Ich durfte ihren begehbaren Kleiderschrank anschauen. Die reinste Schatzkiste.«

Er schnüffelte durch die Luft, als er ihr die Kaffeetasse hinhielt.

»Zigarrenrauch«, sagte Meja und zog den Mundwinkel hoch. »Auch aus Inez' Ankleidezimmer.«

»Klingt alles nach einem außerordentlich interessanten Ankleidezimmer.«

Meja setzte sich aufs Sofa und betrachtete das Bild vor der Wand, die jetzt nicht mehr weiß war. Sie kannte den Ort, den die Pinselstriche beschrieben, gut.

»Violas Bank!«, rief sie.

Andreas lächelte. »Ja, ich dachte … warum in die Ferne schweifen? Wir haben das Motiv vor der Haustür.«

Dann legte er den Kopf leicht schräg. »Danke noch

einmal, dass du rübergekommen bist, als Kattis da war. Sie war so gut drauf, als sie nach Hause gefahren ist.«

»Ich hoffe, sie hat nicht … na ja … irgendwelche falschen Schlüsse gezogen«, sagte Meja.

Andreas lachte. »In dem Fall stehe ich dafür gerade.«

Meja schlürfte ihren Kaffee.

»Setz dich doch mal dahin«, sagte er und flitzte in die Ecke, wo er sein Malzubehör hatte. Er holte die Staffelei, eine leere Leinwand und eine Palette mit Farbklecksen. Dann stellte er sich gegenüber von ihr hin. Erst rutschte sie unruhig hin und her, doch nach einer Weile hatte sie vollkommen vergessen, dass er sie malte. Es war so einfach, sich mit ihm zu unterhalten.

Hinterher wusste sie kaum noch, worüber sie gesprochen hatten, sie fühlte sich jetzt rundherum wohl.

»Darf ich mal sehen?«, fragte Meja, als er den Pinsel ablegte.

»Nein, noch nicht. Es ist noch nicht ganz fertig. Ich sage dir, wenn es so weit ist.«

Den Kaffee hatten sie längst ausgetrunken. Meja stellte die leere Tasse hin und machte Anstalten zu gehen.

»Danke für den Kaffee und viel Glück mit deinem Bild«, sagte sie.

»Diesmal hast du keinen Zucker gebraucht?«, scherzte er, als er die Verandatür öffnete.

Sie schüttelte grinsend den Kopf und ging dann hoch konzentriert durch den Garten, wohl wissend, dass sie noch unter Beobachtung stand.

Inez saß am Eichentisch und wartete schon auf sie. Das Frühstück war fertig. Meja ließ sich – so wie Inez es immer tat – auf den Stuhl plumpsen.

»Das Outfit hat gute Noten gekriegt«, sagte Meja, als sie sich wieder entspannt hatte.

»Freut mich«, sagte Inez und schob ihr den Brotkorb hin. »Du musst nachher mal hochgehen und da noch ein Weilchen stöbern.«

Meja griff nach einer Scheibe Brot, doch da blieb ihr Blick an der blauen Mappe hängen, die auf der anderen Seite des Tisches lag. Da waren sie also, die letzten Seiten. Sie schluckte und sah Inez ins Gesicht. Was würde jetzt geschehen, wie würde es ausgehen?

Inez strich Meja sanft über die Hand. Die Geste hatte etwas Tröstendes, die Frage war nur, wen sie trösten wollte. Meja oder sich selbst.

Sie schwiegen. Die beschwingte Atmosphäre, die in Inez' Ankleideraum entstanden war und die Meja bis zu Andreas' Haus begleitet hatte, versickerte. Zurück blieb nur ein Unwohlsein in der Magengrube.

Meja zwang sich, das belegte Brot aufzuessen, trank den Tee aus und räumte ab.

Inez blieb sitzen. Mit einem Mal sah sie so verlassen und alt aus. Meja presste die Lippen aufeinander. Am liebsten hätte sie sie umarmt und gesagt, dass alles gut werden würde, doch stattdessen griff sie vorsichtig nach der Mappe, als wäre sie aus dünnem Glas, und nickte Inez zu. Inez erwiderte ihr Nicken. Dann ging Meja die knarrende Treppe hoch zum Gästezimmer und schloss die Tür hinter sich.

Drei Stunden später legte sie die Mappe wieder aus der Hand und sah gedankenverloren an die Decke.

Es war ein gutes Ende. Inez hatte die Auster gefunden, darin stand, dass Mathilda ins italienische Palermo gereist war. Sie hatte sie dort besucht, war aber mit Amelia in Stockholm geblieben, um sich auf ihre Karriere zu konzentrieren und keine weitere Aufmerksamkeit auf Mathilda zu lenken.

Das war ein gutes Gefühl, schließlich hatte Mathilda es verdient, glücklich zu sein. Allerdings … Meja kniff die Augen zu. Irgendetwas passte nicht. Es war die Art, wie Inez es geschrieben hatte. Auf den vorherigen Seiten las sich jeder einzelne Satz so, als hätte sie die Worte in Blut getaucht und dann zu Papier gebracht. Sie berührten einen tief in der Seele. Mit den letzten Kapiteln war es anders. Sie konnte das Herzblut, den Puls nicht mehr spüren. Meja schlug die Augen auf. Das Authentische war fort.

Sie schwang die Beine über die Bettkante und blieb dort einen Moment lang sitzen. Ihr war eine Idee gekommen. Sie reckte sich hoch zum Schmuckkästchen, öffnete es, entnahm den Schlüssel und wiegte ihn in ihrer Hand. Dann ging sie zum Schreibtisch, schob den Schlüssel ins Schloss, zog die Schublade auf und holte das kleine schwarze Notizbuch heraus. Vorsichtig strich sie über den ledernen Rücken und schlug irgendwo mittendrin die Seiten auf. Die Zeilen der Tagebuchaufzeichnungen wurden immer enger, die Schrift immer unleserlicher, je näher das Ende rückte. Sie blätterte vor bis zur letzten Seite und wollte gerade anfangen zu lesen, als eine Nachricht auf ihrem Handy plingte.

Bei dem Geräusch schreckte sie zusammen und schlug sich die Hand vor die Brust. Die SMS war von Inez. *Wollen wir Mittagessen kochen?* stand da.

Sofort überkam Meja das schlechte Gewissen. Was war in sie gefahren, hier in Inez' privaten Dingen zu spionieren?

Schnell legte sie das Tagebuch zurück in die Schublade und schloss sie mit zittriger Hand wieder ab. Den Schlüssel legte sie dorthin, wo er hingehörte. Sie ärgerte sich maßlos über sich selbst. Erst nachdem sie mehrmals tief durchgeatmet hatte, ging sie hinunter.

Inez stand in der Küche. Sie sah auf, als Meja hereinkam.

»Omelett?«, fragte sie.

Meja nickte. »Ich kann das gern übernehmen«, sagte sie. »Mach es dir doch so lange im Wohnzimmer gemütlich.«

Da widersprach Inez nicht.

Meja bereitete ein Omelett mit Tomate und Knoblauch und servierte es auf zwei kobaltblauen Tellern. Eigentlich wollte Inez Mittag essen, doch nun stocherte sie nur in ihrem Ei herum und blickte die meiste Zeit aus dem Fenster.

»Wir sollten ein paar Pflanzen kaufen und dort einpflanzen«, sagte sie.

Meja legte das Besteck ab und sah sie an. Jetzt mussten sie reden.

»Das Ende ist gut«, sagte sie.

Inez nickte abwesend.

»Wohnt sie immer noch in Palermo?«

Auf diese Frage bekam Meja keine Antwort. Sie stellte die nächste. »Was hast du mit dem Buch jetzt vor?«

»Ich werde es in meinem Schließfach deponieren.«

»In deinem Schließfach? Warum?«

»Zur Aufbewahrung.«

»Aber du willst es doch veröffentlichen.«

Jetzt drehte Inez den Kopf zu ihr. »Ja, nach meinem Tod.«

Meja, die gerade einen Schluck Wasser im Mund hatte, verschluckte sich und begann zu husten.

»Jetzt verstehe ich gar nichts mehr«, sagte sie.

Inez blickte wieder aus dem Fenster.

»Dieses Buch habe ich geschrieben, weil ich es musste, nicht aus Spaß, ich hatte nicht einmal einen Auftrag von einem Verlag. Es erläutert, warum ich mein Leben dem Bücherschreiben gewidmet habe und warum ich die geworden bin, die ich bin. Es ist eine Erklärung für Amelia. Damit sie manches verstehen und möglicherweise verzeihen kann. Aber du bist die Einzige, die die Geschichte kennt, und ich will, dass es vorerst auch dabei bleibt. Man könnte das Ende des Romans wohl ein persönliches Ende nennen.«

»Aber …«, setzte Meja an, doch Inez fuhr ihr ins Wort.

»Ich will keine Fragen über meine Vergangenheit beantworten. Ich will nicht noch mehr erklären, als ich es hiermit getan habe. Ich will einfach nur erzählen. Und auf diese Art und Weise darf ich das.«

»Aber du bist nicht krank?«, fragte Meja. »Das ist nicht der Grund, dass du jetzt dieses Buch geschrieben hast?«

Inez verzog den Mund zu einem Lächeln.

»Jetzt klingst du wieder wie meine Tochter. Nein, ich bin kerngesund. Meine Nachbarin Viola ist gestorben, kurz bevor du angefangen hast, bei mir zu arbeiten. Sie hat das gesündeste Leben der Welt geführt und war von einem auf den anderen Tag plötzlich tot. Das war der Moment, in dem ich beschlossen habe, meine Geschichte zu Papier zu bringen. Man weiß nicht, wann der Vorhang fällt – selbst wenn man gesund und munter ist.«

»Und du versprichst mir, dass das die Wahrheit ist?«

»Versprochen«, sagte Inez. »Du musst mich noch eine Weile ertragen.«

Meja lächelte, doch nur kurz. Jetzt musste sie das Thema ansprechen, das sie schon lange vor sich herschob.

»Aber wenn du jetzt mit dem Buch fertig bist, heißt es doch auch, dass mein Job hier beendet ist?«, sagte sie leise.

Inez nickte. »Im Grunde schon. Aber ich habe dich gern um mich, ob du es glaubst oder nicht, und ich hasse es zu kochen, wie du weißt, und ich würde nie im Leben auf die Idee kommen, Topfpflanzen fürs Fenster auszusuchen, obwohl das bestimmt schön aussähe, und ich habe das Geld, jemanden dafür zu bezahlen, es für mich zu tun. Zudem glaube ich, dass Zimmer auch möchten, dass jemand in ihnen wohnt, und ich bin froh, dass das Gästezimmer, mein Lieblingsraum, nun von jemandem bewohnt wird.«

Meja versuchte, Inez' vielen Gedankengängen zu folgen, und zog die Schlussfolgerung, dass sie dableiben solle. Aber für ewig konnte das ja auch keine Lösung sein.

»Natürlich hast du dein eigenes Leben«, schob Inez hinterher. »Aber bis dahin, bis du dir im Klaren bist, welches Leben da draußen auf dich wartet, kannst du hierbleiben. Einen ersten Schritt hast du gemacht, du hast deinen Stil gefunden. Das kann man für oberflächlich und unwichtig halten, aber das ist es keinesfalls. Wenn man seinen Stil kennt, trägt das zu einem guten Selbstwertgefühl bei. Und das kann dir ungeahnte Möglichkeiten erschließen. Also husch, husch, ab mit dir nach oben in mein Ankleidezimmer!«

Jetzt wollte sie besonders spaßig sein, weshalb Meja

schon wieder den Impuls verspürte, sie in die Arme nehmen zu wollen.

Aber Inez war kein Mensch, den man einfach so in den Arm nahm. Stattdessen kümmerte sie sich lieber darum, Blumen fürs Fensterbrett einzukaufen.

»Du hast übrigens gar nicht erzählt, wie es bei Andreas war?«, sagte Inez.

Mejas Hals wurde ganz heiß.

»Und was haben diese Flecken da zu bedeuten?«

»Er hat mich gemalt.«

»Was?«

»Ja, ich meine, natürlich mit Kleidern an …«, sagte Meja.

Inez gluckste. »Das will ich doch hoffen. Und ist das Bild gut geworden?«

»Keine Ahnung. Ich durfte es noch nicht sehen.«

»Wie spannend.«

Diese überraschende Neuigkeit hatte Inez' Appetit angeregt, jetzt aß sie ihr kaltes Omelett auf und summte leise vor sich hin, als sie die Teller in die Küche trug.

»Jetzt könnte ich einkaufen fahren und Essen und Blumen mitbringen«, schlug Meja vor.

»Ja, gute Idee. Aber such erst noch oben nach meiner roten Lederhandtasche, die muss sich irgendwo im Ankleidezimmer befinden. Sie passt perfekt zu deinem Outfit.«

Schmunzelnd schüttelte Meja den Kopf, doch sie ging hinauf und fand die Tasche auch. Vor dem großen Spiegel blieb sie noch einmal stehen. Normalerweise hasste sie Spiegel. Jetzt betrachtete sie sich richtig gern darin. Ob Inez recht hatte? War sie das, die echte Meja?

Inez

Meja hatte sich auf den Weg zur Bushaltestelle gemacht, und Inez stand am Fenster und blickte auf ihre Wegplatten, zwischen denen jetzt kein Unkraut mehr spross. Auch wenn es Inez im Grunde egal war, so gefiel es ihr doch viel besser. Langsam wurde es Zeit, Amelia einzuladen und ihr Haus und Garten in neuem Glanz vorzuführen. Und mit offenen Jalousien. Wer weiß, wie lange dieser Zustand anhalten würde?

Sie legte sich die Stola über die Schultern, ging hinaus und lief über den kleinen Pfad zum Anlegesteg, während der laue Wind ihr Gesicht streichelte. Unterwegs traf sie Spaziergänger und Leute, die ihre Hunde ausführten. Als sie ans Wasser kam, ging sie bis zum Ende des Steges. Das Meer wogte sanft. Inez blieb stehen und lauschte seinen ruhigen Atemzügen.

»Ist es in Ordnung, dass ich deine Geschichte so beendet habe, Mathilda?«, flüsterte sie in den Wind.

Sie versuchte, sich selbst einzureden, dass das ruhige Plätschern am Pier eine Art Zustimmung war. Trotzdem fiel es ihr schwer, die Tränen zurückzuhalten. Die Wahrheit schmerzte wie ein spitzer Stachel im Herzen. Da würde er sitzen bis zu dem Tag, an dem sie starb. Beim Schreiben hatte sie begriffen, dass das Risiko bestand, zu verbluten, wenn sie den Stachel zog. Warum also sollte sie das tun? Ihre Lösung war die bessere. Das Buch hatte sie vor allem für Amelia geschrieben. Und dieses Ende war für sie – und auch für Inez' Leserinnen – gut. Sie wusste ja nicht einmal, ob am Ende ihres Lebens noch welche übrig waren.

Sie fror, obwohl es nicht kalt war, und rieb sich über die Arme.

Und wenn in der Zukunft doch ein Journalist auf die Idee käme, in ihrer Vergangenheit zu schnüffeln? Das wahre Ende ans Licht brächte? Aber nein, warum sollte er? So interessant war ihr Leben nun auch wieder nicht.

Sie drehte sich um und ging zurück. Ihre Entscheidung war richtig, sie würde sie nicht mehr infrage stellen.

Schon von Weitem sah sie Sverker, der auf dem Weg in ihren Garten war. Als er Inez erblickte, winkte er freudestrahlend. Über ihr Gesicht ging ein Lächeln.

»Hätten meine Lieblingsnachbarn vielleicht Lust auf einen 5-Uhr-Tee im Garten? Heute ist das Wetter so herrlich«, sagte er.

Inez überlegte. Meja würde sich darüber freuen, und es wäre eine kleine Belohnung für ihre Fahrt in den Supermarkt.

»Gern«, erwiderte sie.

Sverker strahlte. »In etwa einer Stunde?«

»Das müsste klappen, bis dahin ist Meja sicher zurück. Soll ich Andreas fragen?«

»Ja, sehr gern, dann kann ich schon ins Haus gehen und ein paar Dinge vorbereiten.«

»Können wir noch etwas mitbringen?«, fragte Inez.

»Kommt nicht infrage«, sagte Sverker, der schon auf dem Sprung war.

Inez ging durch Andreas' Garten zu seiner Verandatür und klopfte an.

»Hoher Besuch kommt immer durch die Hintertür!«, rief er und wischte sich mit einem Lappen die Wandfarbe von den Händen.

»Es ist aber lange her, dass ich in dieser Kategorie gehandelt wurde«, sagte Inez und schmunzelte. »Sverker und Filip laden spontan zum Nachmittagstee im Garten ein. Ich soll dich fragen, ob du auch dazukommen magst?«

»Wie nett. Ja, sehr gern.«

Inez reckte sich ein wenig. Andreas bemerkte ihren Blick, der sich an das Bild von Meja geheftet hatte.

»Geh gern rein und schau es dir an, es ist aber noch nicht getrocknet.«

Das tat Inez auf der Stelle, sie zog nicht einmal die Schuhe aus. Andreas war es tatsächlich gelungen, Mejas frisch gewonnenes Selbstbewusstsein in diesem Bild einzufangen. Dieses Gefühl, wenn ein Puzzleteil nach Jahren endlich seinen Platz gefunden hatte. Sie nickte wie in Zeitlupe.

»Volltreffer«, sagte sie.

Andreas grinste und schob wieder einmal die Hände in die Taschen. Inez streichelte ihm leicht über den Arm. Dann warf sie einen Blick auf die Wand.

»Violas Bank!«, rief sie begeistert.

Andreas lachte. »Ja, das ist für dich. Eigentlich sollte es eine Überraschung werden.«

»Wirklich? Aber soll ich dir was sagen? Ich hasse Überraschungen. Lieber genieße ich die Vorfreude, wenn ich weiß, was ich geschenkt bekomme.«

Sie ging zur Tür. »Dann sehen wir uns in ungefähr einer Stunde?«

»Jawohl«, sagte Andreas und schloss hinter ihr die Tür.

Inez lief durch den Garten und spürte, dass sie noch gar keine Lust hatte, wieder nach Hause zu gehen. Sie setzte ihren Weg in Richtung Meer fort, und als sie Violas Bank erreicht hatte, atmete sie tief durch.

»Ich habe das Buch geschrieben, ich habe meine Erinnerungen überlebt, ich habe in den Nachbarn, denen ich so lange aus dem Weg gegangen bin, echte Freunde gefunden, Meja ist mir eine große Hilfe, und sie ist ein tolles Projekt. Nach einiger Zeit bei mir wird sie sich richtig gemausert haben. Ja, ich habe sogar die Jalousien hochgezogen. Es ist wirklich an der Zeit, den nächsten Schritt zu tun. Zu leben«, sagte sie leise vor sich hin.

»Hab ich da gerade meinen Namen gehört?«, fragte Meja, die plötzlich hinter ihr stand.

Inez drehte sich um und lächelte. Sie klopfte auf den Platz neben sich.

Meja stellte die Einkaufstüten hin und setzte sich. Ihre Wangen waren gerötet, und sie schwitzte an den Schläfen. Inez schielte zu ihr hinüber. Vorsichtig nahm sie ihre Hand und sah hinaus auf das stille Meer.

»Jetzt ist Ruhe eingekehrt«, sagte Inez, wieder mehr zu sich selbst als zu Meja.

»Du meinst, auf dem Meer?«, fragte Meja.

Inez nickte. »Genau. Auf dem Meer.«

So saßen sie eine Weile still da und betrachteten Himmel und Wasser, bis Inez zum Aufbruch blies. »Komm, lass uns nach Hause gehen, wir sind gleich bei Sverker und Filip zum Nachmittagstee eingeladen.«

»Ach, wie schön.« Meja nahm die Tüten in die Hand und trug sie nach Hause. Sie räumte alles in die Schränke, während Inez eine schicke Leinenhose und eine weiße Bluse anzog.

»Geh doch nach oben, und schau mal nach, was du in meinem Ankleidezimmer noch auftreiben kannst«, sagte sie, als Meja in der Küche fertig war.

»Das kann ich nicht machen, die Kleider gehören mir nicht.«

»Ich möchte, dass sie getragen werden, und mir passen sie nicht mehr. Also spricht alles dafür.«

Meja war es nicht ganz geheuer, doch dann verschwand sie auf der Treppe nach oben.

Eine halbe Stunde später tauchte sie wieder auf, frisch geduscht und in einem orangefarbenen, figurbetonten Kleid mit weiten Ärmeln und einem wilden weißen Muster. Sie drehte sich einmal im Kreis.

Inez applaudierte. »Du siehst wirklich aus wie ich, nur in Jung.«

»Ich wünschte, du hättest recht. Da komme ich nicht annähernd ran.«

Inez schnaubte. »Wesentlich näher, als du denkst. Das musst du nur da oben abspeichern.« Sie tippte sich mit den Fingern an die Schläfen.

Sie wollten gerade zur Tür hinausgehen, da fiel Meja etwas ein.

»Und was bringen wir ihnen mit?«, fragte sie.

Inez sah sie verdutzt an. Daran hatte sie gar nicht mehr gedacht.

»Vielleicht eine von den Blumen, die du gekauft hast?«

Von dem Vorschlag war Meja nicht begeistert.

»Wie wäre es, wenn du ihnen eins von deinen Büchern schenkst – mit Widmung«, sagte sie. »Sverker ist doch sicher dein größter Fan. Das sieht man an seinem Blick, er verehrt dich sehr.«

Inez seufzte. Vermutlich hatte Meja recht. Vielleicht gehörte das auch zu ihrem neuen Leben – sich mit der eigenen Geschichte zu versöhnen. Es zu genießen, der Mensch zu sein, der man ist. Die einst so erfolgreiche Schriftstellerin. Zu genießen, dass sich mancher noch an sie erinnert.

»Da hast du recht«, sagte sie und ging zum Bücherregal, zog ihren letzten Roman heraus und schrieb: *Für Sverker und Filip als Dankeschön für die vielen schönen Stunden in eurem Haus – die Freundschaft mit euch ist genauso wunderbar wie die Freundschaften in meinen Büchern.* Darunter setzte sie ihre Signatur. Ihre Unterschrift war noch dieselbe.

Meja lächelte zufrieden, als sie zu Sverker und Filip hinübergingen. Andreas war gleichzeitig auf dem Weg und schloss sich an.

Auf dem Gartentisch hatten sie Rosen in großen Vasen arrangiert, daneben standen bauchige englische Teekannen, Körbchen mit Scones, selbst gemachte Marmelade, Philadelphia-Frischkäse und Birnen-Cognac-Likör. Inez überreichte ihnen das Buch.

Sverker war außer sich, er schlug die erste Seite auf, las Inez' Worte und musste seine Tränen fortblinzeln. »Danke«, brachte er gerade noch hervor.

Inez sah Meja an, die triumphierend lächelte und sich neben Andreas am Tisch niederließ. Alle bedienten sich, und Meja schoss ein paar Fotos.

Filip betrachtete sie staunend. »Das ist ein sehr, sehr schönes Kleid.«

Meja lächelte. »Danke.«

»Stammt das auch aus der Schatzkammer?«, fragte Andreas.

»Schatzkammer?«, fragte Filip.

»Ja, Inez' Ankleidezimmer«, erklärte Meja.

Sverker sah Inez an und strahlte übers ganze Gesicht. »Das muss wahrlich eine Schatzkammer sein. Schließlich warst du eine Stilikone.«

Er drehte sich zu Meja um und betonte es noch mal: »Sie war eine Stilikone.«

Meja nickte. »Das kann ich mir vorstellen.«

Inez winkte ab. Ihr gefielen solche Komplimente nicht.

Sverker blätterte weiter durch das Buch. »Du widmest all deine Bücher M?«

Inez griff noch einmal in das Körbchen mit den Scones. Sie hatte keine Lust, darauf einzugehen.

»Aber keiner weiß, wer M ist?«, fuhr Sverker fort.

»Nicht einmal meine Verlegerin«, antwortete Inez.

Inez sah Meja ins Gesicht und machte sich auf einmal ernsthaft Sorgen. Meja würde doch wohl dichthalten und nichts von ihrem neuen Roman ausplaudern? So schnell hatte man sich verplappert. Doch nun wollte sie sich nicht den Kopf zerbrechen, sondern den Nachmittag genießen. Sie würde Meja bei passender Gelegenheit noch einmal darauf ansprechen. Vielleicht konnte sie sie sogar eine Geheimhaltungsvereinbarung unterschreiben lassen.

Da sprach Filip sie an.

»Du gehst ja wieder ganz ohne Gehhilfe, fast normal.«

Inez nickte. »Ja, das stimmt. Ist mir selbst gar nicht

aufgefallen. Aber ich spüre meine Hüfte im Moment kaum. Ich habe sogar einen kleinen Spaziergang ohne den Stock gemacht.«

»Na, darauf sollten wir unbedingt anstoßen, hoch die Tassen«, rief Filip und hielt seine Teetasse in die Luft.

»Prost auf Inez' Hüfte und die besten Nachbarn der Welt«, schloss Sverker sich an. Inez lächelte, und alle prosteten sich zu. Als sie den milden Tee mit dem dezenten Rhabarber- und Vanillearoma auf der Zunge spürte, hatte sie den Gedanken, dass in diesem Moment ihr neues Leben begann. Mithilfe von Meja hatte sie den schweren Rucksack ablegen können. Jetzt würde alles leichter werden.

Meja

Wie ein ungleiches Trio machten Meja, Inez und Andreas sich Arm in Arm auf den Heimweg, nachdem sie sich mehrfach bei Sverker und Filip für den wunderbaren Nachmittag bedankt hatten.

An Inez' Gartentor blieben sie stehen.

»Ich würde dir gern noch etwas zeigen«, sagte Andreas und blickte Meja vielsagend an.

»Jetzt?«

Inez verdrehte die Augen und hakte sich aus. »Na geh schon, ich bin sicher, der kleine Umweg wird sich lohnen.«

Meja druckste herum. »Aber soll ich dich nicht ins Haus begleiten …?«

»Ich bin siebzig Jahre alt und kann gut für mich allein sorgen. Und tatsächlich genieße ich es sogar, mal ein bisschen für mich zu sein, nachdem wir stundenlang weg waren.« Inez öffnete das Tor.

»Okay …«, sagte Meja. Andreas zog sie leicht am Arm. Sie beobachtete Inez noch, wie sie winkte, ohne sich dabei umzudrehen, und folgte Andreas.

Als sie vor seiner Veranda standen, bat er sie, kurz zu warten, und ging ins Haus.

Ein paar Minuten später öffnete er ihr die Tür. In der kurzen Zeit hatte er die Kerzen in einem großen Ständer angezündet, zwei Gläser geholt und eine Flasche Sekt in einen Kübel mit Eis gelegt. Aber nicht davon verschlug es ihr die Sprache. Es war das Bild, das auf der Staffelei stand. Das Gemälde von ihr. Sie ging hin, studierte es in allen Einzelheiten, fuhr mit dem Finger über das gemalte Gesicht und drehte sich dann zu ihm um.

»Das bin nicht ich, aber es ist die Person, die ich gern sein würde«, sagte sie beeindruckt.

»Die Person warst du, als du das letzte Mal hier warst.«

»So?« Meja inspizierte das Bild noch einmal ganz genau.

»Es hatte etwas ganz Besonderes, als du hier so früh am Morgen in Inez' Hosenanzug aufgetaucht bist und nach Zigarrenrauch gerochen hast.«

Sie lachte. »Klingt ein bisschen verrückt.«

»Vielleicht sollte unser Leben mitunter etwas verrückter sein«, sagte er.

»DAS hätten Inez' Worte sein können. Wirst du vielleicht durch die Hauswand infiziert?«

Jetzt musste Andreas lachen. Er wollte die Flasche gerade entkorken, als Meja versuchte, ihn davon abzuhalten.

»Du, ich trinke gar keinen Sekt.«

»Nicht?« Dann stellte er die Flasche zurück auf den Tisch und holte aus der Küche zwei kleine Mineralwasser-Flaschen.

»Das prickelt auch.«

Er grinste und bot ihr den Platz auf dem Sofa an. Dann setzte er sich neben sie, und sie unterhielten sich eine Weile. Sie wollte gern mehr von seiner Arbeit als Kunstlehrer erfahren. Er erzählte ihr, dass man durch das kreative Arbeiten in diesem Fach sowohl die verschlossenen Kinder, die frechen wie auch die schwierigen Schüler erreiche, und dann kamen sie auf seine Exfrau zu sprechen. Meja fragte sich ernsthaft, was sie dazu gebracht hatte, einen Mann wie Andreas zu verlassen?

»Tausend Dollar für deine Gedanken«, sagte er und sank in die Kissen.

Meja zuckte nur mit den Schultern.

»Ich habe mich ja nur gefragt, warum ihr euch getrennt habt.« Meja hob eine Hand. »Was nicht heißt, dass du darauf antworten musst.«

Andreas sah an die Decke. »Der Klassiker. Es war für uns selbstverständlich, dass wir uns hatten, also haben wir uns auseinandergelebt und sind von einem Liebespaar zu einer Wohngemeinschaft geworden.«

Meja bekam eine Gänsehaut, allein weil er das Wort *Liebespaar* in den Mund nahm.

»Und was ist mit dir?«, fragte Andreas. »Du steckst doch auch irgendwie in einer Beziehungskrise, oder?«

»Es hat sich ausgekriselt«, erklärte Meja. »Wir haben uns auch auseinandergelebt. Obwohl, eigentlich ist das nicht ganz richtig. Wir waren nie so ganz eng, aber liebten die Vorstellung, jemanden zu haben und nicht allein zu sein. Wir mochten uns, waren aber nie total verliebt.«

Andreas nickte und ließ sich ihre Worte durch den Kopf gehen. Dann sah er auf, sah ihr unter seinen dunklen Haaren hindurch in die Augen und wandte den Blick nicht mehr ab. Sie schnappte nach Luft. Hätte er doch Musik angemacht, dann würde man jetzt nicht jeden Atemzug hören.

»Vielleicht hast du es noch nicht bemerkt, aber du bist etwas Besonderes«, sagte er.

Meja schielte auf das Bild. Die Frau mit dem geheimnisvollen Blick. Neugierig auf die Welt. Jetzt hatte sie das gewagt, was sie schon so lange wollte, sich nur selbst nicht hatte eingestehen können. Er rutschte näher an sie heran und fuhr sich durch sein dunkles, halblanges Haar. Sie legte ihre Stirn an seinen Kopf, schloss die Augen und sog den dezenten Duft seines Shampoos und seines maskulinen Parfüms ein. Er lächelte, nahm sie in den Arm und zog sie zärtlich an sich.

Früh am Morgen war es ganz still, als Meja von Andreas' Haus zu Inez hinüberschlich. So leise wie möglich stieg sie die Treppe hinauf, doch die Stufen knarrten bei jedem Schritt. Ingrid fing an zu piepsen, als sie ins Zimmer kam. Meja gab ihr Futter, ließ sich aufs Bett fallen und starrte an die Decke. Andreas und sie. Irgendetwas sagte ihr, dass das nicht ihre beste Idee war. Er würde es sicher bereuen, und dann würde es schrecklich peinlich werden, wenn sie sich das nächste Mal begegneten. Aber im Moment wollte sie am liebsten gar nicht daran denken. So etwas wie die letzte Nacht hatte sie noch nie erlebt. Ein paar Stunden vorsichtig tastender und hingabevoller Nähe.

Sie rollte auf die Seite und musste grinsen. Ihre Gedanken wanderten noch weiter zurück, zu dem Nachmittag bei Sverker und Filip. Sverkers Frage hallte in ihrem Kopf noch nach. *Aber keiner weiß, wer M ist?*

Sie setzte sich auf. Sie wusste, wer M war. Mathilda. Jedes Buch, das Inez geschrieben hatte, hatte sie ihrer Freundin gewidmet. Und da kamen wieder die Zweifel auf, die Zweifel am Ende der Geschichte. Konnte dieses Happy End wirklich wahr sein?

Meja griff noch einmal nach dem Schmuckkästchen im

Regal, nahm den kleinen Schlüssel heraus und steckte ihn ins Schubladenschloss. Dann holte sie das schwarze Buch heraus und schob die Schublade wieder zu. Sie kroch zurück ins Bett, strich vorsichtig über den Ledereinband und blätterte vor bis zu den letzten Seiten. Langsam begann sie zu lesen:

Von Mathilda lernte ich, die Zeichen des Lebens zu erkennen. Sie wollte sie nicht Schicksal oder Zufall nennen, sondern einfach nur Zeichen. Diese Zeichen kamen und gingen. Als Mensch hatte man die Wahl, sie wie flauschige Wolken am Himmel vorüberziehen zu lassen oder sie wie Schneeflocken einzufangen und etwas Hübsches aus ihnen zu machen, eine Schneelaterne oder einen Winterengel. Die Entscheidung lag immer bei uns selbst.

An diesem Morgen hatte ich die Tasche gepackt. Ich wollte bei den Robben zur Austernbank tauchen, da wo wir immer auf den Klippen lagen und über Gott und die Welt redeten und wo Mathilda manchmal ihre Austernschalen mit eingravierten Worten ins Wasser warf – manche fand ich, andere fand vermutlich ihr Vater. Natürlich würde sie die wichtigste von all ihren Nachrichten an genau dieser Stelle hinterlassen haben. Die Schale, auf der ich den Hinweis fand, wohin sie geflüchtet war. Der Ort, zu dem Amelia und ich auch reisen würden.

Aber …

Meja blätterte mit zitternder Hand die Seite um. Aber was?

… die Nachricht, dass der Verlag mein Buch veröffent-

lichen würde, kam nur wenige Stunden vorher. Es war ein Zeichen. Und ich ließ es nicht wie eine flüchtige Wolke vorüberziehen. Ich fing es ein wie eine Schneeflocke und formte daraus meinen Traum.

Ich wusste, du würdest mich verstehen. Aber ich wusste nicht, ob du mir je verzeihen würdest, dass ich nie mehr nach der Austernschale gesucht habe.

Meja blätterte um. Eine leere Seite. Inez hatte nicht weitergeschrieben.

Mejas Puls hämmerte. Was war dann passiert? Was war aus Mathilda geworden?

Sie legte das schwarze Buch in den Schreibtisch zurück, schloss ab und stellte das Schmuckkästchen mitsamt Schlüssel zurück ins Regal. Dann schlüpfte sie in den Morgenmantel und ging die Treppe hinunter, ohne darauf zu achten, wie laut sie war. Sie klopfte an Inez' Tür. Als niemand antwortete, klopfte sie noch einmal.

Inez öffnete und sah sie überrascht an, die Wangen noch tiefschlafrosig.

»Ich will wissen, was passiert ist«, sagte Meja. Ihre Stimme war fordernd und klar.

Inez gähnte. »Jetzt verstehe ich gar nichts. Wie spät ist es eigentlich?«

»Es ist fünf Uhr, und ich will wissen, was mit Mathilda geschehen ist.«

Inez rieb sich die Augen und gähnte herzhaft. »Das weißt du. Du hast doch die letzten Kapitel gelesen. Sie ist nach Palermo gezogen.«

Meja verschränkte die Hände und kniff die Lippen zusammen.

Inez seufzte. »Dann brauchen wir erst mal was warmes Süßes.«

Sie griff nach ihrem Morgenmantel, fuhr sich beiläufig durch die Haare und tappte in die Küche, wo sie Zucker und Kakao in Milch rührte und sie dann erhitzte. Nebenbei schlug sie Sahne und goss den heißen Kakao in zwei Kaffeebecher. Obendrauf gab sie zwei dicke Kleckse Sahne. Den einen Kakao hielt sie Meja hin, und mit dem anderen in der Hand ging sie zu ihrem Sessel und legte sich die Wolldecke über die Beine.

Meja setzte sich in den Sessel daneben und nippte an der heißen Schokolade. Sie konnte ja nicht verraten, dass sie die Wahrheit in dem schwarzen Buch gelesen hatte, aber sie musste Inez dennoch zu verstehen geben, dass sie spürte, dass das Ende nicht stimmte, und sie zum Erzählen bringen.

»Du hast mich mit dem Lesen beauftragt, damit ich dir meine Meinung über dein Buch mitteile«, sagte sie.

Inez nickte und schleckte sich die Sahne von der Oberlippe.

»Alle Kapitel in deinem Roman gehen direkt ins Herz. Sie fühlten sich total echt an.« Dann legte sie eine Kunstpause ein. »Bis auf die letzten.«

Inez stellte die Tasse auf den kleinen Tisch und faltete die Hände im Schoß.

»Und deshalb glaube ich, dass du sie erfunden hast«, fuhr Meja fort.

Inez saß da und schwieg. Meja unterbrach sie nicht.

Nach einer langen Pause sagte Inez:

»Die Wahrheit ist … dass ich nicht weiß, was aus Mathilda geworden ist. Viele, die sie kannten oder auch nur von ihr gehört hatten, sind zu dem Schluss gekommen, dass sie ertrunken ist. Die Tochter des Meeres hätte, wenn sie verurteilt worden wäre, hinter Gefängnisgittern niemals weiterleben können.«

»Aber was glaubst *du selbst*?«, fragte Meja.

Inez zuckte mit den Schultern. »Ehrlich gesagt, ich weiß es nicht. Bei jeder Signierstunde, egal in welchem Land, habe ich nach ihr Ausschau gehalten. Aber ich konnte nicht das kleinste Zeichen finden. Ich bin zu ihrem Vater gefahren, um herauszufinden, ob er mehr wusste, doch da war er schon verwirrt, konnte meine Fragen kaum noch beantworten und schien zu glauben, dass ich Mathilda war.«

Meja nickte langsam.

»Anstatt nach der Austernschale zu tauchen, auf der ich Mathildas letzte Nachricht gefunden hätte, bin ich nach Stockholm gefahren, um Cristy zum ersten Mal zu treffen. Und dann bin ich dortgeblieben«, sagte Inez. »Nikolas und ich waren nicht verheiratet, und seine Schwester sollte das Haus übernehmen. Ich hatte keine Verbindungen mehr nach Kobbholmen. Also habe ich meine Reisetasche, die ich eigentlich bei Mathilda auspacken wollte, in eine kleine Wohnung nach Södermalm getragen. Ein einziges Mal bin ich noch nach Kobbholmen zurückgereist, aber nur, um vor Gericht auszusagen, weil ich als Zeugin geladen war.«

»Und was hast du ausgesagt?«

»Ich habe die Wahrheit gesagt, dass ich nicht mehr in der Lage gewesen bin, die Geschehnisse in dem Zimmer wahrzunehmen, er hatte mich ja niedergeschlagen.«

»Und das hat gestimmt?«, fragte Meja.

Inez seufzte. »Ja, aber weißt du was? Ich hätte ja auch sagen können, dass ich ihn mit letzter Kraft geschubst hätte und er sich beim Sturz schwer am Kopf verletzt hat und dass Mathilda erst kurz danach kam, den Krankenwagen gerufen und den Totschlag auf sich genommen hat, um mich zu schützen.«

»Aber wird man als Zeuge nicht vereidigt?«, fragte Meja.

Inez lächelte müde. »Ach, wenn alle Menschen wären wie du, Meja, dann hätten wir ganz sicher eine bessere Welt.«

Meja rührte mit dem Löffel ihren Kakao um und trank einen Schluck. »Du meinst eigentlich, eine etwas langweiligere Welt?«

Inez schmunzelte. »Vielleicht ein bisschen prüde, aber nett.«

»Na ja, heute Nacht bei Andreas war ich wohl weniger prüde«, sagte Meja und warf den Kopf in den Nacken.

»Aha …«, sagte Inez und brach in Lachen aus. »Dann hast du von mir auch was gelernt?«

Meja behielt die Antwort für sich und lächelte nur. Dann trank sie ihren Kakao aus.

Inez stützte sich auf die Armlehne und stand auf.

»Könnte man jetzt vielleicht noch eine Stunde schlafen, oder hast du noch weitere drängenden Fragen?«

Meja schüttelte den Kopf und räumte das Geschirr ab.

Inez ging zu ihrem Schlafzimmer, doch sie drehte sich, die Klinke schon in der Hand, noch einmal zu Meja um.

»Was würdest du denn jetzt für ein Ende schreiben, nachdem du die Wahrheit kennst?«

»Lass es so stehen. Lass die Welt glauben, dass sie in

Palermo gelandet ist. Aber schreib so, als ob es auch wirklich passiert wäre.«

Inez nickte, verzog den Mund zu einem Lächeln und ging in ihr Zimmer.

Als Meja unter die Decke gekrochen war, fragte sie sich, ob wohl irgendjemand die Austernschale in all den Jahren gefunden hatte. Die Schale, auf der stand, wohin Mathilda verschwunden war.

Inez

Nach diesem Zuckerschock früh am Morgen und der Unterhaltung mit Meja fiel es Inez schwer, einzuschlafen. Sie stand wieder auf und tigerte durchs Haus. Seit Meja aufgetaucht war, hatte für sie eine Zeit der Veränderungen begonnen. Mit dem Smartphone machte sie ein paar Fotos – vom Bücherregal, vom Couchtisch und den hochgezogenen Jalousien. Dann suchte sie Amelias Nummer in den Kontakten heraus, um ihr die Fotos zu schicken, doch sie überlegte es sich anders und schrieb stattdessen: *Bist du sehr beschäftigt? Was hältst du davon, wenn ich für ein paar Tage zu Besuch komme?*

Es dauerte eine halbe Stunde, dann gab Amelia grünes Licht.

Inez schrieb Meja einen Zettel, dass sie das Haus ein paar Tage lang für sich allein haben könne, denn sie würde ihre Tochter besuchen. Dann packte sie eine Reisetasche, kaufte online eine Fahrkarte und bestellte sich ein Taxi, das sie zum Knutpunkten bringen sollte. Ehe sie sichs versah, saß sie schon im Zug nach Kopenhagen und fühlte sich beinahe richtig lebendig.

Es kribbelte in ihrem Bauch, so wie immer, wenn sie mit der Bahn fuhr. Bei dieser Art zu reisen sauste die Welt vor ihrem Fenster so schnell vorbei, dass ihr Blick an nichts hängen bleiben konnte, das war etwas Besonderes.

Fast meditativ. Flugreisen hatten Inez nie besonders gefallen. Sich über den Wolken zu befinden, fand Inez eher beängstigend.

Sie lehnte den Kopf zurück und ließ die Gedanken kommen und gehen wie die Häuser und Bäume da draußen.

Sie kamen an Dörfern und Feldern vorbei, durchquerten Malmö und passierten dann die Brücke nach Dänemark.

Am Hovedbanegården, Kopenhagens Hauptbahnhof, stieg Inez aus und stand mitten im prallen Leben. Ein Mann in einem eleganten Anzug las auf dem Bahnsteig eine Wirtschaftszeitung, daneben saßen ein paar junge Backpacker auf dem Boden und knabberten Reiswaffeln, während sie auf ihren Zug warteten.

Inez spazierte in die Innenstadt, wo das Kreischen der Kinder aus dem Vergnügungspark Tivoli wie eine Schallwelle herüberschwappte. Kopenhagen war ein Schmelztiegel verschiedenster Menschen, und heute fühlte Inez sich in dieser lebhaften Stadt pudelwohl.

Sie lief durch die Fußgängerzone, die Strøget genannt wurde, kam an zahlreichen Straßenmusikern vorbei und bestaunte Akrobaten, die eine Pyramide aus Menschen bauten. Als gerade ein Tisch im Straßencafé daneben frei wurde, setzte sie sich und bestellte eine Tasse Kaffee.

»Mange tak«, bedankte sie sich auf Dänisch bei der Kellnerin.

Sie musste an ihre vergangenen Besuche bei Amelia denken. Sie freute sich jedes Mal darauf, ihre Tochter wiederzusehen, doch ihre Treffen hatten immer eine Tendenz, anstrengend zu werden. Ein bisschen so, als würde man mit Gewalt falsche Puzzleteile zusammenzwingen. Ihre Verschiedenartigkeit war nie so offensichtlich wie bei Amelia und Aksel zu Hause, was dazu führte, dass all die ungeklärten Konflikte unter der Oberfläche zu brodeln begannen und sich in beiläufigen, kleinen Kommentaren und unnötig provokanter Mimik Luft machten. Inez hatte sich vorgenommen, es heute besser hinzukriegen. Denn Inez' Leben hatte sich auch zum Besseren verändert. Sie hatte sich ihre Geschichte vom Herzen geschrieben und war nun diese enorme Belastung los. Sie hatte in ihren Büchern und Unterlagen gründlich ausgemistet und Blumen aufs Fensterbrett gestellt. Und sie ging wieder unter Menschen.

Still erlegte sie sich ein paar Regeln auf: Setz nicht die Sonnenbrille auf, wenn das viele Weiß dich blendet. Wechsle das Gesprächsthema, sobald du merkst, dass Amelia angespannt wirkt und wieder anfängt, wie manisch zu putzen. Gib auf jede Frage eine Antwort, auch wenn es dir nicht passt. Achte auf deinen Tonfall. Frag nach ihr. Am allerwichtigsten: Kling interessiert. Noch besser: Sei wirklich interessiert!

Sie holte tief Luft, schrieb ihrer Tochter eine SMS, dass sie in einer Viertelstunde bei ihr sei, und trank ihren Kaffee aus.

Als Inez klingelte und Amelia sich ganz korrekt am Haustelefon mit Vor- und Zunamen meldete, sagte sie mit betont netter Stimme: »Ich bin's.«

Es knackte im Türschloss. Inez ging hinein und stieg in den Fahrstuhl mit der Gittertür, den sie eigentlich überhaupt nicht mochte, aber Amelias Wohnung befand sich ganz oben, und die Treppen hinaufzusteigen, war keine

Alternative. Sie drückte auf den großen schwarzen Knopf, und der Aufzug ruckelte, bevor er sich langsam Stockwerk für Stockwerk nach oben arbeitete. In Inez' Magen machte sich ein ganz neues, nervöses Zwicken bemerkbar.

Amelia begrüßte sie mit kühlen Küsschen auf die Wange und musterte Inez von oben bis unten.

»Gut siehst du aus«, sagte sie.

Was Inez von ihrer Tochter leider nicht behaupten konnte, denn sie wirkte müde und abgespannt, daher sagte sie stattdessen: »Du solltest erst mal mein Haus sehen. Das hat noch nie so gut ausgesehen.«

Sie legte den Mantel ab. Amelia hängte ihn auf einen Bügel und verstaute ihn in der Garderobe, wo Jacken und Mäntel in Reih und Glied der Größe nach sortiert hingen.

»Seid ihr jetzt mit dem Aufräumen fertig?«, fragte Amelia und ging in die Küche, wo sie ihnen grünen Tee in Tassen einschenkte, die so groß waren, dass man sie mit beiden Händen halten musste. Als sie im Wohnzimmer Platz genommen hatten, holte Inez ihr Smartphone aus der Tasche.

»Schau dir das an«, sagte sie und zeigte ihr die Fotos, die sie am Morgen aufgenommen hatte.

»Kann das wahr sein? Das sieht ja aus wie neu. Jetzt sag nicht, dass du es nicht schön findest.«

Tatsächlich gefiel es Inez so auch viel besser, doch zugeben wollte sie das vor ihrer Tochter nicht. Sie blinzelte Amelia an. »Wie läuft's denn bei dir?«

»Gut«, sagte Amelia. Die knappe Antwort war ein deutlicher Hinweis darauf, dass sie keine Lust hatte, darüber zu reden. Stattdessen grinste sie und fragte: »Weißt du eigentlich, wer gerade in der Stadt ist?«

Inez schüttelte den Kopf.

Amelia zog ihr Smartphone aus der Tasche. »Moment, das wirst du gleich sehen.« Sie rief per Facetime eine Telefonnummer an, und auf dem Display erschien Cristys Gesicht.

»Inez!«, rief sie und fiel aus allen Wolken. »Du bist bei Amelia?«

»Ja …«, antwortete Inez.

»Ich komme!«, schrie Cristy ins Telefon und legte auf, noch bevor Inez oder Amelia irgendwie reagieren konnten.

Eine Viertelstunde später klingelte es, und kurz darauf stand Cristy fassungslos in der Tür.

»Mein Star«, rief sie und schloss Inez kraftvoll in die Arme. Woher dieser kleine, zarte Körper diese Energie nahm, war Inez ein Rätsel.

»Was für eine großartige Überraschung«, fuhr sie fort und packte Inez an den Schultern. »Lass dich ansehen.« Sie musterte Inez von oben bis unten. »Was hast du denn eigentlich für Kleider an, die haben so etwas Sackähnliches. Und kein Rouge auf den Wangen? Du weißt, was ich immer gesagt habe. Eine Frau kann alles weglassen. Nur Rouge nicht.«

Inez lächelte nur. Wie üblich war Cristy eine farbenprächtige Erscheinung, sowohl was Kleidung als auch Make-up betraf. Trotz ihrer gut achtzig Jahre.

Amelia holte eine dritte Teetasse, während Inez und Cristy sich aufs Sofa setzten.

»Weißt du noch, als du zum allerersten Mal bei mir warst? Ich habe damals schon gewusst, dass aus dir was ganz Großes wird. Dass ich dich groß machen würde.«

Lächelnd schwelgte Cristy in Erinnerungen. »Was für ein Leben wir hatten.«

Inez nippte an ihrem Tee.

Im Schnitt hatte sie einen Roman im Jahr veröffentlicht, ein halbes Jahr hatte Inez geschrieben, ein halbes Jahr dafür Werbung gemacht.

»So ein verrücktes Leben«, sagte Inez. »Gibt es heute irgendwas, das du bereust?«

Erst schüttelte Cristy den Kopf, sodass ihr die großen weißen Locken, die Inez für eine Perücke hielt, in die Augen fielen. Doch dann kam ihr etwas in den Sinn.

»Doch … eine Sache bereue ich. Und zwar, dass ich dir vor fünfzehn Jahren nicht einen Termin bei einer Therapeutin besorgt habe. Ich hätte dir damals helfen müssen. Was die Presse geschrieben hat, war Blödsinn, und trotzdem führte es zur ersten Schreibblockade deines Lebens und war der Auslöser für das Ende deiner Karriere. Viel zu früh. Und eine Sozialphobie hast du davon auch noch bekommen.«

»Obwohl nicht alles schlecht war, was dann kam. Mit einem Mal hatte ich viel mehr freie Zeit«, sagte Inez und blickte zu Amelia, die sich neben sie aufs Sofa gesetzt hatte. »Zeit für dich.«

Amelia trank ein Schlückchen Tee und zuckte mit den Schultern. »Aber damals war ich schon neunundzwanzig, Mama, das war ein bisschen spät.«

Inez runzelte die Stirn.

Amelia wurde deutlicher: »Zumindest zu spät, um noch einmal von vorn anzufangen.«

Inez lehnte sich zurück. Auf dieser Anklagebank zu sitzen, war keineswegs angenehm. Aber sie war zu Besuch gekommen, um zu beweisen, dass ihr Verhältnis auch besser werden konnte.

»Ich wäre nie zu einem Psychotherapeuten gegangen, egal, ob du mir einen Termin dort besorgt hättest oder nicht. Ich hatte auch keine Schreibblockade. Diese Entscheidung habe ich bewusst getroffen. Ich hatte mit dem Schreiben abgeschlossen.« Und dann drehte sie sich zu Amelia um. »Und übrigens … es ist nie zu spät.«

Cristy schnaubte. »Ich hatte nicht das Gefühl, dass du mit dem Schreiben abgeschlossen hast, sondern dass du dich versteckt hast.«

»Hab ich auch. Um ganz in Ruhe überlegen zu können, was als Nächstes kommen soll. Durch das Chaos ist eine Pause beim Schreiben entstanden, aber diese Pause hat mich auf neue Ideen gebracht.«

Was ganz klar gelogen war.

Sie hatte eine Heidenangst gehabt, mit dem Schreiben aufzuhören, schließlich war es das Einzige, was sie konnte und wofür ihr Herz schlug. Aber sie hatte ebenso eine Heidenangst gehabt, dass ihre Vergangenheit ans Licht kommen könnte. Sie war als die Autorin berühmt geworden, für die die Freundschaft das Allerwichtigste war, aber sie selbst hatte ihre beste Freundin auf die übelste Art und Weise im Stich gelassen. Für die Zeitungen wäre das ein gefundenes Fressen gewesen.

»Ach so«, sagte Cristy, die nicht aussah, als würde sie ihr ein einziges Wort davon glauben. »Und zu welchem Schluss bist du gekommen, was du für den Rest deines Lebens tun willst? Oder überlegst du immer noch? Bislang konnte ich nicht feststellen, dass bei dir viel Leben in der Bude ist.«

Inez lächelte. »Ich habe lange nachgedacht, aber jetzt weiß ich, dass ich einfach nur ich sein, mich mit meinen Nachbarn treffen und das Meer genießen will. Vielleicht mal eine kleine Reisetasche packen, mich in den Zug setzen und einfach losfahren …«

»Und wohin?«, fragte Cristy, sah Amelia an und verzog das Gesicht. Das konnte sie kaum glauben.

Inez überlegte. »Ich würde gern mal wieder nach Berlin fahren.«

»Du bist doch unzählige Mal in Berlin gewesen«, sagte Cristy. »Das weiß ich genau, schließlich habe ich jede einzelne Hotelnacht für dich gebucht.«

»Aber ein Hotel mit Signierstunde in der Lobby ist nicht dasselbe wie *Unter den Linden* zu flanieren, Galerien zu besuchen und in Straßencafés zu frühstücken.«

Cristy trank einen Schluck Tee und biss von dem Napfkuchen ab, den Amelia aufgetischt hatte. »Das stimmt. Nimmst du mich mit?«

»Du meinst, wir sollten Berlin gemeinsam unsicher machen?«, sagte Inez und lachte.

»Warum nicht? Natürlich könnten deine Mutter und ich Berlin unsicher machen«, sagte Cristy zu Amelia, die nur amüsiert grinste.

»Ja klar«, sagte sie.

»Das wäre im Übrigen ein guter Stoff für ein neues Buch: Freundschaft im Herbst des Lebens. Deine Leserinnen wären begeistert.« Cristy knuffte Inez in die Seite, sodass ihr Tee über den Tassenrand schwappte. Inez schnappte sich eine Serviette, um zu verhindern, dass er auf Amelias vermutlich sündhaft teures Sofa tropfte.

Amelia hatte den Kopf auf dem Rückenkissen abgelegt

und die Augen geschlossen. Inez bemerkte, wie sie dieses Gespräch amüsierte.

Inez und Cristy tranken gemächlich aus und plauderten noch ein wenig über die unterschiedlichen Reisen, die Cristy in der letzten Zeit unternommen hatte. Bald hörten sie Amelia leise schnarchen.

»Ich glaube, in der Beziehung zwischen Aksel und ihr ist etwas Sand im Getriebe«, flüsterte Cristy.

»Ja, das kommt mir auch so vor. Sie sieht ganz schön mitgenommen aus.«

Inez betrachtete ihre Tochter und blickte dann zu Cristy, die neben ihr saß. »Danke«, flüsterte sie. »Danke für all das, was du die vielen Jahre lang für sie getan hast. Und immer noch tust.«

Cristy knuffte sie noch einmal. »Ich liebe sie wie mein eigenes Kind, das weißt du. UND aus deinen Büchern wäre sonst auch nichts geworden.«

Inez nickte. Damit hatte sie vollkommen recht.

Cristy gähnte laut und sank zurück ins Sofa, den Kopf auf dem weichen Rückenkissen, genau wie Amelia. »Du hast nicht zufällig Lust, einen Roman über eine Freundschaft in Berlin zu schreiben? Ich hätte wahnsinnig Lust, mal wieder zu arbeiten.«

Inez schmunzelte und machte es sich auch gemütlich. Ein Buch über zwei Freundinnen, die im Herbst des Lebens eine Großstadt genossen, das würde Sverker ganz bestimmt gefallen. Da fiel ihr ihr Manuskript über die Austerntaucherin wieder ein, und sie schlug die Augen auf und schielte zu Cristy hinüber. Sie hatte für Inez wirklich alles getan und ihr nie Fragen gestellt. Sie hatte nie wissen wollen, wer M war oder warum Inez eigentlich heulte, wenn sie ihre Nervenzusammenbrüche hatte. Sie war einfach nur für sie da gewesen.

»Ehrlich gesagt habe ich ein fertiges Manuskript«, sagte sie.

Cristy fuhr hoch.

Inez legte den Finger auf die Lippen. Sie wollte verhindern, dass Amelia aufwachte.

»Aber ich wollte dieses Buch erst nach meinem Tod veröffentlichen«, sprach sie weiter.

»Wie bitte? Wie kommst du denn auf so eine Idee?«, fauchte Cristy. »Bist du krank?«

»Nein, ich bin nicht krank. Ich lebe bestimmt noch zwanzig Jahre, mindestens. Aber es ist kein normaler Roman.«

»Aber ein Buch veröffentlichen und kein Releasefest mehr veranstalten? Wie öde ist das denn?«

Inez lächelte und schüttelte den Kopf.

Cristy sank zurück. »Du willst sagen, du hast ein ungewöhnliches Buch geschrieben, das nach deinem Tod veröffentlicht werden soll?«

Inez nickte.

»Wenn du mich fragst, klingt das völlig verrückt, aber ich will es natürlich auf der Stelle lesen, und dann sprechen wir noch mal drüber. Aber wenn es fertig ist, fahren wir wenigstens zum Feiern nach Berlin.«

Inez atmete auf. Hoffentlich erwies sich die Entscheidung, Cristy einzuweihen, nicht als falsch. Doch das Auge ihrer Verlegerin würde dem Manuskript guttun.

Cristy war in der Zwischenzeit auch eingeschlafen und schlummerte nun neben Amelia. Der Anblick war rührend. Hier waren die zwei Menschen, die Inez am meisten bedeuteten. Möge es nicht zu spät sein, ihnen ihre Liebe zu zeigen, dachte sie und gab ihren schweren Augenlidern nach.

Meja

Ohne Inez fühlte sich dieses Haus verlassen an, Meja tigerte kopflos durchs Wohnzimmer. Auf dem Eichentisch hatte Inez einen kleinen Zettel hinterlassen, darauf wenige Worte: *Bin ein paar Tage bei Amelia in Kopenhagen. Fühl dich wie zu Hause.*

Meja machte Frühstück. Es war wirklich nett von Inez, ihr das Haus zu überlassen, doch sie fühlte sich hier keineswegs zu Hause. Ganz im Gegenteil. Sie war wegen Inez hier, ohne sie hatte sie keine Aufgabe und absolut nichts zu tun. Die Einsamkeit machte ihr deutlich, dass ihrem eigenen Leben die Orientierung fehlte. Sie hatte kein Ziel vor Augen.

Draußen sah sie Andreas in Richtung Meer spazieren, mit Staffelei und Farben. Schnell huschte sie hinter den Vorhang, damit er sie nicht entdeckte, falls er sich plötzlich umdrehte. Ihre gemeinsame Nacht hing ihr nach. Es war wunderschön mit ihm gewesen, aber hätte sie die Zeit zurückdrehen können, hätte sie diese Nacht lieber ungeschehen gemacht. Sie hätten wirklich gute Freunde werden können. Jetzt war die Lage extrem kompliziert.

Als er hinter der Heckenrose verschwunden war, schlich sie zum Fenster und ließ die Jalousien herunter.

»Ich werde schon wie Inez«, dachte sie laut. »Höchste Zeit, dass ich mein Leben in den Griff kriege.«

Sie ließ sich aufs Sofa sinken.

Da musste sie wieder an Inez' Buch denken. Inez hatte gesagt, dass sie den Roman erst nach ihrem Tod veröffentlichen wolle. War das wirklich ihr Ernst? Und würde sie dieses Ende so stehen lassen? Selbst wenn sie es umschrieb, würde es nicht der Wahrheit entsprechen, allerdings war die Wahrheit für sie doch erst der Anlass gewesen, dieses Buch zu schreiben? Meja konnte sich keinen Reim darauf machen. Jede Frage warf neue Fragen auf, doch die Antworten fehlten.

Ihr Blick blieb an der Austernschale im Bücherregal hängen. Sie stand auf, nahm sie in die Hand und drehte sie hin und her. Was, wenn inzwischen jemand Mathildas Austernschale gefunden hatte? Die Schale, auf der ihre letzte Nachricht stand?

Sie öffnete eine kleine Schatulle, die sie zwischen zwei Buchrücken entdeckt hatte, fand darin jedoch nur ein paar goldene Schmuckstücke. Sie schloss sie wieder und durchsuchte dann die Kommode neben dem Fenster. Eine Schublade nach der anderen zog sie heraus, doch der Inhalt war völlig uninteressant. Eigentlich wusste sie auch gar nicht, wonach sie suchte.

Als sie alle Schränke und Schubladen im Erdgeschoss inspiziert hatte, ging sie hoch zum Ankleidezimmer. Behutsam hob sie die Deckel der Schuhkartons hoch. Darin lagen Andenken, Alben und Kästchen mit Zetteln und Fanpost. Als Letztes öffnete sie ein Schmuckkästchen. Zwei Fächer klappten sich auf, und über dem Boden lag ein loser Deckel. Darunter fand sie einen kleinen, vergilbten Zeitungsausschnitt. Eine Todesanzeige mit Nachruf über den Verstorbenen Mats Nilsson.

Dann las sie den Text. Dieser Fischer war der erste Austerntaucher des Dorfes gewesen. So kam es, dass Kobbholmen sich einen Namen für Austern gemacht hatte und zu einem Mekka dieser Delikatesse geworden war. Mats Nilsson hatte viele Jahre mit seiner Tochter allein gelebt, die auch Austernfischerin geworden war, allerdings irgendwann auf mysteriöse Weise verschwunden war. Später hatte er noch einmal geheiratet, eine Louise Hedin, daher waren sie und ihre zwei Töchter Anna und Ellen die einzigen Hinterbliebenen des Verstorbenen.

Meja legte die Zeitungsnotiz zurück und schloss das Kästchen wieder. Ihr Puls raste. Mit einem prüfenden Blick ging sie durch den Raum, und als sie sicher war, dass alles wieder aussah wie zuvor, schloss sie die Tür, ging hinunter und setzte sich wieder ins Wohnzimmer. Ihre Fingerspitzen trommelten auf den Oberschenkeln.

Nach einer Weile griff sie zum Handy und googelte Louise Hedin und Kobbholmen. Vor zehn Jahren war auch sie gestorben. Anna und Ellen mussten mittlerweile im Rentenalter sein. Über Anna konnte sie nichts finden, aber Ellen hatte ihren Mädchennamen behalten und wohnte sogar noch am Ort. Meja fand ihre Handynummer und schrieb ihr kurzerhand eine Nachricht:

Hallo! Mein Name ist Meja Skoglund. Entschuldigung, dass ich Sie einfach so anschreibe. Ich habe eine Freundin, die Mats und Mathilda kannte, und würde gern Kontakt zu jemandem aufnehmen, der mit ihnen bekannt war. Ich interessiere mich auch für das Austerngeschäft und hätte ein paar Fragen. Vielen Dank für Ihre Antwort.

Die Stunden verstrichen. Meja vertrieb sich die Zeit mit Kreuzworträtseln. Durch die leicht gekippten Jalousien sah sie Andreas nach Hause kommen, als ihr Handy einen Signalton von sich gab:

Wie nett. Ich weiß nicht, ob ich viel beantworten kann, aber Sie können sich sehr gern per Telefon melden oder einfach vorbeikommen.

Vorbeikommen? Sie googelte Ellen Hedin noch einmal. Mit dem Auto würde sie etwa vier Stunden brauchen. Durch den Spalt in den Jalousien sah sie schemenhaft, wie Sverker sich mit einer Harke im Beet zu schaffen machte. Meja ging hinaus auf die Veranda.

»Danke noch einmal für den schönen 5-Uhr-Tee«, sagte sie, als Sverker aufsah.

»Ach was, wir haben es genossen, euch bei uns zu haben. Wir hatten so einen schönen Nachmittag.«

»Ich habe ein paar Fotos gemacht. Ich drucke dir später welche davon aus.« Dann trat sie von einem Fuß auf den anderen. »Ich hätte da noch eine kleine Frage.«

»Nur zu, ich habe keine Geheimnisse.«

»Es geht um euer Auto. Ich müsste heute etwas überraschend zu einer Freundin nach Göteborg fahren, aber auf langen Zugreisen wird mir immer so schlecht.«

»Kein Problem, du kannst es gern ausleihen. Wir brauchen es eigentlich selten.«

»Oh, das ist superlieb, vielen Dank. Ich brauche es nur bis morgen«, sagte Meja.

Sverker verschwand im Haus und kam mit dem Autoschlüssel in der Hand wieder zurück.

»Es hat ein Automatikgetriebe. Der Tank ist ziemlich leer, du musst also noch an einer Tankstelle halten. Einfach das normale 95-Oktan-Benzin tanken. Und fahr vorsichtig.«

Er reckte den Hals und versuchte, ins Haus zu schauen. »Was ist mit Inez, ist sie zu Hause?«

»Nein, sie besucht ihre Tochter in Kopenhagen.«

Sverker nickte. »Verstehe. Na dann viel Spaß.«

Meja nickte, doch sie fühlte sich fast wie eine Kriminelle. Erst hatte sie in Inez' Sachen gewühlt, dann hatte sie Sverker eine Lügengeschichte aufgetischt, und er hatte sie offensichtlich auch noch geglaubt. Ihr kamen Zweifel an ihrer Idee, doch dann beschloss sie, zu Ende zu bringen, was sie angefangen hatte. Energisch stieg sie die Treppe zum Ankleidezimmer hinauf und probierte einen weiten Jeansrock mit Volant an, dazu ein gelbes, schulterfreies Oberteil. Sie drehte sich vor dem Spiegel einmal um sich selbst, machte ein Foto und schickte es ihrer Mutter. Darunter schrieb sie: *Ich habe vielleicht keinen großen Traum, aber meinen Stil habe ich immerhin gefunden.*

Es dauerte nur wenige Minuten, da kam eine Antwort mit zwei Emojis zurück – eines mit Herzaugen und eines mit applaudierenden Händen. Sie schmunzelte. Zwei fröhliche Emojis. Hatte sie je so eine Antwort von Susanne bekommen?

Beflügelt von diesem positiven Feedback, machte sie schnell noch Ingrids Käfig sauber und füllte Wasser und Futter nach, dann packte sie eine kleine Reisetasche, verschloss die Haustür und fuhr los. In der ersten Stunde stand sie noch völlig unter Strom. Sie schaltete das Radio ein, um sich abzulenken, doch immer wieder zweifelte sie an ihrem Vorhaben. Vielleicht sollte sie lieber umdrehen und die Zeit nutzen und ein paar schöne Blumen in Inez' Garten pflanzen? Doch sie fuhr weiter.

Kurz hinter Göteborg machte sie halt und holte sich an

einem Imbiss ein Brötchen mit Bockwurst. Dann setzte sie ihre Reise fort. Als sie an dem Schild vorbeikam, das Smögen auswies, nahm sie sich vor, auf dem Rückweg hier anzuhalten, um das typische Smögen-Foto vom Anlegesteg und den bunten Bootshäusern zu machen. Eine halbe Stunde später hatte sie bereits Kobbholmen erreicht.

Sie checkte in einem Bed & Breakfast ein, das sie übers Handy gebucht hatte, fünfzig Meter vom Meer entfernt, ein und fuhr dann gleich weiter zur Snäckviken, wo gemäß Inez' Roman Mathildas Bootshaus gelegen hatte. Sie parkte den Wagen an einer Infotafel. Das Bootshaus gab es noch. *Torstens Austern* stand da auf einem Schild. Sie blieb stehen und staunte.

Inez' Geschichte war in ihrem Geiste so lebendig, dass sie Mathilda bildlich vor sich sehen konnte, wie sie mit ihrem Kahn hinaustuckerte und die junge Inez auf dem Felsenhügel saß und in ihr schwarzes Notizbuch schrieb. Mitten im Wasser türmte sich die kleine Felseninsel auf, wo sie gelegen und über das Leben und ihre Träume geredet hatten, und als Meja ans Wasser ging, konnte sie Austernschalen unter der Wasseroberfläche erkennen.

Ein tiefer Seufzer entfuhr ihr, jetzt erst spürte sie, wie anstrengend die lange Autofahrt gewesen war. Hinzu kam, dass Inez diese Idee überhaupt nicht gefallen hätte. Nicht nur nicht gefallen – sie hätte sie für eine Einmischung in ihr Privatleben gehalten und bereut, dass sie Meja jemals ihre Manuskriptseiten vorgelegt hatte. Mit der Müdigkeit nahm ihre Verunsicherung zu. War es wirklich richtig, mit Ellen zu sprechen? Vielleicht reichte es, das Bootshaus zu sehen? Reichte wofür? Warum war sie eigentlich hier? Sie beschloss, zu ihrem Bed & Breakfast zurückzufahren und die Sache noch einmal zu überdenken.

Kaum zehn Minuten später war sie wieder in Kobbholmen. Sie drehte noch eine Runde durch den Hafen, spazierte zwischen den vielen Touristen über den langen Bootssteg, an dem es Restaurants und kleine Läden gab, und genoss den Blick auf die kleine Insel und die Felsen, doch ihre Gedanken schweiften immer wieder ab, und schließlich machte sie sich auf den Rückweg zu ihrem Zimmer.

Dort ließ sie sich erleichtert auf ihr Bett fallen und starrte die Decke an. Wenn sie nun schon da war, konnte sie sich auch genauso gut kurz mit dieser Ellen unterhalten, auch wenn sie selbst nicht recht wusste, was sie hier wollte. Sie schickte ihr eine SMS, dass sie nun angekommen sei, und bekam umgehend die Antwort, sie könne jederzeit vorbeikommen, ihre Adresse anbei. Meja stand auf und spürte, wie behäbig ihr Körper sich anfühlte. Instinktiv schüttelte sie Arme und Beine aus. Ja, wenn sie nun einmal da war, konnte sie auch das erledigen, wofür sie ursprünglich hergekommen war, dachte sie wieder.

Zehn Minuten später klingelte sie an Ellens Tür, und eine hübsche, zierliche Dame mit grauem Haar und geblümten Kleid öffnete. »Kommen Sie rein«, sagte sie und ging vor in die Küche.

»Kobbholmen ist wirklich ein wunderschöner Ort«, sagte Meja.

»Ja, ich könnte mir niemals vorstellen, irgendwo anders zu leben. Meiner Schwester war es hier zu eng, in jungen Jahren ist sie nach Stockholm gegangen und dortgeblieben.«

Ellen bat Meja, auf dem Sofa Platz zu nehmen, dann servierte sie Kaffee und Zitronenmuffins.

»Bedienen Sie sich. Die sind selbst gebacken.«

Meja bedankte sich höflich und griff zu. Ellens Kuchen war fluffig und süß und schmeckte eindeutig selbst gebacken.

»Woher kommen Sie denn?«, fragte Ellen.

»Aus Helsingborg.«

»Oh, da mussten Sie ja ganz schön weit fahren.«

»Ich hatte sowieso in der Nähe etwas zu erledigen«, sagte Meja und fragte sich, was eigentlich in sie gefahren war. Sie log doch sonst nie. Und trotzdem zog eine Lüge die nächste nach sich.

»Also …«, sagte Ellen. »Sie haben Fragen zu Mats' Austernverkauf?«

Meja nickte und lauschte dann Ellens langen Ausführungen über verschiedene Besitzer, das harte Leben eines Austernfischers und die Entwicklung dieses Berufs und seine Bedeutung für den kleinen Ort. Währenddessen suchte sie krampfhaft nach einer Frage, die sie auf das Thema Mathilda bringen könnte, doch ihr fiel nichts ein, bis Ellen fortfuhr.

»Meine Mutter, meine Schwester und ich sind aus einem kleinen Dorf in Småland hierhergezogen. Ich hatte eine unbeschwerte, glückliche Kindheit, zumindest ist sie in meiner Erinnerung so«, sagte sie lächelnd. »Meine Mutter schimpfte immer mit meinem Vater, der die Angewohnheit besaß, beim Heimweg von der Arbeit eine Abkürzung über die Zuggleise zu nehmen. Seine Entschuldigung dafür war, dass er auf die Art ein paar Minuten mehr mit seinen Töchtern herausschlagen konnte.«

Ellen lächelte und sah aus dem Fenster. »Irgendwie ist es doch merkwürdig, dass das Leben an einem vorbeirauscht, nur nicht in dem Moment, wenn eine Tragödie geschieht, dann sind die Sekunden so lang wie eine ganze Ewigkeit, wie ein Moment in Zeitlupe. Die Bruchteile von Sekunden prägen sich in Herz und Hirn ein.«

Meja trank einen Schluck Kaffee und ließ Ellen weitererzählen. »Ich habe in der Küche über meinen Hausaufgaben gesessen und weiß noch wie heute, dass ich meine Mutter um Hilfe bei einer Matheaufgabe gebeten habe. Sie hat gerade den Abwasch gemacht und sich zu mir umgedreht, da hat sie mir geantwortet und eine große Glasschüssel abgetrocknet. Wir haben in der Nähe des Bahnhofs gewohnt, sodass meine Mutter das Geräusch eines bremsenden Zuges nur allzu gut kannte. Ich habe gesehen, wie sie plötzlich die Augen aufriss und ihr die Schüssel aus den Händen glitt, wie sie langsam zu Boden fiel und in tausend kleine Scherben zersprang. Manche sind an ihren Beinen hängen geblieben, doch sie hat nichts mehr gespürt, sie ist auf der Stelle losgerannt zu den Gleisen. Nach seinem Tod war das Leben nicht leicht …«

Ellen verstummte und schlürfte ihren Kaffee. »Aber meine Mutter war eine starke Frau, und schließlich nahm sie ihr Leben in die Hand und bekam eine Anstellung in einer Fabrik. Dann erfuhr sie vom Bekannten eines Bekannten, dass es in Kobbholmen Arbeit gab, und so zogen wir hierher.«

»Das muss eine ziemliche Umstellung gewesen sein«, sagte Meja.

»Ich hatte gleich das Gefühl, nach Hause zu kommen. Meine Mutter hat sich zeit ihres Lebens nach den bemoosten Wäldern zurückgesehnt, doch ich habe mich hier von Anfang an sehr wohlgefühlt, und das hat sich bis heute nicht geändert. Ich liebe das Meer.«

Ellen lächelte Meja an. »Dann hat sie Mats kennengelernt, und sie wurden ein Paar. Er hat immer gesagt, die Trauer habe sie zusammengeschweißt, man könne sein Leben niemals mit jemandem verbringen, der diese schlimmste Art der Trauer nicht selbst erlebt hat. Immerhin hat er Frau und Tochter verloren …«

Ellen legte den Kopf schräg. »Jetzt habe ich aber viel erzählt, wollten Sie nicht etwas Bestimmtes wissen?«

Meja wurde rot. Es war ihr etwas unangenehm, schließlich hatte sie Ellen dazu gebracht, von Mats zu erzählen, obwohl sie eigentlich auf Mathilda zu sprechen kommen wollte. Aber jetzt konnte sie sich nicht mehr aus der Affäre ziehen, und sie wollte die kostbaren Minuten hier nicht vergeuden, indem sie noch länger über Mathildas Vater und Ellens Vergangenheit sprachen.

Sie räusperte sich. »Ich interessiere mich eigentlich für Mathilda.«

»Ach so«, sagte Ellen und zog das weiße Tischtuch gerade, das eigentlich schon perfekt lag. »In den vielen Jahren waren einige Leute hier, die sich nach ihr erkundigt haben. Häufig ambitionierte, junge Journalisten, die die große Story gewittert haben, oder angehende Kriminalkommissare, die davon geträumt haben, einen unaufgeklärten Fall zu lösen.«

»Wissen Sie denn, was geschehen ist?«

Ellen musste lachen. »Nein, das weiß ich nicht. Und wüsste ich es, dann hätte ich es auch erzählt. Ich halte nämlich nichts von Geheimnissen.«

»Glauben Sie, dass Mats es wusste?« Meja sprach diese Frage sehr leise, kaum hörbar aus, schließlich war ihr vollkommen klar, dass sie diese Dinge eigentlich gar nichts angingen.

Ellen kniff die Lippen zusammen, dann sagte sie: »Ich weiß es nicht. Möglicherweise. Oder er hat damals beschlossen, das zu glauben, was wahrscheinlich ist, und mit dem Grübeln aufzuhören. Er war ein gescheiter Mann. Er hat gewusst, dass Grübeln Gift ist.«

Ellen sah Meja in die Augen.

»Dazu gehörte auch, dass über Mathilda eigentlich nicht gesprochen wurde. Über meinen Vater haben wir auch kaum ein Wort verloren. Meine Mutter hat immer gesagt, man kann das Leben nur genießen, wenn man sich den Lebenden zuwendet und die Toten ruhen lässt. Und ich nehme an, dass sie recht hatte.«

Ellen stand auf und begann abzuräumen. Meja verstand, dass ihr Besuch zu Ende ging.

»Wissen Sie, ob noch irgendetwas aus der Zeit, in der Mats nach Austern getaucht ist, erhalten geblieben ist?

»Erhalten? Meinen Sie Ausrüstung und so?«

»Zum Beispiel.«

Ellen überlegte kurz. »Das glaube ich kaum. Das meiste haben die Leute übernommen, die den Betrieb von Mats weitergeführt haben.«

»Und von Mathilda ist auch nichts mehr da?«

Ellen bedeutete Meja, mit ihr in den Flur zu kommen, und dort reichte sie ihr die Jacke. Meja begriff, dass ihre Frage sehr direkt gewesen war, doch sie hatte nicht an sich halten können.

»Es gibt ein paar Fotos, das ist alles«, sagte Ellen dann

doch. »Mir ist klar, dass Sie jetzt nicht die Antworten bekommen haben, nach denen Sie suchen, doch ich glaube, Mathilda wird weiterhin die sagenumwobene Person bleiben, zu der sie inzwischen geworden ist.«

Ellen öffnete Meja die Haustür.

»Aber was glauben Sie, was ist passiert?«, fragte Meja. Das war ihr letzter Versuch, noch einen Hinweis zu bekommen, der sie weiterbringen konnte.

Lächelnd schüttelte Ellen den Kopf. »Man muss sich ein eigenes Ende ausdenken. Das ist für jeden das Beste. Und das ist doch eigentlich auch ganz schön?«

Meja nickte und versuchte, ihre Enttäuschung zu verbergen, dann bedankte sie sich für die Gastfreundschaft und ging.

Sie spazierte durch die verwinkelten Gassen und kaufte sich eine Meeresfrüchtepasta, die sie auf ihrem Zimmer aß. Dann zog sie das Rollo nach unten und ließ sich aufs Bett fallen. Sie hatte vielleicht nicht viel über Mathilda in Erfahrung bringen können, aber sie hatte Kobbholmen und die Bucht gesehen, und darüber war sie froh. Inez hatte alles originalgetreu geschildert. Ihre Worte waren wie ein Gemälde.

Morgen würde sie nach Domsten zurückkehren, und sie ertappte sich tatsächlich dabei, dass sie sich danach sehnte – nicht nur nach dem Ort, sondern auch nach den Menschen dort. Nach Sverker, Filip, Inez und … Andreas. Ich muss unbedingt mit Andreas reden, war ihr letzter Gedanke, dann schlief sie ein.

Meja

Als Meja am Tag nach ihrem Besuch bei Ellen erwachte, war sie voller Energie. Schwungvoll stand sie auf, nahm ein leichtes Frühstück im Gästehaus zu sich und checkte aus. Dann fuhr sie noch einmal die paar Kilometer zum Bootshaus in der Snäckviken-Bucht zurück. Dieses Mal allerdings hatte sie die Kamera dabei und machte Bilder vom Strand, der fast nur aus Austernschalen bestand. Sie spazierte den kleinen Weg auf die Felsen hinauf, der durch den Wald führte. Die Vorstellung, dass Inez als junge Frau, gezeichnet von Nikolas' Schlägen, so oft hier hinaufgestiegen war, berührte sie sehr. Trotzdem hatte sie ihren Traum nie aufgegeben. Den Traum davon, ein Buch zu schreiben. Den Traum, der Wirklichkeit wurde, weil Mathilda sie darin bestärkt hatte.

Als Meja oben angekommen war und die weich gerundeten Felsplatten vor ihr lagen, die sich, so weit das Auge reichte, wie ein versteinertes Meer wellenartig formierten, kam sie aus dem Staunen nicht mehr heraus. »Wow«, flüsterte sie. Das gehörte zum Schönsten, was sie je gesehen hatte.

Sie machte ein paar Fotos und setzte sich an den Rand des Felsens, sah hinaus aufs Meer und die Inselchen, die hier und da aus dem Wasser ragten. *Man muss sich sein eigenes Ende ausdenken*, hatte Ellen gesagt. Und genau das hatte Inez getan. Und vielleicht sollte das Meja auch tun. Sie dachte eine Weile nach.

»Ich glaube, du hast dich auf ein Bett aus funkelnden Austernschalen gelegt«, sagte sie, schloss die Augen und atmete ein paar Male tief durch, bevor sie sich wieder auf den Weg zum Auto machte. Jetzt war es an der Zeit zurückzufahren. An der Zeit, Inez' Buch zuzuschlagen und ihre eigene Geschichte zu schreiben. Sich für einen Weg zu entscheiden. Es kribbelte in ihrem Bauch. Vielleicht war die Reise nach Kobbholmen doch nicht vergeblich gewesen? Vielleicht ging es im Grunde gar nicht um Inez und Mathilda. Sondern um sie selbst.

Meja tippte Domsten in ihr Navi ein und schaltete das Radio an. Bei den Popsongs summte sie mit. Als das Schild wieder auftauchte, das nach Smögen zeigte, bog sie ab. An diesem Tag war sie nicht die Einzige, die eins der beliebtesten Ausflugsziele Schwedens ansteuerte. Nachdem sie eine Viertelstunde auf der Suche nach einem Parkplatz im Kreis gefahren war, wurde sie fündig. Ein paar Minuten Spaziergang, und sie erreichte die Smögenbryggan. Sie war sehr aufgeregt und stolz, weil sie diesen Ausflug ganz allein unternommen hatte. Und jetzt war sie nicht den einfachen, direkten Weg nach Hause gefahren, sondern hatte beschlossen, unterwegs noch etwas zu erleben. Für sie war das eine Leistung, ein richtig großer Schritt.

Anfangs wurde sie das Gefühl nicht los, dass jeder sie anstarrte, doch dann merkte sie, dass sie niemandem auffiel, nur weil sie dort allein unterwegs war. Jeder war mit sich selbst beschäftigt. Sie spazierte an kleinen Boutiquen und Läden mit Kunsthandwerk vorbei, an Restaurants und Cafés, bis sie schließlich zum Ende des Stegs gelangte, wo die roten, gelben, blauen und grünen Bootshäuser in Reih und Glied standen. Sie machte ein paar Fotos und lief über die Bryggan wieder zurück. Da hörte sie einen Signalton von ihrem Handy.

Hallo, hier ist Ellen noch mal. Sind Sie noch in Kobbholmen?

Meja tippte die Antwort ein. *Ich mache gerade einen Ausflug nach Smögen.*

Wieder dieser Piepton. *Wenn Sie zurückkommen, kommen Sie kurz vorbei. Ich würde Ihnen gern was zeigen. Nichts Spektakuläres, aber es ist wirklich schön.*

Meja warf einen Blick auf die Uhr.

In etwa einer Stunde kann ich da sein, antwortete sie.

Und ganz pünktlich stand sie bei Ellen vor der Tür.

Ellen bat sie herein und schenkte im Wohnzimmer Kaffee in zwei Tassen. Auch die Muffins stellte sie wieder auf den Tisch.

»Ihr Besuch hat mich ein bisschen neugierig gemacht, was da oben auf dem Dachboden eigentlich ruht. Sie wissen ja, Mats und meine Mutter sind auf ihre alten Tage in diese Wohnung umgezogen, und ich habe sie nach dem Tod meiner Mutter übernommen. Ich habe ein paar Möbelstücke ausgetauscht und ein paar Umzugskartons oben auf der Bühne abgestellt, aber das meiste nicht angerührt, was da bereits lagerte.«

Ellen verschwand in einem anderen Zimmer und kam mit einer Kiste zurück. Auf dem Deckel stand *M*. M für Mats oder M für Mathilda? Meja nickte und versuchte, sich nichts anmerken zu lassen, doch innerlich war sie so aufgeregt, dass sie spürte, wie ihr ganz heiß wurde. Sie hätte den Deckel am liebsten auf der Stelle heruntergerissen, doch sie beherrschte sich und trank einen Schluck Kaffee.

»Diese Sachen sind wirklich vollkommen wertlos, aber da Sie mehr über Mathilda erfahren wollten, dachte ich, das könnte für Sie interessant sein.«

Ellen nahm den Deckel ab und holte vorsichtig ein paar Kinderzeichnungen, alle mit Schiffen darauf, ein paar Muschelketten, Fotos von Mathilda bei Schulabschlussfeiern und auf den Klippen heraus. So hatte sie also ausgesehen. Inez hatte sie treffend beschrieben.

Ganz unten in der Kiste lagen unzählige Austernschalen.

Ellen lächelte. »Ich erinnere mich noch gut daran, wie es war, als Mats beschloss, seinen kleinen Laden zu verkaufen und in Rente zu gehen. Mama und ich halfen ihm beim Aufräumen, und sie neckte ihn damit, dass überall in seinen Regalen diese Austernschalen lagen und er sie alle mit heimnehmen wollte. Eine reicht doch, hatte sie gesagt, doch er bestand darauf, alle einzupacken.«

Ellen nahm eine in die Hand und drehte sie um. »Mathilda hat auf die Innenseite immer ein Wort geritzt und sie dann ins Wasser geworfen. Manche hat Mats gefunden, manche sind einfach auf dem Meeresgrund geblieben. Aber Mats hat gemeint, es sei jedes Mal so, als würde er einen Schatz heben, wenn er eine Schale mit einem Wort von Mathilda fand. Nachdem Mathilda verschwunden war, tauchte eine ganze Kiste mit Schalen oben im Bootshaus auf. Ich bin mir nicht sicher, aber vielleicht glaubte er deshalb, dass sie noch am Leben war. Wer hätte denn sonst die Kiste da hochschleppen sollen? Und alte Austernschalen mit Botschaften fanden wir immer wieder, auch lange nachdem sie verschwunden war.«

Meja spürte, wie ihre Wangen rot wurden, und atmete tief durch, um sich zu beruhigen. »Darf ich mal sehen?«

»Ja, ich kann die Worte kaum entziffern. Die meisten sehen eher wie Schnörkel aus, finde ich …«

Ellen stand auf, um Kaffee nachzuschenken. Meja überflog die Schalen in aller Eile: *Glück, Freundschaft, Meer, Familie, Nähe, Liebe*. Eine Schale war auffällig, denn da waren mehrere Worte eingeritzt. Was da stand, konnte sie aber nicht lesen, dafür waren die Buchstaben zu undeutlich.

Schnell ließ sie diese Schale in ihrer Handtasche verschwinden und zog gerade noch den Reißverschluss zu, als Ellen mit der Kaffeekanne in der Hand zurückkam.

»Noch etwas?«, fragte sie.

Meja nickte und schob ihr die Tasse hin. Ihre Hand zitterte leicht. Sie nahm eine Austernschale in die Hand.

»Meer«, las sie vor. Ellen holte ihre Lesebrille und hielt die Schale ein bisschen von sich weg. »Ja, da haben Sie recht.«

»Die müssten Sie hier unten aufheben«, sagte Meja.

»Stimmt.« Ellen stand auf und legte die Austernschale auf eine Kommode, auf der ganz viele Bilderrahmen mit Fotos standen. »Sehr schön«, sagte sie.

»Danke, dass Sie mir die Schalen gezeigt haben. Und die Fotos auch«, sagte Meja, trank den Kaffee aus und stand auf. »Jetzt werde ich nach Hause nach Schonen fahren, aber es war wirklich sehr nett, dass Sie sich die Zeit genommen haben.«

»Keine Ursache, es hat mich gefreut«, erwiderte Ellen.

Meja hatte ganz weiche Knie, als sie zurück zum Wagen ging. Sie legte ihre Handtasche auf den Beifahrersitz, sammelte ein bisschen Kraft und ließ dann den Motor an und fuhr los.

Als sie auf halber Strecke nach Domsten tankte, fiel ihr ein, dass sie vielleicht ein kleines Dankeschön für Sverker und Filip mitbringen sollte. Sie machte einen Abstecher zum Spirituosenladen, kaufte eine Flasche teuren Champagner und fuhr weiter nach Hause.

Sverker strahlte, als er die Flasche in ihrer Hand erblickte. »Das wäre doch nicht nötig gewesen …«, sagte er, lächelte jedoch freudig. »War es schön in Göteborg?«

»Sehr«, sagte sie. »Aber jetzt bin ich ganz schön müde, ich bin es überhaupt nicht gewohnt, so weite Strecken zu fahren.«

»Verstehe ich gut. Dann ruh dich erst mal aus, erzählen kannst du später. Oder morgen.«

»Genau«, sagte sie und bedankte sich noch einmal herzlich dafür, dass sie ihr den Wagen geliehen hatten.

Sie ging hinüber in Inez' Haus. Dort knipste sie ein paar Lampen an, legte die Handtasche auf den Eichentisch und tat genau das, was Inez immer tat: Sie holte sich ein Kristallglas und schenkte sich einen Portwein ein. Dann setzte sie sich hin, nippte an ihrem Aperitif und öffnete mit schweißnassen Händen die Handtasche. Sie nahm die Austernschale heraus und begutachtete sie. Es war unglaublich aufregend. Sie nahm ihr Handy, schaltete die Taschenlampe ein und hielt sie auf die Innenseite der Austernschale.

»Ich warte …«, Meja blinzelte, aber konnte die nächsten Worte nicht erkennen. Zuerst stand da ein B oder ein D, in der Mitte des Wortes meinte sie ein I zu erkennen und ein S am Ende. Was konnte sie wohl damit meinen? Sie holte ihren Fotoapparat und machte Aufnahmen von der Innenseite bei unterschiedlichem Lichteinfall. Vielleicht würde es ihr mit einer Vergrößerung am Computer gelingen, die Buchstaben zu entziffern. Sie sank zurück auf den Stuhl. Hatte sie die Schale mit der entscheidenden Botschaft gefunden? Diejenige, die Mathilda für Inez ins Meer geworfen hatte? Die Schale, die Inez dort auf dem Meeresboden liegen gelassen hatte, weil sie sich für ein anderes Leben entschieden hatte? Für das Schreiben.

Sie schüttelte bedächtig den Kopf. Das war wenig wahrscheinlich. Sie verstand es. Sicher lag es daran, dass sie selbst so wenig eigene Geschichten hervorbrachte und sich deshalb bei anderen etwas zusammenfantasierte. Sie gähnte und schleppte sich die Treppe hinauf zu ihrem Gästezimmer, wo sie sich einfach angezogen aufs Bett fallen ließ. Nur eine kleine Pause, dann würde sie wieder klar denken können.

Inez

Es war abends um neun, als Inez ihre Haustür aufschloss. Erleichtert atmete sie auf. Wie schön, wieder zu Hause zu sein. Auch ihr Besuch bei Amelia war unerwartet reibungslos verlaufen. Und sie hatte Cristy wiedergesehen, das erste Mal nach vier Jahren.

Beim Abschied hatte Amelia ihr versprochen, in zwei Wochen zu Besuch zu kommen. Das hatte Inez beflügelt, schon im Zug ein paar Pläne zu schmieden. Sie wollte noch mehr Pflanzen besorgen und die Obstschale auf dem Esstisch wieder bestücken. So etwas gefiel Amelia. Sie würde die Jalousien hochziehen und eine richtig gute Paella für sie kochen, ein Gericht, das sie heiß und innig liebte, aber noch nie selbst zubereitet hatte. Zeit zum Üben hatte sie bis dahin genug.

Aufgekratzt und voller Ideen ging sie leichten Schrittes ins Haus hinein. Es war dunkel und still. Inez tastete nach dem Lichtschalter, nahm mit Staunen die heruntergelassenen Jalousien zur Kenntnis und zog sie stirnrunzelnd wieder hoch. Sie waren doch offen gewesen, als sie das Haus verlassen hatte? Meja würde sie doch niemals herunterlassen?

Der Abendhimmel war bezaubernd schön.

Im Augenwinkel sah sie den Eichentisch und ihre alte gelbe Handtasche. Sie ging zum Tisch, warf einen Blick in die Tasche und fand Mejas Portemonnaie darin. Da ging ein Lächeln über ihr Gesicht, bis ihr Blick auf eine Austernschale fiel, die auf dem Tisch lag und die sie noch nie gesehen hatte. Es war eine ganz besonders schöne Schale, sie besaß neun Jahresringe, wie Volants in Weiß, Blau und Lila. Sie nahm sie in die Hand. Was für eine Schale war das denn? Inez besaß nur noch eine einzige, das war die, die Mathilda ihr vor vielen Jahren geschenkt hatte. Die hatte sie Meja gezeigt. Aber diese hier war ganz anders, sie besaß eine weiche weiße Oberfläche.

Sie drehte die Schale um und ließ sich mit einem Plumps auf den nächstbesten Stuhl fallen. Auf der Innenseite war ein Text eingeritzt. Inez blinzelte und versuchte zu lesen, was da geschrieben stand, doch sie konnte es nicht entziffern. *Ich warte …* Inez atmete so flach, dass sie kaum Luft bekam. In ihren Ohren dröhnte und piepte es laut. Sie schnappte nach Luft und hatte Angst, ohnmächtig zu werden, als sie von der Treppe ein Knarren vernahm.

Meja zuckte zusammen und blieb stehen, als sie Inez sah. Inez starrte sie nur wortlos an. Ganz langsam stieg Meja die Treppe herab und setzte sich Inez gegenüber. Der Tisch war wie ein Schild zwischen ihnen. Inez schob Meja die Austernschale hin.

»Was ist das?«

»Das ist …« Meja schien nach einer guten Ausrede zu suchen, doch Inez wusste genau, dass Meja nicht lügen konnte.

»Das könnte das Ende deines Romans sein«, antwortete Meja leise.

»Jetzt verstehe ich gar nichts mehr«, sagte Inez.

Meja saß eine Weile still da und schwieg.

»Ich bin in Kobbholmen gewesen. Bei Ellen.« Mejas Stimme war dünn.

Ellen, dachte Inez angestrengt, wo hatte sie diesen Namen schon mal gehört?

»Die Tochter der Frau, die in zweiter Ehe mit Mathildas Vater verheiratet gewesen war. Inzwischen ist sie im Rentenalter …«

Inez wurde wieder schwarz vor Augen. Was hatte Meja gerade gesagt? Sie war nach Kobbholmen gefahren und hatte Ellen besucht? Die Tochter von Mats' Frau?

»Über Mathilda konnte sie gar nichts erzählen, doch sie hat auf dem Dachboden einen Karton gefunden, den Mats aufgehoben hat. Darin waren ganz viele Austernschalen mit Text. Aber eine Schale stach mir gleich ins Auge, weil da so viele Worte eingeritzt waren. Und das war die hier.«

Inez rang nach Luft. Nach und nach fügten sich die Puzzleteilchen zusammen.

»Und das ist die hier?«, flüsterte sie.

»Ja«, antwortete Meja. »Ich glaube, dass das die Austernschale ist, die Mathilda für dich ins Meer geworfen hat. Ihr Vater hat sie wahrscheinlich herausgefischt und in dem Glauben in die Kiste gelegt, dass das eine von den Schalen ist, die schon länger dort lagen. Der Text beginnt mit *Ich warte* … dann …«

Inez' Blick verfinsterte sich, dann griff sie nach der Schale, warf sie auf den Boden und zertrampelte sie mit ihren Schuhen, die sie noch nicht ausgezogen hatte, in tausend Einzelteile.

Meja schlug sich die Hand vor den Mund.

»Du hast kein Recht …« Inez' Stimme brach. Ihr ganzer Körper bebte, und nun presste sie die Hände so fest ineinander, dass sie ganz weiß wurden.

»Das ist nicht deine Geschichte. Diese Geschichte gehört niemandem außer uns!«

Die letzten Worte schrie sie heraus.

Meja wich zurück und nickte.

»Du hast fünf Minuten Zeit zu verschwinden. Ich will dich nie wiedersehen. Und wenn du nur einen Mucks über mein Buch von dir gibst, dann verklage ich dich.«

Inez stürmte in ihr Schlafzimmer, schlug die Tür zu und brach japsend auf dem Boden zusammen. Nach einer Viertelstunde hörte sie die Haustür ins Schloss fallen. Als es still geworden war, öffnete Inez mit Mühe ihre Schlafzimmertür. Ihr Beine trugen sie nicht mehr, sie kroch aus dem Raum zu der zersplitterten Austernschale und blieb weinend daneben liegen. Heulkrämpfe schüttelten sie.

Sie hatte zu ihrer Tochter gesagt, dass es nie zu spät sei. Aber das stimmte nicht. Dafür war es zu spät. Erst wollte sie nicht wissen, was da geschrieben stand, und jetzt war es zu spät: Die Austernschale war in tausend Teilchen zerbrochen.

Sie schluchzte, bis die Morgensonne ins Zimmer fiel, doch sie stand nicht auf, sie blieb einfach liegen. Zum allerersten Mal sehnte sie sich nach ihrem letzten Atemzug. Nach dem ewigen Schlaf ohne Entscheidungen, Alternativen und Reue. Ohne Vergebung und ohne Scham. Einfach nur tief und fest schlafen. Sie kniff die Augen zusammen und hoffte, dass es nun so weit war.

Einen Monat später

Der September fegte über Domsten wie ein Wirbelsturm. Der Wind heulte um den Dachfirst, und die grauen Wellen tanzten wild im Sund. Inez machte ihre Spaziergänge nach wie vor. Heute war es zwar zu stürmisch, um sich an den Bootssteg zu setzen, doch sie war zu Violas Bank gelaufen, die etwas geschützter war. Es war erst vier Uhr morgens. Seit Meja aus ihrem Leben verschwunden war, unternahm sie ihre geliebten Spaziergänge immer nur ganz früh morgens oder sehr spät am Abend. Da bestand kein Risiko, dass ihr jemand über den Weg lief, und sie konnte ganz in Ruhe dort sitzen und in die Sterne schauen. Und auf das Meer.

Heute hatte sie ihre Handschuhe vergessen und rieb sich nun die durchgefrorenen Hände warm.

Vieles hatte sich verändert, seit Meja fort war, obwohl man auch sagen könnte, jetzt war alles wieder wie zuvor. Die Jalousien waren wieder zu. Sie hatte alle Grünpflanzen, die Meja angeschafft hatte, weggeschmissen, nur der alte Kaktus war geblieben, und dann hatte sie ihre alte Gewohnheit wieder aufgenommen, ein Gericht für eine Woche vorzukochen und jeden Tag das Gleiche zu essen. Jetzt war Fischwoche, es gab Lachs aus dem Ofen.

Ihre Tage verbrachte sie damit, Bücher zu lesen. Die meisten bestellte sie sich bei einem Antiquariat im Internet. Jede Woche wurden neue Bücher geliefert, die sich inzwischen schon in ihrem Wohnzimmer stapelten.

Den Besuch ihrer Tochter Amelia hatte sie abgesagt, denn sie sollte ihren Verfall nicht zu sehen bekommen. Inez hatte sich entschuldigt, dass sie ihre Pläne nun änderte, doch sie hatte vorgeschoben, gerade ein neues Projekt zu verfolgen, bei dem sie nicht gestört werden wollte. Vielleicht wäre es besser gewesen, ein finsteres, unaufgeräumtes Zuhause und eine Mutter, die den Lebensmut komplett verloren hatte, vorzuführen, als wieder einmal die Arbeit vorzuschieben. Aber nun war es zu spät. Inez hatte sich für den einfachen, aber steinigen Weg entschieden, und seitdem hatten sie keinen Kontakt mehr miteinander gehabt.

Seufzend erhob sie sich von der Bank.

Im Haus ihrer Nachbarn war es noch dunkel. Sverker hatte im vergangenen Monat mehrmals bei ihr angeklopft und auch wieder wie gewohnt Blumensträuße an ihr Gartentor gehängt, doch nun hatte sie sich nicht einmal mehr die Mühe gemacht, sie abzunehmen und wegzuwerfen. Sie hingen also dort, bis die Blumen verwelkt waren und Sverker sie selbst entsorgte.

Auch Andreas war ein paar Male vorbeigekommen. Ihm hatte sie die Tür auch nicht geöffnet, doch dann war sie ihm über den Weg gelaufen, als er auch schon zeitig auf den Beinen war, um den Tagesanbruch zu malen, und da hatten sie sich ein wenig unterhalten. Er hatte sich erkundigt, ob es ihr gut ginge. Sie hatte nur gesagt, sie habe alles im Griff. Erklärt, dass Meja nun nicht mehr bei ihr arbeitete und sie selbst mit einem Schreibprojekt recht beschäftigt sei. Er hatte sie mit großen Augen angesehen, aber genickt. Gut, dass er keine weiteren Fragen gestellt hatte. Sie hatte dann zugesehen, dass sie nach Hause kam.

Sie ging wieder hinein, hängte ihre Outdoorjacke in den Flur, knipste die Deckenlampe im Wohnzimmer an und kochte sich einen starken Kaffee. Dann setzte sie sich mit einer Tasse Kaffee in ihren Sessel und las weiter in *Bildnis einer Dame* von Henry James. Isabel Archer, eine der meistdiskutierten Frauengestalten in der Literatur, gelang es, dass Inez sich selbst für eine Weile vergaß.

Der restliche Tag verstrich wie alle anderen Tage. Toastbrot als Mittagessen, kleines Schläfchen, Nachmittagskaffee, Portwein am Spätnachmittag und dann ein warmes Abendessen. Zwischen den Mahlzeiten und dem Nickerchen las sie, hörte Radio oder machte Kreuzworträtsel. Kurz vor Mitternacht hatte sie das Buch über Isabel ausgelesen, also legte sie es auf den neuen Bücherstapel, der auf dem Wohnzimmerboden wuchs.

Inez hatte den Überblick über die Zeitrechnung verloren, doch sie vermutete, dass Wochenende war, denn sie hatte durch das Küchenfenster gesehen, dass Sverker und Filip in Oberhemd und Fliege in ein Taxi gestiegen waren. Die zwei wussten wirklich, wie man das Leben genoss.

Sie öffnete die Haustür einen kleinen Spalt. So, dass sie feststellen konnte, ob jemand da draußen unterwegs war oder ob sie ungesehen zum Briefkasten huschen konnte. Auf der Straße war es ruhig. In ihren Hauspantoffeln tappte sie hinaus und holte die Post mehrerer Tage: Rechnungen, Anzeigenblätter und Reklame. Wieder im Haus, legte sie den Stapel auf den Eichentisch, da kam ihr der Gedanke, da ja anscheinend Wochenende war, könnte sie sich doch ein oder zwei Gläschen Wein gönnen. Sie entkorkte eine Flasche Rotwein und schenkte sich etwas ein. Einen süffigen Portugieser. Dann setzte sie sich die Lesebrille auf und ging den Poststapel durch. Die Zeitungen überflog sie nur schnell, und die Rechnungen beförderte sie ungeöffnet auf einen Extrastapel. Doch ein Umschlag stach aus der Menge hervor. Sie nahm ihn in die Hand und beäugte ihn. Kein Absender. Mit dem Brieföffner machte sie ihn auf, woraufhin noch ein Umschlag und ein kleiner, handgeschriebener Zettel herausfielen.

Danke für alles und Entschuldigung für alles – noch einmal. In diesem Umschlag befindet sich die Antwort. Ich habe die Innenseite der Austernschale abfotografiert, um den Text auf dem Computer vergrößern und entziffern zu können. Erst wollte ich das Bild löschen. Doch das wäre nicht richtig gewesen. Deshalb schicke ich es dir. Was du damit machst, liegt bei dir. Wenn du die Antwort nicht wissen willst, schmeiß den Umschlag einfach weg.
Liebe Grüße, Meja

Inez starrte auf das zugeklebte weiße Kuvert. Ihre Hände zitterten, als sie es in die Hand nahm. Instinktiv griff sie nach dem Feuerzeug, das auf dem Tisch lag, und wollte die Flamme schon an die eine Ecke halten, als sie es sich anders überlegte und einfach beides fallen ließ. Langsam sank ihre Stirn auf die Tischplatte, sie schloss die Augen. Sie konnte nicht einmal weinen. In letzter Zeit hatte sie so viele Tränen vergossen, dass sie vermutlich versiegt waren.

So saß sie da, bis sie ganz steif im Nacken war, dann nahm sie den Umschlag, stieg die Treppe hinauf und legte ihn in ihrem Ankleidezimmer unter den Humidor. Danach ging sie wieder hinunter. Sie würde den Umschlag nicht öffnen, aber sie wollte ihn behalten. Vielleicht war das ein Zeichen, dass es an der Zeit war, Mathilda wieder Zugang zu ihrem Leben zu verschaffen. Dieses Rohmanuskript, das sie geschrieben hatte, zu redigieren. Alles noch einmal durchzugehen, Wort für Wort, Satz für Satz. Das Ende noch einmal neu zu schreiben, es glaubwürdiger zu schreiben und das Manuskript dann wie versprochen Cristy zu schicken. Sie kippte den Wein aus, schaltete den Computer an und widmete sich wieder ihrer allergrößten Leidenschaft.

Meja

Meja stand auf einer Leiter und korrigierte zum wiederholten Mal einen Spot, um das Licht zu optimieren. Sie stieg wieder hinab und betrachtete ihr Werk noch einmal aus ein paar Metern Entfernung. Sie war zufrieden. Nur noch zwei Fotos, dann hatte sie alle Bilder in der kleinen Galerie in der Kullagatan aufgehängt. Morgen Abend würde sie zu ihrer ersten Vernissage einladen, obwohl sie selbst niemals auf diese Idee gekommen wäre. Wer sollte da um Himmels willen auftauchen? Aber ihre Mutter und Bengt hatten energisch widersprochen und die Ansicht vertreten, dass so fantastische Bilder auch viel Aufmerksamkeit verdient hätten. Dann hatten sie es übernommen, die Vernissage zu organisieren, und das komplette Theaterensemble dazu eingeladen. Mejas einziger Wunsch waren Austern auf dem Büfett.

Susanne war so glücklich darüber, dass ihre Tochter endlich verstanden hatte, welchen Wert es hatte, sich selbst zu verwirklichen, dass ihr Tränen in den Augen standen. Den traurigen Hintergrund ihres Wunsches für das Büfett behielt Meja für sich. Immerhin hatten die Erlebnisse der vergangenen Wochen trotz manch steiniger Umwege dazu geführt, dass sie heute hier stand.

Sie schob das Bild von Violas Bank – das sie *Nimm dein Leben in die Hand* genannt hatte – zurecht und machte noch ein paar Schritte zurück, um das Ergebnis zu begutachten.

Als Inez sie zum zweiten Mal hinausgeworfen hatte, war Meja tief gefallen. Aber sie war wieder aufgestanden. Nach und nach war ihr klar geworden, dass sie immerhin etwas Wertvolles aus dieser Erfahrung mitgenommen hatte – sie wusste jetzt, welchen Weg sie einschlagen wollte.

Mit ihrem neuen Vintagestil hatte Meja sich zunehmend wohler gefühlt, und sie hatte sich viel Zeit zum Fotografieren genommen. Sie war über ihren Schatten gesprungen und wieder in Susannes und Bengts Gästezimmer eingezogen. In der Cafeteria des Theaters hatte sie einen Aushilfsjob gefunden. Beim Gedanken an ihre Mutter ging ein Lächeln über ihr Gesicht. Sie waren und blieben sehr unterschiedlich, aber jetzt konnten sie die andere besser verstehen. Sie waren noch dabei, sich behutsam vorzutasten, aber Meja spürte, dass da gerade etwas ganz Neues entstand. Eine Beziehung, in der die Wunden verbunden waren. Ihre Zeit in Inez' Haus in Domsten hatte ein abruptes Ende genommen, aber sie würde ihr für immer dankbar sein. Dort hatte sie so viel über das Leben und sich selbst gelernt.

Eigentlich wollte sie anfangs gar nicht nachforschen, was in der Austernschale geschrieben stand, doch dann war sie eines Nachts aufgewacht, hatte eine Stunde lang an die Decke gestarrt, und dann war sie aufgestanden und hatte das Foto auf ihren Computer übertragen. Es war ihr gelungen, einen Ausdruck zu erstellen, auf dem die Worte klar und deutlich lesbar waren, und den hatte sie Inez zukommen lassen. Stur, wie Inez war, würde sie den Umschlag vermutlich zerreißen, ohne ihn vorher geöffnet zu haben. Aber das lag in ihrer Hand. Meja wollte ihr die Entscheidung überlassen, denn – wie Inez es unmissverständlich zum Ausdruck gebracht hatte – es war nicht Mejas Geschichte.

Sie klappte gerade die Leiter zusammen, als ihr Blick plötzlich auf ein bekanntes Gesicht vor der Schaufensterscheibe fiel. Andreas? Sie schluckte, spürte, wie ihr Herzschlag davongaloppierte, stellte die Leiter an die Wand und rannte zum Fenster, um sich durch Klopfen bemerkbar zu machen. Er hielt inne, blickte Meja verdutzt an und zeigte zur Tür. Sie nickte. Er kam herein und sah sich staunend um.

»Wow«, sagte er.

»Hallo«, sagte sie.

Er blickte ihr ins Gesicht und lächelte. »Hallo.«

Meja nahm die Leiter wieder in die Hand.

»Was machst … was ist …« Andreas verhaspelte sich.

»Ich komme gleich«, sagte Meja und zeigte auf die Leiter.

Sie verschwand im Hinterzimmer, stellte die Leiter an die Wand und atmete einige Male tief durch. Dann ging sie zurück in den Ausstellungsraum.

Andreas schlenderte unterdessen von Fotografie zu Fotografie. Er sprach kein Wort, bevor er alle gesehen hatte und ihr wieder gegenüberstand.

»Sind die alle von dir?«

»Ja.«

Sie lächelte und hoffte, dass er ihr die Aufregung nicht anmerkte.

»Morgen ist die Vernissage, du darfst also gern Kritik üben. Wenn ein Bild noch nicht perfekt hängt, sag es mir.«

»Sie hängen perfekt«, sagte er staunend, den Blick noch immer an eine Wand geheftet.

Meja war sprachlos und spürte die Tränen in die Augen schießen.

Sie hatten sich so wenige Male gesehen, dass sie eigentlich wie Fremde waren, dennoch hatte sie das Gefühl, dass er derjenige war, der sie am besten kannte. Der sie wirklich verstand. Das hatte sie bereits in dem Bild gesehen, das er von ihr gemalt hatte.

»Entschuldige«, sagte sie. »Premierenfieber, würde meine Mutter sagen.«

Er lächelte und streichelte ihr sanft über den Arm. »Total schön, dich wiederzusehen.«

Meja hatte sich inzwischen gefasst und sah ihm in die Augen. »Wie geht es dir?«

»Gut«, sagte Andreas. »Allerdings …«

Er verstummte.

»Allerdings was?«

»Ich vermisse dich. Du warst plötzlich fort.«

»Ich wollte mich eigentlich bei dir melden, aber dann ging alles so schnell und vollkommen drunter und drüber. Ist eine lange Geschichte«, sagte Meja. Sie wandte den Blick ab. »Musst du noch fahren, oder sollen wir von dem Vernissagesekt ein Gläschen abzweigen?«

Er musste lachen. »Ich dachte, du trinkst keinen Sekt?«

»Hat meine Mutter mir beigebracht. Das hatte höchste Priorität, als ich bei ihr und ihrem Freund eingezogen bin.«

»Super«, sagte er. »Dann mopsen wir uns eine Flasche.«

Meja ging zum Kühlschrank, nahm eine Flasche Sekt heraus und holte auch zwei Gläser. Dann machten sie es sich in den Sesseln bequem, die am Fenster standen, und stießen an.

»Was ist denn eigentlich geschehen?«, fragte er.

»Schwer zu erklären. Mein Leben ist zusammengebrochen, und ich habe Inez im Fallen mit mir gerissen. Vielleicht war es auch umgekehrt. Es ist ziemlich kompliziert, ich konnte bei ihr jedenfalls nicht mehr bleiben. Zwei, die ertrinken, können sich nicht retten.«

Andreas runzelte die Stirn. »Klingt ganz schön dramatisch.«

»Schlimmer, als du denkst.«

»Aber dann war ich nicht der Grund, dass du abgehauen bist?«

Meja schüttelte energisch den Kopf. »Nein, überhaupt nicht. Hast du das gedacht?«

Er zuckte mit den Schultern. »Unser gemeinsamer Abend war traumhaft schön, aber wir kannten uns ja kaum. Ich dachte, es sei dir vielleicht zu schnell gegangen, und du hast es hinterher bereut.«

»Hab ich nicht«, sagte sie, nippte am Sekt und blickte ihn an, die Wangen gerötet. »Wie geht es denn Inez?«, fragte sie zögernd.

»Willst du eine ehrliche oder eine geschönte Antwort hören?«

Meja biss sich auf die Unterlippe. »Eine ehrliche.«

»Ich glaube, nicht so gut. Sie lässt sich tagsüber nie blicken, und das Haus ist wie verbarrikadiert, aber ich kann sie nachts von meinem Schlafzimmerfenster aus sehen. Dann hockt sie auf der Bank oder geht runter zum Steg.«

Meja schlug die Augen nieder.

Andreas fingerte an seinem Glas herum. »Ich würde ihr

so gerne helfen, doch sie macht die Tür nicht auf, wenn ich klopfe. Hast du vielleicht eine Idee, was wir Nachbarn tun können, du kennst sie am besten?«

Meja zuckte mit den Schultern. »Ich glaube, da kann man nichts machen. Ich habe noch nie einen Menschen kennengelernt, der dermaßen stur ist.«

Andreas nickte langsam. »Verstehe. Aber ich bin froh, dass ich jetzt endlich die Gelegenheit hatte, mit dir zu sprechen. Ich hab mir schon Sorgen gemacht.«

»Tut mir echt leid, ich hätte mich melden müssen, aber ich war total damit beschäftigt, die Überbleibsel von mir selbst aufzusammeln.«

Er zeigte auf das Foto, das Meja gemacht hatte, während er malte und Kattis danebenstand und zusah.

»Ist man möglicherweise zu deiner Vernissage eingeladen, wenn man Modell gestanden hat? Ich könnte auch Wasser trinken, meine Ration Sekt habe ich ja schon bekommen.«

»Du kannst sehr gern zu meiner Vernissage kommen«, sagte Meja und lächelte. »Und wenn Kattis da ist, kannst du sie natürlich mitbringen.«

»Sie ist gerade in Göteborg. Danke, dass du ihr die Fotos geschickt hast. Sie hat sich riesig gefreut.«

Meja nickte, schrieb noch ein paar Zeilen auf eine gedruckte Karte und überreichte sie ihm. »So, jetzt stehst du auf der Gästeliste.«

Sie überlegte kurz, dann schrieb sie für Sverker und Filip auch ein Kärtchen.

»Würdest du die für sie mitnehmen?«

»Na klar. Keine für …?«

Meja schüttelte den Kopf. »Das schaffe ich nicht.«

»Okay.« Andreas trank aus, war schon auf dem Sprung, doch zögerte. Meja ging auf ihn zu, umarmte ihn und drückte ihren Kopf an seine Brust. Er hielt sie zärtlich fest.

»Bis morgen«, sagte er. »Viel Glück soll man eigentlich nicht sagen, oder?«

»Das gilt, soweit ich weiß, nur für Schauspieler. Du kannst mir also gern viel Glück wünschen.«

»Viel Glück«, flüsterte er, küsste sie sanft auf die Wange und machte sich auf den Weg.

Meja lehnte sich atemlos an die Wand. Andreas. Jetzt war es ihr ganz egal, ob überhaupt jemand zu ihrer Vernissage kam. Denn er würde kommen. Und das war am wichtigsten.

Der Tag der Vernissage war gekommen. Meja konnte sich nicht entsinnen, dass sie jemals in ihrem Leben so nervös gewesen war. Susanne hingegen war ganz in ihrem Element, als sie Fingerfood, Austern mit Zitrone und Pfeffer, gekühlten Sekt und die passenden Gläser auf dem Büfett drapierte. Möglicherweise trug auch Mejas Outfit zu ihrer guten Stimmung bei. Das dunkelgrüne schulterfreie Kleid im Audrey-Hepburn-Stil mit Glockenrock hatte Susanne in einem Secondhandladen aufgetrieben, und es stand ihrer Tochter hervorragend.

Bengt hielt Meja ein Glas hin. »Du siehst aus, als könntest du einen Schluck gebrauchen. Du wirst uns doch nicht umkippen?«

Meja schüttelte den Kopf und nahm das Sektglas. »Aber ich bin nicht der Typ für so was, nicht so eine Rampensau wie meine Mutter.«

»Aber sicher bist du das. Gerade ist alles noch so neu für dich, da ist man nervös.«

»Danke, Bengt. Danke für alles. Dass ich in deinem Gästezimmer wohnen darf, dass du das halbe Theater eingeladen und Mama ihren Traum erfüllt hast.«

Er streichelte ihr leicht über den Arm. »Du musst nicht so klingen, als hätte dein letztes Stündlein geschlagen. Das wird schon schiefgehen – und ist für dich der Auftakt für ein ganz neues Leben!«

Meja lachte aufgedreht.

Am Morgen war ihr die Zusage einer Schule in London für eine einjährige Ausbildung zur Fotografin in den Briefkasten geflattert. Das hatte sie bislang für sich behalten, erst nach der Vernissage wollte sie die Neuigkeit verkünden.

Es bimmelte an der Tür, und Andreas trat ein. Mejas Herz schlug höher.

»Herzlich willkommen«, sagte Susanne und kam angeflitzt, um ihm die Jacke abzunehmen. Bengt drückte ihm ein Glas Sekt in die Hand, während Meja ihn begrüßte. Andreas überreichte ihr feierlich ein Geschenk. Das Format war eindeutig, und sie vermutete, dass es das Gemälde von ihr war.

»Du kannst es später aufmachen«, sagte er lächelnd. Sie nickte und stellte es auf den Geschenketisch, den Susanne trotz Mejas Protest aufgebaut hatte.

»Und du bist …?«, fragte Susanne und stieß mit ihm an.

»Ich bin ein … Freund … von Meja.«

Seine zaghafte Antwort fiel Susanne sofort auf, und sie sah Meja vielsagend an. Genau in dem Moment klingelte es wieder an der Tür, ein paar Leute von der Schauspieltruppe. Sie fluteten den Geschenketisch mit Flaschen, Pralinen und Blumen und begrüßten Meja mit Küsschen rechts und links, bevor sie durch die Galerie spazierten und die Bilder bestaunten. Noch weitere Mitglieder des Ensembles tauchten auf, und nach ihnen stand Johan mit einer kleinen, dunkelhaarigen jungen Frau in der Tür.

Meja winkte ihm kurz zu und kostete diese erste Sekunde aus, als er ihr neues Ich mit offenem Mund zur Kenntnis nahm. »Wow«, sagte er und sah sie bewundernd an.

Sie lächelte und ging zur Begrüßung auf die beiden zu.

Sie hatte Johan eigentlich nur eingeladen, weil sie Angst gehabt hatte, dass keine Gäste kommen würden. Er hatte zugesagt und sich erkundigt, ob er eine Freundin mitbringen dürfe. Meja wollte wissen, ob es seine Freundin sei, worauf er geantwortet hatte, dass das noch ganz frisch sei. Ihm zuzusagen war für Meja ein gutes Gefühl gewesen. Damit hatte sie noch einmal deutlich einen Schlussstrich unter ihre Beziehung gezogen, denn nun hatten sie beide den ersten Schritt in ein neues Leben ohne den anderen getan.

Freundlich begrüßte sie die Frau an seiner Seite, die etwas unsicher wirkte und sich an Johans Hand festklammerte.

»Nehmt euch ein Gläschen Sekt, und schaut mal, ob ihr irgendwo an der Wand ein Bild von Johan findet.«

Er wollte gerade etwas erwidern, als Freudenschreie ertönten. Sverker und Filip stürmten herein, beide in schicken dunkelblauen Anzügen und mit dem größten Blumenstrauß im Arm, den Meja je gesehen hatte.

»Weißt du eigentlich, wie sehr wir uns gefreut haben, als Andreas mit der Einladung vor der Tür stand? Wir haben uns schon solche Sorgen gemacht«, sagte Sverker und drückte Meja ganz innig, dann begrüßte Filip sie herzlich, aber nicht ganz so ungestüm.

Meja blinzelte. Es tat so gut, die beiden wiederzusehen.

»Oh nein, oh nein …«, rief Sverker aus. »Nicht die Mascara verschmieren. Wir unterhalten uns später noch. Aber dieses Kleid … Du bist strahlend schön.«

»Unfassbar strahlend schön«, fügte Filip bestätigend hinzu.

Meja lachte und griff zu einer Serviette, um sich vorsichtig die Augenwinkel trocken zu tupfen, und achtete darauf, die Mascara nicht zu verschmieren.

»Ich freue mich, dass ihr gekommen seid. Seht euch um, ihr werdet euch auch in den Fotos entdecken.«

Sverker und Filip drückten sie noch einmal und bewegten sich dann in Richtung Ausstellung. Während sie die Exponate lautstark lobten, lernten sie gleich die Theaterleute kennen. Meja nippte an ihrem Sektglas und beobachtete sie. Sie hatten gerade erst die Hälfte der Ausstellung gesehen, da waren sie bereits im Besitz von Freikarten für die Theatervorstellung am nächsten Abend, und als Sverker wieder an Meja vorbeikam, knuffte er sie leicht in die Seite.

»Du hast nie erwähnt, dass deine Mutter Schauspielerin ist.«

»Das weiß ich selbst erst seit Kurzem«, erwiderte Meja.

»Aber das hättest du uns doch gleich erzählen müssen!«, sagte er und warf den Kopf in den Nacken.

Meja lachte. »Sorry, wie blöd von mir, künftig werde

ich euch solche wichtigen Informationen nicht mehr vorenthalten.«

»Gut. Dann bleiben wir also weiterhin in Kontakt?«

Meja traute sich nicht, darauf zu antworten, sie hatte Angst, wieder in Tränen auszubrechen. Diese Vernissage war für sie nicht nur ein feierlicher Start in einen neuen Lebensabschnitt, sondern gleichzeitig ein wehmutsvoller Abschied. Aber noch wusste ja niemand von ihren Plänen, nach London zu gehen, deshalb zwang sie sich zu lächeln und ließ Sverker seine Fantasien von gemütlichen Herbstabenden mit kulinarischen Genüssen bei ihm und Filip zu Hause.

Nun schlug Bengt leicht gegen sein Glas und bat um Gehör, dann übergab er Meja das Wort.

Sie holte tief Luft.

»Herzlichen Dank, dass ihr alle gekommen seid. In der letzten Zeit musste ich ein paar wichtige Entscheidungen innerhalb ganz kurzer Zeit treffen, und daraufhin hat sich mein Leben dramatisch verändert. Solche Chancen kann man vorüberziehen lassen wie Wölkchen am Himmel, oder man kann sie einfangen wie Schneeflocken und etwas Hübsches aus ihnen machen. Diese Worte habe ich mal irgendwo gelesen.«

Alle Blicke wanderten nun ausgesprochen aufmerksam zu den Bildern, auf der Suche nach solch magischen Momenten. Meja erhob ihr Glas, sprach Susanne und Bengt herzlich ihren Dank aus, die diese Veranstaltung doch erst möglich gemacht hatten, und dankte auch noch einmal allen für ihr Kommen.

Angeregte Unterhaltungen und Lachen erfüllten nun den Ausstellungsraum. Meja beobachtete Susanne, die sich intensiv mit Johan unterhielt. Danach holte sie sich ein neues Glas Sekt und kam auf Meja zu.

»Du hast es sicher richtig gemacht«, sagte sie und nahm einen Schluck.

Meja sah sie fragend an, vermutete, dass ihre Mutter die Trennung von Johan meinte.

»Er ist lieb und nett, aber nichts für dich. Er hingegen …« Ihr Blick wanderte zu Andreas, der gerade Bengt half, Zettel mit dem Hinweis *Verkauft* auf einigen Bildern anzubringen.

»Ist nur ein Freund«, sagte Meja und versuchte, überzeugend zu klingen.

Susanne schnaubte. »Warum ergreifst du nicht die Chance, wenn sie sich …« Dann hielt sie inne, bemühte sich angestrengt um ein Lächeln, streichelte Meja leicht über den Arm und fuhr fort: »Aber natürlich weißt du ja selbst, was für dich am besten ist. Er ist jedenfalls sehr nett, dieser Freund.«

Meja drückte ihre Mutter und wendete sich dann Filip zu, der an ihrer Seite aufgetaucht war.

»Ich bin ja so froh, dass ich hier sein und all das miterleben darf. Sverker hat sich solche Sorgen gemacht«, sagte er. »Du hättest ihn sehen sollen, als Andreas mit der Einladung vorbeikam. Nicht einmal eine Magnolie im Frühling kann ihn so glücklich machen.«

Meja musste lachen.

Sverker stand auf der anderen Seite des Raumes und winkte Filip zu. Dann zeigte er auf ein Foto, auf dem sie beide in der Pergola bei einem Glas Wein saßen. Auf keinem anderen Bild, das ausgestellt war, hatte sie solch pures Glück eingefangen. Deshalb hatte Meja es auch unbedingt dabeihaben wollen. Unter all diesen Wolken, die das Leben mit sich brachte, gab es auch die, die wirklich zu etwas Schönem wurden. Sverker und Filip waren Mejas Paradebeispiel. Filip hob instinktiv den Daumen in die Luft und rief: »Gekauft!« Sverker ging zu Bengt, und kurz darauf prangte auch auf ihrem Bild der Zettel *Verkauft*.

Johan entfernte sich ein Stückchen von seiner neuen Freundin, die noch die Bilder betrachtete, und sprach Meja an. Er sah etwas betreten aus.

»Ich kann irgendwie kaum glauben, dass du das bist.« Er räusperte sich. »Sorry für alles …«

Meja fiel ihm ins Wort. »Du musst dich für gar nichts entschuldigen. Unsere Trennung war für uns beide das absolut Beste. Wir haben einen ordentlichen Tritt in den Hintern gebraucht, um es zu kapieren. Aber jetzt freue ich mich für dich, dass du den nächsten Schritt gemacht hast …«

»Das ist wirklich noch ganz frisch, und ich bin mir auch noch gar nicht so sicher …«

»Klar, aber wenn du es nicht probierst, wirst du es nie wissen. Gut, dass du dich getraut hast.«

Sie warf kurz einen Blick zu Andreas, der Johan und sie im Augenwinkel beobachtete.

»Viel Glück«, sagte sie, stieß an Johans Sektglas an und ging rüber zu Andreas.

»Was für ein Abend«, sagte er und schob die Hände wieder einmal tief in die Hosentaschen.

Meja hätte am liebsten die Haarsträhne, die ihm in die Augen gefallen war, zur Seite gestrichen, seine vor Nervosität kalten Hände an ihren warmen Wangen gewärmt und ihre Arme eng um ihn geschlungen.

Ihr fiel wieder ein, wie sie an dem Tag, als sie Johans Wohnung räumen musste, in Fahlmans Café gesessen hatten. Wie sie ihn beobachtet hatte, als er ihnen beiden einen Kaffee bestellt hatte, und ihr der Gedanke gekommen war, dass er ganz normal aussah und wie schön sie das eigentlich fand.

Obwohl er eigentlich gar nicht normal aussah. Seine dunklen Haare lockten sich wild, wenn sie zu lang wurden, und wenn man genau hinsah, konnte man in seinen braunen Augen bernsteinfarbene, glitzernde Einsprengsel entdecken, und er besaß eine Art zu lächeln, so leicht verschmitzt, die ihm so einen staunenden Ausdruck verlieh. Ein Mensch, der staunte, war nicht normal. Dieser Mensch war etwas ganz Besonderes.

Sie blickte in ihr Glas und nickte. »Ja, er ist wirklich perfekt.«

Die nächsten zwei Stunden vergingen wie im Fluge, und Johan und seine Freundin verabschiedeten sich von Susanne, Bengt und schließlich von Meja. Nachdem die Leute vom Theater auch die letzte Sektflasche geleert hatten, machten sie sich ebenfalls auf den Heimweg. Sie küssten Meja auf die Wangen und verließen die Galerie laut lachend und bestens gelaunt. Sverker und Filip machten einen Diener, bedankten sich für den fantastischen Abend und nahmen Meja das Versprechen ab, so bald wie möglich zu Besuch zu kommen. Am Ende waren nur noch Andreas, Susanne und Bengt übrig.

Bengt hatte bereits angefangen, die Gläser abzuwaschen, während Susanne mehrmals lief, um die Geschenke ins Auto zu laden. Dann legte sie die Arme um Bengt, während er die Hemdärmel wieder runterkrempelte. »Jetzt lassen wir das Jungvolk mal allein, oder?«, sagte sie zu ihm.

Meja hörte ihrer Mutter an, dass sie Andreas bereits als potenziellen Freund einordnete, egal wie Meja das kommentiert hatte.

»Ganz lieben Dank für alles. Wir sehen uns gleich zu Hause«, sagte Meja.

Susanne winkte ab. »Du kommst und gehst, wann du willst.«

Meja wich Andreas' Blick aus. Mit ihrem Kommentar hatte Susanne kaum durch die Blume gesprochen.

Als Susanne und Bengt fort waren, ließ Meja sich in einen der Sessel fallen und streifte ihre High Heels ab. Ihr Magen knurrte so laut, dass sie lachen musste. »Sorry, ich habe in den letzten Stunden nichts mehr hinuntergebracht.«

»Kann ich gut verstehen. Wie wäre es vielleicht mit einem kleinen Pilzrisotto bei mir zu Hause?«

Seine Stimme klang verunsichert. Daraufhin hätte sie am liebsten laut »Ja« geschrien, doch sie antwortete ganz beherrscht:

»Ich würde die Atmosphäre hier gern noch ein bisschen auf mich wirken lassen. Wie wäre es, wenn ich in einer Stunde ein Taxi nehme und zu dir komme?«

Er lächelte sie erleichtert an. »Klingt perfekt.«

Nach einer flüchtigen Umarmung verabschiedete er sich und ging. Meja war jetzt ganz allein in ihrer Ausstellung und wanderte noch einmal ungestört von Bild zu Bild. Bis auf fünf Exponate waren alle verkauft.

Sie stand gerade vor dem Foto von Sverker und Filip in der Pergola, als es an der Tür klingelte. Meja fuhr herum und wollte schon rufen, dass die Galerie geschlossen sei, da blieb sie fassungslos stehen. Vor ihren Augen marschierte Inez mit einem Geschenk in den Händen durch die Tür. Wie versteinert stand Meja da und staunte.

»Jetzt hast du die Vernissage knapp verpasst«, sagte sie trocken, doch ihre Stimme brach.

»War ich eingeladen?«, fragte Inez mürrisch und überreichte Meja das Päckchen. Dann begann sie, sich in der Galerie umzusehen.

»Kommt mir vor wie ein Buch«, sagte Meja und versuchte zu lächeln, doch es gelang ihr nicht. Sie entfernte das Geschenkpapier. *Bildnis einer Dame*. Von den Bücherstapeln in Inez' Wohnzimmer war ihr der Titel nicht bekannt. »Danke«, sagte sie und hielt es hoch.

Inez antwortete, ohne sich umzudrehen. »Ich finde, das passt gut zu deinem neuen Leben.«

Meja legte das Buch beiseite und beobachtete Inez. Sie war vor dem Foto stehen geblieben, auf dem sie auf der Veranda stand, das Gesicht gen Himmel, die Augen geschlossen. Als sie sich danach zu Meja umdrehte, war ihr Gesichtsausdruck milder. Sie wies auf das Foto.

»In genau diesem Moment habe ich mich entschieden, die Wahrheit zu schreiben. Um das Joch, das mich plagte, loszuwerden und zur Ehre der Freundschaft mit Mathilda. Doch dann kam alles anders. Ich war einfach zu feige.«

»Die Geschichte ist nicht leicht zu erzählen«, sagte Meja so leise, dass ihre Worte kaum zu hören waren.

»Und genau deshalb ist es so wichtig, dass alles stimmt«, sagte Inez und setzte sich in einen Sessel. Meja nahm in dem anderen Platz.

»Und der Schluss stimmt nicht«, sagte Inez.

Meja wagte es nicht zu antworten. Sie saßen eine Weile still und stumm da.

»Kommst du mit?«, fragte Inez schließlich.

Meja blickte auf. »Zu dir nach Hause?«

Inez schmunzelte. »Nein, nach Bouzigues.«

Meja schlug sich die Hand vor den Mund. *Ich warte in Bouzigues*. Das hatte in der Austernschale gestanden. »Ist das dein Ernst?«

»Mir ist im Leben noch nie eine Sache so ernst gewesen«, antwortete Inez. »Ich erwarte nicht, dass wir sie dort wirklich antreffen. Ich glaube nicht einmal, dass sie noch lebt. Wenn es so wäre, wären wir uns längst über den Weg gelaufen, aber ich muss auf jeden Fall an diesen Ort reisen. Dann gibt es ein gutes Ende. Nicht wahr?«

»Da hast du recht«, sagte Meja und wischte sich die Tränen aus den Augen. »Entschuldige. Der Tag war lang und eine Achterbahn der Gefühle für mich. Ich will gleich zu Andreas fahren, er hat mich zum Risotto eingeladen. Willst du mich vielleicht im Taxi begleiten?«

»Soso«, sagte Inez und grinste unverschämt. »Hab ich's doch gewusst.«

Meja lächelte. »Du klingst schon wie meine Mutter, aber er ist wirklich nur ein guter Freund.«

Inez schnaubte. »Das glaubst du doch wohl selbst nicht?«

Sie stand auf. Meja nahm ihren Mantel, verzog das Gesicht, als sie die Füße wieder in die High Heels quetschte, knipste das Licht aus und schloss die Tür ab.

»Und weißt du was … ich bin diejenige, die sich bei dir bedanken und entschuldigen muss. Nicht du«, sagte Inez, als sie Arm in Arm auf dem Fußweg standen und auf das Taxi warteten.

Meja zwinkerte heftig beim Gedanken an ihren Brief, den sie Inez geschrieben hatte. In dem sich die Lösung des Rätsels der Austernschale befunden hatte. »Alles gut, ich hab dir längst verziehen«, sagte sie und lächelte froh.

Meja

Andreas hatte Meja und Inez nach Kopenhagen zum Flughafen gefahren. Je näher sie ihrem Ziel kamen, desto stiller war Inez geworden, und als Andreas sie beide umarmt und ihnen eine gute Reise gewünscht hatte, hatte sie keinen Ton herausgebracht.

Meja sah es ihr an. Inez' Wangen waren bleich, und ihr Blick ging ins Leere, als hätte sie sich ganz in sich zurückgezogen. Meja bot ihr an, auf einer Bank zu warten, während sie ihr Gepäck eincheckte. Inez widersprach nicht, und allein das sagte einiges über den Ernst der Lage aus. Normalerweise hätte sie darauf bestanden, ihren Koffer selbst einzuchecken, so wie jeder andere auch. So alt war sie schließlich noch nicht.

Meja stellte sich in die Schlange, die sich langsam vorwärtsbewegte. Inez mochte diese *Was wäre, wenn*-Gedanken gar nicht. Aber im Moment ließen sie sich nicht verdrängen. Wenn Meja geahnt hätte, was ihre Vernissage, die vor einer Woche stattgefunden hatte, angestoßen hatte! Sie selbst hätte so ein Fest nicht einmal veranstaltet, Susanne und Bengt hatten darauf bestanden. Was wäre, wenn Andreas nicht zufällig etwas in der Stadt zu erledigen gehabt hätte und an der Galerie vorbeigekommen wäre. Dann hätte Meja ihn möglicherweise nie mehr wiedergesehen. Und er hätte Sverker und Filip keine Einladung mitbringen können, und die zwei wiederum hätten Inez nichts erzählen können. Dann säßen sie jetzt nicht hier. Auf dem Weg nach Frankreich.

Meja war nun an der Reihe, erledigte den Check-in und winkte Inez zu, mit ihr in Richtung Sicherheitskontrolle zu gehen.

Meja hatte früher schon mal eine Flugreise gemacht, als sie und Johan Urlaub auf Kreta gebucht hatten. Da waren sie in einem All-inclusive-Hotel im Niemandsland gestrandet, in dem vor allem Familien mit Kindern Urlaub machten. Seitdem hasste sie jedes Büfett in Restaurants. Der Urlaub selbst war nichts Besonderes gewesen, aber sie hatte den Flughafen noch in bester Erinnerung.

Sie ließ ihren Blick über die Tax-free-Shops, die Cafés und Restaurants wandern, nachdem sie die Sicherheitskontrolle hinter sich gebracht hatten. Hier könnte sie den ganzen Tag verbringen und Fotos schießen. Die Gesichter der Menschen sahen so anders aus, hier, wo sie auf Reisen waren. Es war so leicht, in ihnen zu lesen. Darin standen Vorfreude, Sorgen, Stress oder Enthusiasmus.

Inez ging ihre SMS durch und sah auf.

»Sie sitzen im *Le Sommelier Bar & Bistro*.«

Meja nickte. »Wir gehen einfach ein Stückchen weiter, dann kommen wir sicher daran vorbei.«

Inez hatte auch Amelia auf die Reise eingeladen. Wenn Meja es richtig verstanden hatte, so hatte Amelia zuerst abgesagt, sich aber im Nachhinein von Inez' Verlegerin Cristy überreden lassen. Unter der Voraussetzung, dass Cristy sie begleitete. Daher saßen die beiden nun hier irgendwo in einer Bar und warteten auf Inez und Meja.

»Da«, sagte Inez und zeigte auf eine Bar im Bistrostil.

Eine hübsche ältere Frau mit lilafarbenem Hut und passendem Blazer winkte ihnen zu. Meja ging davon aus, dass das Cristy war. Die rüstige Dame rutschte von ihrem Barhocker, lief ihnen entgegen und begrüßte sowohl Inez als auch Meja mit Küsschen rechts und links.

»Wie schön, euch zwei zu sehen, das wird ein Spaß. Dieses Ambiente hier ist doch schon wunderbar.« Cristy wies über den gesamten Barbereich. »Ein französisches Bistro«, sagte sie mit Betonung auf französisch. Inez lächelte, doch ihre Mimik war starr.

Auch Amelia begrüßte die beiden, allerdings weniger überschwänglich als Cristy, und sie setzten sich wieder hin.

»Ein gemeinsamer Urlaub. Zu schön, um wahr zu sein. Das muss gefeiert werden«, sagte Cristy und orderte sofort eine Flasche Wein.

Meja beugte sich zu Inez hinüber. »Kennen die beiden eigentlich den Grund für diese Reise?«

Inez schüttelte den Kopf.

Oh weh, dachte Meja und lächelte Cristy an, die gerade einschenkte.

»Ich habe schon einiges über den Ort gelesen. Bouzigues ist für seine riesige Salzwasserlagune bekannt, es ist das Zentrum der Austern- und Muschelzucht am Mittelmeer. Hat mit Berlin nicht viel gemeinsam«, sagte sie und zwinkerte Inez zu, die einen Schluck Wein trank und nichts darauf erwiderte. Cristy redete in einem fort. »Aber bis Cannes sind es nur ungefähr dreieinhalb Stunden. Wenn uns dieser kleine Ort also zu verschlafen ist, nehmen wir uns einfach einen Mietwagen und fahren weiter. Mit Austern im Magen sollten wir dort *the time of our life* haben«, sagte sie lachend und stupste Inez mit der Schulter an.

Meja probierte den Wein.

Cristy wandte sich an sie. »Und Sie sind Inez' Putzfrau, wenn ich es recht verstehe?«

»Anfangs war ich das«, sagte Meja.

»Jetzt ist sie eine Freundin«, stellte Inez klar, und dies in einem Tonfall, dass Cristy keine weiteren Fragen mehr stellte. Stattdessen plapperte sie weiter über das Ziel ihrer Reise. Inez saß verschlossen und schweigend da, und Amelia scrollte auf ihrem Smartphone und schrieb etwas. Meja versuchte, höflich zu sein und zuzuhören, hin und wieder zu nicken und interessiert zu wirken, doch die Nervosität kroch ihr langsam unter die Haut. Was würde das für eine Reise werden? Für Inez war es eine Reise in die Vergangenheit, die weder Amelia noch Cristy kannten. Wäre es nicht besser gewesen, die beiden einzuweihen?

Als die Weinflasche geleert war, machten sie sich langsam auf den Weg zu ihrem Gate. Bald sollte ihr Flieger starten. Meja wurde beim Anblick ihres Flugzeugs, das schon am Gate stand, angst und bange.

»Kenne ich«, flüsterte Inez. »Ich fliege auch höchst ungern. Aber was tut man nicht alles, um den Schluss seines letzten Buches schreiben zu können?«

Meja nickte und atmete tief durch.

Nun war Zeit zum Boarden, und sie nahmen ihre Plätze ein. Inez saß am Fenster, neben ihr Cristy, dann Meja und auf der anderen Seite des Gangs Amelia. Cristy packte sofort ihre Schlafmaske, Handcreme, eine Flasche Wasser und eine Modezeitschrift aus und deponierte alles in der Netztasche am Sitzrücken vor ihr.

»So«, sagte sie und angelte eine verschlossene Tüte mit einer Mini-Sprayflasche aus ihrer Handtasche heraus, bevor sie die Tasche im Gepäckfach verstaute und sich wieder setzte. »Das ist für uns Frauen ebenso wichtig wie für die Gläubigen die Bibel«, sagte sie und schraubte den Verschluss ab. Dann richtete sie das Fläschchen auf Meja und verpasste ihr eine Dosis Feuchtigkeitsspray mitten ins Gesicht.

Meja zuckte zusammen und wollte sich die Flüssigkeit schon mit der Hand abwischen, doch Cristy konnte sie gerade noch davon abhalten und demonstrierte ihr an sich selbst, wie man es machte. Sie schloss die Augen, drückte auf den Sprayknopf und öffnete die Lider langsam wieder. »Mmmh …«, sagte sie. »Herrlich.«

Als sie sah, wie Meja sie verständnislos anblickte, verdrehte sie die Augen.

»Du musst noch einiges lernen, mein Mädchen. Der Teint braucht Feuchtigkeit, und die Zimmerluft ist trocken – in Flugzeugen ist es noch katastrophaler –, und da hilft nur hin und wieder so eine Dusche. Die kann man sich sogar übers Make-up sprühen.« Obwohl sie schon dicht nebeneinandersaßen, beugte sich Cristy vor und betrachtete Mejas Gesicht eingehend.

»Keine Spur von Make-up, wenn ich es richtig sehe.« Sie steckte ihre Sprayflasche in die Tasche am Vordersitz und schloss den Sitzgurt. »Rouge …«, sagte sie und nickte enthusiastisch, »… ist das Einzige, was du wirklich brauchst.«

Die Motoren des Flugzeugs begannen zu dröhnen. Meja sah flüchtig zu Inez hinüber, die mit geschlossenen Augen dasaß, den Kopf nach hinten gelehnt.

Alle saßen schweigend auf ihren Sitzen, bis sie endlich oben in der Luft waren, der Kapitän sie begrüßte und das

Zeichen zum Anlegen der Sitzgurte erlosch. Inez und Meja ließen ihre Gurte dennoch geschlossen. Cristy bestellte Wein und unterhielt sich aufgekratzt mit ihren Nachbarn in der Reihe vor und hinter ihnen. Amelia, Inez und Meja schliefen oder stellten sich schlafend, Meja war sich nicht sicher, ob die anderen beiden wirklich schliefen. So blieb es, bis sie in Paris landeten, wo sie den Anschlussflug nach Montpellier pünktlich erreichten.

Als sie schließlich an ihrem Ziel angekommen waren, verteilte Cristy noch einmal eine Portion Feuchtigkeitsspray, und dann verließen sie den Flieger. Meja und Amelia machten sich auf den Weg zum Kofferband, während Cristy und Inez schon zum Taxistand liefen.

Amelia hatte noch immer einen harten Zug um den Mund.

»Ich hoffe, dir wird dieser Einsatz hier bezahlt«, sagte sie zu Meja. Meja druckste herum, darauf wollte sie nicht antworten. Es gefiel ihr ganz und gar nicht, dass Amelia und Cristy keine Ahnung hatten, warum sie eigentlich hier waren. Das bedeutete für sie, dass sie höllisch aufpassen musste, sich nicht zu verplappern. Aber Inez hatte es so gewollt, und Meja konnte nichts dagegen tun. Zudem übernahm Inez alle Kosten, ein Grund mehr, ihr die Entscheidungen zu überlassen.

»Mamas Ideen mal wieder«, fuhr Amelia fort. »Wir hatten abgemacht, dass ich sie besuchen komme, um mir anzuschauen, wie schön und ordentlich es jetzt bei ihr zu Hause ist. Dann hieß es mit einem Mal, sie habe keine Zeit mehr, denn sie arbeite plötzlich ganz intensiv an einem Projekt. Aber sie arbeitet doch gar nicht mehr? Wochenlang hört man keinen Mucks von ihr, und dann wieder erwartet sie, dass man alles stehen und liegen lässt, um von einem Tag auf den anderen mit ihr in den Urlaub zu fahren.« Das Kofferband setzte sich in Bewegung. Sie schüttelte den Kopf. »Genau so war sie, als ich Kind war. Geschäftspartner, Feste, Termine, Interviews, Zeit fürs Schreiben, Recherche und Zeitplanung, Redigieren, Launch, Fotoshootings … all das und noch anderes waren wichtiger als ich. Ich durfte nur mitlaufen. Oder mit Cristy im Hotelzimmer auf sie warten.«

»Ich finde es aber schön, dass Cristy jetzt mitgekommen ist. Sie ist so ein Wirbelwind«, sagte Meja. Etwas Besseres fiel ihr nicht ein.

Amelia blickte Meja müde an. »Ohne sie wäre ich nicht mitgefahren. Sie war immer wie eine zweite Mutter für mich. Immer wenn Inez nicht anwesend war … egal ob physisch oder mental.«

Meja nickte und war erleichtert, als sie Inez' Lederkoffer mit Unmengen von Aufklebern aus allen möglichen Ländern heranrollen sah. Als sie alle vier Koffer vom Band geholt hatten, gingen sie zum Taxistand, wo Cristy stand und ihnen zuwinkte.

Cristy stieg vorn beim Fahrer ein, Amelia und Inez zwängten sich auf die Rückbank und nahmen Meja in die Mitte. Meja bemerkte, dass der Taxifahrer grinste, als Cristy eine Konversation begann, vermutlich war ihr Französisch ziemlich holprig. Auf Englisch, und dies ebenso holprig, antwortete er: »Oyster, very good there. Eat many.«

Cristy klatschte verzückt in die Hände und drehte sich zu den anderen um. Dann verfinsterte sich ihr Blick. »Also wisst ihr, ihr seht aus, als wärt ihr auf dem Weg zu einer Beerdigung. Wenn sich die Stimmung nicht sofort bessert, werde ich mit diesem schicken Fahrer durchbrennen. Dann könnt ihr eure Austern allein verspeisen.«

Meja konnte sich ein Lächeln nicht verkneifen. Cristy war auf dieser Reise vermutlich ihre Rettung. Jetzt plauderte sie mit dem Taxifahrer über die Unterschiede und Gemeinsamkeiten zwischen Schweden und Frankreich. Amelia brütete wieder über ihrem Handy. Meja hatte den Eindruck, sie würde arbeiten, und Inez sah schweigend aus dem Fenster.

Nach einer guten halben Stunde bogen sie ab, als ein Schild nach Bouzigues zeigte, und dann ging es auf kleinen Straßen durch ein Wohngebiet weiter. Beim Anblick dieser Eingänge mit den hübschen Keramikhausnummern hätte Meja liebend gern Zeit gehabt, um ganz in Ruhe zu fotografieren. Sie kamen an einem Weingut vorbei, an neu gebauten Wohnhäusern und erreichten schließlich das Dorf, wo der Fahrer sich durch enge Gassen schlängeln musste.

Und bald tauchte zwischen den Hauswänden das Meer auf. Sie fuhren hinunter zu einem kleinen Hafen, doch der Fahrer hielt noch nicht, sondern setzte seinen Weg an der Küste entlang fort, wo Restaurants und Cafés lagen. Er zeigte auf große Holzgerüste im Meer. »Oyster«, sagte er nur.

Meja und Inez reckten die Köpfe, um besser zu sehen.

Sie kamen nun an protzigen Villen vorbei, weiß oder terrakottafarben verputzt, in deren Gärten Palmen oder Pinien wuchsen, dann folgte ein Sandstrand, und am Ende passierten sie eine Art Industriegebiet direkt am Meer. Hier gab es reihenweise Stege, an denen zahlreiche

Boote nur darauf warteten, zu den großen Austerntischen aufzubrechen. An jedem Steg stand ein Häuschen, das wohl den Austernverkäufern gehörte. Hinter den offenen Lamellentüren wurde lautstark gehandelt. Netze, Kunststoffkörbe und Ausrüstung lagen überall herum, und die Leute hockten auf Plastikstühlen und reinigten die Austern. Meja und Inez warfen sich einen Blick zu.

Das Taxi rollte langsam durch dieses Gebiet, und dann drehte es wieder um in Richtung Hafen, wo sie bald ihr Hotel sichteten, das in der ersten Reihe am Wasser stand und durch seine rosafarbene Fassade ins Auge stach.

Cristy bezahlte die Taxifahrt und feuerte ein strahlendes Lächeln zu Meja, Amelia und Inez ab, als alle ausgestiegen waren. Meja vermutete, dass sie ein großzügiges Trinkgeld gegeben hatte.

»Da kann man mal sehen, was geht, wenn man ein bisschen *nett* ist. Jetzt haben wir auch noch eine kostenlose Stadtrundfahrt bekommen.«

Sie warf den Kopf in den Nacken, marschierte an der Terrasse des Restaurants vorbei, wo das Personal zwischen den Tischen hindurch tellerweise Köstlichkeiten des Meeres balancierte, und steuerte die Rezeption des Hotels an.

Meja blätterte in einem Flyer, während die anderen sich um den Check-in kümmerten. Die Lagune, die sich vor dem Hotel befand, war 7500 Hektar groß, und auf einer Nahaufnahme dieser Holzgestelle konnte sie erkennen, dass sie wie große Tische aussahen, an denen Muscheln, Austern und Schnecken an Seilen gezüchtet wurden. Sie wollte die Bilder gleich Inez zeigen, doch als sie bemerkte, wie erschöpft sie aussah, packte sie den Flyer in ihre Tasche.

Schließlich hatten alle ihre Zimmerschlüssel erhalten, fuhren mit dem Aufzug nach oben und trennten sich.

Im Zimmer stellte Meja ihren Koffer ab, zog die schweren Gardinen auf und atmete tief durch. Sie waren angekommen. Kaum zu glauben, dass sie zu Ellen nach Kobbholmen gefahren war, die Austernschale gemopst hatte, die Mathilda für Inez ins Meer geworfen hatte, dass es ihr tatsächlich gelungen war, die Inschrift zu entziffern, und dass sie nun alle vier hier vor Ort waren. Das echte Leben stellte mal wieder jeden Roman in den Schatten.

Meja machte sich kurz frisch, wechselte ihr T-Shirt und ging noch einmal über den Flur, um sich bei Inez zu erkundigen, ob es ihr nach dieser anstrengenden Reise gut ging.

»Wow«, entfuhr es Meja, als Inez sie hereinbat. Sie hatte das Turmzimmer mit Blick auf den Hafen. Meja trat auf den Balkon hinaus und bestaunte die riesige Lagune. Da musste sie an Andreas denken. Diesen Blick hätte er sicher gern gemalt. Gerade wollte sie Inez ihre Gedanken mitteilen, als die alte Frau plötzlich nach ihrer Hand griff und sie drückte. Meja konnte ihre Wärme spüren. Sie sah Inez an.

»Hast du das Gefühl, sie ist noch da?«, flüsterte sie.

Inez schüttelte langsam den Kopf. »Nein, ich glaube nicht. Ich würde es spüren, wenn sie hier wäre.« Sie ließ von Mejas Hand ab, ging zurück ins Zimmer, und Meja folgte ihr. Inez öffnete ihren Koffer und holte eine kleine Schachtel heraus. Darin lagen die Reste der Austernschale mit Mathildas Nachricht, die Inez vor Wut zertreten hatte.

»Heute Abend werde ich die Reste im Meer verstreuen. Das ist der Schlusspunkt.« Sie sah Meja ins Gesicht und lächelte müde. »Und dann werden wir in einem der Restaurants Austern bestellen und Champagner trinken, und morgen fahren wir nach Cannes, damit Cristy zu ihrem Fest kommt. Wenn wir wieder zu Hause sind, werde ich das Ende neu schreiben. Es wird ein ehrliches Ende, eines, von dem ich glaube und hoffe, dass es für Mathilda hier an diesem Ort wahr geworden ist.«

»Es wird ein schönes Ende werden. Und es wird sich echt anfühlen«, sagte Meja.

Da klopfte es an der Tür. Inez öffnete. Draußen stand Cristy mit einem breitkrempigen Sonnenhut und Sonnenbrille. Im Schlepptau hatte sie Amelia.

»Zeit, den Ort unsicher zu machen«, sagte Cristy.

Meja schloss die Balkontür und ging mit den anderen mit. Im Flur machte Cristy halt und zog einen großen Pinsel und ein Döschen Rouge aus ihrer Handtasche. Um besser sehen zu können, gab sie Amelia ihre Sonnenbrille, und dann trug sie auf Inez' und Mejas Wangen Rouge auf. »So. Jetzt seht ihr wieder lebendig aus.« Sie schüttelte den Kopf, ließ ihre Make-up-Utensilien in der Tasche verschwinden, schob sich die Sonnenbrille auf die Nase und trippelte auf ihren hohen Sandaletten durch den Gang.

»Willst du in denen wirklich losmarschieren?«, fragte Inez.

»Jetzt stell dir mal vor, mir läuft mein Traummann über den Weg, und ich verpasse diese Chance, weil ich in solchen …«, sagte sie und blickte vorwurfsvoll auf Inez' Gesundheitsschuhe.

»Aber wenn es dein Traummann ist, dann wären ihm doch wohl deine Schuhe egal?«, konterte Inez.

»Hallo? Wir sind hier unter Franzosen. Ist doch klar, dass die auf die Schuhe achten.« Cristy verdrehte die Augen.

Amelia grinste Meja an, die das Lächeln erwiderte. Vielleicht würde dieser Kurzurlaub doch noch ganz lustig werden?

Amelia schien eine Pause zu brauchen, sie war ständig mit ihrem Smartphone zugange. Meja musste sich von ihrem Gedankenkarussell erholen – sollte sie Andreas wirklich den Rücken kehren und nach London gehen? Cristy brauchte definitiv keine Pause, dafür eine Reise mit ein bisschen Glamour, und Inez musste ein Gefühl für die Atmosphäre hier bekommen, um ein authentisches Ende schreiben zu können.

Sie spazierten durch das Dorf. Meja holte ihren Fotoapparat heraus und verewigte grüne schmiedeeiserne Balkone, Hausfassaden mit bröckelndem Putz und bunte Wäsche auf Leinen vor dem Haus. Der Vorschlag, das kleine Austernzuchtmuseum am Hafen zu besuchen, wurde von Cristy lautstark abgelehnt, denn inzwischen waren ihre Füße so angeschwollen, dass die Riemchen scheuerten, und so traten sie langsam den Rückweg zum Hotel an. Für Cristy war es an der Zeit für eine Siesta, und sie schlug vor, sich zum Abendessen im Restaurant um sieben Uhr wiederzusehen. Alle waren einverstanden.

Als Meja in ihrem Hotelzimmer der Länge nach auf dem Bett lag, googelte sie Cannes und schlummerte vor den Bildern von palmengesäumtem Strand und türkisblauem Wasser ein.

Inez

Der Blick vom Balkon war hübsch, doch dieser Ort war nichts für Mathilda. Er war zu unecht. Inez hatte vor der Reise schon ein bisschen gegoogelt und erfahren, dass man hier kleine Austernlarven in Abständen von drei Zentimetern mit Zement an Seilen befestigte. Die hängte man dann an den Gerüsten, die in der Lagune standen, ins Wasser und holte sie nach drei Jahren wieder heraus. Diese kultivierte Art der Austernzucht war etwas völlig anderes als Mathildas Tauchen im Meer. Gleichzeitig hatte es etwas Berührendes, wie die Menschen hier die Delikatessen, die das Meer bereithielt, verehrten. Im ganzen Dorf spürte man eine gewisse Ehrfurcht und einen großen Stolz darüber, hier die »besten Austern Frankreichs« zu züchten, zu ernten und zu servieren.

Inez fingerte an ihrer Schachtel, die sie in der Jackentasche bei sich trug, und machte sich nun allein auf einen Spaziergang, während die anderen ihre Siesta hielten. Kaum kam sie an einem Restaurant vorbei, schnappte sie sich jemanden vom Personal und hielt ihm einen Zettel vor die Nase, auf den sie geschrieben hatte: *Excuse me, do you know a Swedish oyster diver who lives here? Her name is Mathilda.*

Doch alle schüttelten den Kopf, und nach eineinhalb Stunden machte Inez sich auf den Rückweg zum Hotel.

Ein Restaurant war noch übrig, jenes, das zum Hotel gehörte. Dort wollten sie am Abend essen. Sie ging hinein, hielt einem Kellner mit zitternder Hand ihren Zettel hin. Der Mann überlegte kurz und erwiderte dann in gebrochenem Englisch: »Let me get my grandmother. She know everyone, and remember everything.«

Mit einem Mal spürte Inez die Erschöpfung, nach ihrem langen Spaziergang, der Flugreise und der Anspannung, die dieser Ausflug mit sich brachte. Der Mann stellte ihr einen Stuhl hin.

»Please, sit down and enjoy the view«, sagte er zu ihr.

Ein paar Minuten später kam er mit einer kleinen Frau zurück, die ihr langes, grau gesträhntes Haar zu einem lockeren Dutt trug. Er servierte Inez ein Glas Weißwein und erzählte ihr, dass die Trauben nur wenige Kilometer vom Dorf gereift seien, dann stellte er seiner Großmutter Inez' Frage auf Französisch.

Die Frau murmelte etwas Unverständliches. Inez spürte ihr Herz pochen. Doch dann schüttelte die Frau den Kopf und sagte etwas zu ihrem Enkel. Der Mann hob entschuldigend die Hände.

»No Swedish oyster diver.«

»Thank you anyway. Let me pay for the wine, it was excellent.«

Er schüttelte den Kopf. »On the house.«

Inez ließ es auf sich beruhen, hob dankend das Glas und blieb noch ein Weilchen sitzen. Als sie den Wein getrunken hatte, ging sie zurück auf ihr Zimmer. Sie legte sich ins Bett, machte ein kleines Schläfchen, duschte und zog sich um. In Leinenhose, Leinenbluse und Sandalen ging sie hinunter zum Restaurant.

Die anderen hörte sie schon von Weitem. Cristy unterhielt sich mit dem Kellner lebhaft auf Französisch. Amelia und Meja warfen gerade einen Blick in die Speisekarte. Inez wurde ganz warm ums Herz, so wie damals, als sie bei Amelia auf dem Sofa gesessen hatte und Cristy und ihre Tochter beide neben ihr eingenickt waren. In diesen Momenten verspürte sie die Harmonie. In ihrem Leben gab es Menschen, die ihr wichtig waren. Warum verbrachte sie ihre Zeit damit, Gespenster zu jagen?

»Inez!«, rief Cristy und winkte sie heran.

In dem Moment kam auch schon der Kellner und servierte eine große Platte mit frischen Austern, dazu eine Flasche Champagner.

»Skål auf Inez, die uns auf dieses Abenteuer mitgenommen hat. Sie hat uns fürchterlich überrumpelt, aber jetzt ist alles ganz wunderbar.«

Sie hoben die Gläser und prosteten sich zu.

Als Amelia und Cristy sich in ein Gespräch über Kopenhagens Kunstszene vertieften, beugte sich Meja zu Inez hinüber.

»Du siehst … viel ausgeruhter aus.«

Inez schmunzelte, strich ihr leicht über die Hand und erwiderte: »Soll ich dir was sagen, das Nickerchen war genau das Richtige. Ich bin jetzt wirklich froh, hier zu sein. Die Sache zu Ende zu bringen.« Sie zog die Serviette auf ihrem Schoß gerade. »So kommt es mir jedenfalls vor. Wie ein Ende. Ich sehne mich schon danach, alles hinter mir zu lassen und nach Cannes zu fahren und dort ein paar unbeschwerte Tage zu verbringen.«

Meja lächelte. »Das ist wirklich schön zu hören. Dann war die Reise nicht umsonst.«

Cristy drehte sich zu den beiden um. »Cannes? Habe ich gerade Cannes gehört?«

Inez grinste. »Ich denke, wir haben jetzt alles gesehen, was es hier zu sehen gibt, zumal der Taxifahrer uns ja auch noch diese Rundfahrt beschert hat, wenn ihr also Lust habt, morgen nach Cannes weiterzufahren, würde ich vorschlagen, das machen wir.«

Cristy klatschte begeistert in die Hände. »Ja, ja, ja!«

»Ich könnte an der Rezeption mal nachfragen, ob sie uns einen Mietwagen organisieren würden«, sagte Amelia.

Daraufhin erzählte Cristy Amelia überschwänglich, dass sie schon oft in Cannes gewesen sei. »Ich werde dir alle Sehenswürdigkeiten zeigen.«

Inez amüsierte sich. In Cristys Welt bedeutete das, dass sie alle Locations anlaufen würden, wo man Promis sehen konnte. Ob Amelia das so viel Spaß machte, wusste sie nicht. Doch in diesem Augenblick wurden ihnen große Schalen mit Miesmuscheln und Baguette serviert.

»Herrlich«, sagte sie und strahlte die anderen drei Frauen an.

Der warme Sommerabend legte sich wie eine weiche Wolldecke um Inez' Schultern. Sie genoss jede Minute, das Hier und Jetzt, so wie möglicherweise noch nie in ihrem Leben. In ihrer wildesten Zeit war sie immer irgendwohin unterwegs gewesen. Immer auf dem Sprung. Wieder ein neues Buch. Wieder eine neue Geschichte. Wieder neue Charaktere. Und als sie mit dem Schreiben aufgehört hatte, war sie zwar zur Ruhe gekommen und hatte irgendwie auch in der Gegenwart gelebt, doch sie nie so genossen wie jetzt. Dieses Gefühl würde sie wie eine Muschel in der Schale einschließen und bewahren und an allen dunklen Herbsttagen, die bald kommen würden, wieder hervorholen.

Aus dem Abend wurde Nacht, und Cristy musste gähnen.

»So, meine Hübschen. Ich brauche jetzt meinen Schönheitsschlaf, wenn ich morgen Cannes unsicher machen will.«

Amelia nickte und reckte sich. »Ganz deiner Meinung. Brechen wir gleich nach dem Frühstück auf?«

»Ja, das sollten wir. Unterwegs können wir ja auch mal Pause machen«, sagte Inez und bat den Kellner um die Rechnung.

Sie verließen das Restaurant, und Amelia, Meja und Cristy sagten Gute Nacht und verschwanden auf ihren Zimmern. Inez tat auch so, als wolle sie aufs Zimmer gehen, doch sie drehte wieder um. Stattdessen ging sie hinunter zum Hafen und spazierte auf den Bootssteg.

Kaum zu glauben, wie oft sie in Domsten auf dem Steg gestanden und Mathildas Nähe gespürt hatte. Hier spürte sie gar nichts. Und doch musste das der Ort sein, an den Mathilda gereist war, und hier sollten nun die Überbleibsel ihrer Austernschale auf dem Meeresboden ruhen. Die Nacht war finster, und die Sterne strahlten seltsam klar. Inez holte die Schachtel aus der Tasche. »Danke für alles«, flüsterte sie. »Mein Herz sagt mir, dass du dein Glück noch gefunden hast.« Sie hob den Deckel und ließ die kleinen Schalensplitter ins Meer fallen. Dann steckte sie die leere Schachtel zurück in ihre Tasche, hob die Hand zu einem kurzen Abschiedsgruß und machte sich auf den Rückweg ins Hotel.

Meja

Inez saß ganz allein am Frühstückstisch, als Meja hereinkam. Sie hatte schon Eier, Brot, Käse, Croissant, Austern, Kaffee und Saft gebunkert. Als Meja sich zu ihr an den Tisch setzte, ging ein Strahlen über ihr Gesicht.

»Hast du gewusst, dass man Austern zum Frühstück essen kann?«

Meja grinste und bestellte sich nur ein Croissant und Kaffee.

Inez legte den Kopf leicht schräg. »Du siehst blass aus.«

»Ich vertrage nicht so viel Wein und Champagner«, sagte sie und blickte hinaus zur Lagune. »Aber es hat sich gelohnt. Das war ein unvergesslicher Abend.«

»Ja, der wird uns noch lange in Erinnerung bleiben. Wir haben sogar Amelia zum Lachen gebracht. Das habe ich schon seit Ewigkeiten nicht mehr gehört.«

Meja zeigte aufs Meer. »Ich habe dich gestern Abend da draußen gesehen. Am Pier.«

Inez schob sich eine Auster in den Mund und nickte. »Ja, ich habe die Reste der Austernschale ins Wasser geworfen, weil Mathilda an diesen Ort gereist ist, oder zumindest vorhatte, hierherzureisen.«

»Ich frage mich wirklich, was passiert ist«, sagte Meja.

»Weißt du was«, sagte Inez und tupfte sich mit der Stoffserviette den Mund ab. »Ich frage mich das gar nicht mehr. Ich bin mit dem, was wir jetzt gesehen haben, zufrieden. Zufrieden, dass die Schalenreste da jetzt im Wasser liegen, zufrieden, an diesem Ort mit euch sein zu dürfen, zufrieden, dass ich das Buch geschrieben habe und weiß, dass es eines schönen Tages eine gute Geschichte sein wird, die die Leser fasziniert. Denn Mathilda war ein faszinierender Mensch. Auf irgendeine merkwürdige Art spüre ich, dass ich dieses Kreuz lange genug mit mir herumgeschleppt habe und dass mir verziehen worden ist.« Sie zuckte mit den Schultern. »Vielleicht liegt es am Wein, an all den Leckerbissen und dieser wunderbaren Gegend hier, aber genau so fühlt es sich im Moment an.«

»Das klingt doch gut. Dann sind wir jetzt bereit für das Fest?«

Inez nickte. Exakt in dem Moment erschienen Cristy und Amelia mit ihren Koffern in der Hand.

»Ach, ihr frühstückt?«, entfuhr es Cristy.

»Ich dachte, ihr würdet noch schlafen«, sagte Inez und stand auf. Meja trank den letzten Schluck Kaffee aus und machte sich auch bereit.

Cristy schnaubte. »Schlafen? Das kann man tun, wenn man neunzig ist. Los jetzt, kommt in die Puschen. Wir haben heute noch was vor.«

Meja flitzte hoch in ihr Zimmer, packte die restlichen Sachen ein und checkte aus. Amelia war es gelungen, über das Hotel einen Mietwagen zu organisieren, und wartete schon auf dem Fahrersitz eines weißen Audi. Inez und Meja stiegen hinten ein, und Cristy nahm neben Amelia Platz.

»Also … auf nach Cannes!«, rief Cristy und ließ einen kleinen Jubelschrei los.

Meja warf einen Blick auf Inez, die offenbar ganz in Gedanken versunken war. Amelia ließ den Motor an, und sie fuhren langsam durch die Straßen. Sie hatten beschlossen, die Küstenstraße zu nehmen, um nicht durch die engen Gassen des Dorfes rangieren zu müssen, doch die Straße führte zum Austernmuseum und endete vor dem Strand auf der anderen Seite.

»Oh, da müssen wir wohl wenden und eine andere Route suchen«, sagte Amelia und drehte auf einem Parkplatz. Inez hielt sich mit beiden Händen am Vordersitz fest und reckte sich vor.

»Warte mal«, sagte sie. »Kannst du bitte kurz anhalten?«

Amelia stoppte den Wagen, und Cristy drehte sich zu Inez um. »Was ist jetzt los? Hast du was vergessen?«

Inez fummelte am Gurtschloss und öffnete die Tür. Mit langsamen Schritten ging sie runter zum Strand, den Blick auf den Steg gerichtet, der vor dem Museum lag. Ein Holzkahn mit einer kleinen Kabine am Heck tuckerte in Richtung Steg.

Am Steuer stand eine Frau. Viel konnte man aus der Entfernung nicht erkennen, nur dass sie schlank und aufrecht in ihrem Boot stand und ihr langes dunkelgraues Haar im Wind flatterte.

»Was macht Mama da bloß?«, fragte Amelia und seufzte. Sie löste den Gurt und stieg aus. Meja und Cristy taten es ihr gleich. Doch als Amelia sich gerade auf den Weg zu Inez machen wollte, fasste Meja sie am Arm und hielt sie zurück. Amelia sah sie mit großen Augen an, blieb aber stehen.

Die Frau legte mit ihrem Boot am Steg an und trug einen Kunststoffkorb mit Austern heraus.

Inez schlug beide Hände vor den Mund, als wolle sie verhindern, dass unkontrollierbare Laute herauskämen. Doch anstatt auf die Frau zuzugehen, lief sie in die entgegengesetzte Richtung. Sie lief so schnell sie konnte über den breiten Sandstrand immer weiter fort.

»Was tut sie da?«, fragte Amelia und ging nun doch in ihre Richtung los. Cristy und Meja folgten ihr.

Die Frau auf der Brücke hatte nun Inez' Gestalt bemerkt, hielt sich die Hand über die Augen, um in der Sonne besser sehen zu können, und als Inez sich umdrehte, zuckte sie zusammen und hob verunsichert die Hand in die Luft. Inez hob ihre Hand ebenfalls, und dann lief die Frau auf Inez zu.

Meja, Amelia und Cristy drosselten ihr Tempo und sahen wie gebannt auf diese Frau. Sie stand nun vor Inez, und sie starrten sich an. Dann legte die Frau ihre Hand an Inez' Wange. Inez legte ihre Hand an die Wange der Frau, und so standen sie einfach nur da, ganz still.

»Ich glaube, aus Cannes wird heute nichts«, sagte Meja.

»Was? Warum denn nicht?«, rief Cristy.

Meja wies auf die zwei Frauen. »Weil Inez jetzt das gefunden hat, was sie auf dieser Reise gesucht hat.«

»Ich verstehe kein Wort«, sagte Amelia erstaunt, während Meja sich eine Träne aus den Augen wischte. »Kannst du mir erklären, was da gerade vor sich geht?«

Meja räusperte sich. »Das ist Inez' Geschichte. Die muss sie selbst erzählen.«

Inez

Alles war still. Inez hörte keine Geräusche, sah keine Menschen. Wusste nicht, ob ihr Herz noch schlug. Konnte es nicht spüren. Alles war verschwommen. Nur Mathilda nicht. Ihre Konturen waren so klar umrissen wie immer schon. Jetzt stand sie vor ihr. Leibhaftig.

»Ich wusste, du würdest kommen«, sagte Mathilda.

Inez schluckte. »Es hat ein ganzes Leben gebraucht und eine Putzfrau, damit das geschah«, flüsterte sie und wollte schon die zwei Worte sagen, die die wichtigsten von allen waren, die Worte, für die sie hierhergereist war. Es tat weh, aber dieser Schmerz war zu ertragen im Vergleich zu den Schuldgefühlen, die sie so viele Jahre geplagt hatten.

»Verzeih mir«, sagte sie.

Mathilda legte den Kopf schräg. »Du musst mich nicht um Verzeihung bitten, Inez.«

»Doch.« Die Tränen trübten ihren Blick. »Du hast dein ganzes Leben zerstört, um mir zu helfen. Ich wollte zu dir reisen, doch dann …«

Mathilda legte ihr den Zeigefinger auf die Lippen. »Schhhhh.«

Inez rieb sich die Augen trocken und sah Amelia, Meja und Cristy auf sie zukommen.

Amelia rief besorgt: »Alles in Ordnung, Mama?«

Inez nickte. »Ja, mir geht's gut.«

»Was ist hier los?«, fragte Cristy. »Meja hat gesagt, dass wir hier gar nicht zum Vergnügen sind, sondern dass deine Reise einen Grund hat …« Sie fuchtelte mit den Armen, ihr fehlten die Worte.

Inez lächelte erschöpft. »Das ist wahr. Deshalb bin ich hierhergereist …« Sie blickte Mathilda an. »Um die Austerntaucherin zu finden.«

Cristy und Amelia blickten hilflos in die Gesichter der anderen, jetzt verstanden sie gar nichts mehr. Mathilda streckte die Hand aus und begrüßte sie. Amelias hielt sie ein bisschen länger fest.

»Du bist Schwedin?«, fragte Amelia überrascht.

Mathilda nickte und lächelte. »Ich bin vor einer Ewigkeit hierhergezogen und habe in eine Austernfischerfamilie eingeheiratet, die hier um 1990 dieses Austernmuseum ins Leben gerufen hat. Inzwischen führt es mein Sohn mit seiner Familie, aber ich helfe immer mal wieder aus.«

»Aber woher kennt ihr …«, setzte Amelia an. Mathilda fuhr ihr ins Wort, indem sie eine Gegenfrage stellte.

»Habt ihr es eilig, oder könntet ihr mir vielleicht helfen? Eigentlich bin ich inzwischen viel zu alt dafür, aber ich finde es herrlich, den Besuchern des Museums selbst gefischte Austern anbieten zu können.«

Amelia und Cristy blickten Inez an, um Antworten auf all die Fragen zu bekommen, die ihnen auf den Lippen lagen, doch Inez beantwortete nur Mathildas Frage.

»Wir haben es überhaupt nicht eilig und fassen gern mit an. Nicht wahr?«

Cristy und Amelia nickten, obwohl sie noch immer nichts begriffen, und folgten Mathilda den Strand entlang.

Inez und Meja gingen als Letzte. Inez konzentrierte sich darauf, das Atmen nicht zu vergessen, sie hatte Angst, in Ohnmacht zu fallen, ihr Körper zitterte wie im Fieber.

»Das kann nicht wahr sein«, flüsterte sie.

Meja drückte ihr liebevoll die Hand. »Doch, es sieht ganz so aus.«

Am Steg lagen blaue und rote Kähne dicht an dicht. Mathilda hatte ihren Kahn direkt neben einem blau gestrichenen Bootshaus festgemacht. Sie halfen ihr, die Austern auszuladen, und stellten die Körbe vor das Bootshaus. Mathilda öffnete die Tür, und Inez stockte der Atem. Die Ausrüstung, die Austernschalen, der Duft nach Meer. Es war wie eine Reise in die Vergangenheit, ins Kobbholmen ihrer Jugend.

Mathilda gab Amelia ein Austernmesser und zeigte ihr, wie man die Schale öffnete. Genau so, wie sie es Inez damals gelehrt hatte, als sie sich zum ersten Mal in dem kleinen Café am Bootssteg in Kobbholmen begegnet waren.

»Ein Naturtalent«, sagte sie, als es Amelia auf Anhieb gelang.

Amelia lächelte überrascht. »Und die kann man so essen?«

»So schmecken sie am allerbesten«, sagte Mathilda und gab auch Meja und Cristy jeder ein Messer. Meja konnte ihre Auster schon beim zweiten Versuch öffnen, danach half sie Cristy.

Während die anderen drei mit ihren Austern beschäftigt waren, sah Mathilda zu Inez hinüber und blinzelte die Tränen fort. Auch sie war gerührt von diesem Moment, erst nach und nach konnten beide begreifen, was soeben geschah. Inez nickte fast unmerklich. Jetzt standen sie da, über einem Korb Austern. Nicht in ihrer wildesten Fantasie hätte sie sich so ein Ende ihrer Geschichte vorstellen können.

Mathilda nahm ihr Smartphone in die Hand und telefonierte kurz auf Französisch.

»Demnächst wird ein Mann am Museum auftauchen. Er heißt Javier. Er ist ein guter Freund von mir und arbeitet als Koch in einem kleinen Restaurant, das nur ein paar Minuten Fußweg vom Museum entfernt ist. Macht mir die Freude, euch dort zum Essen einzuladen. Ich habe noch zu arbeiten, aber er wird sich um euch kümmern. Wenn ihr fertig seid, möchte ich mit Inez noch eine kleine Runde mit dem Boot drehen, bevor ihr weiterfahrt. Ihr wart ja wohl gerade irgendwohin unterwegs? Wäre das okay?«

Alle blickten sich an und nickten.

»Und noch etwas«, sagte Mathilda. »Hier weiß keiner, dass ich aus Schweden stamme. Sie glauben, ich heiße Monique und komme aus Dänemark, nur dass ihr Bescheid wisst.« Dabei zwinkerte sie.

Amelia sah Inez fragend an, doch die wandte den Blick ab. In dem Moment tauchte ein Mann auf der anderen Seite des Museums auf.

»Bis in einer Stunde«, flüsterte Mathilda Inez zu.

Inez nickte und begleitete die anderen, blieb aber an der Straße kurz stehen und beobachtete Mathilda, die wieder in ihr Boot stieg und raus aufs Meer fuhr. Nie hätte sie gedacht, dies noch einmal sehen zu dürfen.

Meja hakte sie ein, und ohne ein Wort gingen sie mit den anderen zum Restaurant.

Der Mann sprach französisch mit ihnen und tischte die unglaublichsten Austern-Kreationen auf, doch nicht einmal Cristy stieß laute Lobeshymnen aus. Alle waren beim Essen still und in ihre Gedanken vertieft.

»Was hat die Frau gesagt, wie sie heißt?«, fragte Cristy Inez.

»Mathilda.«

Cristy überlegte kurz, dann riss sie die Augen auf. »Deine Widmungen, Inez … M wie Mathilda?«

Inez nickte langsam und blickte hinaus auf die Straße, über die sie hergekommen waren. Hätten sich die anderen nicht auch über Mathilda unterhalten, hätte sie gedacht, sie hätte geträumt. Im Schoß rieb sie ihre Hände aneinander. Mathilda hatte sich kein bisschen verändert. Dieselben neugierigen, wachen Augen, die gute Haltung, ihr langes Haar. Jetzt liefen die Tränen wieder …

»Mama«, sagte Amelia besorgt und schob ihre Hand über den Tisch. Inez ergriff sie und hielt sie ganz fest.

»Wer ist sie?«, fragte Amelia. »Jetzt erzähl es uns.«

»Eine Freundin«, sagte Inez und griff zur Serviette, um ihre feuchten Wangen zu trocknen.

»Eine Freundin?«, sagte Cristy. »Warum habe ich den Namen dann noch nie gehört?«

»Weil sie eine Freundin aus früheren Zeiten war. Wir haben uns aus den Augen verloren, und zwar auf ziemlich dramatische Art und Weise.«

»Und wie?« Amelias Stimme wurde schrill.

Inez lächelte sie milde an. »Das erzähle ich euch alles später. Versprochen.«

»Und was machen wir jetzt?«, fragte Amelia.

Cristy holte tief Luft, dachte kurz nach und sagte: »Ich

würde sagen, wir genießen dieses wunderbare Essen und bleiben noch eine Nacht hier im Dorf.«

Inez blickte sie dankbar an, und Meja schenkte Wein aus der Karaffe nach.

»Skål«, sagte sie.

»Skål worauf?«, fragte Amelia, die noch immer irritiert war und nicht begriff, was hier vor sich ging.

»Skål auf … die Scheidewege des Lebens«, sagte Inez.

Amelia drehte sich zu ihr um. »Dann hast du uns also an so einen Scheideweg mitgenommen?«

»Sieht ganz so aus«, sagte Inez.

Cristy sah sie eindringlich an. »Dann war das also nie als spontaner Urlaub gedacht? Du bist hierhergereist, um diese Freundin wiederzufinden?«

»Warum hast du uns das nicht erzählt?«, fragte Amelia.

»Weil es ganz unwahrscheinlich war, sie hier anzutreffen. Ich wollte nur an diesen Ort reisen, dieses Dorf sehen, in das sie vor vielen Jahren gezogen ist. Das war alles. Das alles zu erklären, wäre sehr kompliziert geworden.«

»Aber *du* hast das gewusst?«, sagte Amelia und sah Meja vorwurfsvoll an.

Meja rutschte betreten auf ihrem Stuhl hin und her.

»Ja, aber nur, weil sie mein Buchmanuskript über die Austernfischerin gelesen hat«, sagte Inez.

Cristy staunte schon wieder. »Manuskript? Meinst du das, was ich lesen sollte?«

Inez nickte.

»Was für ein Manuskript? Heißt das, du schreibst wieder? Ich meine, ernsthaft?« Amelias Stimme überschlug sich immer mehr.

Inez erhob ihr Glas. Ihre Hand zitterte.

»Ihr werdet alles erfahren. Früh genug. Im Moment wünsche ich mir nur eins von euch. Dass ihr das Essen genießt und auf mich wartet, bis ich zurück bin.« Sie warf einen Blick auf die Uhr, stieß mit allen noch einmal an, nahm einen letzten Schluck und stand auf. Amelia sprang gleichzeitig vom Stuhl.

»Bleib bei den anderen sitzen. Das muss ich allein erledigen«, sagte sie und tätschelte Amelia am Arm.

»Aber wenn nun …«, rief Amelia, und ihre Stimme klang ängstlich.

»Ich denke nie, *was wäre, wenn*«, sagte Inez lächelnd und machte sich auf den Weg.

Im Augenwinkel sah sie noch, wie Amelia wieder auf den Stuhl sank und Cristy tröstend den Arm um sie legte.

Inez ging die kleine Straße zurück, auf der sie gekommen waren, bog aber zum Steg ab, wo Mathilda bereits bei ihrem Boot auf sie wartete. Mathilda hielt ihr die Hand hin und half ihr ins Boot. Sie sprachen kein Wort. Sahen sich nicht einmal an. Es war nicht nötig.

Sie waren wieder vereint, und die Zeit stand still.

Mathilda steuerte das Boot an der Küste entlang, an hohen Felsen vorbei. Inez lief ein Schauer über den Rücken. Alles war genau wie früher, und doch war alles anders. Das Boot ähnelte sehr dem, das Mathilda in Kobbholmen gehabt hatte, das Wasser war genauso ruhig, nur seine Farbe war schillernd türkis. Anstelle von Seehunden würde man hier Delfine erwarten, die im Kielwasser mitschwammen.

An einem etwas wackligen Steg legten sie an und stiegen aus dem Boot. Mathilda streifte die Schuhe ab, krempelte die Hosenbeine hoch und watete mit einem

Aquaskop und einem Kescher ein Stückchen ins Meer. Dann nickte sie Inez zu, ihr zu folgen.

»Sollen wir hier nach Austern suchen?«, fragte Inez, und ihre Stimme klang hauchdünn, wie ein Flüstern.

Mathilda nickte.

Inez folgte ihr, hielt das Aquaskop ins Wasser und begann, den Grund abzusuchen. Nach einer Weile hob sie den Kopf. »Hier scheint aber keine Austernbank zu sein.«

Mathilda ermutigte sie, weiterzusuchen, und kurz darauf entdeckte Inez ein kleines Stückchen entfernt etwas Weißes auf dem Meeresboden schimmern. Vorsichtig tastete sie sich vor, um nicht auf den Steinen auszurutschen, und dann konnte sie eine Austernschale erkennen. Sie beugte sich hinab und hob sie auf.

»Ich hab eine gefunden!«, rief sie, doch sie verstummte, als sie Mathildas Gesichtsausdruck sah. Trotz ihres sonnengebräunten Teints war sie bleich geworden.

Inez besah die Auster in ihrer Hand. Sie war nicht ganz, zwischen ihren Fingern lag nur die Schale. Sie schluckte. Was das zu bedeuten hatte, wusste sie genau. Mathilda musste sie in der Zeit hier deponiert haben, in der sie mit den anderen zum Essen ins Restaurant gegangen war. Hier sollte sie sie finden.

»Ich habe alles für dich getan, aber ich hatte auch einen guten Grund«, flüsterte Mathilda.

Behutsam drehte Inez die Schale um und fand ein paar eingeritzte Buchstaben vor. Ganz, ganz langsam las sie, was da geschrieben stand.

Meine Schwester.

Inez

Die Luft in ihrem Haus war kühl und abgestanden. Als wäre sie ein halbes Jahr lang fort gewesen, nicht nur fünf Tage. Aus Cannes war nichts geworden, stattdessen waren sie in Bouzigues geblieben.

Inez schleppte ihr Gepäck in den Flur und hatte Schuhe und Jacke noch an, als sie das Wohnzimmer betrat. Dort sah es noch genauso aus wie am Tag ihrer Abreise: Bücherstapel, heruntergelassene Jalousien und der trockene Kaktus auf dem Fensterbrett. Der Eichentisch war mit Ausdrucken übersät. Sie ging zu ihm hin und fuhr mit der Hand darüber. Ihre Geschichte von Mathilda. Ganz obendrauf lag Mejas Foto von der Inschrift der Austernschale. *Ich warte in Bouzigues.*

Nachdem sie das ganze Manuskript redigiert hatte, war es für sie klar gewesen, dass sie nun den Umschlag von Meja öffnen würde.

Anfangs hatte sie diesen Ort nicht einmal gegoogelt. Sie hatte ihn einfach eine Weile in Gedanken mit sich herumgetragen. Erst als Sverker vor der Tür stand und so hartnäckig geklopft hatte, dass sie öffnen musste, und er ihr dann von Mejas Vernissage erzählt hatte, war in ihr die Entscheidung gereift. Zu diesem Zeitpunkt war sie die Einsamkeit längst leid. War es leid, sich immerzu zu verstecken. Und sie hatte Meja vermisst, die Kaffeetassen vor ihrer Zimmertür, die Gesellschaft, wenn sie am Steg mit ihr saß, die leisen Gespräche in ihren Sesseln, jemanden, mit dem sie Portwein trinken konnte. Es war an der Zeit, der Wahrheit ins Auge zu blicken. Und die Wahrheit lautete Bouzigues. Auf diese Reise wollte sie Meja mitnehmen, denn wäre sie nicht in Inez' Leben getreten, hätte sie all das nie erfahren.

Inez ging vor zu den Jalousien und zog sie nacheinander hoch. Nicht in ihren wildesten Träumen hätte sie geglaubt, dass Mathilda dort wirklich lebte. Der Gedanke daran schnürte ihr den Hals zu. So viele Gefühle kamen hoch. Erstaunen. Freude. Aber auch etwas anderes. Nicht nur sie hatte sie betrogen, auch Mathilda hatte das getan. Warum hatte sie ihr in all den Jahren, bei so vielen intimen Gesprächen nie erzählt, dass sie Schwestern waren? Woher hatte sie sich das Recht genommen? Nicht auszudenken, wenn Inez gewusst hätte, dass Mats in Wirklichkeit auch ihr Vater gewesen war … Und warum hatte Mathilda später nicht den Kontakt zu ihr gesucht? Sie hätte sie leicht finden können.

Inez öffnete die Verandatür und schüttelte die Glieder aus. Sie wollte die negativen Gedanken vertreiben. Nicht diese *Was wäre, wenn*-Spielchen verfolgen. Das führte zu nichts.

Am Gartenzaun hing ein Blumenstrauß. Inez schmunzelte und ging hinaus, um ihn abzunehmen. Es war ein Strauß aus reinen weißen Herbstanemonen. Sie trug die Blumen hinein, stellte sie in eine Vase und platzierte sie so im Fenster, dass Sverker es sehen konnte. Dann machte sie mit ihrem Handy ein Foto und schickte es Amelia mit der Unterschrift: *Neue Zeiten*.

Als sie auf dem Flughafen in Kopenhagen gelandet waren, war Amelia zusammengebrochen. Es war, als ob Inez' falscher Vorwand für diese Reise in ihr wieder einmal das Gefühl ausgelöst hätte, beschwindelt worden zu sein, und die ganzen unterdrückten Gefühle aus all den Jahren hatten sich in Tränen, Enttäuschung und Trauer Luft gemacht. Amelia war nur noch ein Häufchen Elend gewesen. Meja war allein nach Helsingborg zurückgereist, und Cristy und Inez hatten Amelia nach Hause gebracht.

Kaum hatten sie die Wohnung betreten, hatte Amelia ihnen ihr Herz ausgeschüttet, denn Aksel und sie hatten sich getrennt. Und das war erst der Anfang eines Tages gewesen, an dem es schließlich nur eines gab: ununterbrochen über all das zu sprechen, worüber sie schon lange hätten reden sollen. Mit den Streitigkeiten hatten sie angefangen. Hatten über Amelias Gefühle geredet, in Inez' Leben immer nur die zweite Geige zu spielen und sich trotz der perfekten Fassade mutterseelenallein zu fühlen.

Als alle Worte aus ihr herausgesprudelt waren, hatte Amelia Inez und Cristy ins Gesicht gesehen. Beide hatten mucksmäuschenstill dagesessen und nur zugehört. Dann war Amelia in ein müdes Lachen ausgebrochen, worauf wieder Tränen folgten, und dann hatten sie sich alle in den Armen gehalten und abwechselnd gelacht und geweint und gelacht und geweint.

Cristy hatte ihnen Cognac eingeschenkt, und dann hatten sie die Gespräche fortgesetzt. Und so war das auf den Tisch gekommen, worüber sie auch längst hätten reden sollen – über die vielen schönen Momente. Denn davon hatte es genügend gegeben, mehr als die traurigen bestimmt.

Sie hatten sich an die vielen Reisen erinnert, die sie zusammen unternommen hatten, als Amelia von der Schule befreit worden war und Cristy die Verantwortung für ihren Hausunterricht übernommen hatte. Am Ende hatte Cristy die Fragen der Lehrer immer selbst beantwortet, weil sie diesen Lernstoff für Kinder für völlig überflüssig hielt – wem nützten schon chemische Formeln oder die Kenntnis der genauen Anzahl der Abgeordneten im Parlament? Stattdessen hatte sie Amelia vieles gelehrt, was sie wichtig fand: Kunst, Musik, Literatur, Essen und Trinken.

Amelia hatte Tränen gelacht, als Cristy erzählt hatte, wie stolz sie auf Amelia gewesen war, als sie im Alter von neun Jahren einem Gast bei einem Fest im Verlag erläutern konnte, aus welchen Trauben sein Wein gekeltert war. Inez erzählte, wie Amelia mit den Klamotten ihrer Mama Verkleiden gespielt hatte und dann in einem Hotel in Madrid den Fans, die unten gestanden hatten, vom Balkon aus zugewunken hatte. Und Amelia waren wieder so schöne Momente eingefallen wie damals, als sie Kopfkissen und Bettdecke aus ihrem Kinderzimmer unter Inez' Schreibtisch geschleppt hatte – um dann beim heimeligen Geräusch des Tastaturgeklappers gemütlich einzuschlafen.

»Es tut mir leid, dass ich so dickköpfig war und immer nur die Enttäuschungen und negativen Gefühle gesehen habe«, sagte sie schließlich. »Im Grunde warst du ja eine Mutter, die mich immer mitgenommen und mich immer ebenbürtig behandelt hat. Du hast mich nicht verhätschelt, und darüber bin ich im Grunde ja froh. Und auch froh über alles, was ich erleben durfte.«

»Aber ich entschuldige mich bei dir, dass ich manchmal nicht begriffen habe, dass ich dich hin und wieder hätte hätscheln müssen, schließlich warst du ja noch ein Kind«, erwiderte Inez.

Als die Cognacflasche leer war, lagen sie sich alle in den Armen, und Inez spürte nun von ganzem Herzen, dass jetzt eine neue Zeit anbrach.

Ihr Handy plingte. Amelia hatte auch ein Foto gemacht, darauf war ihr Schlafzimmerboden zu sehen, mit Klamotten kreuz und quer, daneben ihr ungemachtes Bett. *Hier auch neue Zeiten*, schrieb sie, und das Emoji daneben lächelte.

Inez freute sich.

Bei allem, was geschehen war, war es das Wichtigste, dass Amelia nun zu sich selber fand. Inez hatte sich gefunden. Meja hatte sich gefunden. Jetzt war Amelia an der Reihe, und Inez würde alles tun, was in ihrer Macht stand, um ihr auf den Weg zu helfen.

Sie hängte ihre Jacke an die Garderobe, zog die Schuhe aus, fuhr in ihre Schaffellpantoffeln und wollte sich gerade ein Glas Portwein einschenken, als eine bekannte Gestalt an ihrem Gartentor auftauchte. Souverän öffnete Meja das alte Tor und winkte, als sie Inez im Fenster erblickte. Inez öffnete die Verandatür und ging ihr freudig entgegen.

»Ich wollte gerade zu Andreas rübergehen, da habe ich gesehen, dass die Jalousien hochgezogen sind, also musstest du wieder zu Hause sein.«

»Ach so, ich dachte, du hast den Portwein gewittert«, sagte Inez und ging zum Schrank, um Meja auch ein Gläschen einzuschenken.

»Das natürlich auch«, sagte sie lachend.

Meja ließ sich in ihrem Sessel nieder. Inez nahm daneben Platz, stieß mit Meja an, trank einen Schluck und schnalzte zufrieden.

»Wie geht es Amelia?«, fragte Meja.

Inez strahlte. »Wieder gut. Unsere Reise hat das Fass sicherlich zum Überlaufen gebracht, aber manchmal tut so was gut. Wir haben einen ganzen Tag lang nur geredet, gelacht, gedöst und Cognac getrunken. Es war wie eine Art Reinigung. Ich konnte es an Amelias Augen sehen, als ich wieder heimgefahren bin. Diese Entschlossenheit an ihr war neu.« Inez streichelte Meja über die Hand.

»Jetzt zähl mal nach, wie viele Steine du mit deiner Neugier ins Rollen gebracht hast.«

Meja nippte grinsend am Portwein.

Inez schielte zu ihr hinüber. Eigentlich hatte sie sie fragen wollen, wie es dazu gekommen war, dass Meja bei Ellen in Kobbholmen gelandet war, doch manchmal war es besser, nicht alles zu wissen. Jetzt war es, wie es war, und alles würde gut werden. Sie alle hatten Federn gelassen, doch bald schon konnten sie wieder in ihrem schönsten Federkleid strahlen. Sie wusste es.

»Und wie ist es mit dir?«, fragte sie stattdessen. »Was hast du jetzt mit deinem Leben vor?«

Auf dem Heimflug hatte Meja den anderen von ihrem Platz an der Fotografenschule in London erzählt und wie unglücklich dieser Zeitpunkt jetzt war, da Andreas und sie sich gerade ineinander verliebt hatten. Sie hatte gesagt, dass sie nicht wisse, was sie tun solle, aber Inez hatte gemeint, sie würde sich für die Liebe entscheiden. Denn am Ende war sie wichtiger als alles andere.

»Von dir habe ich gelernt, dass es wichtig ist, seinen

Traum zu verwirklichen und seiner Berufung zu folgen«, sagte Meja. »Wie wichtig es ist, an so einer Wegkreuzung ganz gewissenhaft zu entscheiden. Die Wolken einzufangen, die vorbeifliegen wollen. Deshalb werde ich nach London gehen.«

»Oh«, sagte Inez und verzog das Gesicht. »Vielleicht sollte man meine Ratschläge doch nicht so wörtlich nehmen?«

Meja grinste. »Wir werden es in diesem Jahr mit einer Fernbeziehung probieren. Wenn wir das überstehen, werden wir alle anderen Herausforderungen, die die Zukunft mit sich bringt, auch meistern.«

Inez lächelte gerührt. Sie war so stolz auf Meja, es war großartig, wie sie sich gemausert hatte.

»Da ist nur eines«, sagte Meja.

»Ja.«

»Ingrid.«

»Was ist mit Ingrid?«

»Ich weiß nicht, wo sie wohnen soll, wenn ich in London bin. Meine Mutter ist nicht gerade tierlieb. Ich dachte, vielleicht könntest du … sie ist eine nette Gesellschaft, und es gefällt ihr bei dir.«

Inez zog die Augenbrauen hoch und schnaubte. Doch dabei blieb es. Sie verspürte schon ein starkes Bedürfnis, jemanden zu haben, mit dem sie sich tagsüber unterhalten konnte. Wer wäre da besser geeignet als Ingrid Bergman?

Sie nickte nur kurz, um sich die Freude nicht anmerken zu lassen, aber Meja schloss sie sofort in die Arme und drückte sie fest. »Danke.«

»Für ein Jahr«, sagte Inez. »Keinen Tag länger.«

»Ein Jahr«, wiederholte Meja und stellte sich mit durchgestrecktem Rücken vor Inez hin. »Wish me luck, jetzt werde ich mit Andreas sprechen.«

»Viel Glück«, sagte Inez. »Ich bin sicher, dass alles gut gehen wird. Ich habe selten ein Paar getroffen, das so gut zusammenpasst wie ihr zwei. Außer Sverker und Filip vielleicht.«

Meja lief winkend durch Inez' Garten hinaus. Inez winkte zurück und schluckte das Schluchzen hinunter, so groß waren ihre Freude und gleichzeitig der Schmerz, Abschied von ihr zu nehmen.

Wer hätte das gedacht, als Meja an ihrem ersten Arbeitstag draußen gestanden und verzweifelt versucht hatte, das Gartentor zu öffnen? Inez schüttelte nur den Kopf und betrachtete ihr Wohnzimmer. Es war an der Zeit, noch einen Aufräumdurchgang zu starten. Jetzt sollte es so gemütlich werden, dass sie sogar Sverker und Filip einladen konnte.

Inez – ein Jahr später

Die bunten Lämpchen warfen ihr rotes, gelbes, blaues und grünes Licht in den Garten. Der Tisch war mit Meeresfrüchte-Kanapees, Austern, Muscheln, gratiniertem Hummer und Krabben gedeckt, daneben standen ein paar Flaschen Champagner. Es war der fünfzehnte August, und der Wettergott meinte es wohl gut mit Inez, denn der Sommerabend war lau und windstill.

Mit großen Gesten und herzlichen Umarmungen empfing Sverker die Gäste in seinem Garten, und Filip sorgte dafür, dass sich jeder reichlich an dem delikaten Büfett bediente. Meja stand Arm in Arm mit Andreas da, die beiden waren inzwischen unzertrennlich.

Inez lächelte. Eine Szenerie wie im Film. Sie stand in ihrem Gästezimmer und blickte von oben hinunter auf das Schauspiel. Zur Feier des Abends trug sie ein elegantes grünes Seidenkleid, und sie hatte sogar ein paar alte goldene, mit Smaragden besetzte Schmuckstücke aus dem Schmuckkästchen im Gästezimmer hervorgekramt. Als sie das Kästchen geöffnet hatte, war ihr sofort aufgefallen, dass der kleine Schreibtischschlüssel im falschen Fach gelegen hatte. Den konnte nur Meja falsch einsortiert haben, niemand sonst. Was bedeutete, dass sie ihn wohl auch benutzt hatte.

Inez hatte ihn in die Schreibtischschublade gesteckt

und das kleine schwarze Buch herausgenommen. Jetzt stand sie da, das Tagebuch an die Brust gepresst, und sah hinab auf die Menschen, die sich da unten auf der Terrasse tummelten und nur darauf warteten, dass sie erschien.

Nun war ihr klar, woher Meja wusste, dass das Ende ihres Romans nicht stimmte, als sie sie damals so früh am Morgen damit konfrontiert hatte. Sie hatte Inez' schwarzes Buch gelesen. Sie wusste, dass Inez sich nie auf die Suche nach der Schale begeben hatte, die sie zu Mathilda geführt hätte, sondern dass sie Mathilda ihrem Schicksal überlassen hatte, um sich auf ihre Karriere als Schriftstellerin zu konzentrieren.

Inez presste die Lippen aufeinander und schlug das Buch irgendwo mittendrin auf. Die schönen Erinnerungen wurden wieder ganz lebendig. Auf der letzten Seite stoppte sie: *Ich wusste, du würdest mich verstehen. Aber ich wusste nie, ob du mir verzeihen konntest.*

Sie reckte sich vor, um mehr von Sverkers und Filips Garten zu sehen. Da war sie. Mathilda. Groß und schlank, die Haltung noch gerade. Neben ihr stand Amelia. Sie hatten solch eine Ähnlichkeit miteinander, dass Inez bei dem Anblick einen Kloß im Hals bekam. In dem Jahr, das verstrichen war, hatte sich Amelia sehr verändert. Ihre Seele war zur Ruhe gekommen. Sie beide, Mutter und Tochter, hatten sich noch einmal ganz neu kennengelernt, und eine bislang unbekannte Art von Zärtlichkeit war zwischen ihnen gewachsen.

Als sie ihre Beziehung mit Mühe wieder gekittet hatten, hatte Amelia zudem begriffen, dass sie nun etwas geschenkt bekommen hatte, was sie sich sehnlichst gewünscht hatte: eine Verwandte. Mathilda war ihre Tante, und die französische Familie ihrer Tante war nun auch ihre Familie. Amelia war nach Bouzigues zurückgekehrt, hatte dort Französisch gelernt und in dem kleinen Museum gearbeitet, das von ihrem Engagement ganz viel Auftrieb bekommen hatte. Mit Staunen hatte Inez zugesehen, wie ihre Tochter, die sich wie eine Rose mit ihren Dornen immer gegen die Mühsal des Lebens gewehrt hatte, nun zu einer starken und eigenständigen Lilie erblüht war.

Inez drehte sich um und suchte auf ihrem Schreibtisch nach einem Stift. Dann schrieb sie einen allerletzten Satz in ihr schwarzes Buch: *Sie hat mir vergeben, so wie Schwestern es tun.* Und dann legte sie ihr Buch zurück in die Schublade, doch sie schloss nicht mehr ab.

Vorsichtig schritt Inez die Treppe hinab, um mit ihrem langen Kleid nicht zu stolpern, und blieb vor Ingrids Käfig stehen.

»Na, was sagst du?«

Das Nacktmeerschweinchen fiepte zufrieden. Inez lachte und ging aus dem Haus, durch ihren Garten, den Sverker mit schönen Blumentöpfen und mediterranen Pflanzen neu gestaltet hatte. Mit einer Silberweide, mit Zitronenbäumchen, Majoran und Thymian. Er hatte ihr angeboten, aus ihrem Garten eine kleine Oase zu machen, und diesmal hatte sie es mit Dankbarkeit angenommen.

Ein Raunen ging durch den Garten ihrer Nachbarn, als sie das Gartentor öffnete. Sie begrüßte all ihre Gäste: die Nachbarn, Mitarbeiter des Verlags und ein paar alte Schriftstellerfreunde, mit denen sie jetzt wieder in Kontakt war, und dann ging sie vor und stellte sich auf die Veranda. Filip reichte ihr ein Glas. Es wurde still, und jeder starrte gebannt nach vorn.

»Diese Geschichte hat mit dem Tod begonnen – dem Tod meiner lieben Nachbarin Viola – und sollte mit dem Tod enden. Mit meinem Tod.« Sie nahm zur Notiz, wie Amelia die Stirn runzelte. »Doch dann kam alles anders. Diese sehr umtriebigen und höchst lebenslustigen Menschen, die ich um mich habe, haben dafür gesorgt, dass mein Roman jetzt schon erscheint, während ich noch quicklebendig bin. Wie meine liebe Verlegerin so schön gesagt hat, ein Releasefest macht doch viel mehr Spaß als ein Leichenschmaus.«

Vereinzelt erklang Lachen. Amelia schüttelte den Kopf und zog einen Mundwinkel hoch. Inez hob ihr Glas, um einen Toast auszubringen.

»Danke euch, dass ihr alle gekommen seid, danke, Meja, dass du mich gezwungen hast, die Jalousien hochzuziehen, danke, Sverker, dass du meinen verwahrlosten Garten in eine wahre Oase verwandelt hast, danke, Cristy, dass du mit deinem Adlerauge noch einmal ein Manuskript von mir unter die Lupe genommen hast, danke, Amelia, dass du die Hand, die ich dir gereicht habe, trotz allem ergriffen hast. Danke, Mathilda, für … ach, du weißt, wofür. Jetzt darf Filip das Tuch entfernen, und dann lassen wir mein Buch *Die Wahrheit über die Austernfischerin* frei. Ich habe immer gesagt, das ist mein letztes Buch, aber es könnte sein, dass meine Verlegerin darauf besteht, dass ich noch einen Roman über Frauenfreundschaften im Herbst des Lebens schreibe – ich glaube, da sollte es um zwei Damen gehen, die Berlin unsicher machen. Darauf stoßen wir an!«

Cristy ließ einen Freudenschrei los, und alle riefen »Skål!«.

Dann enthüllte Filip den Büchertisch, und die Gäste kamen nach vorn, um sich ihr persönliches Exemplar abzuholen. Inez signierte und wechselte das ein oder andere Wort mit ihnen.

Nun brach die Dunkelheit herein, die Musik wurde aufgedreht und die Champagnerflaschen geöffnet. Die Veranda wurde zur Tanzfläche, und auf den kleinen Sitzplätzen im Garten wurde lebhaft diskutiert.

Meja kam zu Inez und nahm sie in die Arme. »Es ist kaum zu glauben, was für ein Fest! Da kann man sich nur in den Arm kneifen.«

Inez streichelte ihr die Wange und lächelte. »Bei dir muss ich mich noch für so viel mehr als die hochgezogenen Jalousien bedanken.«

»Ich weiß, wie es gemeint war«, sagte Meja.

»Kaum zu glauben, dass sich am Ende herausgestellt hat, dass meine schüchterne Putzfrau in Wirklichkeit auch ein kleines bisschen verrückt ist.«

»Ich habe von einer total verrückten Schriftstellerin gelernt, ein kleines bisschen verrückt zu sein«, sagte sie und grinste.

»Vielleicht war es so«, sagte Inez. »Aber den Mut hattest du in dir. Den Mut, harte Entscheidungen zu treffen, bis zum Äußersten zu gehen, die Wahrheit ans Licht zu bringen. Das hast du nicht von mir gelernt.«

»Aber deine Geschichte hat das alles herausgekitzelt.«

Inez stieß mit ihr an und blickte sich um.

»Hast du eigentlich Mathilda gesehen?«

Inez drehte sich um. »Nein, schon eine Weile nicht mehr.«

Inez verließ Sverkers Grundstück und begab sich auf

den kleinen Pfad. Auf Violas Bank sah sie eine Gestalt mit grauem Haar sitzen, die sich sanft in der Abendbrise wiegte. Inez zog die Schuhe aus und ging barfuß hinunter zum Strand. Sie setzte sich neben ihre Schwester und nahm ihre Hand. So saßen sie da und sahen hinaus aufs dunkle Meer.

»Jetzt ist sie raus. Die Wahrheit über die Austernfischerin«, sagte Inez und schielte zu Mathilda hinüber.

Der sehnsuchtsvolle Blick ihrer Schwester ging wie immer hinaus aufs Meer, doch nach einer Weile drehte sie den Kopf zu ihr um. Sie sprach kein Wort und nickte fast unmerklich.

Inez' Puls stieg in die Höhe. Sie wusste nicht, warum, doch diese klitzekleine Bewegung hatte eine enorme Unruhe in ihr ausgelöst. Sie spürte es im ganzen Körper. Da war etwas Unausgesprochenes. *Jetzt ist sie raus. Die Wahrheit.* Sie starrte Mathilda ins Gesicht. Sie hatte doch alles gesagt? Hatte doch die Wahrheit gesagt?

Ihr Herz schlug wild, in allen Adern pochte das Adrenalin. Inez rieb ihre schwitzigen Handflächen über den grünen Seidenstoff ihres Kleids. Ihr Blick hing noch immer an Mathilda.

Ein paar Erinnerungsfetzen tauchten auf, wie konturlose Schatten. Sie blinzelte. Nikolas an diesem letzten Abend, wie er da stand und sich die Hand rieb, die ihm von den vielen Schlägen auf Inez' Körper schon wehtat. Sie spürte wieder, wie sie sich zwang, die verschwollenen Augen ein Stück weit zu öffnen, und sah, wie er sich auf das Schlafzimmer zubewegte, in dem Amelia lag und wie am Spieß schrie. Dieses eigenartige Gefühl, dass jeder Knochen in ihrem Körper gebrochen und kaputt war und sie trotzdem keinen Schmerz spürte, sondern in der Lage war, sich hochzuhieven und nach dem Küchenmesser zu greifen.

Inez rang nach Luft und schlug sich die Hand vor den Mund. Jetzt hörte sie wieder ihre Stimme, wie sie ihn rief, sah wieder, wie er sich umdrehte und … Sein letzter Gesichtsausdruck, pures Staunen.

Ein deutlicher Eisengeschmack verteilte sich an ihrem Gaumen. Sie hatte sich die Lippe zerbissen.

Mathilda zog ein Taschentuch aus der Handtasche und befeuchtete es. Inez starrte sie fassungslos an. Ihr Körper zitterte. Sie hatte es selbst getan? Es war gar nicht Mathilda gewesen?

Mathilda blickte nun wieder hinaus aufs Meer. Ihre Atemzüge waren so still wie die Wellen. Inez hingegen keuchte, als wäre sie am Ertrinken.

»Ich glaube, meine Bestimmung im Leben war es, dir zu helfen, damit du mit deinen Büchern anderen helfen konntest«, sagte Mathilda friedvoll.

»Aber ich schreibe Trivialliteratur, das sagen die Kritiker!« Inez' Stimme brach.

Mathilda sah sie an und lächelte mild. »Du schreibst fürs Herz, und mit dem Herzen treffen wir unsere wichtigsten Entscheidungen.«

Inez liefen die Tränen übers Gesicht.

Mathilda streichelte sie weg. »Das wiederholst du doch selbst immerzu – dass du nicht denkst: *Was wäre, wenn.* Fang nicht jetzt noch damit an. Ich habe das getan, was in dem Moment das Beste gewesen ist. Und ich hatte ein wundervolles Leben, an einem wundervollen Ort und mit einer wundervollen Familie. Was kann man sich Schöneres wünschen?«

Inez schluchzte auf und musste an Mats denken. Hatte er die Wahrheit gekannt, oder hatte sie ihn für Inez geopfert? Doch sie kam nicht dazu, Mathilda danach zu fragen, denn diese stand auf und zog Inez am Arm. »Wir haben das wertvollste Geschenk der Welt bekommen. Gemeinsame Zeit. Hör auf, sie mit Sorgen zu verschwenden. Lass uns leben!«

Inez sah sie an und nickte.

»Und jetzt komm«, sagte Mathilda. »Deine Nachbarn feiern ein Fest für dich, und ich habe Lust zu tanzen.«

»Aber was machen wir jetzt? Ich meine, mit dem Ende, mit der Wahrheit?«

Mathilda lächelte wieder. »Ganz offiziell ist dein Buch ein Roman. Nicht wahr?«

Inez zwinkerte die Tränen fort und nickte.

»Dann behalten wir die Wahrheit für uns.« Sie hakte sich bei Inez ein. »Und ich finde, jetzt ist es Zeit für ein Tänzchen und etwas Hochprozentiges. Mir ist aufgefallen, dass Cristy einen Flachmann in der Handtasche hat. Sie hat gesagt, dass Sekt und Wein zum Essen gehören – aber wenn man feiern will, braucht man was Härteres.«

»Das klingt nach Cristy«, sagte Inez und drückte Mathildas Hand.

»Ich hab dich lieb, Schwesterherz«, sagte Mathilda.

»Und ich dich noch mehr«, sagte Inez.

Die Austernfischerin

An dem Tag, als Mathilda und ihr Vater Mats trotz der Unwetterwarnungen aufs Meer hinausfuhren, war Mathilda vierzehn Jahre alt. Als sie mit dem Boot schon weit draußen waren, wurde der Himmel kohlrabenschwarz. Sie beeilten sich, versuchten mit aller Kraft, zurück an Land zu kommen. Doch das Meer wollte es nicht. Die Wellen waren wie riesige Mäuler, die nach dem kleinen Fischerboot schnappten. Mathilda seilte sich in ihrem Kahn an und klammerte sich an der Reling fest, um nicht über Bord zu gehen. Ein furchtbares Gewitter grollte über ihnen, und der Regen prasselte so stark auf sie nieder, dass sie kaum noch etwas sah.

»Du darfst nicht aufhören, mit mir zu reden«, rief sie ihrem Papa zu. »Damit ich weiß, dass du noch da bist!«

Mats redete und redete, damit Mathilda sich beruhigte. Doch das Unwetter war das schlimmste, was sie je erlebt hatten, und bald hörte Mathilda auch in seiner Stimme die Angst. Würden sie es überstehen oder in dem Sturm auf dem Meer versinken?

Als Mathilda vor Erschöpfung nur noch schluchzte und sagte, dass ihr die Kraft ausgehe, rief ihr Vater ihr zu: »Du darfst nicht loslassen. Ich muss dir etwas ganz Wichtiges erzählen!«

Als die Wellen am höchsten waren, verriet er ihr, dass sie eine Schwester hatte, die erst eine Woche alt gewesen war, als ihre Mutter verstarb. Er hatte gewusst, dass er sich nicht allein um beide Mädchen kümmern konnte, deshalb hatte er die Entscheidung getroffen, Mathilda, die Ältere, zu behalten und das Baby wegzugeben.

Mathilda hatte seiner Geschichte gelauscht und es kaum glauben können. Wie er von dem Paar in Kobbholmen erzählt hatte, das keine Kinder kriegen konnte und das das kleine Mädchen mit dem herzförmigen Muttermal an der Schläfe adoptiert hatte.

Sie überlebten den Sturm, aber Mats hatte nie wieder über die Schwester, die er weggegeben hatte, reden wollen. »Sie gehört nicht mehr zu uns«, hatte er erwidert. Das Einzige, was Mathilda noch aus ihm herausbekommen konnte, war, dass die Familie weggezogen war, als das Kind vier Jahre alt gewesen war.

Doch Mathilda hatte ihre Schwester nie vergessen können, und als sie die junge Frau in dem Café am Bootssteg bemerkt hatte, wie sie zaghaft die Hand ausstreckte, um die erste Auster ihres Lebens zu probieren, da hatte Mathilda gleich gewusst, dass sie es war. Mit jeder Faser ihres Körpers hatte sie es gespürt. Beim nächsten Treffen hatte sie dann das herzförmige Muttermal an ihrer Schläfe gesehen. In diesem Moment, an diesem Ort, hatte sie die Entscheidung getroffen, alles in ihrer Macht Stehende für ihre Schwester zu tun. Keine Liebe konnte größer sein. Und keine Entscheidung wichtiger.

Dank

Herzlichen Dank an alle, die dazu beigetragen haben, dass die Geschichte von Inez und Meja in diesem Buch zum Leben erwacht und mir so sehr ans Herz gewachsen ist.

Danke an den Bokförlaget Forum und an mein Dream-Team: meine Verlegerin Ebba Östberg, die genau weiß, was ich mit meinen Geschichten sagen will, Marie Jungsand und Josefina Karlström, die die Fäden in der Hand halten und bei der Kommunikation auch mal unkonventionell denken, meine Lektorin Kerstin Ödeen, der ins Auge fällt, was mir entgeht, und alle anderen, die sich für meine Bücher einsetzen.

Danke an Emma Graves für den schönen Umschlag und an die Enberg Agency, die die Austernfischerin nicht nur heiß und innig liebt, sondern auch auf die Reise ins Ausland schickt.

Danke an all meine Freunde, die Buchblogger und die vielen fantastischen, engagierten Leser und Zuhörer. Ihr seid die Besten!

Ein riesiges Dankeschön an Lotta Klemming, die all meine Fragen zu den Austern und dem Beruf der Austerntaucherin so geduldig beantwortet hat. Ihre Leidenschaft war meine Inspiration.

Und die innigste Umarmung an die Menschen, die

mein Ein und Alles sind: Peter, Kelvin und Elliot. Wenn die Welt eine Auster ist, seid ihr meine Perlen.

PS: Die Schauplätze des Romans gibt es wirklich, allerdings erlaube ich mir manchmal eine gewisse dichterische Freiheit. Kobbholmen gibt es nicht wirklich, aber fast …